KB272484

사랑의 힘

사랑의 힘

박서련 연작소설

문학동네

나 너 때문에 이거 썼다.

차례

사랑은 유행

새 계명을 너희에게 주노니 서로 사랑하라

(요 13 : 34)

인류 역사상 사랑보다 오래 유행한 게 있을까?

당신은 나른한 한낮의 베란다. 손에는 걸레를 쥐고 시선은 창밖, 유아차를 밀며 놀이터 둘레를 거니는 여자들을 본다. 안녕하세요, 오늘은 햇살이 참 좋죠. 안녕하세요, 미세먼지 농도가 좀 걱정이긴 해도. 당신은 아기 엄마들이 주고받을 대화를 상상하며 자기 입술을 달싹인다, 낯선 외국어 영화를 엉터리로 더빙하는 장난을 칠 때처럼. 주르륵. 힘껏 비틀어 짠 걸레에서 흘러나온 물이 베란다 배수구로 기어간다. 창밖 여자들의 걸음처럼 느리지만 분명한 방향을 지닌 움직임. 어느덧 퍼걸러 아래에 들어간 여자들은 이제 종아리와 발목밖에 보이지 않는다. 여자들의 시선이 향했을 쪽으로 당신도 눈을 옮긴다.

즉 퍼걸러 앞 모래밭, 아파트 어린애들이 모여 흙장난을 치고 있는.

그런데 정말이지 사랑보다 오래 유행한 게 있기나 할까?

당신을 그런 생각, 생각이랄지 몽상, 그렇다기보다 말장난 같은 상념으로 이끈 것은 물론 여자들. 고가의 유아차를 끄는, 십이층 높이에서 내려다보아도 그리 젊지 않다는 것을 알 만한 아기 엄마들. 망측한 생각을 하려던 건 아니다, 이를테면 저 원숙한 여자들이 하나씩 껴안고 있는 아기들이 어떤 행위의 결과인가에 대한? 하지만 정말 그게 아니다, 당신의 작은 머리 속에서 사랑이라는 말과 유행이라는 개념이 서로 손을 잡게 만든 것은, 정확히는 엄마들이 아니라 아이들 쪽. 내 아이는 앞으로 어떤 사랑을 하게 될까? 라는 주제.

그건 말하자면 당신이 요즘 하는 생각을 저 여자들도 똑같이 하고 있을 거라는 확신.

인류의 역사는 사랑의 역사, 당신은 당신 조상들의 사랑의 결과이며 당신 후손들은 당신 사랑의 증거. 물론 사랑 없는 결합에서도 아이들은 태어나지만, 대부분의 부부는 아무리 불우한 결혼이라도 굳이 사랑하는 척을 한다, 적어도 아이 앞에서는. 그건 한 사람의 기원에 사랑이 없었다는 폭로가 거의 범죄나 다름없다는 의미, 또한 이 전제를 시인하는 사회적 제스처.

그러니까 사랑, 그것은 당신과 적어도 당신이 아는 모든 사람과 아마도 온 인류의 관심사.

인류의 어제에 있었고 오늘 있으며 내일도 있을 가장 오랜 유행.

"수호야!"

그 이름의 등장과 함께 당신은 지금까지의 모든 생각을 송두리째 지운다. 생각뿐일까, 당신이 원래는 베란다에 놓인 화분의 이파리들을 닦으러 나왔다는 사실조차 잊는다. 거기가 베란다라는 것은 물론 한순간 당신이 당신이란 것도 깜빡할 뻔했다. 놓친 것인지 놓은 것인지 모르게 걸레는 바닥에 떨어졌다. 오른손을 높이 든 당신은 베란다 창에 거의 달라붙은 채, 그것만이 당신이 아는 유일한 단어인 양 아들의 이름을 줄곧 외친다. "수호야! 수호! 여기 좀 봐." 지금 막 아파트 단지 안에 들어선 수호는 이제야 자기 이름을 알아듣기 시작했을, 퍼걸러 아래 앉아 있는 여자들의 아이들보다 훨씬 크다. 그렇지만 바로 그렇기에 단지 놀이터를 가로질러 걷는 것만으로 수호가 퍼걸러 아래 모인 여자들의 이목을 한몸에 모으고 있을 거라 당신은 확신한다. 부럽겠지. 샘나겠지. 우리 애도 저렇게 키우고 싶다고 생각하겠지. 당신은 그 여자들이 수호를 남자로 인식할 가능성은 조금도 고려하지 않는다. 당신도 수호를 낳은 이후로는 자기보다 영young한 남자를 그런 눈으로 볼 수 없게 되었기 때문이다. 사실은 그러니까, 당신은 당신이 퍼걸러 아래에 있는 여자들과 크게 다르지 않다는 걸 안다. 당신은 아이를 거의 다 키웠고 그 여자들은 아직 갈 길이 멀다는 것을 빼면. 하지만 그것이야말로 아주 중요한 차이다. 당신을 퍼걸러 여자들, 나아가 다른 모든 여자와 완전히 다르게 만들어주는 것은 바로 수호라는 존재다. 잘생기고 키 크고, 성격 반듯하고 머리 좋은 아들. 낳은 공도 공이지만 길러낸 정성을 생각하면 다신 못 만들 것 같은, 수천 번 수만 번을 생각해도 믿을 수 없이 뿌듯한 걸작.

당신이 베란다 창을 열며 다시 수호야, 하고 불렀을 때 수호는 마침 퍼걸러 앞을 지나고 있었다. 수호가 허리를 펴고 당신을 향해 손을 흔들 때 수런수런 떠들던 여자들이 뚝 조용해진 것을, 당신은 분명히 감지했다. 그렇다니까. 나한테만 잘난 아들이 아닌 거야 애는. 오늘 시험 어땠어? 잘 봤어? 당신이 베란다 난간을 쥐고 깡총깡총 뛰며 묻자 수호는 휴대폰을 높이 들어 보인다. 거실 소파 위에서 당신 휴대폰이 지르르 지르르 떨기 시작한다. 아아, 아파트 시끄러우니까 소리지르지 말고 통화하자는 거구나. 애는, 그냥 와서 얘기하면 될 걸. 아차차 나부터가 아직 올라오지도 않은 애한테 그랬지? 그렇다니까, 수호 애가 나보다 생각이 더 깊다니까. 나는 어쩜 이런 아들을 뒀을까.

이애랑 사귈 여자애는 얼마나 행복할까.

"시험 어땠어? 할 만했어?"

비밀번호 누르는 소리가 그치고 문이 열리기 무섭게 당신은 현관으로 달려가 묻는다. 손사래를 치는 아이에게서 가방과 체육복 상의를 굳이 받아내고, 그애 방문 앞까지 졸졸 따라가며 연신 물으니 아이는 목덜미를 어루만지며 대꾸한다.

"그럭저럭 봤지 뭐. 나 바로 나가서 애들이랑 농구 하기로 했어요."

"저녁은?"

"먹고 들어올 것 같아요."

"숙제는?"

"중간고사 오늘 끝났는데 숙제는 무슨."

"여자친구는?"

당신의 마지막 물음에 수호는 방문 앞에 뚝 멈춰 선다. 화가 난 걸까, 저녁식사나 숙제처럼 툭툭 물으면 툭툭 답이 나올 줄 알았는데. 그런 거 물어봐서 화났어? 하며 간을 볼까 네가 왜 정색을 하는지 모르겠다는 듯 안면몰수를 할까, 망설이는 당신을 향해 수호는 빙긋 웃어준다. 조금 긴장해서 뻣뻣해진 당신의 어깨를 가볍게 두드리며.

"나 진짜로 여친 사귀면 섭섭해서 어쩌려고 이래?"

방문이 닫힌다. 민망해선지 얼굴이 빨갛게 달아오른 당신을 방밖에 남겨둔 채로. 그러게, 서운하긴 할 것 같아. 누구한테 말도 못할 상실감이어서 혼자 끙끙 앓겠지. 울 수도 있어, 어쩌면 나는 울 수도 있어. 지금껏 알던 그 어떤 남자보다 근사한 내 아들의 첫 연애를 알게 되는 날에는. 곰곰 이어진 당신의 생각은 다시 감탄으로 이어진다. 얘는 어쩜 이렇게 어른스러울까. 자기가 여자친구를 사귀면 엄마가 섭섭해할 거란 생각을 어떻게 할 수 있을까, 누가 가르쳐준 것도 아닐 텐데. 그래, 이런 점이 특히 그렇다는 거야, 얘랑 사귈 여자애는 자기 마음을 오해받는 일이 없을 거 아냐. 알지도 못하는, 아직 존재하지도 않는 그 여자애가 벌써부터 부럽고 얄미운 건 내가 네 엄마라서만은 아닐 거야.

하지만 그런 마음보다도 네가 어떤 사랑을 하게 될지 궁금한 마음이 정말로 더 큰걸.

수호는 금방 다시 나온다. 간편한 사복으로 갈아입고 입었던 교복은 흰 셔츠 따로 감색 바지 따로 세탁 바구니에 넣고 냉장고에서 꺼낸 보리차를 유리컵에 따라 마신 다음, 컵을 설거지통에 넣고 현관에 반듯하게 서서 다녀오겠습니다, 인사를 한다.

"좋아하는 애는? 좋아하는 애도 없어?"

응석 부리듯 묻는 당신에게 수호는 또 웃어준다.

"생기면 말해줄게요."

"다른 애들은? 친구들 중에는 여자친구 생긴 애 없어?"

몰라요, 다녀오겠습니다. 수호는 농구화에 까치발을 심은 꼴로 발을 질질 끌며 현관을 나선다. 그렇게 급하게 나가고 싶었을까, 현관문이 탕 닫히는 소리가 당신과 수호 사이를 가로지르며 셔터가 떨어지는 효과음인 양 당신의 마음을 아프게 한다. 수호에게 아직은 여자친구가 없다는 사실이 신경 쓰이는 한편으로 조금은 다행스럽게 느껴지기도 해서 혼란스럽다.

아니야, 아니지.

요즘 세상에 저렇게 괜찮은 애가 아직 사랑을 모른다는 게 결코 자랑은 아니야.

당신은 베란다로 돌아간다. 팽개쳤던 걸레를 다시 집어들고 점점 작아지고 멀어지다 끝내 아파트 단지 정문을 넘어서는 수호의 뒷모습을 오래 지켜본다. 퍼걸러 아래 앉은 여자들은 이미 저멀리 걸어간 그애가 아직 보일까, 보인다면 무슨 얘기들을 하고 있을까, 저렇게 멀쩡한 남자애가 아직 여자친구 한번 사귀어본 적 없다는 걸 상상이나 할까. 그럴 수도 있다고? 아니, 그럴 수는 없어. 누군가는 그럴 수도 있지만 그게 내 아들이어선 안 돼.

요즘 세상이 어떤 세상인데.

당신을 어떤 엄마라 부를 것인가에 대한 의견은 분분할 수 있다. 우선 당신은 당연히, 스스로를 완벽한 엄마라 생각하고 싶다. 당신의 눈에 수호는 완벽한 아들이고, 물론 완벽한 아들은 완벽한 엄마의 손에서 자라나니까. 이에 어떤 사람들은 당신에게 극성 엄마 딱지를 붙이고 싶어할 것이다. 눈만 뜨면 아들아들 꿈에서도 아들아들, 보나마나 학교, 학원, 지역사회 전체에 치맛바람을 자연재해급으로 휘날릴 거라고. 당신은 이들에게 코웃음쳐줄 준비가 되어 있다. 당신이 얼마나 완벽한 엄마인지를 가장 잘 설명할 수 있는 디테일이 바로 그 지점에 있기 때문이다. 수호가 고등학교 2학년이 된 지금까지 유치원이든 학원이든 학교든 당장 쫓아가 따지고 싶은 순간, 담임 교무주임 교감 교장과 면담하며 아이를 잘 좀 부탁한다고 말하고 싶은 순간, 얼마나 많았는지 셀 수도 없는 그 모든 순간을 당신이 어떻게 참아 넘겨왔는데. 가서 으르고 따져서 속이 풀리는 건 잠깐이지만 나대는 엄마라는 낙인은 영원히 남는다는 걸 당신은 너무나 잘 알았다. 나대는 엄마의 아들이 계속해서 살아남으려면 엄마가 영원히 나댈 수밖에 없다. 그럼 뭐 엄마가 대학에서도, 군대에서도, 장차 취직할 직장에서도 나대줘야 하나? 그럴 수는 없지. 무슨 일을 겪었을 때, 그 당장은 속이 썩어 문드러지는 것 같아도 아들이 직접 그 일을 핸들링하도록 두는 게 장기적으로는 그애를 위한 길이라는 것을 당신은 진작에 알았다.

그런 차원에서라면 당신을 현명한 엄마라 불러도 좋을 것이다.

당신의 아들 키우기 전략은 그랬다, 일단 다른 아들 엄마들이 물론 그러듯 하나부터 열까지 세심하게 신경을 쓴 것은 당연지사. 아들이라는 존재가 워낙 그렇지, 여자애를 키워본 적은 없지만 당신이 한때 여자애였기 때문에 확신하건대, 여자애들이라면 하지 않을 실수를 하고 여자애들이라면 모를 수가 없는 것을 모른다. 따라서 아이의 서투름과 느림에 성내거나 탄식하지 않고 열의 열 가지를 빠짐없이 챙기되, 가장 중요한 마지막 열한번째 원칙. 아이가 마마보이 소리를 듣지 않게끔 대외적으로 엄마의 존재감을 숨기는 데 각별한 주의를 기울이는 것. 수호를 보기 드문 남자애로 키울 수 있었던 비결에서 수호의 타고난 특별함을 제외한다면, 바로 이 디테일이 당신의 승부처가 되었을 터.

그러나 겸손한 엄마로서, 그러니까 대외적으로는 존재감을 드러내지 않는 현명한 엄마로서, 완벽한 엄마라는 호칭을 굳이 사양해야 한다 치면, 당신은 스스로를 트렌디한 엄마라 정의하고 싶다. 하루종일 쇼트폼 영상을 들여다보며 배운 밈을 아들한테 써먹고는 요즘 이게 유행이라며? 요새 애들은 이런 줄임말을 쓴다며? 물어대는 엄마라는 뜻은 아니다. 오히려 당신은 요즘 아이들이 그런 짓거리에 얼마나 질색하는지를 아는 엄마. 시시각각 변화하는 현대사회에 아들이 어떻게 발맞추게 할지 연구를 게을리하지 않는 태도와 언제나 가장 효율적인 프로듀스를 아들에게 제공하려는 마음가짐의 차원에서, 당신에게 가장 잘 어울리는 호칭은 누가 뭐래도 트렌디한 엄마.

그런 당신의 요즘 최대 관심사는 사랑.

언제는 그게 유행 아니었던 적도 있나. 당신에게는 이런 자조, 자조랄지 의아감, 그렇다기보다 야유에 가까운 내심도 있다. 그러나 당신은 안다. 유사 이래 전 인류 초미의 관심사였던 그것의 인기가, 오늘날에야말로 가히 폭발적인 수준에 이르렀다는 사실을. 이유는 단순하다. 사랑의 유익과 효능이 완전히 가시화되었기 때문이다.

며칠 전 당신이 이웃과 나눈 대화를 되새겨보자.

"수호가 지금 몇 학년이지?"

단지 앞 마트에서 마주친 그 여자는 당신과 같은 아파트에 살고 그 여자의 남편은 당신의 배우자와 같은 성형외과에서 일한다. 부부 동반 모임에서 종종 말을 섞으며 친한 척해왔지만 늘 묘하게 불편했던 그 여자는 당신과 나이가 같은데, 그쪽 부부의 결혼이 좀더 일렀고 그들의 아들은 수호보다 세 살 많다. 그 집 아들이 재수를 거쳐 올 초에 좋은 대학에 입학했다는 사실을 당신은 남편에게 들어 알고 있었다. 그런데 이 여자는 기억력이 왜 이렇게 나쁘지, 지 아들 학번이 한 해 밀려서 내 아들 학년도 헷갈리나.

"올해 2학년이죠. 고등학교."

"어머, 그럼 수호 엄마 지금이 제일 힘들겠다. 고3은 자기부터가 조심조심이라 차라리 좀 낫거든? 근데 2학년은 말야, 지가 예비 수험생이라는 위기의식이 없어가지고 엄마만 혼자 똥줄이 타요."

이 여자가 이렇다니까? 아무리 생각해도 우리가 말 놓기로 합의한 적이 없는데 제멋대로 반존대. 쓰는 어휘도 그래, 수준 떨어지게 똥줄이 뭐야 똥줄이. 당신은 속으로 혀를 끌끌 찼다. 다른 건 다 그렇다 쳐도 뭐 눈엔 뭐만 보인다더니 내 아들이지 아들 같은 줄 아나, 우리 수호는 속썩인 적이 없거든?

"뭐 알아서 잘하겠죠. 수호도 그 댁 아드님처럼 좋은 결과 거둬야 할 텐데요."

당신이 그렇게 말한 이유는 상대가 적당히 듣기 좋은 말에 만족하고 떠나주길 바라서였지만 이웃 여자는 기다리던 말이 드디어 나왔다는 듯 손뼉을 딱 쳤다.

"내 말이 그 말이잖아! 아휴, 이 새끼 이번에도 의대 못 보내면 군대나 보내야지 했는데 굼벵이도 구르는 재주가 있다더니, 재수 학원에서 여자친구를 만나가지고 말야."

재수생이 연애를 해서 의대에 갔다는 게 무슨 말이지, 일타 강사를 꼬셔서 개인 과외라도 받은 게 아닌 다음에야. 미심쩍어하는 당신에게 이웃 여자는 대단한 비밀이라도 누설하듯 몸을 기울여 속삭였다.

"그거 있잖아, 로로마Loloma. 로로마."

"그게 학습 능력에도 영향을 미쳐요?"

로로마는 2010년대 후반부터 수도로 공급된 미생물의 별명. 소위 '사랑의 힘' 미생물이라는 그것이다. 이웃 여자는 자신감 넘치는 미소를 띠며 고개를 주억거렸다.

"재수하면서 다른 거 다 올랐는데 수학만 늘 골치였거든, 다 풀 수는 있는데 맨날 시간이 모자라다나 뭐라나. 근데 연애하고 딱 그게 좋아진 거예요, 연산 능력이."

여자는 검지를 세워 보이며 소리 없이 입모양만으로 1등급, 1등급 하고 뇌었다. 남편하고 둘이서 그 집 아들은 아무리 봐도 가망이 없다고 몇 번이나 흉을 봤었는데, 걔가 수학 1등급이 나올 정도면 사랑의 힘이라는 게 대단하긴 한가보다……당신은 순수하게 감탄했다. 그 여자와 마주할 동안에 한 번도 느껴본 적 없는 감상이었다.

"난 그래서 우리 아들 여친, 아예 그냥 딸이라고 부르잖아. 얼마나 이쁜지 몰라요. 걔랑 아주 결혼도 했으면 좋겠어. 내가 아들 몰래 용돈도 몇 번 줬다니까?"

당신은 우웩 속으로 구역질을 했다. 아들 여친이 아들 여친이지 딸은 무슨 딸이야, 아들이랑 딸이랑 결혼을 왜 시켜. 하지만 그 여자의 심정이 이해 안 되는 건 아니었다. 로로마로 강화되는 능력치는 완전히 무작위라 하니 이웃 여자 입장에선 아들이 마침 딱 그 여자애와 사귄 게 더할 나위 없는 행운처럼 느껴질 만하고, 그럼 그 여자애가 넝쿨째 굴러온 복덩이로 보이는 것도 당연하다고 당신은 생각했다. 하여 그것으로 대화가 끝났어도 속이 시끄러울 여지가 충분한 당신인데, 이웃 여자는 거기서 굳이 한마디를 더 보탰다.

"수호는 아직 여자친구 없어?"

"모르죠, 연애는 하는데 저한테 말만 안 하고 있는 건지."

"그렇지? 수호 같은 애가 없을 리가 없어. 그러니까 엉뚱한 여자애 만나지 않게 해야 돼. 알죠?"

그리하여 얼마간 유예될 가능성이 있었던 당신의 고민은 바로 그 자리에서 그 즉시 시작된 것이다. 여태 아들의 연애사에 큰 관심을 두지 않았다는 것이 내가 트렌드에 뒤처진 엄마라는 뜻이 되나?

설마 저 여자보다도?

이웃 여자와의 대화가 무슨 영향을 미친 건지, 단순히 기분 탓인지는 알 수 없지만, 그날 이후 접속하는 SNS마다 로로마와 관련된 알고리즘이 당신 앞에 들이닥쳤다. 사랑을 할 때 체내에서 분비되는 호르몬에 감응하는 로로마의 기전, 2001년 남태평양 작은 섬에서 발견된 로로마의 유래, 로로마로 인해 이색적인 능력이 강화된 먼 나라 이웃나라 사람들의 다종다양한 사례, 이미 알고 있었거나 크게 관심 없는 이야기들 사이에서 당신의 눈을 사로잡은 건 최근 막 유행이 시작된 키즈팅이라는 문화에 대한 쇼트폼 영상이었다. 로로마로 신장할 수 있는 능력이 무작위인 이상 최대한 일찍부터 가능한 한 많은 사랑을 해보아야 한다는 취지에서 초등학교 저학년, 이르면 유치원생 연령의 아동끼리 만남을 주선한다는 이야기. 물론 자녀가 '엉뚱한' 사람과 사랑에 빠지는 상황은 누구도 원치 않으니 직장 동료나 같은 아파트 주민 등 사회적 배경이 비슷한 그룹끼리, 어디까지나 가정 간의 합의하에 부모의 입회하에 진행한다는 보충 설명.

한마디로 사랑도 조기교육이 필요한 시대가 됐다는 거구나.

늘 그렇듯 당신은 빠르게 상황을 간파했고, 수호 일이라면 또 항상 조금씩 그랬듯 막막함을 느꼈다. 늦었구나, 우리 애는. 내가 더 트인 엄마였더라면 진작에 괜찮은 여자애 몇몇쯤은 물색해놨을 텐데. 하지만 언제나 그러듯 당신은 곧 낙관에 돌입했다. 수호가 그만큼 괜찮은 애라서. 약간 뒤늦더라도 끝내주는 상대와 최고급 사랑을 할 거라는 확신이 있어서. 그도 그럴 것이 당신에게 이 관심사를 심어준 이웃 여자의 아들, 바로 개의 사례가 그렇지 않은가, 어느 면모를 보나 수호보다 한참은 처지는데다 나이도 세 살이나 많은 개조차 뒤늦게나마 첫 연애를 터서 결국에는 효도를 했다고 하니까…… 게다가 수호는 지금 막 중간고사 기간. 적어도 시험 끝날 때까진 이 얘기로 아들을 괴롭히지 않기로 당신은 마음먹었다.

그리하여 다시 지금, 당신은 불안하다. 당신이 안달나 있는 만큼 수호가 이 유행에 함께 열 올려주지 않는 것이 불안하고 완벽에 가까웠던 지금까지의 양육이 시대에 뒤처졌던 단 하나의 판단 때문에 한순간에 모조리 어그러질까봐 불안한데, 웬걸 정반대의 지점에서도 그에 못지않은 불안이 등등하다. 아직 마음의 준비가 안 된 당신 앞에 수호가 정말로 여자친구를 데려올까 불안하고 그 여자친구가 수호에게 꼭 필요한 능력을, 이를테면 공간지각 능력이나 연역 추론 능력 같은 걸 강화시켜주는 애가 아닐까봐 또 불안하다. 이래도 불안 저래도 불안. 당신은 워낙 잔잔해서 있는 둥 없는 둥 했던 수호의 사춘기를 뒤늦게 대신 겪는 것만 같다.

이것도 다 사랑 때문이야, 그렇지?

물론 그렇다, 아들을 그토록 사랑하지 않았다면 당신이 이렇게 시름할 이유도 없다. 따라서 언제나 그렇듯, 당신의 생각은 옳다.

이 아픈 깨달음에는 어딘지 달콤한 구석이 있고.

태몽은 동아시아 일부 문화권에서만 꾸는 것이라 한다. 달리 말하면 본인의 태생을 예지하는 꿈을 쥐고 태어나는 것이

특정 문화권 내에서만 가능한 배타적 경험이라는 의미. 당신은 수호의 태몽을 꾸지 못했다. 시댁, 친정, 남편, 하물며 대학 졸업하고 당신 결혼식 때까지 별 연락도 주고받지 않던 대학 동창마저 어느 이른 아침에 내가 좀 태몽 느낌 나는 꿈을 꿨는데 내 주변에 임신 계획 있는 사람이 너밖에 없거든? 하며 흥분한 목소리로 전화를 걸어온 적이 있지만, 오로지 당신만이, 오히려 당신만은 임신 기간 내내 꿈 없이 캄캄한 잠을 잤다. 이 점을 당신은 수호에게 조금 미안해하고 있다. 이 특별한 아이에게 더욱 특별한 이야기를 부여해주지 못한 게 미안, 그런데 실은 미안하기만 한 게 아니라 고맙기도 하다. 몸속에서마저 너무나 순하고 선했던 나머지 엄마가 언제나 깊은 잠을 자게 배려해준 아이, 똑바로 눕기도 옆으로 눕기도 불편한 임신 말기에도 베개에 머리만 대면 곧장 코를 골 수 있게 허락해준 아이.

그렇게 네가 특별했단다.

오히려 수호가 태어난 이후에야 당신은 어떤 꿈을 꾸기 시작했다. 출산 직후부터 지금에 이르기까지 당신이 종종 꾸는 이 꿈의 배경은 아마도 당신의 체내. 당신은 수호가 만들어지는 광경을 본다. 조명 하나 없이 어둡고 어째서인지 따뜻한 미지의 공간 한가운데 작은 점으로 된 빛이 뿅 하고 나타나고, 그 작은 빛 덕에 어둠이 지닌 손이 윤곽을 드러낸다. 이 꿈에서 당신은 몸이 없다. 그야 이 꿈은 당신의 몸속에서 벌어지는 일이니까. 굳이 얘기하자면 시신경과 안구가 내시경 카메라처럼 몸안을 더듬어내려가 자궁 안을 조망하는 듯한 느낌이다. 토닥토닥. 당신의 어둠의 손이 빛을 모으고 다듬는다. 빛의 구체는 점점 커지고 주름지며 아기의 모양이 되어간다. 얼굴로 추정되는 부위 어디쯤에 U자 모양 흠을 한 쌍 내서 감은 눈꺼풀을 만들고, 양옆으로 잡아 뽑은 덩어리가 팔이 되고, 팔 끝에 깍지를 끼고 조물조물 주물러 손가락 발생. 팔이 생기자 아기는 기지개를 켜고, 다리가 생기니 발차기를 한다. 어둠의 손은 아기처럼 작고 섬세해서 나풀거리는 머리카락 한 올 한 올, 요 작은 것에서도 돋을 수 있으리라곤 상상도 못했던 속눈썹까지 한 올 한 올 정성스레 쓰다듬어 자아낸다. 완연한 아기의 형태가 된 빛은 이따금 발가락을 쥔 채 꿈틀, 몸을 뒤치거나 이 없는 입을 크게 벌려 하품을 한다. 아……

사랑스러워!

내가 이런 걸 만들다니. 이렇게 작고 소중하고 특별한 걸 만들다니. 그게 인형처럼 잠잠히 모양만으로 귀여운 게 아니고, 연하지만 뼈도 있고 적지만 피도 흐르고 콩알만한 주제에 피부도 손톱 발톱도 다 있어서 만지면 부드럽기도 하고 어쭈 제법 단단한 구석도 있다니. 플라스틱이나 합성고무로 만든 게 아니라 내 살로 만든 거라 안으면 따뜻하고 아플 땐 열이 나고 땀도 흘릴 줄 알다니. 언제까지고 마냥 이 모양인 게 아니고 시간이 흐르면 자라는 기능까지 있다니, 자라면 생각도 하고 말도 하고 움직일 수도 있다니.

정말 너무 신기해.

당연히 이 꿈은 당신이 배우거나 배우지 않은 어떤 과학에도 근거하지 않았고, 이 꿈을 형성하는 데 가장 큰 비중을 차지한 영감은 아이를 낳고 안은 순간에 당신이 받은 깊은 인상이다. 그건 정말 얼마나 놀라운 일인지, 아무리 밝고 넓고 쾌적한 공간에서라도 크게 뜬 두 눈과 잘 훈련된 양손으로도 만들어내기 어려운 존재가 어둡고 비좁은 공간 안에서 눈도 없고 손도 없이 빚어졌다는 사실은. 모양만 그럴싸하게 주물러진 게 아니라 생장하고 사랑하는 기능까지 있다는 사실은.

내 몸은 뭘 어떻게 알고 네 몸을 만든 걸까.

신기해, 네가 살아 있다는 게.

네가 너라는 게.

그게 고마워.

이게 고마운 이유는 내가 너를 사랑해서겠지.

그런 그애는 이제 고등학교 2학년, 태어난 지 거의 이십 년이 되어가고 키도 당신보다 훌쩍 커버린 지 오래. 당신은 수호가 처음 만든 종이 카네이션을 아직 간직하고 있고, 당신에게 처음 사랑한다고 한 날과 마지막으로 사랑한다고 한 삼 년 전 어느 날을 모두 기억한다. 생각지도 못한 행동을 하고 가르쳐 준 적도 없는 말을 하고 제 딴에는 머리를 열심히 굴려 제 엄마 아빠를 속이려 한 적도 있는 그애. 이제는 거의 성인 남성의 형태로 자라버린 그애와 당신이 한때 품에 담쏙 안을 수 있었고 여전히 꿈에도 종종 나오는 발가벗은 아기를 당신은 별 위화감 없이 동일한 존재로 여기며 산다. 아이를 키우는 재미란 바로 그 의외성에 있다고 당신은 생각했다. 엄마는 항상 놀랄 준비가 되어 있어.

왜냐하면 아이는, 그중에서도 특히 너는 경이로 꽉 찬 존재니까.

성장이라는 건 언제나 놀라운 거니까.

막상 수호가 데려온 첫번째 여자친구를 보고서는 그렇게 기뻐하지 못할 당신이었지만 어쨌든, 그전까지의 생각은 그랬다.

그러니까 당신도 다음 사건의 돌발성은 이미 어느 정도 예견하고 있었다. 수호가 하굣길에 불쑥 전화를 걸어와 오늘 여자친구를 집에 데려가도 괜찮겠냐고 묻는 날이 온다는 것, 그게 당신 예상보다 조금 빠를 수 있다는 것. 그런데 이런 종류의 돌발성은 예측은 할 수 있어도 대비를 할 수 있는 것은 아니어서, 당신은 허둥거리는 마음을 부여잡고 묻는다. 시험은 어땠어? 때마침 기말고사가 끝나는 날이기에 질문은 자연스럽고 태연하게 들린다. 여자친구 이슈에 조금도 동요하지 않은 것처럼.

"그렇게 어렵지 않았어요."

이어 수호는 지금 부담스러우면 가지 말까? 묻고 당신은 아냐, 아냐 꼭 데려와, 신신당부를 한 뒤 전화를 끊는다. 내가 지금 뭘 하려고 했더라, 아 맞다 베란다 화초 이파리 닦으려 했는데, 아니 지금 그게 대수인가 거실에 뭐 없나. 청소기, 청소기만이라도 간단히 돌려두자. 애들 줄 만한 간식거리가 있나? 와인 안주 삼아 사다놓은 치즈 플래터, 이건 수호는 잘 먹지만 여자애가 어떨지. 모르겠다 와서 입 심심하다 하면 배달을 시켜주든지 둘이 나가서 사 먹으라고 용돈을 주든가 하고. 청소기 돌리기 전에 머리 한번 빗을까? 립스틱이라도 발라? 여자애 입장에서 남자친구 엄마가 너무 꾸미고 있는 것도 부담스럽지 않을까? 아니 뭐 부스스한 꼴로 나오는 것보다야 그편이 성의 있어 보이고 좀 낫지.

헐레벌떡 살림과 용모를 정비하고 소파에 앉아 여러 번 자세를 고치며 위엄 있으면서도 자연스러운 태도를 고민하던 차에 현관 비밀번호 누르는 소리가 들려온다. 당신은 꼬았던 다리를 풀며 반사적으로 현관을 바라본다. 여느 때와 다름없는 태도로 들어와 문을 닫는 수호는 혼자다.

"여자친구는?"

"밖에 있겠대요. 금방 다시 나갈 건데 괜히 자기 온다고 해서 아줌마 불편하시겠다고."

"들어오라고 해."

"굳이?"

"아무리 잠깐 왔다 가더라도 어른이 있는데, 인사는 하는 게 예의야."

수호는 그런가, 하더니 현관문 밖에 선 여자애를 데리고 들어온다.

"안녕하세요."

그래 안녕, 내가 수호 엄마야 하고 인사하며 당신은 여자애를 재빨리 뜯어본다. 생각보다는 예쁘지가 않다, 조목조목 보면 귀여운 느낌이야 있을 법하지만. 요즘 아이답지 않게 키가 작아 꼭 당신만한 여자애는 당신보다 조금 더 살집이 있어 보이고, 뭐 피부만은 남부럽지 않게 희고 고와 그야말로 아기 같은 인상이다. 애는 왜 불편하게 굳이 밖에 있으려 했을까? 어른이 어려운가? 그건 가정교육 문제인데.

나 금방 옷 갈아입고 나올게, 하고 수호가 방으로 간 사이 당신은 티 안 나게 여자애를 심문해보기로 한다. 얼마나 만났니? 한 달쯤 됐어요. 누가 먼저 고백했니? 제가요, 수호 농구 하는 거 보고 멋있어서요. 당돌하구나, 하고 당신은 속으로 생각한다. 감탄과 탄식 그 사이 어디쯤의 감각. 수호랑 같은 반이니? 수호처럼 외동이니? 아줌마가 자꾸 꼬치꼬치 캐물어서 미안한데 수호 여자친구를 처음 봐서 너무 반갑고 신기해서 그래, 꿈은 뭐니? 오늘 시험은 잘 봤니? 이리 와서 옆에 앉아봐, 왜 불편하게 거기 계속 서 있니?

"너무 곤란하게 하지 마요. 궁금한 거 있으면 다음에 또 만나서 얘기하면 되지."

수호랑 연락 안 될 때 대비해서 아줌마가 네 연락처를 받아둬도 되겠니, 당신이 묻고 여자애가 휴대폰을 꺼내든 순간 수호가 방밖으로 나와 여자애를 감싼다. 여자애가 불쑥 꺼냈다 도로 주머니에 넣은 휴대폰이, 특히 케이스가 얼마나 꼬질꼬질했는지에 당신의 온 신경이 쏠린다. 에어 프라이어에 넣고 구운 듯 갈색으로 바랜 젤리 케이스에 온갖 스티커를 붙였다 뗐다 한 흔적이 고스란히 남은 구형 스마트폰. 애가 애가 여자애가 휴대폰 꼴이 그게 뭐야. 가만 보니 교복 셔츠 깃도 살짝 누런 게 엄마가 애벌빨래를 안 해주나보지, 여자애니까 자기가 직접 해도 될 텐데.

집에 홀로 남은 당신은 마치 폭풍이 휩쓸고 간 현장의 유일한 생존자처럼 외롭고 기막혀진다. 거기서 수호가 여자애를 감쌀 줄은, 내가 뭐 개를 일방적으로 해코지하려 한 것도 아니고 싸움을 건 것도 아닌데 개 편을 들 줄은. 작은 심술이랍시고 당신은 수호에게 너무 늦게 들어오지 말라는 메시지를 보내고 휴대폰을 소파에 던져둔다. 겨우 한 달 만난 여자애가, 지가 먼저 좋아해서 만난 것도 아닌 여자애가 엄마보다 중요했어?

어이가 없어서 내가 진짜.

하나 다행한 점이 있다면 아들의 첫 여자친구를 목격하고 울어버리면 어떡하나 했던 당신의 걱정이 빗나갔다는 것. 울긴 내가 왜 울어, 우는 건…… 누가 봐도 인정할 수밖에 없게 수호한테 어울리는 여자애라야 말이 되지. 내 아들이 애를 말도 못하게 사랑하는구나, 그렇겠구나 생각할 수밖에 없는 그런 여자애라야지, 걔는…… 그러고 보니 이름도 안 물어봤구나. 어떻게 그랬지? 이름도 궁금하지가 않았어 걔는.

당신은 조금도 경계심을 일으키지 못하지만 묘하게 신경을 거슬리게 하던 그 여자애를 수호가 왜 만나고 있는지 궁리하기 시작한다. 설마 내 탓인가, 내가 하도 여자친구 언제 사귀냐고 들들 볶아서 제일 먼저 고백해온 여자애를 덥석 사귄 거 아닌가. 설마 불쌍해서 만나나? 짧게 봤지만 교복이며 소지품 꼬락서니 어느 하나 단정치 못하고 어른 대하는 법도 모르는 걸 보아 사정이 그렇게 좋은 집 애 같진 않던데. 아니 설마 반항하는 건가? 수호 걔가 엄마 마음을 그렇게 모르는 애가 아닌데, 엄마가 질색팔색할 만한 여자애를 혹시 일부러?

당신은 세차게 도리질을 쳐 그 모든 설마를 떨쳐내려 한다. 아니지 아니야. 아들 믿어야지. 내 아들 내가 안 믿어주면 누가 믿어줘. 또한 중요한 건 그 여자애가 어떤 애인가보다 그 여자애를 사귀어 수호가 어떤 이익을 보는가라는 점을 당신은 상기한다. 수호에게 의미 있는 능력을 신장해주기만 한다면 그 못마땅한 여자애가 아니라 어디 고철 집에서 주워온 부루스타라든가, 그에 준하게 쓸모없는 물건이라도 상관이 없는 거다, 이론상으로는.

과연 믿음직한 아들임을 증명하듯 수호는 금방 돌아온다. 여자애를 집까지 바래다주고 그냥 왔다는 설명. 모처럼 남편도 일찍 퇴근해 온 가족이 둘러앉아 저녁식사를 하는 자리, 당신은 수호의 첫 연애를 공히 축하해주자는 화제를 꺼낸다. 명목상 수호의 연애 소식을 남편에게 보고하는 형식이지만 내용상으론 당신이 은근슬쩍 수호를 추궁하는 목적의 대화다.

"잠깐 봤는데 애가 귀엽고 당돌하더라. 수호가 왜 좋아하는지 알겠어."

생각한 바와 정반대의 말을 꺼낸 이유는 수호가 아냐 아직 좋아하는 것까진 아니고 그냥 만나보는 거지, 하고 도리질 치길 바라서였지만 수호는 배시시 웃을 뿐. 엉뚱하게도 당신의 남편이 대꾸한다.

"당신처럼?"

“내가 뭐?”

“그렇잖아? 우리 엄마도 당신 처음 보고 애가 보통은 아니다, 그랬다고 내가 말했지. 그래서 난 엄마한테 뭐가요 귀엽잖아요, 그랬다고. 수호가 나랑 보는 눈이 비슷한가봐.”

그 말이 당신의 신경을 건드린다. 당신의 남편은 성형외과 전문의. 이 동네 여자애들 눈은 다 당신 남편이 집었다고 해도 과언이 아니다. 미인형 얼굴에 일가견이 있는 남편이 고르고 고른 여자가 바로 나, 그런 자신감을 은밀히 품고 있는 당신은 낮에 만난 여자애가 당신과 닮았을 거란 남편의 짐작에 비위가 틀어진다. 머리만 좋았지 생김새는 엉망진창인 당신 유전자에 얼굴 하나 믿고 사는 내 유전자 섞어서 수호 같은 아들 낳아놨더니 뭐가 어쩌고저쩌.

“그러게요. 이런 것도 닮나, 내가 엄마 같은 스타일을 좋아했나.”

하지만 묘하게도 수호의 반응은 그렇게 불쾌하지 않다. 그래? 귀엽고 당돌한 점이 엄마를 닮아서 그 여자애가 좋아? 네 이상형의 원형이 그럼 나라는 얘기야?

“그렇게 좋니?”

“뭘 그런 걸 묻고 그래요. 쑥스럽게.”

말로는 쑥스럽다지만 딱히 얼굴을 붉히지도 않고 대꾸하는 수호는 지금까지 중 가장 낯설다. 어른스럽다, 언제 이렇게 컸지 내 아들이. 그럼 예열도 충분히 했겠다, 가장 궁금했던 걸 물을 차례.

"뭐 달라진 건 없어?"

"뭐가요?"

"있잖아, 로로마 효과. 좋아하면 좋아할수록 강해진다던데."

체내에 유입된 사랑의 미생물 로로마는 인체가 사랑을 느낄 때 분비하는 호르몬의 칵테일에 감응하는 것으로 알려져 있다. 하여 이론상으로는 짝사랑에도, 부모 자식이나 형제자매와 같은 가족 간의 사랑에도, 친구 사이에도, 보편 인류에의 애정에나 하물며는 반려 동식물에 대한 사랑에도 일정한 효력을 지니지만, 당신의 말처럼 호르몬 분비가 활발한 연애 초기에 가장 뚜렷한 효과를 보인다. 거꾸로 말하면 사랑이 사랑이라는 사실을 모를 수가 없게 되었다는 의미도 된다. 로로마의 존재가 공기처럼 당연해진 요즘 세상에서 새롭게 사랑에 빠진 사람은 반드시 어떤 능력이 증대되게 되어 있으므로.

"아, 좀 웃길 수도 있는데요,"

수호는 음식을 가득 물고 있는 입을 가리며 뜸을 들인다. 뭔데, 뭐가 좋아졌길래. 네가 그 여자애를 좋아한다는 건 알겠어, 싫긴 해도 그건 인정할 테니까 어서. 머리가 좋아졌니? 수호 너 그러잖아, 시험 자신 없을 때는 그럭저럭 봤다고 하지만 자신 있을 때는 별로 안 어려웠다고 하잖아. 그 여자애 사귀고

서 이번 시험 잘 본 거지? 암기력이 좋아졌니? 논리적 사고가 증대됐어?

"점프력이 좋아졌어요."

당신이 놓친 젓가락이 딱 소리를 내며 탁자에 떨어진다.

이건 아니지.

기억도 안 나는 악몽에 시달리다 온몸이 땀범벅이 되어 깨어난 당신은 차가운 한밤의 침대 한가운데. 윗몸을 똑바로 세우고 앉아 이건 아니야, 이건 아니지, 이건 진짜 아니야, 몇 번이고 뇌며 침대를 떠난다.

식탁 앞에 앉아 찬물을 한 잔 들이켠 당신은 차분히 생각에 잠긴다. 상황이 지금과는 달랐다고 가정해보자. 여자애는 당신 마음에 쏙 드는 애, 한마디로 여자 수호라고 할까 수호랑 수준이 꼭 맞게 예쁘고 키 크고 예의바르고 똑똑한 애, 그야말로 당신을 몰래 울게 만들 만큼 너무 괜찮은 애인데 수호가 그 애랑 사귀고서 점프력이 좋아졌다 고백했어도 당신은 시름에 빠졌을까. 아마 그랬을걸. 당신은 깊은 한숨을 내쉬며 생각한다. 배부른 고민인 줄도 모르고, 수호가 아무리 괜찮은 애를 만났어도 당장 입시에 도움이 안 되는 애구나 싶으면 바로 내치려 했을걸. 그럼 이 생각을 토대로 지금의 상황을 재평가해보자. 여자애가 충분히 괜찮은 애인가? 아니, 어디 하나 맘에

차는 구석이 없는 애. 그리 길게 본 것도 아니지만 하나를 보면 열을 안다고 더 볼 것도 없어 뵈는 애. 그애를 만나서 수호의 능력 신장에 유의미한 결과가 있었나? 하물며 그렇지도 않지. 그게 무엇보다 중요하지.

그럼 더 고민할 거 있나?

길지 않은 생각 끝에 당신이 내린 비장한 결론은, 지금이 아니면 안 된다는 것이다. 사귄 지 겨우 한 달 될까 말까 한 지금이 아니면 늦다. 드라마에 나오는 사모님들, 우리 애 그만 만나게, 하며 돈봉투를 쓱 내미는 클리셰 그 자체인 여자들이 욕을 먹는 건 주인공들이 결혼을 하니 마니 할 만큼 마음이 깊어진 다음에야 나서기 때문이다. 막 사귀기 시작한 청소년 커플을 두고 부모가 너희 지금은 학업에 더 신경을 기울여야 하지 않느냐고 하는 건 합리적이고 건강한 조언이잖아, 그렇지?

그러게 그 여자애 번호를 꼭 받아뒀어야 하는데, 당신은 뒤늦은 후회에 사로잡힌다. 이제 와서 수호한테 물어볼 수도 없고. 당신이 수호에게서 그 여자애 번호를 받아간 다음 여자애가 수호에게 이별을 통보한다면 수호가 당신을 뭐라 생각하겠는가. 시름에 빠진 당신이 만지작거리는 휴대폰 화면에선 로로마 키즈팅 알고리즘이 날뛴다. 애들끼리 부모 주선으로 멋모른 채 만났다가 큰 효과를 못 본 채 다음 상대 또 그다음 상대를 만나게 되는 요즘 문화, 키즈팅으로 만난 아이들 사이에서 벌어지는 소아 성추행 사건, 키즈팅에 아이를 데리고 나온 싱글맘과 유부남 사이의 불륜, 세상 무섭기도 하지. 쇼트폼 영상 댓글 난에서 당신 같은 엄마들과 요즘 애들이 뻔한 싸움을 벌이고 있다. 당신이 양손으로 눈자위를 문지르느라 식탁에 내려놓은 휴대폰 안에서는 다음과 같은 제목의 영상이 몇 번이나 반복 재생된다. 부모가 맺고 끊는 요즘 연애 풍속도, 당신의 생각은?

물론 당신은 가능한 한 신속히 이 상황을 정리하고 싶지만 그 의지는 외부 사정으로 유예된다. 난생처음이자 마지막으로 혼자서 학교에 찾아갈 생각, 당신이 원하는 시기는 당연히 바로 다음날이었지만 수호의 담임교사가 그 다음주나 상담이 가능하다고 답변해왔다는 얘기다. 그사이 수호에게 수상한 내색을 하지 않으려 애쓰고 속에서 끓어넘치는 걱정을 눌러 담느라 참고 참으며 학교에 찾아간 당신을 담임교사는 환한 얼굴로 맞이한다. 수호 어머니, 정말 꼭 한번 뵙고 싶었어요. 학기 초에 정규 학부모회 모임차 방문했을 때나 먼발치에서 잠깐 눈인사를 나눈 수호의 담임은 기억에서보다도 젊고 해사한 여성이다. 당신이 수호를 낳았을 무렵의 나이쯤일까. 수호가요 요즘 남자애들 같지 않게 보기 드문 학생이라, 어머님 어쩜 이런 아이를 키우셨는지 제가 정말 여쭙고 싶었어요. 담임의 그 호들갑이 당신의 마음 어딘가를 울컥 건드린다. 그래 이래야지, 이런 맛이 있어야지. 직업 때문인가 아니면 부모님이 워낙 예쁘게 잘 키워준 티가 나는 건가, 당신은 담임을 보며 생각한다. 나이를 떠나서 당신이 수호의 상대로 원했던 여성은 바로 이런 느낌이라고. 그런데 오늘 어쩐 일로 상담 요청하셨을까요? 수호는 워낙 나무랄 데 없이 학교생활 잘하고 있는데요. 그래요 다름이 아니라,

"수호가 요즘 여자애를 만나고 있는 모양인데요."

"아, 맞아요! 예쁘게 잘 사귀는 것 같더라고요."

웃으며 맞장구를 치던 담임은 당신의 눈치를 잠깐 살피고는 아 이게 아닌가 하듯 입술을 오므린다. 상담 내용이 아들의 연애에 관한 거라면, 이 학부형은 그걸 부정적으로 생각하는 사람이겠거니 감을 잡은 모양이다.

"수호는 걱정할 것 없으세요, 어머니. 요즘은 로로마 영향으로 첫사랑 연령도 굉장히 어려지는 추세라고 하고요. 학교에서도 건전한 교제 문화에 대해 특별 교육도 많이 하거든요? 교육청 차원에서도 이런 부가 지도가 꾸준히 권장되고 해서 학교에서 어느 때보다도 적극적이에요. 그보다도 역시 어머니께서 더 잘 아시겠지만, 수호가 믿음을 못 주는 아이는 아니잖아요."

"생각하시는 그런 건 아니고 여자애에 대해서 여쭤보고 싶어서요."

"아 유나요, 유나는…… 성실하고 똑똑한 아이예요. 주관도 뚜렷하고 장래에 대한 비전도 확실하고요. 어머니께 걱정 끼칠 일 없을 거라 제가 보증할게요."

걔 이름이 유나구나. 그래, 이제야 알았네. 그런데 이 여자는 뭘 그렇게 자신 있게 말하는 거지, 막말로 자기가 그렇게 믿는다는 두 학생이 지들끼리 몰래 짝짜꿍으로 배라도 불러 오면 어쩌려고. 당신은 속으로 혀를 차며 어렵사리 말을 잇는다.

"그게 아니라요. 여자애 연락처를 알려주실 수 없을까……"

"수호한테 물어보는 게 편하지 않으세요?"

담임이 아무 악의도 없이 반사적으로 던진 말에 당신은 속을 뜨끔 덴다. 당장 말이 없는 당신에게서 담임은 어떤 기미를 읽어낸 듯하다. 음…… 어머니,

"죄송해요. 이게 별거 아닌 것 같아도, 학생 개인정보잖아요. 사후에 문제의 소지가 있거든요. 더구나 어머니는 유나 연락처를 제가 아니라 더 믿을 만한 사람한테 물으셔도 되니까요."

"제 아이랑 교제중인 아이 연락처 정도는 제가 알아도 상관없지 않을까요?"

"글쎄요, 확실히 애매한 상황이긴 한 것 같은데요. 예를 들어 학교폭력 피가해로 연루된 사이다, 그럴 경우엔 중재 차원에서 알려드릴 수 있겠지만요. 그것도 피해 학생 가족이 가해 학생 가족 연락처를 요구할 때만 가능해요. 가해 학생 가족이

요청할 경우엔 피해 학생 가족에 먼저 의사를 여쭙고요. 아시다시피 이 경우엔 학교에서 중재할 만한 사안이 아니라서요."

보기보다 보수적인 여자네, 생각하며 당신은 가방을 든다. 가방에서 꺼낸 책을 담임에게 건넨다.

"제가 이것부터 드린다는 걸 깜빡했는데, 제가 정말 좋아하는 책이거든요. 국어 교사시니까 꼭 좀 추천드리고 싶어서."

담임은 건네받은 책을 펼쳐 당신이 한가운데 끼워둔 두툼한 봉투를 확인한 뒤 다시 책을 탁 덮는다.

"어머니. 이건요."

담임이 긴 한숨을 내쉬고 책을 돌려주며 한 말이 당신을 더할 나위 없는 부끄러움에 몰아넣는다.

"죄송하지만 요즘 세상이 어머니께서 생각하시는 그런 세상이 아니에요."

그건 상담이 유예되는 사이에 당신이 나름대로 머리를 짜내고 굴려 최대한 세련된 방식으로 건네려 한 호의였으나, 담임의 반응에 따르면 당신의 호의는 단순히 나쁘기만 한 게 아니라 심지어 트렌드에 뒤처진 것. 당신은 머리를 호되게 맞고 녹아웃된 후에 겨우 정신을 차려 슬며시 링을 빠져나온 권투 선수처럼 비척비척 교정으로 나선다. 촌지는 촌스러워서 촌지인가. 부끄러워서 고개를 들 수가 없다. 뜻한 소득을 얻지 못한 것은 둘째 치고 대단한 망신을 당했다는 모멸감이 지워지지 않는다. 내가 언제 나대봤어야 이런 걸 알지, 한 번, 딱 한 번 아들 생각해서 나댄 게 이런 결과로 이어질 줄이야.

쥐구멍에라도 숨고 싶은 심정으로 고개를 떨구고 걷던 당신이 애처로이 고개를 들었을 때 눈에 들어온 것은 거짓말 같게도 당신의 아들 수호. 체육 시간인가? 체육복 입은 남자애들이 운동장에서 축구를 하고, 여자애들은 외곽 스탠드에서 그걸 지켜보는 중이다. 남자애들 중에서도 당신의 아들은 단연 눈에 띈다. 마침 기회를 얻은 당신의 수호가 공을 운동장 끝에서 끝까지 질러 차버린다. 한마디로 점프력이라고는 했지만 각력이 좋아진 거구나, 당신은 망연히 생각한다. 어쩌라고? 이제 와서 아들을 선수촌에라도 입소시킬 것도 아니고. 수호는 의사가 될 거다. 그건 당신만의 막연한 희망이 아니라 수호도 진작에 동의한 바. 당신의 시아버지가, 또한 당신의 남편이 그랬듯 수호는 의사가 되어야 한다. 아무리 비인기 과를 가도 좋으니 의사는 꼭.

그렇지, 체육 시간이라면 휴대폰을 따로 어디 두고 뛸 거 아냐, 지금 가서 보면 되겠네. 당신은 여자애들이 모여 있는 스탠드를 향해 걷는다. 그러느라 운동장을 빙 둘러 걷는데 한눈에 수호를 알아본 당신과 달리 수호는 당신이 거기 있음을 눈치채지 못한다. 어려서부터 워낙에 집중력이 좋은 애였으니까, 게다가 지금은 날 못 알아보는 게 나은 상황이니까, 당신은 생각하지만 마음 한구석이 묘하게 저려오는 것은 어쩌지 못한다.

애들아 아줌마는 수호 엄만데, 수호 폰 어디 뒀는지 아는 사람? 스탠드에 다다른 당신이 묻자 앞줄 여자애들이 합창하듯 대꾸한다. 유나요. 유나한테 있어요. 그제야 당신 눈에도 위쪽에 앉아 있는 그 여자애가 들어온다. 그랬지 이런 애였어, 또래 여자애들 사이에 섞어놨을 때 조금도 눈에 띄지 않는 애. 그건 그렇고 요즘 애들도 그러는구나, 남자애들이 공놀이하러 갈 때 좋아하는 여자애한테 소지품 맡기고 나가는 거. 이 사실과 그 사실을 굳이 서로 조합하고서 당신은 속 쓰려한다, 이렇게 별 볼 일 없는 여자애를 내 아들은 좋아하지. 그래서 얘한테 소지품을 맡겼지.

"수호 폰은 왜요?"

눈을 동그랗게 뜨고 묻는 여자애를 본 당신의 맥이 탁 풀린다. 그렇지, 당사자가 마침 앞에 있잖아. 굳이 아들 물건을 몰래 뒤져 연락처를 찾아낼 필요도 없이. 당신은 스탠드 계단을 한 칸 한 칸 올라 여자애 곁에 앉는다. 다른 여자애들이 이상하게 생각하지 않을까 조심스럽지만 날은 무덥고 당신은 누가 봐도 지친 모습이어서 당신이 조금 앉아 쉬었다 가는 것쯤 아이들은 크게 신경쓰지 않는 듯하다. 아니 잠깐은 관심이 있었지만 자기들끼리 휴대폰으로 뭘 보며 떠드는 일보다 당신의 존재가 더 중요하거나 흥미롭게 느껴지지는 않는 모양이다. 어디 갔는지 모를 체육 교사, 상식적으론 수업 수준 미달이나 뭐 학생 보호 소홀 같은 걸로 교육청에 민원을 넣어도 모자랄 일이지만, 지금은 엄연한 외부인인 당신을 발견하고 내쫓을 담당 교사가 자리에 없다는 사실이 몹시 다행스럽다.

수업 끝나고 별일 없으면 아줌마랑 잠깐 얘기 좀 할래?

당신은 여자애에게 몸을 기울여 목소리를 낮춰 소곤거린다. 다른 애들이 듣고 수호한테 야 너네 엄마가 니 여친한테 뭐라고 하더라 일러바치면 곤란하니까.

여자애는 이상하다는 표정을 숨길 생각이 전혀 없어 보인다.

눈치 없이 개가 수호까지 끌고 나올까봐 당신은 불안해했으나, 여자애는 다행히 혼자 카페에 들어선다. 당신은 지갑을 열며 카운터 앞까지 나아간다. 케이크 먹을래? 구움과자라도? 여자애는 어른스럽게도 아이스아메리카노 한 잔만 주문한다. 곧 음료를 받은 여자애가 당신 앞에 와서 앉는다. 당신은 애플 로고가 찍힌 쇼핑백을 테이블 위에 올려놓는다. 그게 자기 거란 생각을 못해선지 여자애는 별 반응이 없다.

"아줌마가, 저…… 수호랑 예쁘게 만나고 있다는데 뭐 하나 해준 게 없는 게 맘에 걸려서. 요즘 애들은 무조건 감성이 중요하다고 해서 한번 골라봤어."

수호 담임이 사양한 봉투에서 꺼낸 돈으로 당신은 그걸 샀다. 수업이 끝나기 전에 급히 애플스토어에 다녀오느라 생각지 못한 수고를 좀 했지만 여자애에게 그걸 줘야겠다는 생각은 꽤 전부터 하던 것이다. 여자애는 황당하다는 표정으로 쇼핑백을 민다.

"네? 이런 걸 어떻게 받아요. 수호 주세요."

"이 정도 여유 있어, 아줌마는. 받아둬."

여자애는 쇼핑백을 더 밀지도 당기지도 않고 손을 테이블 아래로 떨어뜨린다. 어색한 침묵. 애 눈치는 있는 편일까 없는 편일까? 벌써 내가 하려는 말을 짐작하고 있진 않을까? 당신은 며칠간 고르고 다듬은 다이얼로그를 다음과 같은 말로 시작한다.

"수호 많이 좋아하니?"

"그게 왜 궁금하세요?"

당돌해, 하여간 당돌해. 당신은 속으로 혀를 내두른다. 어른인데도, 그냥 어른도 아니라 명색이 남자친구 엄마인데도 다소 공격적인 태도로 미루어 이미 이 대화의 성격과 목적을 파악한 것으로 보이기도 한다.

"그렇게 오래 만난 건 아닌 걸로 아는데, 그래도 수호는 유나 많이 좋아하는 것 같더라. 유나…… 맞지? 아줌마가 저번엔 정신이 없어서 이름도 안 물어봤네."

"저도 아줌마 이름 안 물어봤는데 상관없어요."

그게 그런 문제인가? 잠깐 혼란에 빠졌던 당신은 허벅지를 꼬집으며 정신을 차린다. 어린애 엉뚱한 소리에 말려들면 안 되지. 엄연히 내 아들 앞길이 달린 중요한 대화인데.

"유나는 돌려 말하는 거 안 통하는 사람 같으니까 아줌마 그냥 솔직히 말할게. 아줌마한테 수호는 정말 소중한 아들이 거든."

당신 입 밖에 나온 말이 당신 귀에도 조금 황당하게 들린다. 슬하에 외동아들 둔 어지간한 엄마 중에 자기 아들 소중하지 않은 사람도 있을까. 고등학교 2학년생 여자애라고 해서 그 황당함을 모를 리 없다. 한쪽 눈썹을 치켜뜨고 한쪽 눈썹은 아래로 늘어뜨려 삐딱한 눈을 하고 있는, 당신과 마주앉아 있는 딱히 예쁘지 않은 여자애는 분명 그런 생각을 하고 있을 것이다. 네 그렇죠, 불은 뜨겁고 얼음은 차갑죠. 그래서요?

"유나가 밉거나 마음에 안 들어서가 아니라."

이건 물론 거짓말이지만,

"유나랑 만나면서 수호가…… 점프력이 좋아졌다는 거야."

"네, 그래서 애들 농구 할 때 서로 수호랑 팀 하겠다고 난리 예요."

그건 듣던 중 반가운 얘기지만,

"아줌마는 솔직히, 수호가 누군가와 사랑을 한다면 그 사랑

덕분에 수호가 공부에 더 도움을 받을 수 있었으면 했거든. 학업과 크게 상관없는 능력이 나아지는 것보다."

여자애는 입을 크게 벌리고 하! 하고 웃는다.

"그러니까 아줌마는 지금 저를,"

그럴 타이밍인가 싶은 때에 빨대로 아메리카노를 쪽 들이켠 여자애가 마저 말한다.

"아이폰이랑 남자친구를 맞바꾸는 사람으로 만들고 싶은 거네요?"

"그런 말이 아니라."

"그런 말이지 왜 아니에요. 이거 뭐, 한 백만원 해요?"

넘어. 백만원 넘어.

"그건 그냥 아줌마가 주고 싶어서 주는 거야. 지금 얘기랑 상관없이."

"왜 상관이 없어요, 제가 수호랑 만나는 애가 아니고 그냥 같은 반 여자애들 중 하나여도 이런 거 줄 건 아니잖아요."

담임 말대로 머리가 나쁘지 않은 애구나. 아니면 내가 이애를 말로 호릴 만큼 똑똑하지 못하거나. 당신은 당신 앞에 놓인 음료수 잔에 맺힌 물기를 만지작거리며 생각한다. 하지만 뭐라도 쥐여주어야 맞는 일 같다는 생각을 지울 수 없었다. 드라마에 나오는 사모님들, 채널을 돌릴 때마다 나오는 우리 애 그만 만나게라는 클리셰, 처음으로 그게 그냥 이해가 된다고 당신은 느꼈다. 이별의 대가로 금품을 제공한다는 건 상대가 자기 자녀와 헤어지는 게 그쪽에게 분명한 손해라는 걸 알고 있다는 의미. 다시 말해 그 정도로 우리 애가 잘났다는 주장. 또 거꾸로 말하면, 맨손 맨입으로 우리 애랑 헤어져달라 말하는 건 자기 아이가 자기한테도 별것 아니라는 의미처럼 느껴진다고 당신은 생각했다. 그러니까 받아줘, 제발 이거 받고 우리 애랑 헤어져줘. 그 수고에 비하면 이건 아무것도 아니라는 건 나도 알지만, 너한테는 이게 꽤 탐나는 물건 아니니?

당신의 마음을 아는지 모르는지 여자애는 기세등등하게 말을 잇는다.

"아줌마 아들은 그러니까 한 백만원 하는 거죠. 아니지 정확히 얼마짜린가는, 이게 설령 일억짜리라고 해도 그렇게 중요한 게 아니에요. 아줌마가 아들을 흥정거리로 생각하는 거 자체가 문제지."

당신은 그만 자리를 박차고 일어날 뻔했지만 가까스로 참는다. 손이 부들부들 떨려온다. 얘, 내가 내 아들만한 여자애보고 이런 생각까지 할 줄은 몰랐지만, 야 이 미친년아. 계산이 왜 그렇게 되니. 내 아들 값어치가 이깟 휴대폰만한 게 아니라 네가 내 아들하고 사귄 시간에 대한 보상이 그 정도인 걸로 생각해야지. 네가 평생 가도 다시 못 만날 수준 높은 남자애하고 한 달 좀 넘게 알콩달콩 사귄 거, 그것도 좋은 경험인데 거

기다 최신형 휴대폰까지 얹어준다면 감사합니다, 하고 공손히 받아갈 일이지 어디 주제도 모르고. 물론 당신은 이런 생각들을 입 밖에 내지 않는다. 이건 애초부터 당신이 지는 싸움. 그러나 전투에서 져도 전쟁에서는 이길 수 있다. 여자애가 이 자리에서 당신과 당신 아들을 아무리 모욕하고 조롱한들 헤어져주기만 하면 그만이다. 그러자면 당신이 참아줄 수밖에. 애매하게 여자애를 자극했다가는 표독을 부리며 절대 못 헤어진다고 난리를 칠지도 모른다. 참자, 참아야지. 당신은 수호를 생각한다. 이게 다 누구를 위해서였나, 모두 그애를 위해서였다. 그러니 당신은 참을 수 있다. 그래야 한다.

그러거나 말거나 여자애는 또 얄밉게 아메리카노를 쪽 들이켜고 말한다.

"헤어져드릴게요."

그야말로 듣던 중 반가운 칠 음절. 당신은 거의 눈물이 날 지경이다. 그래줄래? 정말 그래줄 수 있겠니? 힘든 일인 거 알아, 내가 내 아들 아니까. 얼마나 아쉽고 아깝겠니, 그래도 정말 그래준다면 고맙겠다. 아주 눈물나게 고마울 거야. 응?

"그게 그렇게 소원이시라는데 뭐 어떡해요. 저도 막 울고불고할 만큼 진지한 건 아니거든요. 근데 그건 아셔야 돼요. 제가 이걸 받아가는 거는요, 이게 너무 갖고 싶어서도 아니고 제가 수호 별로 안 좋아해서도 아니라요. 이게 아줌마가 아들을 팔 수 있는 사람이라는 증거라서예요."

그 순간에야말로 당신은 소리를 지를 뻔했지만, 그 고함과 비명을 속으로 삼키느라 눈앞에 불이 번쩍번쩍 일어나는 것을 느꼈지만 어쨌든 참는다. 용케 참고야 만다. 여자애의 말이 틀렸으니까. 아주 괘씸하게 글러먹은 소리니까. 당신은 고개를 떨구고 라마즈 호흡으로 후우 하아 긴 숨을 내보낸다. 난로 위 주전자처럼 달아오른 당신에게서 수증기 같은 날숨이 쏟아져 나온다.

"너는 뭐가 좋아졌니?"

애플 로고가 새겨진 쇼핑백을 들고 자리를 뜨려는 여자애를 당신이 붙든다.

"네가 먼저 고백했다고 했지? 너도 수호 좋아했으니까 뭐가 좋아졌을 거 아니야. 그게 뭐였어?"

여자애는 그게 왜 궁금하냐는 듯 퉁명스러운 태도로 대꾸한다.

"머리가 좋아졌어요. 연역 추론 능력, 그런 쪽 같아요. 덕분에 기말고사도 좀 괜찮게 봤어요. 뭐…… 감사합니다? 이런 말씀 드려야 하나요?"

여전히 당신은 그 꿈을 꾼다. 진득하고 쫄깃한 빛을 당신의 어둠의 손이 조물조물 주물러 아기 모양으로 만드는 꿈. 그 꿈이 당신에게 주는 감각은 이제 순수한 경이만은 아니다. 뭐랄까 엄마 됨에 뒤따르는 모멸감과 슬픔, 그러나 한편으로는 더욱 단단한 결의. 어떤 전능한 힘이 시간을 돌려 당신을 임신 전으로 데려가더니 다가올 모든 망신과 패배의 순간들에도 불구하고 다시 아이를 낳겠느냐고 묻는다면 당신은 기꺼이 그러겠다 할 것이다. 말하자면 그런 결의. 당신은 후회하지 않는다. 수호를 낳은 것도 기른 것도, 그애의 첫 연애와 결부된 당신의 모든 판단에 대해서도.

수호에게 미안하진 않은지 자문해본 순간, 물론 있다. 미안하다. 처음 좋아한 여자애와 이유도 모르고 헤어지게 만든 건 입이 열 개라도 할말 없는 일이다. 그렇지만 미안함과 별개로 해야 할 일을 했다고 생각한다. 수호는 잘생기고 똑똑하고 다정한 아이라서 앞으로도 많은 기회가 주어질 것이다. 당장 내일이라도, 아니 몇 시간 안에라도…… 적어도 당신의 믿음 안에서는 그렇지만 아직까지 그 일은 일어나지 않았다.

그런데 사실 당신이 수호의 첫 여자친구를 설득하고 온 직후에 한 걱정은 수호에게 느끼는 죄책감에 대한 것이 아니었다. 그 당돌하고 약아빠진 계집애가 당신 앞에서만 헤어지겠다고 큰소리치고 몰래 뒤에서 수호를 만날 계획을 꾸미는 건 아닐까, 그것만이 유일한 위험 요소로 느껴졌다. 충분히 일어나고도 남음직한 일. 내가 걔라도 수호랑은 못 헤어지지. 그러나 여자애는 약속을 지킨 것 같다. 이 일에 당신이 개입했음을 수호가 눈치채지 못하게 하려는 배려였는지 나름대로 머리를 써서 대략 이 주의 시차를 둔 모양이다. 먼 나중에야 당신은 당신이 그 여자애를 여러모로 과소평가했음을 인정하게 된다. 그리하여 여름방학을 맞이한 수호가 어느 밤, 이불을 뒤집어쓰고 이를 악물고서도 미처 단속하지 못한 울음소리를 흑흑 새어보내고, 마침 악몽을 꾸고 깨어난 김에 물을 마시러 거실에 나왔던 당신은 그 소리에 소스라친다. 세상에, 운다. 내 아들이 울어. 걔 때문인가? 걔가 그렇게 좋았을까?

대체 어디가?

다음날 수호는 눈이 탱탱 부은 얼굴로 아침식사 자리에 나오지만 당신은 그에 대해 묻지 않는다. 수호도 그 여자애 애기를 굳이 꺼내지 않는다. 그렇게 마음이 아프면서 나한테는 아무 말도 안 하는 게 서운해. 당신은 이 생각도 말하지 않는다.

그럼에도 역시나 수호는 여전히 다정한 아들이다. 태풍이 지나간 한여름 장을 보러 마트에 가는 당신에게 짐을 들어준다며 동행을 자청하는 아들. 요즘 세상에 이런 애가 어디 있느냐고, 정말. 당신은 누가 봐도 헌칠한 아들을 쇼핑에 동행시키는 당신을 마트 안의 모든 여자가 부러워할 거라 생각한다. 적어도 오랜만에 마주친 이웃 여자, 아들이 여자친구를 사귀어 입시 대박을 이루었다는 그 여자만은 확실히 그런 티를 낸다. 어머 수호 오랜만이다, 언제 봐도 이쁘다 너는. 여자친구 없니? 여자애들이 그냥 놔두니 너 같은 애를? 이웃 여자의 입 방정에 당신은 수호의 눈치를 살피지만 수호는 배시시 웃기만 할 뿐. 그 웃음이 어딘지 한스러워 보여서 당신은 조금 목이 멘다. 그러는 그쪽은 어떠냐고, 새로 얻은 따님하고 그 댁 아 드님은 잘 지내느냐고 물으니 이웃 여자는 성을 팩 낸다.

"말도 마, 쌍놈의 새끼 바람피우다 걸려서 지 복을 지가 차 버렸잖아. 아니 결혼까진 바라지도 않아, 국시 볼 때까지라도 잘 좀 어떻게 해보라고 내가 그렇게 당부를 했거든요."

이웃 여자는 좋아하는 사람이 바뀌면 신장되는 능력도 바뀌 는지라 큰 손해를 보게 되었다는 설명을 끝도 없이 늘어놓는 다. 익히 아는 사실이기에 당신은 예예하며 대충대충 이웃의 말을 들어 넘긴다.

"엄마는 뭐가 늘었어?"

이웃 여자를 겨우 떨치고 다시 쇼핑에 매진하려던 차에 수 호가 문득 묻는다. 에? 뭐? 하고 다시 묻자 수호가 말한다.

"엄마도 아빠를 사랑하니까 뭐가 좋아졌을 거잖아요. 그러 고 보니까 내가 누구 사귀어보기 전까진 그 생각을 안 해봤더 라고. 엄마랑 아빠도 서로 사랑하니까 뭔가 특별한 능력이 생 기지 않았을까? 엄마는 뭐가 늘었어요? 아빠는?"

"로로마 이전에 시작된 사랑에는 로로마 효과가 없대. 엄마가 알기론 그래."

"그래요?"

"로로마 공급이 한 2017년인가 18년에 시작됐으니까 그 훨씬 전에 만난 엄마랑 아빠는 그 덕 볼 순 없었지. 각자 다른 사람 좋아하게 되면 몰라도. 그건 또 큰일이잖아."

흐음 그런가, 그렇구나 하고 코너를 꺾어 앞서가는 수호의 뒷모습을 당신은 잠깐 멈춰 서서 바라본다. 당신이 지금이라도 로로마 효과를 볼 이유가 있다면 그건 남편 때문이 아니라 바로 너, 수호 때문일 거라고, 그게 이치에 맞다고 생각하면서. 그런데 너는 그게 왜 궁금하니, 혹시 뭐라도 눈치챈 거야? 당신은 조금 불안해하며 걸음을 서둘러 수호와 보조를 맞추지만 수호는 그 얘기를 더는 하지 않는다.

쇼핑을 마치고 나온 당신은 마지막에 고른 아이스크림 포장을 까서 수호의 입에 물려준다. 수호는 양손 가득한 장바구니를 한 손에 모아쥐고 빈손으로 아이스크림 막대를 잡는다. 합쳐서 대충 십오륙 킬로는 됨직한 짐을 한꺼번에 쥔 수호의 손목 안쪽, 뼈인지 근육인지 하여간 손바닥 끝과 손목을 잇는 튼튼한 줄기가 한껏 솟아 있다. 남자구나, 이제. 다 컸구나. 새삼스러운 생각을 하던 당신은 외친다. 수호야 조심, 앞에 물 조심. 머리로는 아들이 다 컸다고 생각하면서도 입으로는 무심코 어린애 취급을 하고 마는 것이다. 당신 자신으로선 그 온도

차를 뒤늦게야 알아차릴 수밖에 없어서, 혼자 피식 웃는데, 웃는 당신을 두고 수호는 아무렇지 않게 커다란 물웅덩이를 건너버린다. 폴짝. 무거운 짐을 든 사람 같지 않게, 그렇게 키도 크고 어깨도 벌어진 남자 같지 않게. 뛰어서 건넌 폭도 물론 넓지만 워낙에 높이 뛰어올라 지나가던 사람이 놀라 쳐다볼 정도다.

아직도 점프력이 좋구나……

당신은 웅덩이를 둘러 천천히 아이의 뒤를 따른다. 저놈의 점프력은 대체 언제까지 가려는지 모르겠다.

(몸에) 좋은 사람

이상형? 어른스러운 사람.

얼굴? 안 봐요. 진짜 안 봐요. 아닌가 조금 보긴 보나? 왜, 그런 말 있잖아요. 수비 범위가 넓다. 덕질 용어인 것 같기도 하고 일본어에서 온 표현인 것 같기도 하고? 머리 짧아도 좋고 장발도 좋고, 피부 하얘도 좋고 좀 탄 색깔이어도 좋고. 무쌍은 무쌍대로 매력 있고 쌍꺼풀 진해도 좋고. 뭐랄까 리치한 매력? 카르보나라 같은 거죠. 무쌍이 한식이면 유쌍은 파스타. 좀 이상한 비유인가? 그럼 이렇게 말하면 어때요. 한식 양식 다 좋아하는 거.

다 그렇지 않나?

그게 뭐 되게 별나고 특이한 건 아니잖아요. 이상적으로 생각하는 스타일이 그래요. 이렇게 생겨도 좋고 저렇게 생겨도 나름 괜찮다, 그런 식. 키? 키는 진짜 상관없어요. 저보다만 크면 돼요. 이건 어쩔 수 없죠. 제가 작잖아요. 2세, 아니 벌써부터 그런 거 의식해서가 아니라 그냥요. 무슨 2세? 제가 이제 스무 살인데요. 키가 나보다 작은데 성격이 진짜 어른스러운 경우요? 밸런스 게임 같은 거 하자는 거예요? 왜 이렇게 짓궂지. 그럼 만나죠, 그쪽도 제가 마음에 든다면 감사하죠. 그야 당연한 거 아닌가요? 여자 키가 저만하면 누가 봐도 작은 편이잖아요. 근데 남자 키가 저보다 작은데도 키에 콤플렉스 없이 성숙한 스타일이라는 건요, 인품이 명품이라는 뜻이에요. 세상에 비할 바가 없는 성품. 그런 사람은 놓치면 안 되죠.

그런데 모르겠어요, 그런 사람은 아마 없을걸요. 저도 지금은 이렇게 말하지만 막상 그런 분이 실제로 저한테 좋다고 하면 아마 고민깨나 하겠죠. 설명할 게 많아질 것 같잖아요. 왜 평범 범주에 들어가는 남자를 만나지 않았는지, 눈에 확 띄는 특징에도 불구하고 왜 그 사람과 사귀고 싶었는지, 그러니까 어디가 그렇게 좋은지, 무슨 빚진 사람처럼 변명하고 다녀야 할 것 같아요. 사귀는 내내. 피곤하지 않을까요. 그야 그런 거 물어보는 사람들이 무례한 거지만. 맡겨놓은 것도 아니면서 왜 그런 걸 물어볼까요 다들?

몸매 인정. 아무나 다 좋다는 거 당연히 아니죠. 저 좋다는 사람 아무나 반긴다는 뜻, 아니죠 당연히. 확실히 몸은 보는 것 같아요. 제가 좀 통통해서. 지금은 좀 빠진 거예요. 고3 때는 뭐 굴러다녔죠. 그래서 상대방 덩치가 좀, 너무 크시다 싶으면 마음이 불편해져요. 둘이 붙어다니면 사람들이 어떻게 볼지 짐작이 가서. 경험으로 배웠죠 뭐. 제가 외모 안 본다니까 동기가 그런 분 한번 소개해준 적 있거든요. 그 형 진짜 너무 좋은 사람인데 예선 통과를 해본 적이 없다고, 넌 예선 없다고 했으니까 한번 만나보라고. 나중에 애프터 거절할 때 어찌나 죄송하던지. 아, 근데요 그것보다 더 싫은 건 마른 남자. 예전에 저보다 종아리 가는 사람 사귄 적 있는데 그때 좀 비참한 느낌이었어요. 그래도 저 다리는 좀 자신 있는 편이었거든요. 몸이 좀, 뭐랄까 상체 집중형이라.

그런데 왜 자꾸 이런 거 물어보는 거예요?

선배도 아는 줄 알았는데.
내가 지금 좋아하는 사람.

*

"뒤풀이 갑시다. 뒤풀이."

여덟 명이 동시에 일어서며 수고하셨습니다, 인사하는 통에 좁지도 않은 강의실이 한껏 소란스러워졌다. 대학 강의실 책걸상이라는 건 대체 왜 이렇게 생겨먹은 걸까. 일체형 책상의 야박한 틈 한쪽으로 조심스레 엉덩이를 빼내며 유나는 생각했다. 조금이라도 표준 체형을 벗어나는 사람은 여기 앉지도 못하겠다고.

"갈 거지?"

묻는 소리에 돌아보니 그건 유나에게 던진 질문이 아니었다. 경영학과 2학년짜리 남자애가 생물…… 뭐라더라 이름이 긴 학과의 새내기, 유나 바로 옆자리에 앉았던 여학생한테 한 말. 여학생은 자기 눈썹이라도 쳐다보고 싶은 것처럼 눈동자를 위로 또르륵 굴리고 입술을 쭉 내밀며 으음, 콧소리를 냈다. 이따 토마토주스 사주시면 가고요. 유나는 그 대답을 듣고 고개를 돌렸다. 뻔하다는 생각은 조금 후에나 든 것이고, 그보다 우선 저도 모르게 웃음을 터뜨릴까봐 걱정이 됐다. 그냥 빨리 사귀어라. 누가 봐도 쌍방 개수작인데.

남의 사랑에는 항상 조금 역한 부분이 있다. 그렇게 생각하는 건 세상에 자기만이 아닐 거라고 유나는 믿었다. 거리감의 문제일까. 로맨스 소설이나 멜로 영화 같은 건 큰 거부감 없이 감상할 수 있었지만 직접 마주치는 사람들, 말하자면 화면이나 활자 바깥에 실재하는 사람들이 정분나는 꼬라지를 지켜보는 건 어쩐지 비위가 상했다. 은행 사진을 보는 건 괜찮지만 길에 떨어진 진짜 은행을 보면 냄새 때문에 눈살을 찌푸리게 되는 이치라고 할까. 곤란하게도 그것은 싫어하면 싫어할수록 더욱 예민하게 감지되었다. 오이를 못 먹는 사람이 연두색 비누의 냄새에서 오이의 뉘앙스를 아주 정밀하게 포착하듯, 주변에서 시작되는 사랑의 기미들을 유나는 기민하게 알아차렸다. 진저리가 나도록 자주 있는 일이었다.

유나 너도 뒤풀이 갈 거지? 하며 같은 과 시영 언니가 붙들지 않았다면 유나는 곧장 기숙사로 돌아갔을 것이다. 처음 만났던 OT 때부터 유나를 예뻐하던 언니는 붙임성 없는 유나를 이 인문학 독서 모임에 가입시킨 장본인이기도 했다. 너 재밌어 보인다, 내 옆에 앉아. 언니가 그렇게 말해주지 않았다면 유나는 입학한 지 두 달이 다 된 지금까지도 대학에서 만난 누구와도 통성명 한번 제대로 못해봤을 것이다. 그런 언니가 강의실을 먼저 빠져나간 몇 사람을 코끝으로 가리키며 유나에게 애걸하고 있었다. 야, 나 혼자 저 꼴을 어떻게 감당하냐. 거의 연극 조로 보일 만큼 과장된 표정과 몸짓이었다.

"모임 곧 망하게 생겼어, 커플 너무 많이 생겨서."

시영 언니의 울상 앞에 유나는 여유롭게 웃어 보였다. 이런 순간이 유나에게는 묘하게도 위로가 되어서였다. 남의 사랑을 불편해하는 사람이 자기만은 아님을 확인하는 순간. 그러니까 그건 특별히 자기가 못돼먹어서가 아니고, 타인의 로맨스 앞에서 누구나 보일 수 있는 반응이라는 것을 승인받는 절차. 유나가 정말로 스스로를 조금 못된 사람이라 믿고 있다는 사실과는 아무래도 별개로.

뒤풀이는 매번 같은 가게에서 했다. 후문 팔육집. 상호가 왜 팔육집인지는 독서 모임 구성원 중 아무도 몰랐고 상호만큼 메뉴도 종잡을 수 없었다. 부대찌개는 햄과 콩나물이 들어간 김치찌개에 지나지 않았고, 마른안주는 건어물도 맛이 갈 수 있는 거였나 의심하게 할 만큼 질이 떨어졌다. 하지만 기이하게도 튀김만은 정문 앞과 후문 일대의 그 어느 가게에도 뒤지지 않을 만큼 색이 좋고 바삭했는데, 이 모두가 오래된 메뉴판 한 장에 공평하게 적혀 있다는 점이 정말 의아한 가게였다. 쓸데없는 것 빼고 튀김만 하시라는 충고를 수십 년간 수천 번 들었을 팔육집 할머니는 자기가 메뉴판에 쓴 모든 요리를 빠짐없이 잘한다는 믿음을 결코 꺾지 않았고, 그래서 팔육집에는 늘 자리가 많았다. 그 사실을 잘 모르고 팔육집에 들어간 사람은 십중팔구 튀기지 않은 것을 시켰다가 봉변을 당하고 다신 얼씬도 하지 않을 테니까. 낡다못해 삭은 기물들이나 낙후된 화장실 시설도 손님을 쫓는 데 한몫했겠지만 술값이 다른 가게들보다 싸다는 무시 못할 장점도 있었다. 그러니까 전세 낸 것처럼 먹고 마실 수 있는, 아는 사람만 아는 가게, 그게 팔육집이었다.

잔 채우고 다 같이 건배 한 번만 한 다음에 자유롭게 마십시다, 테이블 안쪽 가운데 자리에 앉은 모임 리더가 큰 소리로 말하자 곧 모두 오른손을 치켜들었다. 소주잔 셋 맥주잔 다섯. 끄트머리에 앉은 유나는 바로 옆자리와 맞은편에 앉은 사람하고만 잔을 부딪칠 수 있었는데, 유나의 잔에서 튄 맥주 거품이 맞은편 사람의 맥주잔에 조금 흘러들어갔다. 아, 죄송해요, 아직 술은 한 방울도 안 마셨는데 왜 이러지. 유나는 잔을 내려놓고 휴지를 뽑아 건넸지만 상대는 아무렇지 않은 듯 그대로 맥주를 마셨다. 단숨에 잔을 비운 그는 양손을 펼쳐 유나에게 보여주었다. 깨끗했다. 유나의 잔에서 튄 거품이 다른 어디에 묻지 않았으니 신경쓰지 말라는 의미였을 터.

이 사람이랑 이렇게 가까이 앉은 건 처음이네. 모임 때든 뒤풀이 때든. 반쯤 빈 맥주병을 들어 상대의 잔에 채워주며 유나는 생각했다. 나는 이 사람 이름 아는데 이 사람은 내 이름 알까. 모임도 벌써 몇 주째인데 새삼 자기소개를 하면 이상하다고 생각하려나.

"주현우."

맞은편 사람이 자기를 가리키며 말했다. 때문에 유나는 조금 웃었다. 이 사람 나랑 똑같은 생각 하고 있었나봐.

"알아요. 저랑 두 학번 차이 나시는. 맞죠?"

"맞아요. 기억력 좋네요."

내 기억력이 좋은 건가? 그쪽이 기억에 남는 사람이겠지. 유나는 맥주잔을 입가로 가져오며 생각했다.

3월 셋째 주. 첫 모임이고 해서 그날만은 학과와 학번을 갖추어 제대로 자기소개를 했다. 그런 다음에는 한 사람씩 돌아가며 좋아하는 책이나 저자를 발표했다. 유발 하라리, 마이클 샌델, 재레드 다이아몬드 같은 휘황찬란한 이름들이 거론되었고 그중 절반쯤을 유나는 들어본 적도 없었다. 자기와 같은 신입생들마저 그런 낯선 석학들의 이름과 저서 제목을 소꿉친구 부르듯 거리낌없이 읊는 것을 보며 유나는 약간의 열패감을 느꼈다. 반쯤은 허세겠지, 설마. 앞 사람보다 더 있어 보이는 이름을 대야만 하는 묘한 기싸움이 시작되어버린 거지. 기죽지 않으려고 그런 생각을 하고는 있었지만, 또한 그것은 모임의 성격을 거의 정확하게 간파한 생각이었지만, 자기 차례가 돌아왔을 때 유나의 고개는 자연스럽게 수그러졌다.

미하엘 엔데의 『모모』……를 좋아합니다.

숙연한 침묵이 잠깐 감도는가 싶더니 몇 사람이 웃음을 터뜨렸다. 웃을 일인가. 옆에 앉은 시영 언니가 아, 귀여워! 외쳤지만 유나는 웃을 수 없었다.

그날 맨 마지막으로 자기소개를 한 사람이 그였다. 주현우. 자리에서 일어난 현우는 이름을 말하면서 모자를 벗었다가 학

번을 말하면서 다시 썼다. 사회학과고요. 좋아하는 작가는 후
지코 F. 후지오입니다. 그건 또 누구래, 턱을 괸 유나가 심드렁
하게 생각할 때 누군가는 소리 내서 물었다. 처음 듣는 작가인
데 대표작이 뭐죠? 현우가 되물었다. 도라에몽 모르세요?

다들 현우가 재미있는 사람이라 생각하는 눈치였다. 도라에
몽 작가 이름 처음 알았어요. 전 포켓몬처럼 여러 작가가 공동
창작한 만화인 줄 알았어요. 아, 후지코 F.라길래 난 또 일본계
미국인인 줄. 그러게요, 전 브래디 미카코 같은 작가인 줄. 웃
으며 툭툭 던지는 말들이 모두 그칠 때까지 기다린 후에 현우
는 진지한 태도로 덧붙였다.

그리고 저도 미하엘 엔데의 『모모』를 좋아합니다. 가장 최
근에 읽은 책입니다.

"저는 유나예요. 정유나."

뭐 더 할말이 없을지 찾다가 조금 머쓱해하며 유나는 덧붙
였다.

"새내기."

현우는 고개를 끄덕였다. 알고 있었다는 뜻인지 이제 알았
다는 뜻인지 알 수 없었다. 할말이 없어서 건배를 나눴고 대화
는 더 이어지지 않았다. 조금 후에 시영 언니가 유나의 팔을
잡아당겼다. 유나, 담배 피우러 가자. 자리에서 일어나는 찰나
에 유나는 현우 눈치를 봤다. 이 사람이 내가 담배 피우는 거

신경쓰는지 안 쓰는지를 난 왜 신경쓰지, 그런 생각이 뒤따라 들었고 그게 조금 자존심 상했다. 난 이미 성인이고 여자가 담배 피운다고 뭐랄 사람 여기 아무도 없는데 무엇 때문에.

조금 후에 현우가 밖으로 나왔다. 뭐야, 담배 피우나. 팔육집 옆 조금 그늘진 골목길에 서 있던 유나는 현우가 머뭇거리지도 허둥거리지도 않고 가로등 불빛이 있는 대로 쪽으로 나아가는 뒷모습을 지켜보았다. 벌써 집에 가나, 인사는 하고 가시지. 현우는 금세 돌아왔다. 유나는 별생각도 없이 담배를 한 대 더 꺼내 물었다. 또 피우게? 나 먼저 들어간다, 시영 언니가 떠난 자리에 현우가 와서 섰다. 가게를 나설 때는 유나가 거기 있는 줄 모르다가 돌아오는 길에야 발견한 모양이었다.

"담배 사러 다녀오신 거예요?"

"끊었어요."

"말씀 편하게 하세요. 선배잖아요."

현우는 머쓱한 듯 웃었다.

"그렇게 되나요. 그럴까, 그럼."

담배를 사려던 게 아니면 갑자기 어딜 갔다 온 거지. 그리고 담배 피울 것도 아니면서 왜 여기 서 있지. 유나는 머릿속에 떠오른 의구심들을 입 밖으로 꺼낼까 말까 계산해보았다. 두 번째 질문은 아무래도 시비를 거는 것처럼 들릴 것 같아 굳이 묻기 애매했고 첫번째 질문의 답은 현우의 얇은 점퍼 주머니

밖으로 비어져나와 있었다. 100% 토마토주스.

아…… 그런 건가.

유나는 담배 연기를 길게 내뿜으며 생물 어쩌고 학과 여자애를 떠올렸다. 그런 거지. 취하면 토마토주스가 먹고 싶어진다는 거, 약간은 작위적인 느낌이지만 확실히 뇌리에 남는 습관이지. 아이템 색채도 강렬하고. 그걸 떠올리니 긴장이 풀렸다. 긴장이 풀린다는 건 그전까지 조금이나마 긴장을 하긴 했다는 의미.

나 이 사람 의식하는구나.

조금 당황스러운 자각이 뒤따랐고 유나는 허겁지겁 담배를 피웠다. 생각을 너무 많이 해서인지 할말이 아무래도 떠오르지 않았고 담배가 얼른 타길 바라며 필터를 물고 숨을 길게, 가능한 한 길게 들이쉬는 것 말고는 할 수 있는 일이 없었다. 어색한 시간을 끝내고 가게로 들어갈 때 유나는 안도감과 함께 약간의 실망감을 느꼈다. 누구를, 무엇을 탓하는 아쉬움인지 알 수 없었다.

그날은 주량보다 조금 더 마셨는데도 유나는 그리 취하지 않았다. 자리가 길어지자 생물…… 뭐라는 학과 새내기 여자애는 상온에 오래 둔 푸딩처럼 흐물흐물하게 무너졌다. 바로 앞에 현우가 사온 토마토주스가 놓여 있었지만 그애는 표면에 물방울이 송골송골 맺힌 주스 병에 끝까지 손도 대지 않았다.

자기가 원하는 상대가 사온 게 아니라서 그런가. 안타까운 일이네. 유나는 거의 또렷한 정신으로 토마토주스와 현우를 번갈아 쳐다보며 속으로 여러 번 혀를 찼다.

*

유나는 스스로를 재미있는 사람이라고 생각해본 적이 없었다. 너 좀 엉뚱하다, 귀여운 것 같다 그런 말은 종종 들었지만. 딱히 특이해 보이려고도 굳이 귀여움을 사려고도 애쓴 적 없어서 선배나 동기들이 왜 그런 말을 하는지 유나로서는 알 수 없었다. 사람들이 나보고 귀엽대. 그런 건 자랑거리가 못 됐고 오히려 입 밖에 내는 순간 푼수가 되어버리는 말이었다. 될 수 있다면 재미있는 사람이 되고 싶었다. 웃긴 사람이 되고 싶다는 게 아니라, 그 자리에 없어도 웃음을 자아내는 우스갯거리가 되고 싶다는 게 아니라, 다음에는 또 무슨 말을 하려는지 경청할 마음을 불러일으키는 사람. 나중에 다시 만나고 싶은 사람.

현우 같은 사람?

지난밤의 술자리를 되새겨보면서 유나는 현우가 생각만큼 재미있는 사람은 아니었다는 사실을 떠올렸다. 마주앉아 있던 시간은 한 이십여 분. 그러는 동안에 나눈 대화는 열 마디가 넘을까 말까 했다. 그것도 담배 피울 동안에 주고받은 말까지 합쳐야 겨우. 생각보다 말수가 적고 수줍음을 타는 사람 같았다. 그러니까 알고 보면 재미있는 사람은 아니고, 의외로 나랑 비슷한 사람 아닌가.

기숙사 계단을 내려가던 유나가 갑자기 하하하 웃어서 같은 방향으로 걷던 사람들이 흘끔흘끔 쳐다보았다. 현우가 자기와 비슷한 사람일지도 모른다는 생각은 현우가 재미있는 사람이라는 믿음보다도 더 큰 오해 같았다. 전날 담배를 피우고 돌아온 유나는 원래 자리에 앉았고, 따라 들어온 현우는 자기 잔과 수저를 챙겨 반대쪽 끄트머리로 자리를 옮겼다. 현우도 유나가 자기와 비슷한 사람이라 생각했다면 그러지 않았겠지. 상대방은 전혀 그런 생각을 하지 않을 텐데 저 혼자 일방적인 친밀감을 느끼는 것. 그건 스스로는 부끄럽고 상대가 알면 좀 징그러워할 일 같았다.

다음부터는 정말 뒤풀이 가지 말아야지.

술자리라면 싫지 않은 편이었다. 입학하고 한 달은 거의 매일 술을 마셨는데도, 대개는 별말도 않고 술만 홀짝이다 오는 자리였는데도 유나는 학과 내의 크고 작은 모든 술자리에 참석했다. 대단한 주량은 못 되었지만 참는 건 자신이 있어서 늘 잠자코 잘 앉아 있었고, 그런 식으로 한 달이 지나자 유나 애가 소리 없이 강하다며 선배와 동기들이 추켜세워주었다. 그게 전부이기도 했다. 술자리는 싫지 않았지만 크게 즐겁지도 않았고 돌아오는 길에는 약간 허무하기나 했다. 말실수를 저지를 만큼 말을 많이 하지도 못했고 썩 흥미로운 이야기를 듣지도 못했다. 그도 그럴 것이 거의 매일 마주하는 사람들끼리 새로운 화제라고 해봐야 모두가 아는 동기 선배들 가운데 누가 누구랑 사귀니 마니 하는 소식, 그래서 누가 로로마로 어떤 효과를 봤는지 정도였으니까. 생각해보면 담배를 배운 것도 그래서가 아니었나. 묵묵히 앉아만 있는 시간을 조금이라도 덜 답답하게 하려고.

그러니까 이제 뒤풀이 같은 건 정말,

"유나 어제 잘 들어갔어?"

종합강의동에 막 들어섰을 때 누군가 말하고 지나갔다. 질문인데 대답은 바라지 않은 것처럼 말 한마디만 뒤에서 툭 던지고 몸은 척척 앞서간 사람, 겉옷 색깔이 눈에 익었다. 현우였다. 선배도 이 건물에서 수업 듣는구나. 나랑 같은 시간에. 유나는 어깨에 남은 남자 스킨 향을 의식했다. 저 선배는 내가 나인 걸 어떻게 알았지, 뒷모습만 보고?

당연히 수업 같은 것에는 조금도 집중이 되지 않았다.

나오자마자 유나는 담배를 물었다. 배운 지 한 달 조금 넘은 담배에 완전히 중독이라도 된 것처럼. 두 시간 조금 안 되는 수업 시간 내내 가슴이, 물론 내내 그러지만은 않았지만 간헐적으로 너무 심하게 뛰어서 얼른 담배를 피우고 싶었다. 첫 숨을 길게 내뿜을 때에야 비로소 진정되는 것은 물론 스스로를 돌아볼 수 있을 듯한 마음이 되었다. 왜 이럴까, 고작 하루이틀 사이에.

미쳤나.

유나는 건물 후문으로 나오는 현우를 보며 생각했다. 손가락 사이에 끼운 담배는 다시 물 생각도 못해서 그저 하얗게 타들어가고 있었다. 잠깐 두리번대던 현우가 유나를 발견하고 곧장 유나 쪽으로 걸어왔다.

"여기 있을 줄 알았어. 나도 예전엔 여기서 피웠거든."

"언제요?"

"군대 가기 전에."

그제야 유나는 손가락 한 마디만큼 타버린 담배를 털었다. 이 대화가 이상하다는 생각이 들었다. 내용이 아니라 양식이. 어제 처음 말을 섞은 사람들치고는 너무 일상적이라는 느낌이.

"시간 있어?"

"있으면요?"

생각 없이 반사적으로 내뱉고서야 조금 시비조가 아니었는지 유나는 후회했는데 현우는 크게 개의치 않는 듯했다.

"나 도서관 좀 데려가줄래?"

*

대학생으로서 처음 참석한 술자리는 예비 대학 뒤풀이. 정확히 말해 그때는 아직 대학생이 아니고 갓 스물을 넘긴 때에 불과했지만.

그때 유나를 안심시킨 사실 중 하나는 사람들이 생각보다 로로마에 관심이 없는 듯하다는 점이었다. 전 세계가 로로마 때문에 시끌시끌하다는데 정작 눈앞의 이 많은 또래들은 아무도 로로마 얘기를 안 한다는 게 무슨 괴담처럼 기이하게 느껴지기도 했다. 로로마는 평행 우주에서나 발견된 것이고 사실 이 우주엔 그런 망할 미생물이 없는 것처럼. 아무튼 그 자리에서는 로로마 얘기를 꺼내는 것이 예의에 어긋나는 일이라는 암묵적인 합의마저 있는 듯 느껴졌다. 로로마에 미친 아줌마 덕에 처음 사귄 남자친구와 헤어진 유나에게는 차라리 달가운 현상이었다.

역시 그런 걸 따져가면서 사람과 사귀고 헤어지는 건 상식에 어긋나는 일이겠지. 사랑을 해서 뭐가 나아졌는지를 계산하는 건 너무나 속물적이어서 지성인들의 세계에 어울리지 않겠지. 생각해보면 자연스러운 일이기도 했다. 로로마는 사랑을 스펙으로 만들었으니까. 종교나 정치나 주식처럼 민감한, 그 애기만을 하고 싶어하는 사람들끼리 따로 모여서나 나눌 법한 화제가 되어야 마땅했다.

그 생각이 반쯤 착각이었음은 오래지 않아 밝혀졌다. 동기들이 그동안 로로마 이야기를 안 한 건 아직 그게 자기 일이 아니어서지, 흥미가 없어서나 속물적이라 생각해서가 아니었다. 로로마의 술자리 화제 점유율은 꾸준히 높아졌다. 아는 누군가가 사랑에 빠진 것도 흥미로운데, 그 때문에 피부가 좋아졌다거나 스피킹 실력이 하루아침에 플루언트해졌다는 이야기 같은 걸 그냥 넘길 순 없는 거였다. 한번 물꼬를 튼 로로마 이야기는 급물살을 타서, 캠퍼스에 지천으로 벚꽃이 만개할 때쯤 동기들은 숫제 누군가의 변화를 로로마와 연관 지으며 넘겨짚기 시작했다. 누가 살이 좀 빠졌다 싶으면 다이어트를 했나보다 생각하는 대신 기초대사량이 올라간 거 아냐? 소화력이 좋아진 거 아냐? 추측했고, 누가 공통 교양 수업에 결석이라도 하면 헤어져서 컨디션 안 좋아진 거 아냐? 걔가 로로마 때문에 기초체력이 올라갔다고 했던가? 입방아를 찧어댔다.

물론 유나에게는 이 모든 상황과 현상이 징글징글했다. 남의 사랑도 싫은데 로로마는 그보다 두세 배는 더 싫어서. 술자리의 수다에 적극적으로 참여하지도 않으면서 꼬박꼬박 얼굴 도장을 찍은 내심에는 이 상황에 대한 체념이 자리하고 있었다. 자기 얘기가 되기 전까지는 모두가 로로마에 관심 없는 척했다는 사실이 사랑이라는 유행이 이다지도 저물지 않는 이유

를 말해주었고, 누군가의 그 어떤 변화든 로로마로 설명하려
는 시도는 사랑이 눈에 보이지 않는 것들의 목록에서 제외되
었다는 사실을 증명해주었다.

그렇구나, 숨길 수 없구나.

숨겨지지 않는구나.

그리하여 유나는 생각하지 않을 수 없었다. 만약 자기가 현
우에게 호감을 느끼고 있는 게 사실이라면, 그렇다면 나는 지
금 뭐가 달라진 거지? 내 마음이 내 몸을 어떻게 변화시켰지?

아무것도 변하지 않았다면 이 마음은 가짜인 걸까?

사람이 아니라 상황이 만들어낸 설렘에 잠깐 속은 건 아닐
까?

*

도서관 주 출입구에는 지하철처럼 학생증을 터치해야 지나
갈 수 있는 개찰구가 있었다. 한 사람이 출입 센서에 학생증을
터치하고 다른 한 사람이 그 뒤에 바짝 붙으면 함께 들어갈 수
있는 편법도 지하철 개찰구와 비슷했다. 종합강의동에서 도서
관까지 걷는 오 분여 동안, 현우는 어제 막 초면을 면한 유나

에게 바로 그 도움을 원한다는 사실과 그 이유를 간략히 설명해주었다.

"같은 과 분들은요?"

"제대하고 첫 학기라서. 남자 동기들은 제대를 안 했거나 아직 휴학중이고, 여자 동기들은 학년 높아서 다 바쁘고. 후배들은 잘 알지도 못하고."

"누가 출입구 지키고 있진 않아요? 지하철처럼."

성큼성큼 걷던 현우가 잠깐 멈춰 서더니 웃었다.

"도서관 안 가봤구나. 주 출입구에는 근로 장학생 배치 안 돼 있어. 대출 반납 키오스크만 있고."

유나는 학교 도서관도 안 가본 사람인 걸 들킨 게 조금 부끄러워 얼굴을 붉혔다. 독서 모임 때문에 가보려곤 했는데, 도서관 홈페이지에서 검색해보니까 우리 모임 주제 도서는 매번 인기 도서인데다 어차피 늘 대출중이어서 굳이 안 가봐도 되겠다 싶었을 뿐인데…… 떠오른 변명거리는 스스로 생각해도 구차해서 입 밖에 내지도 않았다.

가는 길 내내 아름 굵은 벚나무가 심겨 있어 나무들은 두 사람을 포위라도 하겠다는 듯 꽃그늘을 드리워댔다. 바람이 조금만 불어도 하르르 떨어지는 벚꽃 잎들 사이에서 유나는 꽃잎이 머리에 앉지 못하게 하려는 척, 고개를 살랑살랑 저었다. 이런 계절, 이런 장소, 이런 사람. 사랑에 빠지는 건 너무 뻔한 일 같았다. 이미 현우에게 마음이 생기기 시작한 건 순순히 인정할 수 있을 듯했지만, 먼저 좋아해버리고 싶지는 않다는 오기가 새로 솟기 시작한 참이었다. 적어도 발 뺄 수 있을 만큼만. 상대방은 나를 그렇게 생각하지 않는다는 게 자명해지면, 곧바로 회수할 수 있을 만큼만.

취하려고 술을 마시는 주제에 절대로 과하게 취하지는 않겠다고 다짐하는 기분이었다.

유나와 현우는 미리 이야기한 작전대로 도서관 출입구를 지나갔다. 유나가 학생증을 센서에 갖다댔고 현우가 뒤에 바짝 다가섰다. 순간 현우가 몸으로 일으킨 아주 약하고 부드러운 바람이, 체취를 싣고 유나에게로 흘렀다. 스킨냄새가 아직도, 혹시 스킨이 아니라 향수인가. 향수 뿌리는 남자였나. 유나는 그 순간이 길었다고 생각했지만 사실은 순식간이었다. 깨닫고 보니 이미 도서관 중층이었고 현우가 뭐라 말을 건네고 있었다.

"고마워. 더 부탁해도 돼?"

"뭔데요, 이번엔."

"같이 와준 김에 책도 좀 빌려도 될까. 학생증 재발급 일주일은 기다려야 한다고 하는데 바로 읽어야 하는 책이 있어서."

그럼 반납할 때도 제 학생증 필요하겠네요. 유나는 곧장 떠오른 대꾸를 내뱉는 대신 얌전히 답했다.

"그러세요."

현우가 빌릴 책을 다 고르길 기다릴 동안 유나는 생물 어쩌고 학과 여자애를 떠올렸다. 가능하면 걔랑 오고 싶었겠지, 걔가 지나가듯 한 말, 그것도 자기한테 한 것도 아닌 말을 듣고 일부러 토마토주스를 사러 갔다 올 정도면. 그러니까 나한테 지금 이러는 건 그저 마침 같은 건물에서 같은 시간대에 수업을 들은 우연 때문이겠지. 그러니까 지금 이건, 나랑 뭘 더 어떻게 해보자는 수작질 같은 게 아니겠지.

"도와줘서 고마워. 조금 늦었지만 점심, 내가 살게. 뭐 먹고 싶어?"

도서관을 나오면서 현우가 말했고 유나는 휴대폰으로 시간을 확인했다.

"삼십 분 후에 다음 수업 시작이에요."

큰 보폭으로 걷던 현우는 충격을 받은 듯 그 자리에 우뚝 멈춰 섰다.

"공강 한 시간 중에 삼십 분을 날린 거야? 나 때문에. 점심 먹을 시간을."

그게 그렇게 되나, 아닌 건 아니지만 듣고 보니.

"가다가 학관에서 주먹밥 같은 거 사 먹으면 돼요."

"착하다, 너."

"네?"

"너 착하다고."

"제가요?"

"응."

내가 그런가.

그러기로 한 것도 아닌데 어느덧 나란히 학생회관 쪽으로 걷고 있었다. 수업 시작 시간 이십 분을 남기고 유나는 학생회관에 도착해 건물 앞에서 담배를 피웠고 현우는 유나의 부탁대로 학관 카페에서 딸기바나나주스를 사다주었다. 주먹밥은 됐고? 현우가 묻자 유나는 마음이 바뀌었다고 답했다. 선배도 착하네요. 주스를 받아든 유나가 건넨 농담에 현우는 웃지도 않고 대꾸했다. 뭐가 착해. 난 착함에 대한 기준이 엄청 높은 사람이야.

그럼 나는요?

묻고 싶었지만 유나는 그러지 않았다. 대신 수업 내내 휴대폰 화면을 들여다봤다. 시간 될 때 밥 사주겠다고, 꼭 연락해야 한다고 당부하며 현우가 남기고 간 연락처를.

*

"바보야, 전화를 걸어 전화를."

과에서 가장 가까운 사람이라면 역시 시영 언니였다. OT 때

외톨이가 되지 않게 곁에 앉혀주고, 자기가 다니는 독서 모임에도 같이 가자고 해준 사람. 좋은 느낌이 드는 사람이 생겼다는 이야기를, 그게 우리 모임의 주현우라는 사실은 슬쩍 빼고 털어놓자 언니는 숫제 화를 냈다. 유나 너 그렇게 안 봤는데 답답하다, 번호가 있는데 전화를 왜 안 걸어?

"인간들이 번호 교환, 번호 교환 노래를 부르는 게 뭐 여름 방학 비상 연락망 만들려고 그런 거겠니? 정분이 나려면 통화를 해야 된다, 이거예요. 개인적으로는 있잖아, 소개로 만난 애들 같은 경우에 특히, 성사되느냐 안 되느냐의 차이가 거기 있다고 봐. 만나기 전에 메시지만 주고받은 애들은 금방 파투 나는데 통화 한 시간 두 시간씩 해본 애들은 결국 만나더라고. 왜인지 알아?"

유나가 고개를 젓자 언니는 또 벌컥 화내듯 말을 이었다.

"목소리를 주고받아야 상대를 좀더 상상하게 되는 거야. 상상을 해야 텐션이 생기는 거고. 텐션이 있어야 그쪽하고 나 사이의 가능성을 더 진지하게 받아들이게 된다고. 통화가 그래서 중요한 거야, 알아들어? 상대방이 자기를 공략할 최종 병기를 순순히 넘겨줬는데도 안 쓰고 있는 거라고, 너는 지금."

현우가 정말 그런 의도로 연락처를 알려준 걸까? 그렇지만 그건 바꿔 말하면 전화를 거는 것 자체가, 나 당신에게 순수하지 않은 마음이 있어요라는 메시지가 된다는 뜻 아닌가.

"됐다, 내가 널 데리고 무슨 소릴 하는 건지."

언니가 퉁명스레 말하며 자판기 버튼을 눌렀다. 이온음료가 덜커덩 떨어지는 소리가 유나에게는 꼭 자기 몸안에서 나는 것처럼 들렸다. 언니랑 아무리 가깝다고 해도 언니에게 이런 이야기가 유쾌하지만은 않을 거란 생각이 뒤늦게야 든 것이었다. 남의 사랑이란 건 항상 조금 역한 데가 있는 법이니까. 근데요, 언니. 유나는 변명하듯 웅얼거렸다. 그쪽은 나에 대해 별생각 없는 것 같아요. 그쪽도 나한테 전화 안 걸잖아요. 나도 그날 연락처 받자마자 통화 버튼 눌렀는데도.

연락도, 별일도 없이 며칠이 흘렀다. 유나는 이후로도 술자리가 생기면 꼬박꼬박 참석했고 매번 기숙사 통금 시간보다 훨씬 이른 아홉시쯤 자리를 떴다. 그런 날이면 그리 취하지는 않았으나 술 때문에 조금 달아오른 숨을 찬찬히 가누며 기숙사 휴게실에 오래 앉아 있었다. 기숙사 4인실은 사적인 통화에 적합한 공간이 아니니까. 전화를 걸 용기는 아무래도 나지 않았다. 취했다 치고 실수인 척 저질러볼까 하는 생각도 가끔은 들었지만 그러기엔 실질적으로 술기운이 부족했다. 갓 스무 살이 된 참이어서 어른스러운 연애에 대해 잘 모르긴 해도, 술의 힘을 빌려 전화를 거는 건 아무래도 너절한 짓거리라 느껴지기도 했다.

며칠을 그러자니 짜증이 나기 시작했다. 수업마다 과제가 있고, 독서 모임 주제 도서도 읽어야 하고, 술자리에선 몇몇 동기가 공인 영어 점수 준비 얘기를 꺼내고 있었는데, 걸지도 받지도 않을 전화만 붙들고 시간을 허비하는 스스로가 한심하게 느껴졌다. 가장 짜증나는 점은, 그러다 지쳐 휴대폰을 엎어놓았다가도 진동이 오면 혹시나 하며 얼른 다시 양손으로 집어들게 되는 것. 아무도, 하물며 이 사태의 원흉인 현우조차 딱히 유나를 속이고 있지 않은데도 자진해서 착실히 골탕 먹고 있는 것 같아 짜증이 자꾸 치밀었다.

유나가 짜증을 내건 말건 시간은 흘러 어느덧 독서 모임 다음 회차 날이 왔다. 모처럼 일찍 온 유나는 리더를 도와 강의실 책상을 원형으로 배치하고 있었는데, 경영학과 2학년생이랑 생물 어쩌고가 손을 잡고 들어왔다. 얄궂게도 그다음에 나타난 사람은 현우였다. 유나는 현우와 그 옆에 나란히 앉은 두 사람을 번갈아 보며 혼자 전전긍긍했다. 오직 자기만이, 당사자도 아닌 사람만이 그것을 신경쓰고 있다는 점이, 그러니까 오히려 당사자들 중에는 조금이라도 신경쓰는 기색을 보이는 사람이 하나도 없다는 게 너무도 신경이 쓰였다. 모임이 진행된 한 시간 반 동안 나눈 이야기는 조금도 기억에 남지 않았고 힘이 쭉 빠진 몸으로 유나는 비실비실 기숙사로 향했다.

"뒤풀이 정말 안 갈 거야? 중간고사랑 축제 때문에 이제 한 이 주는 못 모일 텐데."

　기숙사와 후문 사이의 갈림길에서 시영 언니가 소매를 붙들었지만 유나는 고개를 저었다. 몸이 안 좋은 것 같아요. 하필 그 핑계를 댈 때 현우와 눈이 마주쳤다. 현우는 어디가 안 좋냐고, 얼마나 안 좋냐고 묻지도, 그래도 같이 가자고 청하지도 않았다.

　기숙사에 돌아와 침대에 누운 유나는 정말로 몸이 안 좋아진 것 같다는 생각을 했다. 방에 들어올 때까지만 해도 멀쩡했는데 별안간. 감정이 감각으로 변해서 몸에 독처럼 쌓이는 것 같았다. 부끄러웠고 서러웠다. 아무도 먼저 가라, 꺼지라 하지 않았는데 자진해서 떠나온 것이었고, 누군가 다정하게 붙잡아주기도 했지만 결국은 혼자 돌아와야 했기에 외로웠다. 주로 팔 언저리와 무릎 부근이 무딘 칼날을 대고 비비는 것처럼 아팠고 명치에서부터 왼쪽 가슴까지 온통 쿡쿡 쑤셨다. 체했나. 몸살인가.

　잘 시간이 아닌데도 일찌감치 누운 탓에 잠이 통 오지 않았다. 생각을 그만두고 싶었지만 잠이 오지 않아서 생각만 새끼치듯 늘어갔다. 뒤풀이 같은 건 이제 질린 줄 알았는데, 자기처럼 조용한 사람일수록 그런 자리에 열심히 끼지 않으면 안 된다는 걸 깨달았다. 조용한 사람이 모임에도 빠지면 정말로 존재감이 없어져버리니까. 하지만 피곤함과 지루함을 참아가면서 그 시간을 견디는 일에 정말 그만한 가치가 있을까.

난 대체 뭘 바란 거지.

유나는 벽을 향해 돌아누우며 생각했다. 나는 막연히 생각해온 것보다 더 별로인 사람이네. 자진해서 혼자가 되려면서도 사실은, 혼자인 게 괜찮지 않은 사람. 내가 정말 그런 사람이라면, 그런 내게 필요한 건 뭐였지. 나는 뭘 원한 거였지. 답은 민망할 만큼이나 단순했다. 내가 원하는 사람이 날 잡아주길 바란 거지.

누군가가 나를 발견해주길. 내가 소란을 떨지 않아도, 눈에 띄고 싶어 안달 내지 않아도 조용히 나를 알아봐주길. 혼자이고 싶지 않다는 나의 불안을 나보다 먼저 감지하고 잠재워주길.

가능하면 그게 그 사람이길.

물론 그런 일은 좀처럼 일어나기 어렵다는 것을 유나도 알고는 있었다.

*

술도 안 마신 몸이 어찌나 무겁게 느껴지던지 유나는 일어나자마자 아, 그냥 오전 수업 자체 휴강해버릴까 하는 생각부터 했다. 어두운 휴대폰 화면에 비친 얼굴은 몰라보게 부어올라 있었다. 룸메이트들이 이상하게 생각할까봐 필사적으로 울음을 참았던 터라 억울한 마음마저 들었다. 전날 초저녁부터 드러누운 탓에 잠이 더 오지도 않았다. 어렵사리 일어나 찬물 샤워를 길게 하고 자리로 돌아와보니 새 메시지가 와 있었다.

책 반납하러 같이 도서관 가줄래? 오늘 시간 괜찮으면.

유나는 꼬리를 밟힌 고양이처럼 펄쩍 뛰어올랐다. 짧은 답장을 보낸 다음 팔다리를 파닥거리며 춤도 아니고 뭣도 아닌 이상한 동작을 이어가다 문득 정신을 차렸다. 다행이다, 룸메이트들이 없는 시간대라서.

너무 신경쓴 티는 안 나게, 그렇지만 평소와는 조금 다르게 보일 만한 옷을 신중하게 고르고 속눈썹 한 올까지 심혈을 기울여 다듬었다. 그러고도 꽤 이른 시각에 기숙사를 나선 탓에 강의실에 지난주보다 십 분은 일찍 도착해버렸다.

수업 끝나고 종합강의동 흡연 구역 근처에 서 있자 현우가 나왔다. 별로 두리번대지도 않고 한 번에 자기를 찾아 조금 웃는 얼굴로, 일직선으로 가까워져오는 현우를 보면서 유나는 생각했다. 좋다.

정말 좋아.

그건 그리 비일상적인 풍경도 대단히 감동적인 모습도 아니었지만 어쩐지 눈가에 눈물이 핑 도는 느낌이었다. 그게 어쩐지 멋쩍기도 하고 스스로 생각하기에 어이가 없기도 해서 유나가 고개를 숙이자 불쑥 가까이 온 현우가 걱정스레 물었다.

"아직 몸 안 좋아?"

"아뇨, 얼굴이 좀 부은 것 같아서요."

유나의 말에 현우는 굳이 허리를 굽혀 유나의 얼굴 가까이 자기 얼굴을 들이댔다. 목덜미 언저리에 고여 있었을 남자 스킨 향 같은 것이 유나 쪽으로 피어올랐다.

"하나도 안 부었는데."

그때 유나는 내심 조금 전 자기가 댄 핑계를 후회하고 있었다. 얼굴이 부어서 시선을 피한다는 말에 어떤 의미가 있는지는 조금만 생각해봐도 알 수 있을 텐데. 당신에게 나의 덜 예쁜 모습은 보여주고 싶지 않다는 게 대체 무슨 뜻인지. 그야 이렇게 얼굴이 빨개진 사람이 하는 말이라면 그게 뭐든 자백처럼 들리겠지만. 그런데 유나가 이렇듯 부끄러워하고 있을 때 현우는 마치, 그게 그렇게 부끄러워? 그럼 이건 어때? 하듯 얼굴을 불쑥 내민 것이었다. 아 진짜 놀리지 마세요. 입에서 나오는 대로 지껄이며 유나는 양손으로 얼굴을 가렸다. 손 아래 질끈 감은 눈꺼풀 속에서 작은 섬광들이 팡팡 터져서 눈으로 파핑 캔디를 물고 있는 것처럼 느껴졌다.

너무 설레면 짜증이 날 수도 있구나.

현우를 따라 도서관 쪽으로 걷는 동안에 여러 생각이 유나의 의식을 드나들었다. 가령 고등학생 때 좋아하던 가수의 쇼케이스에서 받았던 종이 슬로건, 받는 순간에는 평생 소중히 간직하고 대대손손 가보로 물려주리라 마음먹었던 그것의 귀퉁이를 제 손으로 콱 구겨버린 순간의 기억. 슬로건이 구겨진 건 오랜 시간이 지나서도 아니었고 다른 누구의 악의 때문도 아니었다. 그걸 손에 넣은 바로 그날 무대를 보다가 자기도 모르게 주먹에 힘을 꽉 쥔 탓이었다. 윽, 너무 좋아! 라고 생각한 순간의 흔적. 다시는 펼 수 없는 마음의 주름. 바로 그 순간에도 유나의 마음에는 그런 구김이 번져가고 있는 것처럼 느껴졌다. 좋고 좋아서 그냥 너무 좋아서 정오의 야외에서 찌푸린 미간처럼 무한한 실선을 그리며 구겨져가는 마음.

마음속은 그런데도 막상 입 밖으로는 한마디도 꺼내지 못하고 있다는 게 한심하기도 했다. 이 사람 나랑 걷는 거 심심하다고 생각하고 있지 않을까. 그렇다고 아무 말이나 성급하게 꺼내버리면 내 마음이 다 탄로나버리지 않을까. 그러면 내 뻔한 마음이 이 사람을 질리게 만들지 않을까. 애초에 만난 지 얼마 되지도 않았는데.

"어제……"

생각과는 상관없이 이미 말이 튀어나가고 있었다. 유나가 입을 떼자 조금 앞서 걷던 현우가 응? 하고 돌아보았고 유나는 서둘러 말을 마무리지었다.

"어제 재미있었어요?"

말하고 보니 이게 무슨 질문이지 싶은 생각이 들어, 유나는 자기 입을 치고 싶은 심정이 되었다. 난 왜 매번 이 모양이지,

뭘 물었다 하면 꼭 시비조라니까. 재미있었으면 어쩌고 없었으면 뭐 어쩌게.

"어제? 어제 같이 있었잖아. 유나 넌 모임 별로 재미없었어?"

"아니, 뒤풀이 말이에요."

"뒤풀이? 나도 안 갔는데."

"네? 왜요?"

"나 원래 뒤풀이 같은 거 별로 안 좋아해. 여럿이서 마시면 술만 많이 마시고 대화는 잘 못하게 되잖아."

그런 것치고 당신도 매번 뒤풀이 안 빠지던데. 유나는 의아함에 고개를 갸웃대며 현우를 따라잡으려 종종걸음을 쳤다.

"미안, 반납할 땐 학생증 필요 없었나봐."

조금 후에 현우가 멋쩍어하며 말했다. 도서관 출입구 무인 반납 키오스크에 책을 올려놓자 자동으로 반납이 승인되었다는 메시지가 뜬 것이었다. 이어지는 안내 메시지대로 반납함에 책을 밀어넣은 다음 유나와 현우는 다시 도서관 밖으로 나왔다.

"아무튼 고마워, 너 진짜 착하다."

현우의 말에 유나는 잠시 부끄러움을 잊고 그의 얼굴을 빤히 올려다보았다. 조금 전부터 유나의 마음속에는 작은 의심이 피어오르기 시작한 터였다. 이 사람이 정말 도서 반납에 학생증이 필요치 않다는 사실을 몰랐을까? 학교 도서관 이용 방법을 빠삭하게 파악하고 있는 고학번이. 혹시 일부러 모르는 척했을 가능성은 전혀 없을까? 나하고 잠깐이라도 더 보고 한마디라도 더 나눠보고 싶어서. 그런데 그러면 생물 어쩌고 학과 여자애한테 준 토마토주스는 뭐였지, 아니 개한테 진짜로 마음이 있었다면 경영학과 선배랑 사귀는 게 알려졌던 어제 무슨 티라도 냈겠지, 그럼 이 사람이 지금 나한테 이러는 이유는 뭘까?

"수업 한 시간 정도 남았지? 오늘은 점심 같이 먹을까?"

손목시계와 유나를 번갈아 보며 현우는 물었고 유나는 여전히 그의 얼굴만을 똑바로 쳐다보고 있었다. 뭐라고 대답할까. 저 그렇게 안 착해요, 착해서 도와준 거 아니에요.

그럼 어쩔 건데요.

"정문 쪽으로 가자. 정문 쪽에 맛집 많아. 후문은 가성비, 정문은 맛집."

사회대에도 그런 말이 있구나. 유나가 속한 단과대 선배들도 비슷한 말을 했다. 여러 후배에게 밥을 사줄 때는 밥값이 싼 후문 상권이 유리하고, 일대일로 공들이고 싶은 상대와 만날 때는 가격대가 좀 있지만 퀄리티가 좋은 정문 상권이 적절하다는 이야기. 그걸 유나네 학과에선 한마디로 후문은 양심, 정문은 흑심이라고 표현했다.

"죄송한데 점심, 그렇게까지 여유 없을 것 같아요."

유나의 말에 현우는 약간 놀라고 다소 실망한 듯한 표정을 지었다. 유나는 고개를 조금 저으면서 말을 이었다.

"점심 말고 저녁 사주세요. 술 사주세요. 여럿이서 마시는 건 싫다면서요."

*

연애, 해봤는데요?

왜요? 안 해봤을 것 같았어요? 안 해봤길 바란 거 아닌가.

농담이에요.

증거는 무슨 증거예요, 보통 증거 없지 않나? 사귈 때 찍었던 사진이라도 보여줘야 돼요? 다 삭제했으면요. 금방 헤어져서 지울 것도 별로 없었어요.

걔에 대해선 나쁜 말 안 하고 싶어요. 걔는 크게 잘못한 거 없거든요. 괜찮은 애였어요. 여러모로. 그런 애가 왜 순순히 저랑 사귀었는지, 지금 생각해도 이상하다 싶을 정도로.

아직도 좋아하냐고요? 어떻게 그런 말을. 그럼 왜 헤어졌느냐고요? 그건 얘기할 수 있죠.

생각해보니까 저 걔랑 사귀었다는 증거가 있어요. 헤어졌다는 증거이기도 하고요. 이거요. 이 폰이요. 이거 걔네 엄마가 준 거예요. 이거 받고 자기 애랑 헤어지라고요. 왜냐면 자기 아들이 나랑 사귀면서 쓸데없는 능력치가 늘어나버려서.

이거 받을 때 제가 무슨 생각 했는지 아세요? 솔직히요, 걔가 부럽다는 생각을 좀 했어요. 애네 엄마는 애를 얼마나 사랑하길래 이 지랄일까. 나한테는 그런 엄마 없는데. 그게 또 화가 났어요. 내가 엄마 없는 티가 나니까 나를 이렇게 대하는 거지. 알량한 물건 하나 먹고 떨어지라면 고분고분 그럴 만한 애로 보여서.

그런데도 이걸 받은 건요. 탐나서가 아니라요, 저주하고 싶어서였어요. 원하신다면 들어드릴게요, 사람을 이렇게 비참하게 만들어야 할 만큼 바라는 뭔가가 있다면 들어드려야죠, 대신 아줌마 아들은 절대 제대로 된 사랑 같은 건 못할 거예요. 왜냐하면 아줌마 아들은 사람이 아니니까. 아들이랑 어떤 물건을 바꿀 수 있다고 생각하는 사람이 엄마인 이상, 걔가 사람다운 사람이 될 순 없는 거니까…… 사랑은 사람이 하는 거니까. 그런 저주요.

걔한테 나쁜 말 안 한다 해놓고 별소릴 다 했다, 그죠.

그런데 지나고 보니까 저주는 걔가 아니라 내가 걸렸던 것 같아요. 그쪽은 줘버리면 땡이지만 난 받아왔잖아요. 이게 계속 내 눈에 보이잖아요. 거래는 쌍방이 합의해야 성립되는 거고 그 아줌마 하자는 대로 해준 나도 똑같은 사람 되었으니까,

나도 저주받는 게 막 이상한 일은 아니죠.

그럴까요? 저도 정말 저주를 받았을까요?

진짜 사랑 같은 거 저한테는 무리일까요?

*

막 깨어난 유나는 눈뜨자마자 몇 가지 중요한 사실을 알아차렸다. 먼저 자기가 현우의 방에서 지난밤을 보냈으며 누워 있는 지금 이 자리도 당연히 현우의 침대라는 점. 침대 왼쪽 바닥에 자리를 잡은 현우는 얇은 이불을 온몸에 둘둘 만 채 작고 낮은 소리로 코를 골고 있었다.

현 위치와 상황을 깨달은 것과 거의 동시에, 유나는 전날 일어난 일들을 되새길 수 있었다. 현우의 오후 수업이 끝나는 다섯시에 사회대 앞에서 만났고 정문 멕시코 음식점에서 1차, 이자카야에서 2차, 호프집에서 3차까지 마셨다. 이자카야에 있는 동안 기숙사 입실 마감, 소위 통금 시간이 지났다. 열한시 지났는데 어떡하지? 그때 현우에게 했던 대답을 떠올린 유나는 온몸이 간지러워져서 침대를 펑펑 두드렸다.

이제 돌이킬 수 없을 것 같아요.

그렇게 된 김에 밤새워 마셔보자고 의기투합해서 3차에 간 거였다. 여기서도 유나는 중요한 사실을 한 가지 더 알아차렸다. 그렇게 마시는 동안에, 재지도 빼지도 않고 마시는 동안에 주고받은 거의 모든 말들을, 자고 일어난 지금도 전혀 잊지 않았다는 것. 1차에서 마르가리타를 마실 때 유나는 일주일쯤 전 처음으로 현우가 자기 앞에 앉았던 날에 대해 얘기했고 현우는 이렇게 대답했다. 일부러 앞에 앉았는데. 2차에서 유나는 문득 자기가 너무 말을 많이 하고 있다는 생각을 했고 곧장 그에 대해 현우에게 사과했다. 유나는 원래 말하는 쪽보다 듣는 쪽에 가까웠기 때문에. 그러자 현우도 사과했다, 자기가 궁금한 게 많아서 질문을 너무 많이 했다고. 유나는 약간의 충격과 함께 되물었다.

내가 궁금해요?

호프집에서는 현우가 너무 취해 유나가 부축해 데리고 나와야 했다. 2차까지 얻어먹은 보답으로 3차 술값을 계산한 유나는 잠깐 시영 언니를 떠올렸다. 언니가 술 많이 먹이는 남자 조심하라고 했는데. 이런 경우에도, 그러니까 내가 상대방보다 안 취할 경우에도 그런가. 현우는 비틀거리는 외중에도 착하다 유나, 너 진짜 착해, 하고 여러 번 중얼거렸다. 유나는 웃으면서 대답했다. 나 안 착해요. 현우는 이 말에 별안간 언성을 높였다. 아냐, 너 착해!

난 착한 사람이 좋아……

원래도 필름이 완전히 끊어진 적은 없었지만, 주량의 한계에 가깝게 혹은 그 이상 마신 날은 기억이 드문드문 흐릿한 게 자연스러웠다. 그런데도 그 어느 때보다 많이 마신 전날의 기억이 오히려 술을 마시지 않았을 때보다 또렷하다는 사실에 유나는 위화감을 느꼈다.

맑은 건 정신만이 아니기도 했다. 살면서 몇 번이나 이랬던가 싶을 만큼 개운하고 말끔한 상태였다. 달고 시원한 숙면이었고 그 잠이 저도 모르게 품고 있던 모든 독소를 깨끗이 데리고 달아나준 것처럼 몸이 가벼웠다. 담배를 배운 후로는 아침이 이토록 개운한 적이 없었기에 그게 어색하게만 느껴졌다. 어떤 직감이 가리키는 대로 유나는 갈비뼈 언저리를 더듬었다.

간이다. 간이 좋아졌나봐.

그것도 엄청.

로로마의 효과가 확연히 느껴진다는 것은 현우에 대한 마음을 더는 부인할 수도 숨길 수도 없다는 의미였다. 그 마음이 지속되는 동안에는 세상의 어떤 독주도 유나를 완전히 취하게 만들 수 없다는 의미이기도. 물론 유나는 술을 이기려는 목적으로 현우를 좋아하는 게 아니었고 애초 현우를 좋아하여 그런 효과를 보게 될 거라 예상하지도 않았지만, 좋아하는 마음 때문에 맛보게 된 극도의 상쾌에는 피할 수 없이 감사한 마음이 들었다. 이제야 알겠네, 사람들이 왜 다들 로로마 얘기를 하고 싶어하는지. 유나는 이불을 걷고 일어났다. 전날 입었던 치마 대신 현우에게 빌린 연푸른색 수면 바지를 입은 다리로 침대를 벗어났다.

우리 서로 좋아하는 거 맞지?

그거 정말 이상하다.

현우 앞에 쪼그리고 앉은 유나가 이 사람 자는 거 너무 귀엽다, 고 생각한 순간 현우는 잠든 상태 그대로 헛구역질을 했다. 유나는 조금 당황했다. 나, 입냄새 나나? 발냄새? 아님 다른 무슨 냄새라도. 현우는 전날 자기에게서 늘 좋은 냄새가 나는 이유에 대해 말해주었다. 전에 사귀던 사람 때문에 후각이 극도로 발달했었다는 것. 스스로에게서 좋은 냄새가 나지 않으면 자기 자신부터가 힘들어 다른 사람보다 더 신경을 많이 쓰게 되었는데, 헤어진 후에도 그 습관이 남았다는 이야기. 설마 아직도 좋아하나? 그럴 가능성에 대해 잠깐 생각한 것만으로 유나의 눈에는 눈물이 고였다. 유나의 눈물은 아슬아슬하게 현우의 코를 스쳐 바닥에 후드득 떨어졌다. 현우가 눈을 뜬 것은 바로 그 순간이었다.

"유나야, 왜 그래? 나쁜 꿈 꿨어?"

갓 깨어난 현우는 눈도 제대로 못 떴으면서, 몸을 둘둘 만 얇은 여름 이불에 팔이 엉켜 잘 벗어나지도 못하면서 허둥거리며 유나의 이름을 불렀다. 유나는 그러는 현우가 바보 같다고 생각하면서 자기도 모르게 현우를 일으켜 품에 안았다. 자다 깨서도 헷갈려하지 않고 내 이름을 불러주는 사람이 예전 사람한테 아직 마음이 남아 있을 리 없다고 생각하면서.

"뭔지 몰라도 내가 잘못했어, 안 그럴게……"

간신히 이불 속에서 벗어난 현우가 유나를 마주 안았다. 그럼 이 사람은 날 좋아해서 뭐가 좋아졌을까. 좋은 냄새가 나는 정수리에 코를 묻고 눈을 감은 채 유나는 오랫동안 궁금해했다. 안고 있는 시간이 길어질수록 몸이 좋아지는 기분이 들었다.

어떤 사랑의
악마가 있어

그때는 모두 뛰어내리는 걸 좋아했다. 차례로 뛰어내린 또래들이 바닥에서 기다리며 내 이름을 외쳤다.

"뭐해, 너도 해."

"얼른 뛰어내려."

바닥은 입자가 고운 흙 위에 융단 같은 이끼가 끼어 부드러웠지만, 내려다보면 캄캄하기만 해서 어디까지가 흙이고 어디부터가 이끼인지 알 수 없었다. 빨리. 너만 남았어.

뛰어내리는 건 한순간이지만 기억은 감각보다 길게 이어진다. 되새기면 추락의 감각을 경유하는 내 귀를 긴 주문이 쓰다듬는 것 같다.

그때는

모두

뛰어내리는 걸

좋아했다.

하지만 그때 나는 뛰지 않았다. 다른 무수한 순간에 그랬던 감각과 어떤 기억이 뒤섞여 착란을 일으킬 뿐. 대신에 나는 날아올랐다. 어떤 어른이 내 겨드랑이 밑에 양손을 넣어 나를 불쑥 들어올렸던 것이다.

"너 뭐하니?"

그는 나를 아주 높이 들어올렸다. 그런 후에 내가 걸터앉아 있던 자리에 다시 내려놓았다. 토요일 정오였고 나는 작았기에 똑바로 올려다본 그의 얼굴은 그림자 그 자체인 것처럼 어둡고 투명했다. 등지고 선 하늘이 그의 머리를 통과해 비쳐 보이는 듯했고 하늘거리는 더벅머리 언저리로 햇빛이 유리 조각처럼 부서져 색색으로 흩날렸다.

"위험하니 이런 놀이는 하지 마라."

그때 나보다 먼저 뛰어내린 또래들은 어두운 벽 앞에 있었기에 그의 얼굴을 볼 수 있었을 것이다. 그러나 한낮의 빛 가운데에 선 그에게는 발밑 그늘 아래 있는 작은 아이들의 모습이 제대로 보이지 않았으리라. 그는 곧 내게서 등을 돌려 학교로 이어지는 농로를 따라 걸어갔고 또래들은 농수로 옆에 쌓인 흙더미를 타고 도랑벽을 기어 길 위로 올라왔다.

그런 후에는 모두 나란히 서서 처음부터 다시, 도랑으로 뛰어들었다.

이런 기억에 큰 의미가 있다고 생각하지는 않는다. 유년 시절 이런 기억이 있다는 사실도 나는 거의 잊고 있었다. 오래된 기억은 바다에 던진 유리병 같아서 어느 날 어떤 메시지가 해변으로 밀려나올지 가늠할 수 없는 법이다. 그렇지만 지금 내가 이 기억을 곱씹고 있는 것이 완전한 무작위, 단호한 무의미라 생각하지도 않는다. 내 무의식은 지금의 나에게 이 기억이 필요하다고 판단했을 것이다. 기억과 지금을 연결해 의미를 해독해내는 건 의식의 몫이지만.

기억력은 갑자기 좋아졌다.

암기력이 늘었다는 뜻은 아니다. 전보다 나아진 것도 엄연하지만, 새로운 것을 똑똑히 기억하는 능력보다는 이미 갖고 있던 기억들을 선명하게 되살리는 능력이 강해졌다. 그러니까 나의 경우 기억력이 좋아졌다는 것은, 바다에 띄운 유리병 편지가 해변은 물론 온 바다를 꽉 채울 만큼 허다해졌다는 말이다. 기억은 설거지통에 넣은 더러운 그릇들이 그러듯 서로를 뒤채지만, 그 낱낱마다 새겨진 선명한 그림과 글씨는 결코 물에 젖어 번지지 않는다.

그 사실이 이따금 나를 당혹시킨다.

좋은 기억력은 객관적으로 증명하기 어려운 능력이다. 가령 7 더하기 6, 6 곱하기 9, 1 더하기 11, 4 빼기 3, 8 나누기 2. 그런 일련의 문제들 끝에 기습적으로 두번째 문제와 답이 무엇이었는지 기억나나요? 물었을 때 정확히 대답할 수 있는 능력, 많은 사람이 좋은 기억력이란 그런 것이라 생각한다. 기억이라는 건 대체로 누구나 할 수 있는 것이어서, 자기가 쉽게 따라 하지 못할 뭔가를 목격해야만 그것이 진짜 능력이라 믿는 것이다. 그런 식의 증명이라면 나에게도 쉽지 않다. 증명하려는 욕망이 있지도 않다. 나의 기억력은 무작위의 기호나 문자열에 대해서가 아니라 내게 일어난 모든 사건의 맥락이 서로를 어떤 식으로 견인하는지에 관해 발달했다. 대부분의 기억에는 증거가 없어서 같은 사건을 경유한 복수의 인물이 내놓는 진술 중 무엇이 진실인지 가려내기는 어렵다. 그렇기에 내 기억력이 좋다는 것, '그런 식으로' 좋다는 것은 나만이 아는 영역으로 남겨둘 수 있다.

이 사실에만은 작은 안도를 느낀다.

자문, 혹은 자조: 기억력이 그렇게 좋은 사람이라면 언제부터 기억력이 그렇게 좋아졌는지도 기억하고 있겠지. 물론 그렇다. 우선은 다른 기억에 대해 말하고 싶다.

아이들이 낙하산이라는 놀이를 만든 것은 그해 초여름이 몹시 가물어서였다. 원래라면 어른 복숭아뼈에서 정강이 높이의 물이 느리게 흐르고 있었어야 할 농수 도랑이 마른 바닥을 드러냈다. 우리는 주로 하굣길에 그 놀이를 했고 책가방을 멘 채로 뛰어내렸기 때문에 놀이의 이름은 낙하산이 되었다. 도랑은 일 톤 트럭 두어 대 너비의 농로와 농지 사이에 있었고, 삼십에서 오십 미터 간격으로 도랑 위에 뚜껑을 얹듯 만든 작은 다리가 있었으며, 다리 밑에는 지름 일 미터짜리 농수 터널이 있었다. 마을 아이들은 늘 같은 곳에서 뛰어내리지는 않았지만 매번 다리와 농수 터널이 있는 자리를 놀이터로 골랐다. 터널 옆에 쌓인 흙무더기를 디뎌야 도랑 밖으로 나갈 수 있었기 때문이다.

열한 살 신체검사 때 내 키는 백이십 센티미터 남짓. 도랑 바닥을 딛고 서면 그늘에 푹 잠겨 보이지 않을 정도였으니 도랑 깊이는 1.5미터가량이었을 것이다. 도랑 깊이보다는 키가 작고 터널 지름보다는 키가 크다는 사실에 어떤 의미가 있는 지를 생각하느라 나는 자주 주춤거렸고, 뒤에 선 아이가 빨리 올라가라며 등을 떠밀 때도 많았다.

그저 뛰어내릴 뿐이었지만 그렇게 단순하기만 한 놀이는 아니었다. 도랑 바닥은 고운 흙이었지만 도랑은 시멘트로 건조한 것이었고, 그 폭은 일 미터가 조금 넘을 뿐이어서 뛰어내리다가 제 무게를 못 가누고 반대쪽 벽에 이마나 코를, 아예 몸 전체를 갖다박는 아이도 많았다. 상체를 크게 흔들지 않고, 이를테면 커다란 손이 이쪽에서 저쪽으로 옮겨준 인형이라도 된 듯 가뿐하고 태연하게 뛰어내리는 게 규칙이었다. 규칙을 어긴다고 탈락하는 것은 아니었지만 근사하게 잘 떨어지는 사람이 부러움을 사는 놀이이기는 했다. 당연히 키 큰 아이들이 유리했는데 그런 애들은 곧 도랑벽 높이를 시시하게 여기게 되었다. 나처럼 작은 애들은 과시적으로 학교 계단 여덟 개, 아홉 개씩을 펄쩍 건너 뛰어내리는 큰 애들을 부러워하며 놀이를 계속했다. 겨우 그 정도 높이도 그때는 짜릿하게 느껴져서.

늦은 장마가 찾아왔을 무렵 낙하산 놀이는 금지되었다. 도랑에 다시 물이 차기 시작했으니 별로 이상할 것도 없는 조치였지만 그보다 분명하고 꺼림칙한 이유도 있었다. 갑자기 나타난 낯선 어른이 나를 안아올리며 이런 놀이는 그만두라고 했기 때문? 그것도 물론 아니다. 첫 폭우 다음날 도랑 한쪽에서 시신이 발견되었기 때문이다.

마을 아이 모두가 그랬듯 나는 시신을 직접 보지 못했고 장례식에 가지도 않았다. 어른들이 쉬쉬하며 주고받는 이야기들을 토대로, 이후 서너 계절에 걸쳐 그게 누구의 죽음이었는지 짐작해볼 뿐이었다. 같은 마을에 살았다고는 해도 말을 섞을 일은 별로 없었던, 오빠라기에는 나이가 조금 많은 듯하고 아저씨라기에는 약간 어린 듯한 어떤 남자가 언젠가부터 아예 보이지 않게 된 것을, 이듬해 장마가 올 즈음 알아차린 것이다.

그는 섬에서도 가장 작은 동네였던 우리 마을의 유일한 비행 청소년이라 할까, 이 년을 꿇고도 고등학교 졸업을 못한 채 가출을 일삼으며 육지 건달들과 어울려 다닌다던 사람이었다. 소문을 다 믿을 수는 없겠지만 그는 촌사람치고 깡이 워낙 좋아 무리에서 제법 높은 서열이란 말이 있었고 정말 그래서일까, 마을에는 어쩌다 한번 얼굴을 비칠 뿐 대부분의 시간을 육지에서 보내는 듯했다.

내가 기억하는 한 나는 그와 딱 한 번 대화를 나누었는데, 바로 그해 봄 피아노 학원에 가던 길에 남자 어른들에게 둘러싸인 때였다. 인근 고등학교 교복을 입은 사람이 두엇 섞여 있었으니 적어도 몇몇, 또는 대부분이 십대였겠지만 그렇다곤 해도 열한 살짜리, 그것도 평균보다 작은 아이한테서 진지하게 뭔가를 갈취하려 하기에는 나이가 너무 많은 사람들이었다.

지금에야 짐작해보건대 그들은 그저 공포의 대상이 되고 싶었던 것 같다. 말 한마디로도 압도할 수 있는 상대를 발견한 김에, 정말로 그렇게 되는지를 확인할 뿐인, 단순한 장난. 그런데 그때의 나는 그런 생각을 할 여유도 경험적 근거도 없어서 무리에 둘러싸인 채 꼼짝 못하고 있었다.

"너 예쁘게 생겼다."

"언니 있어? 이모나 고모는?"

"너, 공부는 좀 하나?"

"어디 가는데? 야, 어딜 그렇게 가냐고."

"왜 대답을 안 해. 쥐불알만한 년이."

생각해보면 그야말로 시골 양아치들이나 입에 담을 법한, 물론 친절하진 않으나 그다지 악랄할 것도 못 되는 말들이었지만 그때의 내게는 충분히 위협적이었다. 나보다 몸집이 큰 개와 마주쳤을 때와 비슷한 기분. 그 개의 목을 붙든 굵고 튼튼한 사슬이, 개의 도약과 함께 땅에 단단히 박힌 쇠말뚝째 스르렁 끌려나와 도리어 나를 묶고, 그래서 나는 그 큰 이빨에 갈기갈기 찢기고 말겠단 예감으로 온몸의 피가 차게 식어버리는.

겁에 질린 나보다 그가 먼저 나를 알아보았다. 쟤 우리 동네 애다, 보내줘라. 애 겁먹었잖아. 병신 새끼들. 쭈그려앉아 있던 그가 몸을 일으켰을 때에야 나는 그가 마을에서 유명한 골

칫덩이인 그 남자라는 것을 알아차렸다. 그는 무리 중 가장 키가 크고 어깨가 넓고, 나이도 제일 많아 보였다. 반원 모양으로 둘러선 다른 남자들 사이에서 수건돌리기의 술래처럼 나를 끌고 나온 그는 엄숙한 표정으로 나를 내려다보며 말했다.

"앞으로 이 길로는 다니지 마라. 알았어?"

너무 무서워서, 아까까지 나를 윽박지르던 남자들도 무서웠지만 그는 그들을 모두 합한 것보다 더 무서워서 딸꾹질이 나올 것 같았고, 그게 아니면 오줌이라도 나올 것 같았다. 덜덜 떠는 내 어깨를 꽉 붙들고 그는 더욱 무섭게 말했다.

"대답."

네, 라고, 말이라기보다 실수로 몰아쉰 한숨에 가깝게 빈약한 소리로 간신히 답하고서 나는 달아났다. 땅에 붙은 채 얼어버린 듯했던 발이 움직일 수 있게 그가 날갯죽지 사이를 툭 밀어서, 바로 다음 순간부터 한참 동안 금방이라도 넘어질 듯한 기세로 달렸다.

도랑의 시신이 바로 그 남자라는 것을 알게 된 이후에도 나는 오랫동안 그 사실을 소화하지 못했다. 그는 원래 마을에 잘 나타나지 않는 사람이었다. 계절이 몇 번 바뀌는 동안 한 번도 그를 보지 못했다고 해서 그가 정말 죽었다고 생각할 수는 없었다. 어렵다기보다 어색한 일이었던 것 같다. 잘 알지 못하는, 그렇지만 기억할 만했던 어떤 사람을 다시는 볼 수 없게 되었다는 것. 열다섯 살 때까지 내가 알던 사람 중 죽은 사람은 그 남자 하나뿐이었다. 죽거나 살거나 나와 크게 상관이 없었을.

생각해보면 마을 아이들이 모여서 낙하산 놀이를 하던 곳에서 비행 청소년이 죽었다는 것도 이상한 이야기란 생각이 든다. 좋은 농담이라고 할 순 없겠지만. 성립 가능한 농담인지도 의심스럽지만.

그러고 보면 그 남자 현우와 닮았다.

모두 갑자기 떠오른 것이었다. 그 남자 얼굴 어디에 점이 있었는지, 눈썹의 농도가 어땠는지, 코와 턱의 길이와 폭 따위는 얼마였는지 같은 것. 다시, 기억력이 좋아졌다는 것은 이런 뜻이다. 중학교 3학년 때 교실 커튼 색깔이 민트색이었다는 것. 먼지 알레르기가 심한 아이의 어머니가 학교에 찾아와 그걸 전부 뜯어갔던 것. 불현듯 떠오른 아무래도 좋을 이미지들 사이에서 그 남자는 불쑥 나타났고 잘 잊히지 않았다. 그 정도로 중요한 사람이었나 신기했고, 의외로 불쾌하지는 않았다. 온몸이 얼어붙도록 겁나는 남자인 적도 있었지만 그를 굳이 계속 두려워할 이유는 이제 내게 없으니까.

그렇다면 내가 현우와 사귀기로 한 것도 전혀 뜬금없는 일만은 아니었겠구나.

현우가 입학했을 때 나는 3학년 두번째 학기를 맞이한 참이었다. 이전 학기 휴학의 명분은 그 무렵 입원한 엄마의 건강 문제였지만 그때의 휴식은 엄마보다 나에게 더 필요한 거였다. 두 번의 연애가 모두 처참하게 끝난 후라 거의 죽고 싶었고…… 이상하지. 연애가 끝난 직후였던 그때보다 기억력이 좋아진 지금, 그 연애들을 훨씬 정확하게 회고할 수 있는데도 더는 그 괴로움을 느낄 수 없다는 건. 그래도 당시에는 확실하고 철저한 고통 속에서 퇴원하는 엄마를 모시고 강화에 갔다. 엄마는 내 손길이 간절할 만큼 노쇠하지 않았지만 함께 내려가겠다는 나를 굳이 말리지도 않았다. 열다섯 살 때 이후로 처음 돌아가는 고향이었다. 고향이라는 낱말의 예스럽달지 촌스러운 정취가 나이에 맞지 않는 듯해 조금 간지러웠다.

떠날 무렵 같은 반 남자아이들이 좋아하던 놀이가 생각난다. 아파치라는 게임. 룰을 따지자면 낙하산 놀이보다도 단순하고 난폭했다. 두 사람이 짝을 이뤄 어깨와 팔을 감싸는 둥글고 큰 근육 덩어리를 서로 번갈아가며 주먹으로 때리는 게 다였다. 이유는 알 수 없지만 펀치를 날릴 때 아파치! 라는 구호를 넣어야 한다는 게 유일한 주의 사항. 여자애들이 눈살을 찌푸리든 말든 남자애들은 쉬는 시간마다 짝지어 서서 서로의 어깨를 빵빵 때렸다. 아파치. 아파치. 먼저 그만두자고 하는 사람이 나올 때까지. 어깨로 매운 걸 먹은 것처럼 가는 숨을 습습 삼키면서도.

어느 날은 반에서 가장 주먹이 센 남자애와 통통하고 운동신경이 떨어지는 애가 맞붙었다. 말이 안 되는 매치였다. 아파치는 약식 결투라고 할까, 결국엔 누가 더 싸움에 소질이 있을지를 가늠하는 놀이라서 고만고만한 애들끼리 하는 게 보통이었다. 애초에 서열이 낮은 남자애들은 하지 않는 놀이이기도 했다. 누가 더 강한지를 확인하고 싶다는 건 싸움에 자신이 있는 남자애들이나 품을 법한 욕망이고, 반대의 경우에는 내가 누구보다 약한지를 굳이 알고 싶지 않다고 생각하기 마련이니까. 일방적이고 끝이 뻔한 싸움이었지만 그래서인지 오히려 주목을 받았다. 힘의 차이가 자명한 폭력이지만 형식적으로는 게임이었기 때문일까. 아파치를 자주 하는 남자애들은 물론 평소라면 혀를 차거나 미간을 구긴 채 고개를 돌렸을 여자애들까지 홀린 듯 그애들을 쳐다보고 있었다.

"김한별, 넌 끝까지 봐야 돼."

내가 고개를 돌리려 하자 주먹을 쥔 남자애가 큰 소리로 말했다. 다른 애들은 몰라도 넌 봐야 된다고. 왜? 이 새끼가 너 좋아한대. 너 덕분에 맷집이 늘었대. 그래서 나는 눈을 피할 수 없게 되었고 구경꾼들의 눈은 일제히 나를 향했다. 그 순간 내가 느낀 감정: 끔찍하다. 무엇이: 수준 차이가 뚜렷한 폭력 자체는 물론 그것이 성립된 이유가 그런 어이없는 것이란 사실까지. 내 이름을 부른 남자애가 아파치, 라고 할 때는 빽 소리가 났고 통통한 남자애의 주먹이 상대의 어깨에 부딪힐 땐 찹 소리가 났다. 냉장고에 고무 자석을 붙일 때 나는 소리 같았다. 통통한 남자애는 울고 있었다. 시뻘게진 얼굴로 눈물 콧물을 찔끔찔끔 쏟으며 아픈 어깨를 감싸쥔 채 일부러 살살 때리나 싶을 만큼 느리게 주먹을 휘둘렀다.

나는 그애가 거짓말을 했다고 생각했다. 전혀 맷집이 좋아진 것처럼 보이지 않았으니까. 착각한 걸지도 모르지, 좋아진 건 통증을 견디는 신체적 역량이 아니라 오기나 끈기 같은 정신적 역량일지도. 어쩌면 그보다도, 나를 좋아한다는 것부터 거짓말일지 모른다는 생각이 들었다. 그렇지만 왜 그런 거짓말을? 그게 만약 거짓말이 아니라면, 저 남자애는 나를 좋아한다는 애를 왜 패고 싶었던 걸까? 어쩌면 나를 좋아하는 건 통통한 남자애가 아니라 걔한테 싸움을 건 남자애 쪽이 아닐까?

생각이 그에 이르자 기분이 묘하게 좋아졌고 금세 다시 끔찍해졌다. 통통한 남자애가 나를 좋아한다는 말은 거짓이라 믿고 싶어하면서, 걔보다 훨씬 센 남자애가 나를 좋아할 가능성을 떠올리며 그리 나쁘지 않다 여기는 게 마치, 거의, 반인륜적인 일처럼 느껴졌다. 제발 항복해. 이제 못하겠다고 해. 나는 통통한 남자애가 게임을 중단해주길 바랐지만 남자애는 포기하지 않았다. 오기나 끈기 같은 게 강해졌을지도 모른다는 내 생각이 얼마간 맞은 모양이었다. 그쯤 되어서는 쉬는 시간이라도 제발 빨리 끝나주길 바라는 마음뿐이었는데 종이 울리기 전에 담임선생님이 왔다. 너희 지금 뭐하니? 얼빠진 표정으로 선생님은 물었고 뉘앙스로 미루어 싸움이 났다는 말을 듣고 온 것은 아닌 듯했다. 너희는 이따 교무실에서 좀 보자. 그리고,

"한별아. 가방 싸서 나올래?"

그게 아빠가 죽은 날의 기억이다.

겨울방학을 조금 앞둔 시기였기에 장례식 후에도 학교에는 가지 않았다. 이듬해부터는 서울 외할머니 댁에서 지내고 학교도 그쪽으로 옮겼다. 그날 아파치 게임을 하던 남자애 중 누가 나를 좋아했는지, 강한 쪽인지 약한 쪽인지 둘 다인지 둘 다 아닌지 같은 건 아무래도 상관없는 일이 되었다. 하물며 섬에 혼자 남은 엄마에 대해서도 나는 그리 신경을 쓰지 못했다. 우선순위를 따지자면 이게 가장 중요한 문제일 텐데 이마저도. 내가 그 정도로 무심한 사람이어서가 아니라 겨우 열다섯 살이었기 때문이라 말하고 싶다. 그건 엄마와 나 공동의 상실이었는데 나는 엄마보다 훨씬 어리지 않았냐고. 워낙에 엄마를 믿는 마음이 굳건하기도 했다. 나를 낳고 기른 부부 중 강인한 쪽은 엄마, 유약한 쪽은 아빠였으니까. 항상 그랬다. 스스로 목숨을 끊은 사람의 유족이 비슷한 방식의 죽음을 시도하는 사례가 얼마나 많은지는 스무 살이 넘어서야 알았다.

어쩌면 나는, 엄마와 같은 침대에 누워 잠을 청하며 종종 생각했다, 엄마까지 잃을 뻔한 위기를 지나왔는지도 몰라. 모르는 사이에. 잠든 엄마는 아, 하, 아, 하 소리를 규칙적으로 냈다. 날숨이 아, 들숨이 하. 엄마도 내가 그럴까봐 걱정했을까. 그럴까봐 외할머니에게 나를 맡겼을까. 아니면 자기까지 떠난 후에 내가 어떻게 되어버릴까봐 그랬을까. 그러니까, 엄마에게도 그럴 마음이 아주 없었던 건 아닌 게 아닌가…… 일련의 생각들은 묘한 위로의 감각으로 이어졌다. 어쨌든 엄마는 살아 있고, 엄마가 겪은 일, 배우자와의 사별에 비하면 두 번의 관계 파탄 정도는 그야말로 소꿉놀이 같은 거였으니까.

복학할 무렵에는 이제 연애를 자제해야겠다고 생각했다. 적어도 졸업할 때까지는. 친구들은 잘 생각했다고들 했다. 만나봤자 또 그따위 남자일 바엔 수절하는 게 낫겠다며. 내가 대학에서 처음 사귄 남자는 나보다 여덟 살이 많았다. 긴 수험 생활 끝에 군대까지 갔다 온 다음에야 입학한 그에게는 과에서 공인된 별명이 있었다. 만학도. 그와 사귄다는 것을 알리자 동기들은 예의상 말을 아끼려거나 조심하는 기색도 없이 탄식했다. 한별이는 다 괜찮은데 남자 보는 눈이 너무 구리다. 그저 나이가 많을 뿐이고 학번은 삼 년밖에 차이 안 나는데 이만하면 평범한 CC 아닌가 생각하는 한편, 열아홉 살 때 만나던 남자도 스물여덟 살이었다는 건 계속 함구하기로 마음먹었다.

어쩔 수 없지. 또래 남자한텐 마음이 잘 안 가는 걸 어떡해. 미안하지만 다 애새끼 같달까. 그런 내 말을 듣고 있던 동기 대부분 그런 애새끼들과 사귀고 있다는 걸 나는 조금 뒤늦게 떠올렸다. 그 말엔 크게 개의치 않는 듯, 한 친구가 걱정스러운 투로 말했다.

"너 지금은 이십대 후반, 삼십대 초반 정도나 눈에 들어오지. 그런데 네가 나이 먹고 나서는 어떨 것 같아? 그때 가서도 열 살 정도는 많아야 남자로 보이면. 그러다 유부남 만나면? 위자료 수천 뜯기고 에타 블라 네이트판에 이름 빼고 다 올라가는 거야. 그럼 답 없는 거야. 개명하고 이민 가야 돼."

"뭐야, 그 구체적인 저주는?"

"저주가 아니고 미친아 그러니까 정신 똑바로 차리고 살란 말이잖아."

어쩌겠어, 대디 이슈인걸. 나는 동기들이 더는 참견하지 못하게 그런 말을 해버렸다. 동기 중에 이혼 가정 자녀는 드물지 않았지만 아예 아빠가 없는 애는 나뿐이었다. 아빠를 겨우 그런 핑계로 써먹는 게 썩 내키진 않았지만, 그런 식으로라도 아빠에게 이죽대고 싶은 마음도 없잖아 있었다. 억울하면 죽지를 마시든가. 하지만 내가 나이 많은 사람에게 끌리는 게 단지 아빠 때문이 아니라는 걸 나는 알았다. 굳이 따지자면 농수 도랑에서 익사한 남자, 현우와 닮은 그 남자의 책임이 컸다. 흔들다리 효과라고 하던가, 두려움과 설렘을 구별하기 어려운 떨림의 상태. 그 남자를 목격할 때마다 나는 그가 나를 짓뭉개 버릴 것 같다고 느끼곤 했는데, 연애 감정을 모르고 성애적 상상력도 없었던 어린 내게는 그 긴박감이 천적 앞에 놓인 피식자의 감각에 가장 가까웠던 것 같다. 꼭 그러기를 바라는 것처럼 착각될 만큼이나 강렬하게 나는 그가 나를 망가뜨릴 거라 예감했던 거다. 아가리를 크게 벌린 뱀이 바로 앞에 있다는 것을, 삼켜지기 직전에야 알아차린 개구리처럼.

생김새가 닮았을 뿐 현우는 그런 사람이 아니었다. 생각이 깊고 배려심이 많았다. 표정이 적어서 무심한 듯한 겉보기와 다르게 감수성이 풍부하고 공감 능력이 뛰어났다. 주저 없이 첫눈에 반했다고 고백해왔을 때는 큰 감흥이 없었지만 부담스럽게 따라다니지 않는 건 괜찮게 느껴졌다. 좋다고도 싫다고도 하지 않고 몇 달 흘려보내며 이쯤이면 포기했겠거니, 생각할 무렵 현우는 재차 말했다.

"누나, 누나도 나 좋아해달라고는 안 할게요. 나는 그냥 누나가, 내가 누나 좋아하는 거 잊지만 않으면 될 것 같아요."

스무 살치고는 의젓하구나 싶었고 내가 너무 방심했구나, 쓴웃음이 나기도 했다. 여러 가지로 재고 따진 끝에 못 만날 것도 없겠다는 결론을 내렸다. 동기들의 충고에 따르면 하루 빨리 취향을 고치지 않는 이상 망할 수밖에 없는 신세인 내게,

마침 나 좋다고 따라다니는 나보다 어린 남자애가 나타났고, 천만다행으로 걔는 또래보다 제법 어른스럽기까지 한 상황. 내게는 과분한 호재라고 볼 일이었다.

사귈까 말까 고민이 된다고 말했더니 한 동기가 일침을 놓았다. 야, 겨우 세 살 차이로 그렇게 유난 떠는 사람 없어. 듣고 보니 맞는 말이었지만 내가 느끼기에 현우는 세 살이 아니라 열한 살, 혹은 그보다 더 어렸다. 내가 연애 상대로 선호하는 연령과 비교하면. 그럼에도 나는 결국 현우를 받아주기로 결정했다. 무슨 대단한 선심이라도 쓰듯.

그때는 나로서도 왜 현우만은 괜찮은지를 납득할 수 없었다. 현우와 사귀는 게 이로운 일일 거라는 판단이 현우의 어린 나이를 상쇄해주는 건 아닌데도, 어째서 현우만은. 나는 내가 현우에게서 나 자신의 어떤 면면들을 발견한 거라 생각했다. 이전 연애들에서는 매번 내가 어리고 뭘 모르는 쪽이었으니까. 스무 살: 과에서 이름보다 만학도의 여자친구인 것이 먼저 알려진. 열아홉 살: 뭘 모르는 남자애들이 아니라 번듯한 어른과 사귄다는 걸 혼자 뿌듯해하던. 농수로에 빠져 죽은 남자의 얼굴이 떠오르지 않았다면 나는 끝까지 나를 오해했을 것이다. 얼마나 교만한 믿음이었나. 나에게서 사랑을 구하는 사람을 내가 이해했다는 착각은.

현우와 사귄다는 사실을 공표하자 동기들은 매우 기뻐했

다. 졸업을 목전에 둔, 그러니까 수십 명에 이르는 동기 가운데 한 사람의 새로운 연애 소식보다 중요한 일이 얼마든지 있었을 그들이 그렇게까지 달가워하는 게 나는 조금 쑥스러웠는데, 내가 현우와의 관계를 그리 진지하게 생각하지 않는다는 사실만은 피차 공공연하게 여기면서도 굳이 언급하지 않았다. 졸업까지는 두 학기가 남아 있었고 현우는 미필이었다. 우리는 활동 기간이 일 년으로 정해진 회원 두 명짜리 동호회 같은 것. 누가 봐도 그랬겠지만 당사자인 내가 보기에 특히 그랬다.

만일 현우가 두 학기 동안 남자친구 역할을 잘해낸다면 수료증 같은 거라도 줘야겠다고 생각한 적이 있다. 나에게는 현우가 남자친구였지만 정작 나 자신은 현우의 선생님으로 느껴졌던 것이다, 적어도 내 의식 속에서는. 물론 내가 생각한 수료증이 동정을 떼준다는 말의 은유 같은 건 아니었다. 섹스라면 진작에 해치웠고 다만 이 연애를 끝내야겠다는 생각은 애초 예상했던 두 학기를 모두 마친 후에도 들지 않았다. 현우와의 연애는 속속들이 즐거웠다. 누군가를 이렇게까지 좋아해보는 게 처음이어서 가끔 무섭다는 고백을 듣는 게, 키스 정도는 고등학생 때도 해봤다고 하더니 누나랑 사귈 줄 알았다면 첫키스도 참을걸 하며 얼굴을 빨갛게 물들이는 걸 보는 게, 한번도 사용한 적이 없어서 에나멜 구두코처럼 팽팽하게 빛나는 연분홍색 귀두를 내 마음대로 가지고 놀 수 있는 게. 이전 애인들은 나를 보며 이런 느낌을 받았을까. 어떤 충족감에 이르는 순간마다 나는 그 앞에 멈춰 서서 나를 지나간 스물여덟 살의 남자들을 떠올리곤 했다. 아마도 그랬겠지. 나보다 미숙한 상대와 사귀며 모든 면에서 우위를 점하는 연애에는 분명 뜻밖의 즐거움이 있었다. 이 관계를 승인하기 전에는 미처 예감하지 못했던.

한편 나는 내가 현우를 좋아해, 대신에 현우랑 사귀는 게 즐거워, 라고 말하고 있다는 사실을 확실하게 의식하고 있었다. 좋다와 즐겁다의 미묘한 다름. 막연한 좋음이 구체적인 즐거움보다 힘이 센 감각이라는 사실을 떠올리면 현우에게 미안한 마음이 들기도 했다. 내가 좋아하는 건 현우가 아니라 현우 같은 사람과 사귀는 일이라서, 그러니까 내게는 꼭 현우가 아니었어도 되는 연애라서. 이 또한 나의 이전 연애 상대들이 나를 보며 했을 법한 생각이라는 점을 떠올리면 괴로워졌다. 결국은 현우에게 미안한 마음보다 예전의 나를 가엾어하는 마음이 컸던 것이다.

그걸 전부 내 잘못이라고만 할 수 있을까. 굳이 현우가 아니어도 괜찮은 나를, 굳이 만나고 싶어한 사람은 현우인데. 먼저 사랑한다고 하는 사람이야말로 더 이기적인 쪽이라고 나는 항상 믿어왔다. 내가 당신을 사랑한다는 말의 그림자에는 당신도 나를 사랑해줬으면 좋겠다는 바람이 도사려 있으니까. 고백은 배타적인 지목이다. 나는 다른 누군가의 사랑이 아니라 바로 당신의 사랑을 원한다는 의미가 담긴. 있는 그대로의 나를 사랑한다고 말하는 상대와 그의 여러 속성 중 몇 가지를 선택적으로 마음에 들어하는 나, 둘 중 정말 이기적인 사람은 과연 나일까? 이상적인 연애 상대에게서 사랑받고 싶어하면서도 자기가 상대에게 소구할 수 있는 매력을 계발하지 않는 사람이 아니라?

가령 나는 현우가 고등학생 때부터 피워왔다는 담배를 갑자기 끊은 게 싫었다. 몸과 옷과 방 깊숙이 밴 담배 냄새는 나보다 어린 현우에게서 본래의 내 취향을 떠올리게 하는 몇 안 되는 특징이었으니까. 현우는 반대로 생각하는 것 같았다. 여자들은 원래 담배 냄새를 싫어하니 나도 분명 자기가 담배를 끊은 걸 기뻐할 거라고 멋대로 믿었다. 아니, 난 네 담배 냄새 좋아했어. 그런 사람도 있는 거야. 섭섭함을 표 내지 않으려 애쓰는 나와 달리 현우는 멋쩍고 쑥쓸한 내색을 숨기지 않았다. 누나가 좋아했다니까 나도 좀 아깝지만, 내가 내 냄새가 싫어져서 안 되겠어요. 코가 너무 예민해져서요.

사귀기 시작할 무렵부터 현우는 그랬다. 내가 나타났다는 것을 먼발치에서부터 알았다. 그 점은 조금 재미있어서 사람이 많은 곳에서 기다리는 현우에게 가다가 적당한 곳에서 멈춰 현우가 내게 다가오길 기다리곤 했다. 훈련된 경찰견들이 그러듯 현우는 두리번거리면서도 다른 길로 새지 않고 내가 있는 곳까지 정확히 찾아왔다.

"누나, 난 누나가 다 좋은데 그중에서 냄새가 제일 좋아요. 사귀기 전에는 이런 냄새라는 거 몰랐는데도."

이런 식이다. 길가에서 현우가 나를 발견해내길 기다리던 순간들, 현우의 방에서 묵거나 현우가 내 방에 다녀간 날들, 도서관에서 현우는 졸고 나는 졸업논문을 쓸 때, 내가 일방적으로 화를 낼 때 현우가 짓던 풀죽은 표정, 함께 먹고 마신 모든 것의 맛과 질감과 둘이 나눈 대화 모두를 나는 세세하게 기억할 수 있었고 그건 현우가 내게 건 저주처럼 느껴졌다. 누나, 좋아해달라고는 안 할게요. 내가 누나 좋아하는 거 잊지만 않으면 될 것 같아요. 그렇지만 내 기억력이 이렇게 좋아진 것은 현우 때문이 아니었다. 나는 현우와 사귀면서 눈에 띄는 변화를 겪지 못했다. 사랑하면 으레 뭔가가 좋아진다는 것이 상식인지라, 현우는 내가 그대로라는 것을 내내 서운해했지만 당사자인 나로서는 별다르게 건넬 만한 위로가 없었다.

드물지만 이런 사례가 있긴 있대, 로로마 반응성이 낮은 경우가.

그건 알려진 그대로의 말이었지만 그렇게 말하는 나도 사실은, 내가 현우를 진심으로 사랑하지는 않는 모양이라고 생각했다. 그렇다고 현우와 헤어질 것도 아니어서 내 어깨와 목 사이에 코를 묻고 숨을 깊이 들이쉬고 내쉬며 행복해하는 현우, 그것으로 내 몫은 치렀으니 그애도 내게 안정적인 애정을 제공할 의무가 있다고 생각했다. 현우에게서 받는 사랑이 내게 정말 필요했는지를 묻는다면 자신 있게 대답하기 어렵지만, 당장은 쓸 일이 없는 외화도 돈이라 여기는 것처럼 나는 그걸 꼭 쥐고 싶었다. 뚜렷한 이유는 떠올리지 못하면서도 아무튼 힘껏.

이렇다보니 나나 현우가 아닌 다른 사람의 관점에서는 우리의 관계가 꽤 견실하게 느껴졌을지도 모른다. 서로에 대한 감정이 몹시 깊은 것은 물론, 보기에 따라서는 현우보다 내 마음이 더 큰 것으로 해석될 만한 근거도 적지 않았다. 현우는 1학년을 마치고 입대했고 다음 계절에 나는 대학원에 입학했는데, 그런 상황이라 해서 헤어질 이유는 딱히 없는 것 같아 헤어지지 않았더니 동기들이 혀를 차기 시작했다. 너 아직도 개 만나? 슬슬 진지한 관계도 생각해야지. 이전 연애에서도 그랬듯 나는 그 우려들을 크게 귀담아듣지 않았다. 언제는 늙은 남자 그만 만나라더니 또 지랄. 적당한 남자라는 거 생각보다 쉽지 않네, 그런 정도의 감상. 현우가 곁에 없다는 사실 자체에도 큰 유감을 느끼지 않는 내가 동기들의 오지랖에 별나게 반응할 이유가 있었을까. 나는 적당히 외롭고 적당히 홀가분하다고 느꼈다. 현우가 있을 동안 좋게 느낀 감정의 폭, 딱 그만큼.

지나고 나서는 사소한 일 같아서 잊고 있었지만 불현듯 떠오른 아주 구체적인 기억들, 그 첫번째 장면이 무엇이었는지를 밝힐 때가 된 것 같다. 열아홉 살 때 좋아하던 사람이 내 이름을 놀리던 기억. 너네 부모님 아마 NL이었을 거야. 한별, 한자로 바꾸면 일성이잖아. 그의 방 형광등은 오래 켜두면 어느 시점부터 빠르게 껐다 켰다 하는 것처럼 불규칙적으로 점멸하곤 했는데 바로 그때도 그랬다. 아, 한별이는 아직 어려서 NL이 뭔지 모르겠네? 짓궂게 웃으며 묻는 그 남자의 머리 위가 밝아졌다 어두워졌다 다시 밝아지기를 반복하던 기억.

그걸 떠올린 건 내가 조교로 들어갈 강의의 교수와 처음 인사를 나누던 때였다.

"제 이름에도 별이 들어가요. 한유성입니다. 앞으로 잘 부탁해요."

그 순간에는 그 대화를 그리 특별하게 느끼지 않았다. 나는 문득 떠오른 첫 남자친구와 한유성이 얼마나 다른 사람인지를 먼저 생각했고, 그래서 상대가 건넨 인사말에 적당한 답변이 떠오르지 않는다는 데 당황했다. 저도 알아요, 교수님 성함 정도는. 이건 조금 부적절한가. 네, 저야말로 잘 부탁드립니다라고 하면 됐겠다는 생각은 짧은 악수 후 허공에 민망하게 멈춰 있는 내 손을 볼 때에야 들었다.

안 그래도 한유성은 과 안팎으로 소문이 자자한 교수였다.

누구에게나 그렇지만 나이라는 건 대단히 많은 정보를 압축적으로 나타내는 징표고, 한유성의 나이: 35세는 빼어난 자질과 탄탄한 연구 실적과 필드 내에서의 인망과 명성 등을 두루 암시하는 숫자였다. 임용은 이제 이 년 차였지만 이미 단과대에서 가장 인기 있는 교수로 손꼽혔고, 우리 단과대 소속이 아닌 학생이라도 한유성이라는 이름은 한 번쯤 들어보았을 거였다. 비슷한 시기에 석사과정을 시작한 동기들은 입을 모아 나를 부러워했다. 나도 여느 나이든 교수들이 아니라, 깐깐하다 못해 괴팍해서 제자가 자기 연구실 책을 훔쳐 내다팔고 있다는 누명을 씌우는 교수나, 조교에게 자기 실내화와 운전할 때 신을 드라이빙 슈즈를 따로 챙겨 다니게 한다는 그런 악명 높은 교수가 아니라 한유성 수업의 조교가 되어 다행이라 생각했다.

젊은 나이가 언제나 정치적, 윤리적 감수성의 날카로움을 보증하지는 않겠지만 적어도 한유성의 경우에는 그랬다. 사려 깊고 정중하고 성실한, 너무 빈틈이 없어서 가까워질 계기를 엿보기 힘든 게 되레 흠이라 할 만한 사람이었다. 대학원 첫 학기 개강 즈음은 현우가 막 자대 배치를 받을 무렵이기도 해서 늦은 저녁마다 연락을 주고받을 수 있었는데, 통화 시작할 때부터 끝날 때까지 한유성 칭찬만 들었노라 현우가 섭섭해한 날도 하루이틀이 아니었다. 그런데 그게 아니고서는 우리가 또 무슨 대화를 할 수 있었을까. 현우의 고단한 일과 들어주기? 끝이 안 보이는 군 생활의 막막함에 대해 토론하기? 나와 현우가 처한 상황에 대해 더 적나라하게 질릴 만한 화제는 굳이 꺼내고 싶지 않았다. 그때만 해도 내 기억력이 앞으로 얼마나 좋아질지를 아직 몰랐기 때문에 나는 현우에게 계속 한유성 애기만 했다. 나는 네가 나이들고 그런 아저씨가 되면 좋겠어, 따위의 말을 하기도 했다.

훗날, 그리 길지 않은 시간이 흐른 뒤의 어느 날 한유성의 아내에게서 걸려온 전화를 받은 날도 나는 그와 비슷한 생각을 했다. 현우와 나는 한유성과 그의 아내처럼 될 수도 있었다. 앞으로 우리가 더 많은 시간을 함께 보낸다면, 그리고 만약 내가 한유성을 알지 못했다면. 기억이라는 사물을 취급할 때의 주의점은 바로 여기에 있다. 일어날 당시에는 큰 의미를 갖지 못하던 사건이 이후의 또다른 사건과 교차하며 새로운 의미를 가질 수 있다는 것. 현우가 한유성처럼 나이들면 좋겠다고 말할 때의 내게는 어떤 악의도 저의도 없었다. 현우가 좋은 사람인 것처럼 한유성도 좋은 사람이라고 생각했을 뿐.

"한별, 지도교수로 염두에 둔 분이 있나요?"

한유성은 어느 학생에게나 경어를 사용했지만 이름에는 어떤 존칭도 붙이지 않았다. 외국어를 직역한 것처럼 들려 조금 특이한 느낌이 드는 말투였다. 아뇨, 지도교수 콘택트 생각하

긴 아직 이르지 않을까요? 늦어도 3학기 시작 전에만 정하면
되는 줄 알았는데. 전 아직 제…… 주제도 잘 모르겠고. 나는
한유성이 나를 시원찮은 학생으로 볼까봐 걱정하면서도 실수
에 변명하듯 웅얼웅얼 답했다.

"달리 생각해둔 분이 없다면 나하고 하는 게 어떨까요."

그 말을 들은 건 1학기 종강 무렵이었고 학기가 바뀌면 내
가 보조할 수업도, 교수도 달라질 것이어서 나도 약간 불안해
하던 시기였다. 한유성이 먼저 그렇게 말해온 것이 조금 기뻤
고 꽤 의아했다. 강의 조교는 명칭 그대로 강의의 보조 역할일
뿐이어서 담당하는 교수와의 접촉면이 예상한 것보다 더 좁았
고, 한유성은 스스로 수업 준비를 철저하게 하는 편이라 시험
기간 외에는 내 도움을 크게 필요로 하지도 않았다. 다시 말해
한유성이 나를 제자로 삼고 싶어할 만한 장점을, 나는 보여준
적이 없었다. 내가 무슨 생각을 하는지 알겠다는 듯 한유성은
멋쩍어하며 웃었다.

"지도교수는 보통 경력이 긴 분을 선호하긴 해요. 학계에서
누구누구 제자다, 이름만 들어도 아! 알아요, 할 만한 분이 좋
죠, 아무래도. 그래서 그런지 저는 논문 지도가 아직이거든요.
마음 정한 분이 없다면 저도 한번 고려해줬으면 해요. 관심 분
야가 전혀 다르다면 문제가 좀 되겠지만, 웬만한 주제는 제가
커버할 수 있고, 주제 단계부터 같이 모색해보는 것도 의미가

있을 테니까."

이건 프러포즈인가, 일종의. 그때까지만 해도 별 감정이 없었던 나는 그 제안이 재미있다고만 생각했다. 한유성을 좋게 보는 것과 한유성을 좋아하는 것은 완전히 다른 차원의 이야기라서. 전공 분야에 지대한 학구열이 있어서라기보다 사회 진출을 조금이라도 유예하고 싶은 마음에 대학원 진학을 선택한 나에게는 몹시 감사한 제안이었다. 사양할 이유를 딱히 떠올리기 어려운.

종강과 맞물리게 휴가를 얻어 나온 현우를 외면한 채 한유성의 초대에 응한 건 그래서였다. 이유는 모르겠지만 한유성이 내게 기대를 걸고 있는 듯하니 그에 걸맞게 처신해야 할 것 같다는 생각이 들어서. 약속 장소는 한 번도 가본 적 없는 와인 바였다. 우리 학교 근처에 이렇게 고급스러운 가게가 다 있었나 싶게 분위기가 근사했다. 교수들은 이런 곳에서 술을 마시는구나. 나보다 어린 현우와는 물론이고 나보다 훨씬 나이가 많은 사람과 만나던 때도 그런 가게엔 가본 적 없었다. 혹시 한유성이 내게 추파라도 던지려는 것이 아닌지를 지레 의심하게 되었다.

물론 그게 얼마나 헛된 생각인지는 금세 알 수 있었다. 한별, 이쪽이에요! 반갑게 손을 흔드는 한유성 곁에는 대학원생이 다섯 명이나 앉아 있었으니까. 여자 넷 남자 하나, 그중 셋은 내 동기. 이게 다인 줄 알았는데 어떻게 너까지 여길 왔느냐는 눈총이 따가웠다. 사람이 이렇게 많을 줄 알았다면 그냥 현우랑 만날 걸 그랬네 싶었다. 한유성도 웃기네, 이 많은 애들을 다 꼬셔놓고 나한테까지 오라고 한 건가?

처음에는 알게 모르게 서로 재고 견제하는 분위기였지만 와인이 몇 병 비어가는 사이 대화가 점차 활기를 띠었다. 물론 그 중추는 줄곧 한유성에게 기울어 있었다. 결혼하셨어요? 사모님하곤 어떻게 만나셨어요? 저도 교수님처럼 독일에서 공부하고 싶어요. 어학은 어떻게 준비하셨어요? 주량이 어떻게 되세요? 독일은 와인보다 맥주 아니에요? 다음에는 맥주 어떠세요? 학교에서 좀 거리는 있는데, 정통 수제 맥주 취급하는 곳을 제가 알아요…… 쏟아지는 질문에 쑥스러워하면서도 한유성은 차근차근 답변했다. 마침내 모두가 더는 참신한 화제를 떠올리지 못해 다시 서로 눈치를 보게 될 때까지.

말이 드문드문 끊어지기 시작하자 한유성은 무심히 손목시계를 봤다. 그 순간에는 나를 비롯한 모두가 똑같은 심정이었던 것 같다, 한유성을 이대로 보내고 싶지 않다는 마음. 타교 학부 출신 남학생이 술 게임을 제안했다. 보통 게임을 하나요, 와인 마시면서도? 한 학생이 웃으며 핀잔했지만 나머지는 모두 술 게임이 좋은 아이디어라고 생각한 듯했다. 곧 온갖 술 게임 제목이 튀어나왔다. 잠깐만요, 나는 짐짓 걱정스러운 표정으로 그 난장판에 끼어들었다. 교수님은 해외파셔서 잘 모르시잖아요. 세대가 다르기도 하고. 동기 여자애들이 왜 산통을 깨느냐는 듯 입술을 비죽거렸지만 나도 다 생각이 있어서 그렇게 말한 거였다. 나이가 많든 적든을 떠나, 적어도 내가 아는 한 승부욕을 자극당하고도 그냥 넘어가는 남자는 세상에 없어서.

"여러분보다 제가 더 많이 해봤을 수도 있죠. 아주 최신 게임만 아니라면."

그럴 줄 알았어. 나는 한유성이 뻔하다고 생각했다. 제아무리 한유성이라도 결국 남자라고, 다른 남자들과 다를 바가 없다고. 그때는 꽤 취한 상태였기에 그 생각이 극단적이라 느끼지 못했다. 적당히 점잔을 빼던 한유성을 게임판에 끌어들인 내 수완이 자랑스러워 동기 여자애들에게 윙크를 날리기나 했다. 오, 그럼 혹시, 하며 자기가 아는 술 게임 종류를 나열하려는 남학생을 부드럽게 말리며 한유성이 다시 말했다.

"마침 와인 마시면서 하기에 괜찮은 게임을 알아요. 독일에서 배운 건데, 제국주의라는 게임."

몇몇이 동시에 예? 하고 되물은 후에 동시에 웃음을 터뜨렸다. 이어진 설명은 이러했다: 게임의 정확한 이름은 '그것은 제국주의의 발명품', 줄여서 '제국주의'. 먼저 한 사람이 인물, 사물, 주의나 사상이나 이론, 뭐든 좋으니 어떤 이름을 댄다.

예를 들어 '와인'. 그러면서 또다른 한 사람을 지목한다. 지목된 사람은 '그것은 제국주의의 발명품: 왜냐하면—'이라는 말로 응수해야 한다. 물론, '왜냐하면' 다음에는 정말로 그것이 어떻게 제국주의와 연루되는지를 말해야 한다. 지목한 사람도 지목된 사람도 아닌 갤러리들은 '왜냐하면' 이후에 나온 사유가 타당한지를 평가하는 배심원의 역할을 맡는다. 지목되어 '왜냐하면'을 말한 사람은 다수의 판단에 따라 술을 마시거나 술 마시기를 면하거나, '왜냐하면' 말하기를 거부하고 처음부터 술을 마실 수도 있다. 일련의 과정이 끝나면 지목된 사람이 다음 사람을 지목할 권리를 얻는다.

"그럼 한번 해볼까요, 연습 삼아서 '와인', 그대로."

맨 처음으로 지목된 사람은 동기 여자애 중 하나였다. 와인 그것은 제국주의의 발명품, 왜냐하면, 어…… 대규모 농업으로 발생한 잉여 농작물이 빚어낸 결과물이기 때문에. 잘했어요. 한유성이 고개를 끄덕였다. 나는 세번째 차례에 처음으로 지목되었다. 세탁기, 그것은 제국주의의 발명품. 왜냐하면 가사노동의 빠른 순환을 유도하여 생산성 증대를 강제하므로. 나는 자신만만하게 대답했지만 한유성이 고개를 저었다. 접근은 나쁘지 않지만 제국주의랑은 조금 거리가 있네요. 나는 게임이 시작된 이후 최초로 벌주를 마신 사람이 되었다. 오기가 생겨서 한유성을 지목했다. 제시어는 '사랑'. 그것은 제국주의

의 발명품,

"왜냐하면 그것은 인간이 자발적으로……"

한유성은 진지하게 답변을 시작하는가 싶더니 와인잔을 입가로 가져갔다. 뭐예요 교수님, 참 나. 모두 웃었고 게임은 계속 이어졌다. 결투, 플라스틱, 온돌, 동물원, 권태, 코미디언, 태피스트리, 감자, 봉산탈춤, 제비뽑기 그리고

분신자살.

나는 갑자기 울었다. 마지막 제시어를 입에 올린 사람이 나의 가족사를, 정확히 아빠의 사인을 알고 일부러 나를 동요시키려고 그 말을 꺼냈을 리는 없다는 것을 알면서도 불가항력으로. 죄송해요. 아, 죄송해요. 빠르게 두어 번 사과한 다음 내가 왜 사과했는지 모르겠다는 억울함에 휩싸여 입을 다물었다. 눈물은 금세 그쳤지만 곧 구역감이 올라왔다. 변기를 붙들고 몸싸움을 벌이다 입을 헹구고 돌아왔더니 일행 모두 계산대 앞에서 나를 기다리고 있었다. 동기 하나가 들고 있던 내 가방을 건넸다. 폰은 가방에 넣어놨어. 너 전화 계속 오더라. 나는 가방을 얌전히 어깨에 걸었다.

새벽 한시를 막 넘긴 때였다. 모두 한사코 사양하는데도 한유성은 학생들이 먼저 택시를 타야 한다고 고집을 피웠다. 택시가 한 대 잡힐 때마다 무의미한 실랑이가 벌어졌지만 결국 한유성이 번번이 이겼다. 가까운 동네에 사는 사람끼리 짝지

어 타기도 해서 택시 세 대를 보내자 나와 한유성만 남았다. 정수리 꼭대기까지 찬 듯 느껴지던 술기운이 썰물처럼 한순간에 빠져나가는 걸 느꼈다. 그렇다곤 해도 혀뿌리 아래까진 수위가 좀처럼 떨어지지 않았지만. 갑자기 그렇게 술이 깬 건 긴장해서였다. 왜 긴장이 됐을까, 한유성이 나를 어떻게 하기라도 할까봐? 결국 둘만 남은 상황이 한유성의 교묘한 계략에 의한 것일까봐? 조금 전까지는 연달아 두 대가 서기도 하던 택시가 이후로는 한 대도 지나가지 않는 것마저 긴장됐다.

"한별,"

문득 한유성이 부드럽게 내 이름을 불렀다. 나는 찌푸린 눈으로, 일부러는 아니고 취해서 뿌예진 시야를 보정하느라 어쩔 수 없이 구겨진 얼굴로 그를 바라보았다.

"설명하지 말아요."

나는 그가 왜 그런 말을 하는지 바로 이해하지 못했으면서도 일단 얼른 고개를 끄덕였다. 이어 다시 눈물이 흐르기 시작했다. 울음이 터진 후에야 그의 말이 무슨 뜻인지를 알 수 있었다. 한유성은 아무 연민도 어떤 경멸도 없는 표정으로 재차, 마치 내가 아니라 스스로를 납득시키듯 말했다.

"괜찮으니까."

울면서도 나는 손을 들어 그의 뒤를 가리켰다. 택시가 오고 있었다.

기억력이 비약적으로 발달해 지금과 같이 된 것은 바로 이 날부터였다. 정확히 어떤 순간 시작되었는지를 지목하기는 어렵지만, 이날을 기점으로 내가 한유성을 사랑한다는 사실이 자명해진 것이다. 택시 뒷좌석에 오른 나는 곧 울음을 그쳤다. 아까는 한유성이 내가 우는 걸 보아주길 바랐단 듯이, 이제 그가 안 보니까 그만 울어도 되겠다고 느낀 듯이. 나로서는 일부러 눈물을 짜낼 생각이 전혀 없었기에 내가 생각해도 황당한 기복이었다. 가방을 뒤져 휴대폰을 찾아냈지만 부재중 전화 세 통을 남긴 현우에게 콜백을 하지 않고 가만히 쥐고만 있었다. 가는 길 내내 사랑을 제국주의의 발명품으로 만들기 위해서는 뭐라고 말해야 할지를 생각했다.

그러다 농수 도랑에 빠져 죽은 남자의 얼굴을 아주 구체적으로 떠올린 나는 내가 알아야 할 모든 것을 이제 안다는 것을 알게 되었다.

뒤늦은 후회: 처음부터 한유성을 충분히 경계하지 않은 것은 내 잘못이다. 내가 매력을 느끼기 쉬운 연령대인 만큼 주의가 필요했는데 그러지 못한 것. 그렇지만 무심코 좋아해버리지 않게 조심해야겠다는 생각에는 곧 좋아하게 될 거라는 자기실현적 예언의 성격이 있지 않은가. 내 의도와 상관없이 일어날 일이 일어난 거라 생각해야 했다. 미치지 않으려면. 어쩌면 나는 가정할 수 있는 최악의 상황을 최대한 지연시킨 것일

지도 몰랐다. 모르는 사이에 지금보다 더한 참혹을 피해왔을지도.

꼭 나만 나쁘거나 이상한 것만은 아니라고 느끼기도 했다. 모르긴 해도, 한유성을 지도교수로 선택한 사람은 모두 크든 작든 그에게 마음이 있는 듯했기 때문에. 각자가 한유성의 관심을 조금이라도 더 받아내려는 경쟁이 치열했던 와인 바 모임에서부터 그건 확실해 보였지만 이후에도 더하면 더했지 결코 덜하지 않은 파상-애정 공세가 이어졌다. 수업마다 강단에 성묘상 차리듯 음료와 간식을 올려둔다든지 특별한 용건도 없으면서 커피 챗과 식사 면담을 줄기차게 요청한다든지. 물론 그 정도야 교수들에게는 예사로울 법했지만, 한유성의 인기와 다른 교수들의 인기에는 분명한 질적 차이가 있었다. 가령 다른 교수들이 학교 앞 가성비 카페의 대용량 아이스아메리카노를 얻어 마실 때 한유성은 학교에서 조금 거리가 있는 커피 명가의 스페셜티 블렌드를 조공받는 식. 맛과 향이 다른 건 당연하고, 수업 십 분 전 픽업 주문을 해서 자가용으로 직접 공수해와야 하는 정성에는 더욱 확연한 차이가 있는.

막상 한유성은 자기가 그런 식으로 사랑받고 있다는 사실을 잘 몰랐다. 눈치챘다면 당장 그만두라고 했을 것이다. 한번은 수업 시작 전 경고 아닌 경고를 남긴 적도 있었다. 특정인의 호의가 정도 이상이 되면 다른 사람들의 작은 성의도 사양

할 수밖에 없어진다고. 항상 고맙지만 이미 다소 과분하니 더
는 부담 주지 않길 바란다며…… 늘 마시던 스페셜티 커피를
손에 들고 그렇게 말하는 한유성의 무구함에 나는 조금 웃을
뻔했다. 뭔가 알긴 아는데 다는 모르시는구나. 누군가 한유성
에게 고가의 트렌치코트를 선물하려 했다는 게 알려진 건 그
다음주였다. 물론 한유성은 거절했으나 가십거리가 되기 딱
좋은 사건이어서 학부에까지 소문이 퍼졌다. 소문의 당사자가
그 옷을 환불하지 않고 직접 입고 다니는 바람에 과가 아예 한
바탕 뒤집어지다시피 했다.

나는 문제의 학생을 이해할 수 있을 듯했다. 한유성을 둘러
싼 호감들, 학생이 교수에게 응당 표할 만한 가벼운 성의 아래
에는 각자의 질척거리는 애정이 세련되게 숨겨져 있다는 것을
알았으니까. 코트는 애정보다 조바심의 크기를 더 잘 나타내
는 선물이었다. 누가누가 티 안 내고 능숙하게 잘 좋아하는지
를 두고 벌이는 아주 미세하고 조밀한 영역 다툼에, 자기는 이
제 지쳤다고 선언한 거나 마찬가지였다. 거절당하는 순간에는
돌이킬 수 없는 실수를 저질렀다는 생각이 들었겠지만, 적어
도 속은 후련했으리라 짐작할 만했다.

당연히 이해만 한 건 아니고 원망도 했다. 그 일에 한유성
의 잘못은 하나도 없었고 그 학생 역시 결과적으로는 제 돈 주
고 제 옷 산 셈이었지만 그 때문에 생긴 구설은 없었던 일처럼

깔끔하게 닦아낼 수 없었다. 어떻게 생각해도 민폐 아닌가. 제 충동의 결과가 좋아하는 사람에게 어떤 영향을 미칠지도 생각했어야지. 오히려 한유성을 싫어하는 사람이라면 끼치지 못할 해를, 그를 좋아한다고 주장하는 사람이 훨씬 치명적으로 입힐 수 있었다.

때문에 나는 마음먹었다. 이전부터 그래야겠다고 어렴풋이 생각해오기는 했지만 이 일로 더욱 결연해진바, 적어도 나만은 한유성을 끝까지 혼자서 속으로 취미로만 좋아하기로. 이미 생긴 마음을 어찌할 수 없다면 그것만이 유일한 방법이었다. 누구에게도 해가 되지 않게. 나에게는 물론 현우에게, 누구보다도 한유성에게.

왜 이렇게 되었을까.

어쩌다, 그리고, 어째서?

기억은 인식이다. 인식은 인간의 뇌라는 저장 공간에 기록되는 정보의 단위이며, 인간의 뇌는 저장 매체로서의 안정성이 매우 떨어지기 때문에 인식: 기억의 질은 일정하지 않다. 기억은 사건이 아니고 하물며 체험조차 아니며 그것들이 드리운 한 사람 몫의 그림자에 가깝다. 불가능에 가까울 만큼 정교하게 복원된 기억도 인식의 바깥에서 일어나는 사건은 포섭하지 못한다. 인간에게 상상하고 추론하는 능력이 필요한 것은 기억의 불완전함 때문이다.

나는 내가 어떻게 한유성을 사랑하게 되었는지 기억하지 못한다. 대부분의 사람이 정확히 진단받기 전까지는 자기가 얼마나 치명적인 병에 걸렸는지 알지 못하듯이. 이에 나는 한유성이 있는 기억들을 집요하게 재탐색한다. 그의 말투, 표정, 음성, 체취, 제스처, 옷차림, 취향, 농담, 그 밖의 모든 것. 무엇이 사랑의 단초가 되었는지는 불분명하지만 이 기억들을 되새기고 되새길 때마다 오로지 사랑만은 또렷해진다.

설명하지 말아요. 괜찮으니까.

문득 궁금해진다. 그가 나를 어디까지 꿰뚫어보고 그런 말을 했는지가.

나는 기억력이 지나치게 좋아서, 물론 내가 어떻게 모든 것을 망쳤는지에 대해서도 전부 기억한다.

곧 상병으로 진급한다는 현우의 말에 이쪽도 곧 학술제가 열린다고 답했다. 노래방 마이크 주고받듯, 상대가 듣든 말든 일단 차례가 돌아오면 자기 레퍼토리를 쏟아내는 방식의 통화였다. 현우는 자기 부대의 진급 방식이 일반적인 육군 부대들과 어디가 비슷하고 어떻게 특이한지에 대해 설명하려 애썼고 당연히 그런 것에 조금도 관심이 없던 나는 학술제 주제와 행사 기간과 프로그램 세부에 대해 떠들었다. 한참을 그러다 현우가 먼저 조금 빈정 상한 투로 말했다. 알았어, 잘해요 누나. 나는 심드렁하게 대꾸했다. 나 거기서 뭐 하는 거 없는데? 그건 반은 맞고 반은 틀린 말이었다. 발표는, 그러니까 학술제 리플릿에 이름이 들어가는 일은 교수나 박사과정생들이 할 테지만 그 나머지, 이를테면 강의실과 중강당에 세미나와 심포지엄 테이블을 배치하고 행사장 앞에서 리플릿과 명찰을 나눠주거나 질의응답 시간에 마이크를 들고 왔다갔다하는 등의 허드렛일은 나와 같은 대학원 저학년생들이 나누어 맡게 될 터라서.

때문에 학술제 무렵에는 한유성도 나도, 다른 대학원생들도 조금씩 더 분주해졌다. 학술제에서 나눠줄 소책자에 들어갈 원고를 완성한 한유성은 다소의 여유를 되찾았고 책자와 명찰 제작 등을 맡은 출판팀도 마감 후에는 약간 한가해졌지만, 나와 같이 진행 스태프로 배정된 학생들은 학술제 개회 전날부터 폐회 직후까지가 가장 바쁠 예정이었다. 한유성은 학술제에서 가장 큰 프로그램인 주제 포럼에서 다른 학교 교수 두 명과 함께 공개 토론형 발표를 맡기로 되어 있었다. 여기에는 한유성이 우리 학교, 우리 과 교수진을 대표하는 얼굴이라는 의미가 있었지만, 내게는 주제 포럼이 열릴 중강당 스태프로 내가 배치된 게 좀더 의미심장해졌다. 한유성이 잘나서 잘나가는 거야 당연하고, 그래서 추종자가 더 늘어버린다 해도 내가 상관할 바는 아닌데, 한유성의 시야 내에 있어야 할 당위가 생긴 건 분명한 행운으로 느껴져서.

"한별, 중강당에 잠깐 와볼래요? 여기 문제가 조금 있네요."

한유성한테서 전화가 걸려온 건 학술제 전날 오후 세시쯤이었다. 그의 말대로라면 응당 스태프인 내가 확인해야 할 일이라 곧장 호출에 응했다. 그 짧은 대화에도 일렁거리는 사심을 누르면서.

중강당은 자연광이 조금도 들지 않아 어두웠다. 어떻게 켠 것인지는 알 수 없지만 핀 조명 하나가 무대 위의 그랜드피아노를 똑바로 겨누고 있었다. 때문에 한유성이 말한 문제가 바로 그것이라는 것쯤은 중강당 문을 열자마자 알 수 있었다. 행사 당일 아침에 부랴부랴 치우기엔 너무 무겁고 존재감이 큰 물건이었다. 나는 단차가 있는 중강당 좌석 사이를 천천히 걸어 무대로 내려갔다. 한유성이 느리고 신중한 손길로 건반을 더듬고 있었다. 분명 어디에선가 들어보았지만 제목을 알지는 못하는 어떤 곡을, 슬프지만 따뜻하고 격정 없이 관능적인 연주를 들으며 나는, 가라앉아야 할 자리를 찾아가는 돌덩이처럼 한유성에게 다가가고 있었다. 바로 등뒤에 설 때까지도 한유성은 연주를 그치지 않았다. 나는 그의 목을 조를 수도 있었고 피아노 뚜껑을 세게 눌러 그의 손을 으스러뜨릴 수도 있었다. 핀 조명이 백건에 드리운 내 그림자를 보고 그가 나를 향해 돌아앉기 직전까지의 짧은 사이에, 나는 내가 그에게 저지를 수 있는 무수한 나쁜 일을 상상했다.

그리고 마침내 그가 돌아보았을 때 그중 한 가지를 실행에 옮겼다.

"애인이 있다고 했지요?"

그 입맞춤이 길었는지 짧았는지는 말할 수 없다. 알 수 없다. 기억력이 아무리 좋다고 해도 그런 것은, 그러는 동안에 초시계를 들고 있었던 것도 아니어서. 다만 내가 충동적으로 그에게 입을 맞춘 것만은 분명하고, 그가 나를 밀어내지 않았던 것 또한 그렇다. 얼마 후에 두 입술이 멀어지자 그가 물었다. 나는 현우를 떠올렸다. 아, 맞다…… 그런 느낌.

"나도 아내가 있어요. 이러지 않기로 하지요, 우리."

그랬지. 이러지 않으려고 했다, 현우 때문이나 그의 아내 때문이 아니라 한유성을 위해. 열렬한 마음을 거부당했다는 수치심과 울화가 아주 잠시, 힘있게 치밀었다가 푹 가라앉았다. 절대 이러지 않겠다고 마음먹었던 스스로를 기억했기 때문이다. 죄송합니다. 나는 칼같이 사과하고 재빨리 휴대폰을 꺼냈다. 이 피아노는 저 혼자선 옮길 수 없으니까 몇 분 더 부를게요. 울화는 금세 식었지만 부끄러움은 좀처럼 지워지지 않아서 당장이라도 그 자리에서 사라지고 싶은 마음이 굴뚝같았지만, 적어도 쓸모없는 학생처럼 보이고 싶지는 않아서 약간 허세를 부렸다. 다행히 여기에는 한유성도 맞장구를 쳐주었다. 아니, 안 그래도 몇 명 더 연락해뒀는데 안 오네요. 조금 전에

일어난 일을 자연스럽게 무마하고 싶어하는 한유성의 태도가
고맙기도 하고 원망스럽기도 했다.

이윽고 한유성이 부른 다른 대학원생들이 중강당에 속속 도
착했다. 나는 한유성이 앉아 있는 피아노 의자에서 두세 걸음
떨어진 자리에 엉거주춤 서서 그들을 맞이하고, 그랜드피아노
를 드는 데 몇 명이 더 필요한지 떠드는 걸 지켜보다가 관리실
직원을 불러왔다. 직원은 절대로 비전문가가 마음대로 피아노
를 옮겨선 안 된다고 역정을 내더니 음대 학부생들을 데려왔
다. 학부생들은 자기들끼리 뭐라 쑥덕거리다 어디선가 그랜드
피아노 전용 수레를 빌려왔고, 그렇게 피아노는 대략 두 시간
만에야 무대 뒤편 비품실로 옮겨졌다.

그로부터 세 시간 뒤 현우에게서 전화가 걸려왔다. 생각을
정리하기에 충분한 시간이라 할 수 없었지만 말해야 했다. 미
안해, 나 교수님 좋아해. 그걸 교수님도 오늘 알게 됐어. 현우
는 잠시 말이 없다가 물었다. 그 사람도 누나를 좋아해요? 할
말이 없었다. 아마 아닌 것 같아, 라고 말해야 했겠지만 그러
고 싶지 않았다. 그제야 내가 이기적이라는 사실을 인정할 수
있게 됐다. 끝의 끝까지 나는 이걸 포기하려 하지 않는구나,
그러니까. 통화가 끝났다. 현우는 휴대폰 일일 사용 시간이 끝
나기 직전 다시 전화를 걸어왔다.

"누나, 미안한데요…… 아직 모르는 거잖아요. 나는 누나

없으면 안 돼요. 헤어지고 싶지 않아요."

알았다고 하고 끊었다. 긍정도 부정도 아니었다. 뒤늦게 현우가 안됐다는 생각이 들었다. 내가 저지른 일에 죄책감이 들어서가 아니라, 현우가 자기에게 불리한 선택을 할 수밖에 없는 입장이어서 가여웠다. 내가 현우를 좋아하는 마음보다 현우가 나를 좋아하는 마음이 크다는 것, 단지 그 때문에. 문득 나는 제국주의 게임을 떠올렸다. 한유성이 그때 하려던 말이 무엇이었는지를 이제는 어렴풋이 알 것 같았다. 내가 한유성에게 왜 사랑이 제국주의의 발명품인지를 물었을 때, 그가 하려던 대답.

사랑, 그것은 제국주의의 발명품. 왜냐하면 그것은, 인간이 자발적으로…… 굴욕을 견디게 하기 때문에. 노예 되기를 망설이지 않게 하기 때문에.

다음날은 아침 일찍 등교해 예정대로 중강당 앞에 테이블을 꾸렸다. 동기 두 명이 나와 함께 앉아서 명찰, 책자, 학술제 기념품으로 나온 볼펜을 챙겨 참가자들에게 나눠주었다. 사람들이 나와 유독 눈맞춤을 길게 한다는 생각은 종종 들었지만 그보다 이상한 낌새는 느끼지 못했다. 한유성이 주제 발표자로 무대에 오르는 메인 프로그램이 시작된 이후에야 무엇이 잘못되었는지를 알았다. 한유성을 따라다니다 만나서 한두 번 말을 섞어본 게 전부인 박사과정생한테서 문자메시지가 와서였다. 한별 원우님, 지금 학교 에타 한번 보셔야 할 것 같아요.
불길한 예감 속에 오랫동안 사용 않던 앱을 업데이트하고 재
인증까지 거쳐 커뮤니티에 들어가보니 나와 한유성 이야기가
있었다.

사회학과에서 인기 많은 H교수랑 모 대학원생 불륜. 한 명
은 오늘 중강당에서 발표하고 한 명은 행사 도우미 하던데 낯
짝도 두껍다.

손이 떨렸다. 사람들이 이 글의 내막이며 전말을 어디까지
파악하고 있는지, 이따위 소문을 퍼뜨린 게 누군지 알아야 했
지만 머리가 말을 듣지 않았다. 나와 잘 알지도 못하는 박사과
정생이 정확히 내게 이 소식을 전한 것으로 보아 H교수와 모
대학원생의 정체가 이미 공공연하단 사실만은 가까스로 추정
할 수 있었지만 그래서 더 눈앞이 캄캄하기도 했다.

그나마 무대 아래 있는 나는 얼마간 망신을 면할 수 있었지
만 아무것도 모르고 무대 위에 앉아 있는 한유성은 그럴 수 없
었다. 어두운 강당 안에서 서로 몸을 기울여 소곤거리는 사람
들이 전부 이 추문에 대한 이야기를 하는 것처럼 느껴졌다. 그
렇다고 내가 뭘 할 수 있는 것도 아니었다. 소리를 질러야 했
을까? 미친 사람처럼. 무대에 뛰어올라 이건 다 오해라고 외쳐
야 했을까? 더 미친 사람처럼. 물론 제일 하고 싶은 건 도망치
기였고 적어도 내 생각에는 그게 가장 덜 미친 선택지였지만

그럴 수도 없었다. 기나긴 시간이 흘러 주제 발표가 끝나고 질의응답이 시작될 때 교수님도 에타 보셨나요? 같은 질문이 나올까봐 무서웠다. 끝까지, 내가 두려워한 일이 대놓고 일어나지는 않았지만, 평소 같았으면 오며가며 스몰 토크를 나누었을 동기들이 나를 적당히 못 본 척 지나치는 것을 보면 알 수 있었다. 이 일이 아직 충분히 커지지 않았다는 것을.

"키스 한 번 했어. 딱 한 번이었다고!"

엉망진창으로 하루를 보내고 현우에게 전화를 걸어 악을 썼다. 현우밖에 없었다, 그런 글을 올릴 사람은. 현우 말고 또 누가 그런 짓을 할 수 있겠느냐고 나는 생각했다. 한시라도 빨리 따지고 싶었지만 현우가 휴대폰을 사용할 수 있는 시간은 일과 후 한두 시간밖에 되지 않았기에 한참을 기다려야 했다. 기다리는 동안에 쌓이고 응축된 분노를 다짜고짜 터뜨리자 현우는 울었다. 그게 무슨 말이에요, 누나…… 그걸로 화가 조금 누그러진다거나 이미 전부 증발해버린 애정이 다시 돌아오는 것도 아니었지만 그와는 조금 다른 심경의 변화가 일어났다. 아, 얘는 진짜 아니구나. 그러고 보니 범인은 현우일 수 없었다. 휴대폰 사용 시간에 제한이 있어서 전화도 아무때나 못 받는 애가 새벽에 그런 글을 올릴 수 있을 리가. 그 사실을 깨닫자, 그걸 알았다고 해서 상황이 호전되는 건 아니라는 인식과 별개로 약간 민망해졌다. 일단은 사과를 해야겠어서 입을 떼자 찝찌름하고 비린 맛이 입안에 번졌다. 입술을 문지른 손에 피가 묻어나왔다. 나도 모르게 입술을 깨물었던가, 그 정도로 화가 났던가 생각하며 거울을 보니 코피가 나고 있었다. 뚝뚝 떨어질 만큼 많은 코피가 빠르게 흐르는 것이었다.

비정상적인 비鼻출혈은 급성백혈병의 대표적인 증상이자 신호다. 학술제 준비와 불륜 추문에 대한 스트레스로 몸과 마음이 많이 시달린 모양이라고만 생각했는데 병원에서는 상상도 못한 진단을 내놓았다. 하지만 이 병은 누구에게나 그렇다. 돌연하고 치명적이다.

아파서 좋을 건 없었지만 어떤 면에서는 다행이라는 생각이 들었다. 아예 헛것이라고만 할 수는 없는 소문을 불식시키려 애쓸 필요 없이 아수라장을 벗어났으니까. 캠퍼스에서 몸이 멀어지니 마음에나마 여유가 생겨선지 옛 동기들이 했던 말이 자연스럽게 떠올랐다. 그렇게 살다가는 에타 블라 네이트판에 이름 빼고 다 올라간 다음 개명하고 이민 가야 한다고. 이민 좋아하네. 죽으면 그만이지. 나는 누구와도 공유할 수 없는 농담을 스스로에게 던지며 웃었다. 웃을 만큼의 여유가 있는 날은 그렇게 많지 않았지만.

현우와는 헤어졌다. 전화를 며칠 꺼두었다가 한참 만에 받아서 그렇게 말했다. 연락이 닿지 않는 얼마간 차근차근 체념할 준비를 했을 현우는 긴말을 덧대지 않고 내가 하자는 대로 했다. 아프다는 말은 하지 않았다. 운이 아주 나쁘면 현우가 제대하기 전에 죽을 수도 있는 내가, 돌이킬 수 없이 강한 인상을 남기는 얘기를 해선 안 된다고 생각했다. 사실대로 말하면 현우는 끝까지 내 곁을 지키겠다고 할 게 뻔했고, 그러다 내가 정말 죽는다면 현우는 영원히 나를 잊지 못하게 될 거였다. 내가 농수로에 빠져 죽은 남자를 기억하는 것처럼.

어쩌면 이게 현우를 배신해서 받는 벌일지도 모른다는 생각도 해봤다. 항암 치료는 통증과 구역감에 지루함을 동반할 수 있다는 점에서 매우 신기한 경험이었다. 별생각을 다 한다 생각하면서 정말로 별생각을 다 했다. 그중에는 현우 덕분에 그동안 면역력이 강화된 상태였을지도 모른다는 생각도 있었다. 나는 현우를 더는 좋아할 수 없게 된 때부터 급속도로 건강이 나빠진 게 아닐까. 이 가설을 채택하면 많은 것을 설명할 수 있었다. 현우와 나의 연애는 백만에 한둘 정도밖에 되지 않는다는 로로마 무반응 케이스가 아니게 되고, 갑작스러운 발병도 전혀 이해할 수 없는 것만은 아니게 되었다. 하지만 이 가설의 효용은 무엇보다도 심정적인 차원에 있었다. 나조차도 때때로 의심에 사로잡히곤 했지만, 의외로 나는 현우를 정말 사랑한 거였다. 생각에 여기에 이르고 보니 현우에게 덜 미안해져서 좋았다.

그렇다고 억지로 현우를 다시 사랑해서라도 건강을 되찾아야겠다고 마음먹진 못했다. 그러기엔 너무 멀리 왔다. 나는 기억력이 좋은 시체가 되는 일에 큰 유감이 없었다. 하루에 수십 번씩 구토와 설사를 하고 살가죽 위로 골반의 곡선이 다 드러날 만큼 가파르게 말라가는 고통이 달가울 리는 만무했지만 그와는 아무래도 별개로, 그것이 내가 감수해야 할 운명이라면, 그래도 된다고……

입원한 지 한 달여가 지나도록 한유성은 소식이 없었다.

물론 그게 마땅하다고 나는 생각했다. 한유성 입장에선 그 일이 봉변에 불과했을 테니까, 트렌치코트 사건과 다를 바 없이. 일방적인 애정 공세를 피하지 못했다 해서 구설에 휩싸이게 된 점을 감안하면 나를 증오하게 되었어도 할말이 없는 노릇이었다. 부디 건강하시길. 무사하시길. 한유성의 안녕을 빌고 스스로를 비웃는 게 습관이 되었다. 지랄 났네, 이 마당에 누가 알아준다고 사랑 타령. 하지만 그게 핵심이었다. 일이 이 지경까지 되어서도 내가 그대로일 거라고는 아무도 상상하지 못할 것이어서 오히려 마음놓고 한유성을 생각할 수 있었다.

아니면 뭐 어쩔 것인가? 누군가 눈치챘다 한들, 곧 죽을 내게 감히 그 마음을 멈추라고 할 수 있을까?

한유성의 아내에게서 전화가 걸려온 것은 골수 외 침범 소견을 받은 날이었다.

"연락이 늦었네요."

네, 많이요. 혹은, 왜요? 하려면 빨리 하든가 아예 안 하는 게 나았을 연락이라고 나는 생각했다. 어째서인지 미안한 마음은 별로 들지 않았다.

"무슨 일이 있었는지는 그 사람한테 들었어요."

한유성은 대체 뭐라고 말한 걸까. 단순히 자기에게 반한 대학원생이 무모한 짓을 저질렀다고만 말했다면 배우자가 나와 이야기하고 싶어할 리 없다는 생각이 들었다. 한유성은 어린 애가 아니니까. 그 정도는 그가 스스로 해결해야 할 일, 적어도 배우자가 나설 일이라 볼 수는 없으니까. 일말의 기대감이 부풀어오르는 걸 감지하자 약간 비참한 기분이 들었다. 한유성 본인도 아니고 그 아내가 걸어온 전화에 들뜨는 게 우스워서.

"제가 한별씨한테 해줄 수 있는 일이 없을까 싶어서요."

나는 한유성의 아내가 어떤 사람인지 알고 있었다. 다른 학교의 교원인 그 여자는 자기가 근무하는 학교에서 교수 학생 간 위계형 성폭력 사건에서 피해 학생에게 연대 의사를 밝혔다가 부당 해고를 당한 뒤 소송 끝에 복귀한 지 일 년이 채 안 된 사람이었다. 이름을 검색해보고 그런 행적을 알았을 때는 딱 한유성의 아내 같은 사람이라고만 생각했고, 바로 그 여자가 나에게 전화를 걸어 자기가 뭐 도울 일이 없느냐고 묻는 건 또 이상하고 역겨웠다. 당신 의심하는군요, 당신 남편을.

그렇게 보일 일이라는 건 인정할 만했다. 한유성은 교수고 내가 제자였으며 나이 차이도 적지 않으니. 아내가 있는 남자와 애인이 있는 여자가 입을 맞춘 건 남자 쪽의 강압에 의한 것이라 추정하는 게 대단한 착각은 아닐 거라고. 그렇지만 그런 식으로 말한다면 추행은 내 쪽에서 저지른 것이었다. 나는 혐의를 피할 생각이 없었다. 당신 남편 그런 사람 아니에요. 어떻게 한유성이 그런 사람이라 생각할 수 있죠? 아무래도 당신보다는 내가 그 사람을 더 잘 알고 잘 사랑하는 게 아닐까요. 그 일의 책임이 오로지 내게 있다는 걸 한유성의 아내에게 고백할 수 있다는 사실이 이상한 우월 의식을 불러일으켰다.

"저는 그 사람 떠날 생각 없어요."

내가 조심스럽게 말을 고르는 사이 그 수다스러운 여자는 다시 말했다.

"다만 제가, 저만 한별씨한테 해줄 수 있는 일이 정말 없는지 알고 싶은 거예요. 그래서 전화했어요."

아주 잠깐 내 손에 쥔 칼처럼 느껴졌던 우월감은 순식간에 방향을 바꾸어 그 여자의 손아귀에 들어갔다. 그 여자는 거침없이 찔렀다. 남편을 오해하고 있지만, 그런 사람이라 하더라도 그 사람을 버릴 생각 없다 말하는 사랑의 크기에 숨이 턱 막히는 것 같았다. 모멸감. 수치심. 그런 감정들의 명칭 사이에서 현우가 떠올랐다. 현우와 내가 한유성과 그의 아내 같은 커플이 될 수도 있다 믿었던 때가. 한유성의 아내는 한유성보다 일곱 살 연상이었다. 유학중에 만나 현지 시청에서 반지를 교환하는 것으로 결혼식을 대신했다고 들었다. 여자 쪽이 연상이란 이유만으로 막연히 나와 현우랑 닮은 데가 있지 않나 생각했던 게 얼마나 터무니없는 착각이었는지 생각하니 부끄러웠다. 내 부끄러움을 그 여자가 눈치채지 못하길 바라면서 나는 가까스로 말했다.

"제가 그랬어요."

여자는 갑자기 말이 없어졌다. 내가 계속 말할 수 있게 공간을 주려는 것으로 느껴졌다.

"교수님이 그런 게 아니라 제가요. 그래서 저는 아무 생각 없어요. 죄송하지만 후회도 안 해요. 딱 한 번 제가 하고 싶은 대로 한 거예요."

수화기 너머에서 들려오는 숨소리가 조금 커졌다. 그러나 여자가 울고 있는 것 같지는 않았다.

"해줄 게 없느냐고 하셨으니까 한 번만 더 뻔뻔해질게요. 큰 건 바라지 않아요. 그냥, 알고 싶어요. 내내 알고 싶었어요. 교수님은 저한테 아무 감정 없으신지, 저만 이런 건지. 뭐라고 하셔도 괜찮아요. 그런데 제가 바라는 건 정말 그거 하나뿐이에요. 교수님은 어떤 마음이셨는지 아는 거."

정말 그랬다. 이 모든 아수라장 속에서 내내 내가 원한 것은 한유성의 마음을 아는 것, 그뿐이었다. 당신은 내가 아무렇지 않았는지, 나를 다른 눈으로 본 적이 한순간도 없었는지, 그런데 왜 그때 나를 밀어내지 않았는지. 그걸 말하고 나니 마음이 가벼워졌고 금세 다시 두려워졌다. 나는 그 여자가, 한유성의 아내가 거짓말을 해도 알아차리지 못할 테니까. 그의 마음이 나와 같았다는 거짓말이든, 그에게 내가 아무 의미도 없었다는 거짓말이든. 여자는 뜻밖에도 가볍게 대꾸했다.

"그 사람, 귀가 밝아졌어요."

여자의 말에 나는 귀를 의심했다.

"각자 방문 닫고 작업하다 제가 자리에서 일어나는 의자 바퀴 소리를 들어요, 그 사람. 우리집이 그렇게 좁은 것도 아닌데, 우리집 방문 차음성이 그렇게 떨어지는 것도 아닌데, 문짝 두 겹을 넘어서 그런다고요. 그러면 자기가 먼저 주방에 가서 물을 끓여요. 커피 마시라고. 예전에는 안 그랬거든요. 왜 그렇게 됐는지 나도 내내 궁금했어요."

정말 그것 말곤 묻거나 청할 게 없는지 거듭 확인한 후에 여자는 전화를 끊었다. 가능하면 이게 마지막 통화이길 바란다고 나는 말했다. 마치 그쪽이 채무자고 내겐 아무 잘못이 없다는 듯 뻔뻔하게.

그것으로 족했다.

그전까지는 없거나 미미했던 어떤 능력이 별안간 발달했다는 건 사랑에 빠졌다는 증거. 한 사람의 마음에 생긴 작은 틈의 실마리. 한유성의 아내는 그가 누구를 새로 사랑하게 되었는지까지는 말하지 않았고 아무래도 그게 누구인지 모르는 듯했지만, 그것으로 내게는 충분한 대답이 되었다.

우리가 나눈 단 한 번의 입맞춤을 내가 치밀하게 기억하고 있으니까.

한유성이 나를 불렀을 때, 피아노를 치고 있었을 때, 내가 중강당 좌석 끝에서 무대까지 걸어가는 발소리를 그가 못 들었을 리 없다. 청력이 그렇게 좋은 사람이라면 아마도 발소리의 무거움이나 가벼움, 리듬 따위로 누구의 발소리인지도 알아차렸겠지. 한유성은 내가 다가가는 것을 알았다. 바로 등뒤에서 잠시, 내가 그에게 무슨 짓이든 저지르고 싶어했다는 것도 그는 알았을 것이다. 잘 억눌려왔을 충동이 어째서 그 순간만은 그를 풀어주었는지를 여전히 알 수 없지만, 한순간 그는 직후에 내가 저지르려는 어떤 일을 기꺼이 당해주려 했다.

왜냐하면:

그리하여 마침내 그것은 남은 평생을 견디기에 조금도 모자람 없는 기억이 되었다.

문어와 나

결정론적 우주의 가장 큰 적은 지(知)입니다.

/

왜 그러는 거야.

아내는 평온하게 입을 열더니 이내 운전대와 대시보드를 쾅 쾅 내리치며 반복해 말했습니다.

왜 그러는 거야.

왜 그러는 거야.

왜 그러는 거야.

／

당신은 단장斷腸이라는 말을 떠올립니다. 다른 사람들보다 자주.

／

어머니의 사인은 다코쓰보 심근증입니다.

／

운명론을 거절하기에 당신은 너무 많은 것을 알고 말았습니다.

／

이 도시의 이름은 밝히지 않기로 합시다. 당신 역시 이곳에서만은 익명이기를 원하니까요.

여기는 당신이 유학 시절을 보낸 곳, 달리 말하면 당신 인생의 십여 년이 묻혀 있는 곳이고 따라서 이 도시의 몇몇 인물과 장소는 당신을 여전히 기억하고 있지만, 그것은 당신도 마찬가지라서 당신은 그 기억의 경로들을 완벽하게 피해 다닐 수 있습니다.

거리를 바라볼 때 당신은 약간의 충동, 약간의 죄의식, 약간의 체념을 동시에 느낍니다. 평안을 바라며 이 도시에 왔기에 아직 여기에 사는 옛친구들을 만나고 싶지만, 평안을 바라는 자신을 비겁하다고 생각하기도 해서 누구에게도 연락하지 못합니다. 그러니 지금은 이것으로 만족합시다. 당신이 서울만큼 잘 알지만, 당신을 아는 사람이 서울만큼 많지는 않은 도시에 돌아왔다는 것.

당신은 단장이라는 단어를 떠올립니다.

도착한 첫날 당신은 비즈니스호텔에서 한 발짝도 나가지 않고 하루를 보냈습니다. 호텔로부터 두 블록 서쪽에 예전 당신이 자주 드나들던 서점이, 거기서부터 또 서너 블록 떨어진 곳에는 오래된 한국 식당이 있습니다. 파독 간호사 출신인 그 가게의 주인 할머니는 당신의 아내를 유독 예뻐했습니다. 서점에서 헌책을 팔고 물어물어 찾아간 전당포에 시계를 맡겨 반지를 마련한 날, 당신 부부가 둘만의 피로연 삼아 찾았던 식당이 바로 그곳이었죠. 그 얘기를 전하자 주인 할머니는 서비스로 계란찜을 줬습니다.

그때도 당신은 약간의 죄책감을 느꼈습니다. 당신과 아내가 책과 시계를 처분한 건 정말 형편이 어려워서가 아니었으니까요. 월말이라 그달 치 생활비를 거의 다 쓴 김에 치기로 저지른 짓일 뿐. 정말 좋은 반지를 마련하고 싶었다면 다음달 생활비가 들어올 때까지 기다렸어도, 혹은 몇 달 정도 시간을 두고 여윳돈을 모았어도 됐겠지요. 그래도 아내는 몹시 기뻐했습니다. 살면서 우리가 언제 또 전당포를, 그것도 외국 전당포를 이용해보겠느냐며 재미있어하기도 했습니다.

당장은 이런 기억들에서도 조금 멀어져보도록 합시다.

조경으로 유명한 이 도시에는 지금 눈이 쌓여 있습니다.

전형적인 쇼트 슬리퍼인 당신은 오랜만에 늦잠을 잡니다.

/

꿈으로의 전환은 너무 쉽습니다. 그래도 이야기해봅시다, 당신이 이 도시에 돌아와 처음 꾼 꿈에 대해서. 이 이야기가 우리에게 필요하다고 믿으면서요.

안동을 비롯한 경북 일부 지역에서는 차례상에 통문어를 올립니다. 안동은 당신의 큰집이 있는 고장이죠. 열 살 무렵까지의 방학 때마다 당신은 또래 사촌들과 어울려 천자문을 외고 『동몽선습』이나 『격몽요결』을 공부했습니다. 어린이 유자儒者 캠프라고 할까요. 참가하는 어린이들 전부가 혈연이라는 점이 특징이라면 특징인.

큰집에 모인 여러 사촌 중에 당신은 특별히 두각을 드러내는 아이는 아니었습니다. 체급에서도 학습 능력에서도 중간 정도, 였다는 것이 당신의 생각이지만 어른들은 좀더 박하게 보셨을 수도 있겠지요. 당신이 당신 자신의 유년에 조금 후한 편일 수도 있고요. 수줍음이 많고 여자 어른들을 잘 따르는 편이어서 꾸지람도 많이 들었습니다. 남녀가 유별하고 남녀의 일이 서로 다르다는 까닭에서요. 하물며는 여자 어른들도 당신이 주방 가까이 오는 것을 만류하곤 했습니다. 당신은 순한 어린이였지만 하고 싶은 일에는 의외로 오기를 부리는 편이었습니다. 내심에는 내가 뭐 많은 걸 바랐나? 라는 식의, 당신 나름의 반항도 조금 있었고요.

문어에게는 심장이 세 개 있다고 합니다. 다리를 펴면 몸길이가 당신 키만할 듯한 문어를 훌떡 뒤집어 내장을 뽑아내며 큰어머니가 말해준 것입니다. 그때부터 지금까지 당신은 문어를 먹지 못합니다. 문어는 이름에 글월 문文 자가 들어가는 선비의 동물이어서, 안동은 내륙 지방임에도 차례상에 빠지지 않습니다.

자기 아주 옴파탈이네.

이것은 당신 아내의 목소리입니다. 꿈에서 당신은 어린아이지만 당신에게 아내가 있다는 사실도, 아내가 당신에게 그런 말을 한 기억이 있다는 사실도 낯설어하지 않습니다. 당신은 다른 생각을 합니다. 머리가 크고 둥근 문어, 삶아서 다리가 고불고불 말려든 문어가 옴(Ω) 기호를 닮았다는 생각. 옴 하면 Homme, Omega, 그리고 Mantra(ॐ). 옴이라는 진언에는 창조와 파괴와 무無의 의미가 모두 담겨 있다고 합니다. 서구에서 말하는 알파와 오메가가 한 단어에 들어 있는 셈입니다.

당신에게 옴파탈이라는 농담을 던질 때(그래요, 그건 분명 놀리는 어조였습니다) 아내는 전혀 화나 있는 것처럼 보이지 않았습니다. 아내는 불자입니다. 이십대 초반에는 단기 출가를 한 적도 있고 가까이 지내는 스님에게서 받은 법명도 있습니다.

그게 뭐더라, 생각하며 당신은 땅을 파고 있었습니다. 깊숙한 곳에 묻혀 있는 당신 아내의 법명을 파내볼 작정으로요.

이즈음에는 당신도 이것이 꿈이라는 사실을 얼핏 알아차려 설마 흙속에서 문어가 기어나오는 건 아니겠지 하고 웃습니다. 웬걸 문어는 땅속이 아니라 당신에게 있습니다. 바가지로 땅을 파고 있는 줄 알았는데 손에 쥔 건 살아 있는 문어의 둥글고 물큰한 대가리. 당신 팔에는 끈끈한 다리가 감겨 있고요.

꿈인 걸 안 것까진 좋은데, 꿈 특유의 황당한 전개 속에서 괜스레 문어를 떠올려버려 낭패를 보았음을 당신은 한발 늦게 깨닫습니다. 아까까지만 해도 푹푹 찔려 들어가던 부드러운 흙이 이제는 문어의 무른 듯 질긴 몸에 꾹꾹 문대어질 뿐이고 문어는 화가 났는지 어쨌는지 점점 커지고 있습니다.

이것참, 이거 이러다 음몽이 되려는 건 아니겠지. 당신은 헛웃음을 치며 그렇게 생각하지만(어디서 주워들은 건 많아가지고 용케 그런 발상을 했네요, 당신) 꿈속의 당신 몸은 지나치게 어린데다 두족류 동물과의 정사를 상상하기에 당신의 지식이 한참 모자라기도 한 관계로 꿈은 그렇게 끝나고 맙니다. 이쯤에서는 당신 의식의 활동이 꿈을 만드는 무의식을 방해할 만큼 활성화된 탓이기도 하지요. 꿈은 끝났지만 잠은 깨지 않습니다. 당신은 의식적으로 잠을 붙잡아두려 애씁니다.

어쨌든 당신은 휴가중이니까요.

/

깨어나자마자 당신은 안경을 쓰고 휴대폰을 집어들어 꿈풀이 내용을 검색해봅니다. 본래는 그러는 편이 아닌데 그날따라 그래야 할 것 같은 느낌이 듭니다. 문어는 꿈에 나오면 길한 동물이라는군요. 특히 취업, 합격, 계약 성사, 사업 성공 등 크고 실한 성과를 나타내는 소재고, 문어를 잡는 꿈보다 문어에게 잡힌 꿈이 좋다는 것으로 보아 접촉 면적이 넓을수록 좋은 의미로 해석되는 모양입니다. 꿈에 나온 문어가 죽은 것이라면 흉몽이 된다고도 하네요. 갓 죽은 문어는 신체나 재물 등의 물리적 손실을, 물기가 마른 문어는 구설수나 다툼 등의 심리적 손실을 의미한다고요.

침대 헤드에 비스듬히 기댄 자세 그대로 휴대폰을 두드려 발견한 해몽 블로그 몇 곳을 재미있게 구경하던(학구열이 있는 사람에게 현상 파악과 해석은 순도 높은 쾌락을 보장하는 행위죠) 당신은 아내에게 그 이야기를 들려주려다 손을 멈춥니다. 뭐라고 할 생각이었나요? 죽은 문어를 목격한 후에 커다란 문어가 몸에 달라붙은 꿈이니, 우리에게 시련이 있었으나 곧 좋은 일이 있을 거란 의미 같다고요?

당신은 깊은 슬픔을 느낍니다. 그렇다기보다 깊은 슬픔을 느낀다고 '생각합니다'. 아내는 당신의 가장 친밀하고 충실한 친구였습니다. 당신 또한 아내에게 그런 상대였을 테고요. 물리적인 충격을 느낄 만큼의 실망감은 그 이상의 신뢰를 공유하는 사이에서만 발생합니다.

단장. Heartbroken. Gut-wrenching. Herzschmerz. 당신은 어머니를 떠올립니다. 일련의 사고에서 어머니는 정지 표지판 같은 역할을 합니다. 떠올리고 싶지 않은 어머니를 끝내 떠올리고서야 비로소, 이제 이 생각을 그만해야겠다는 생각을 하게 된다는 것입니다.

따라서 당신이 지금 느끼는, 완전히 낯선 사람과 대화하고 싶다는 충동은 전혀 부자연스러운 것이 아닙니다. 본래의 당신은 그런 사람이 아니었다는 당신의 인식과 무관하게.

당신의 자기 인식은 비교적 정확한 편입니다. 당신은 가르치는 일을 맡기에 낯가림과 수줍음이 지나치게 많은 사람이에요. 연단에서 발표하고 토론하는 경험을, 그중 상당 부분을 외국어로 쌓으며 본래적 기질을 어느 정도 무마할 수 있게 되었다는 믿음도 옳습니다. 정확히는 경험이 아니라 그 경험이 준 자신감, 말하자면 '석박 시절에 비하면 훨씬 할 만하다'라는 안도감이 불러온 효과지만요.

또 아내 생각을 하나요. 별수없군요.

어느 정도는 아내 탓을 하고 싶을 수도 있겠습니다. 논문 지도교수를 하고 싶다면 원생들과 스킨십(당연히 그런 의미의 스킨십이 아니고요)을 좀더 늘릴 필요가 있다는 조언을 해준 건 아내였으니까요. 제자를 두더라도 사적인 관계를 형성할 생각은 전혀 없던 당신에게 그게 그렇지가 않다니까 참, 하며 아내는 혀를 찼습니다.

"밥이라도 한끼 사 먹이고 술이라도 한잔 사주면서 친해져야 돼. 교수님 말고 은사님 되려면 그런 게 좀 필요하더라. 우리도 독일 있을 때 교수들이 집에서 여는 크리스마스 파티 같은 데 가봤잖아. 그렇게 곁 안 내주는 사람들도 그걸 다 하는데, 자기라고 못할 거 있어?"

그러다 내가 그 핏덩이들 중에 하나하고 정분이라도 나면 어쩌게, 하고 농담했던 기억을 돌이키면 지금도 모골이 송연합니다. 그럴 사람 아닌 거 아니까 결혼했지 하며 웃던 아내는 이제 당신이 그럴 수도 있는 사람인 것을 압니다. 당신도 잘 알다시피 '알고 있었다'와 '안다'는 전혀 다른 말이고요.

한때 당신은 아내가 아는 그대로의 사람이 되고 싶었습니다. 어떤 유명한 영화에도 그런 대사가 나오잖아요, "당신은 내가 더 좋은 사람이 되고 싶게 해요You make me want to be a better man." 아내는 항상 당신을 당신 자신이 인식하는 것보다 나은 사람이라 믿었습니다. 좀더 지적이고, 좀더 침착하고, 선량하고 사려 깊고 관대하고 명랑한 사람으로. 당신도 아내와 함께하는 동안 스스로가 더 나은 사람이 된 것 같다고 믿어왔습니다. 아내에게는 분명 그런 힘이 있었어요. 아내와 대화하다보면 더 깊이 생각하고 말 한마디 한마디에 신중을 기할 수 있었고, 머릿속을 어지럽히던 문제들이 알아서 제자리를 찾아 정리되는 듯해 행동에도 여유가 생겼습니다. 하여, 사랑이란 바로 이런 것이라 당신은 믿어 의심치 않았습니다. 누군가를 위해 더 좋은 사람이 되고 싶다는 동기부여와 그로 인해 정말로 나아진 실상의 총합, 그것이 당신에게는 사랑이었습니다.

이 모두를 아내는 알고 있었습니다.

하지만 또는 그래서, 당신은 이제 당신을 전혀 알지 못하는 사람과 대화하고 싶습니다.

/

구글 맵에서 리뷰를 보며 방문할 만한 가게를 골랐습니다. 투숙한 지 서른여섯 시간 가까이 방밖으로 한 발짝도 나오지 않았던 당신은, 전날 배달로 먹은 타코를 판 가게가 꽤 괜찮아 보인다고 생각했습니다. 음식맛도 물론 나쁘지 않았지만, 리뷰에 따르면 분위기가 좋은 스패니시 바라고 해서요. 당신이 유학 생활을 마무리한 후에 생긴 가게라는 점도 마음에 듭니다. 이 도시에 사는 당신의 친구들은 이렇게 근본 모를(타코를 파는데 스패니시 바라고요?) 가게를 별로 좋아하지 않을 테고요.

사실 당신은 이런 종류의 시도에 대해 아는 바가 없습니다. 고기도 먹어본 사람이 먹는다고들 하잖아요. 바에 가서 혼자 앉아 있으면 누가 다가오는 건지, 아니면 당신이 누군가에게 다가가야 하는 건지, 그래도 되는 가게가 따로 있는지 아니면 어떤 가게에서나 그렇게 해도 되는지. 망설임 끝에 당신은 침대에서 몸을 일으킵니다. 처음 고른 가게보다 어두운 곳에 갈 용기는 없고, 더 망설이다가는 아예 아무것도 하지 않게 될 공산이 크다는 걸 깨달았기 때문입니다.

일단 나가자, 나가서 누구라도 붙잡고 대화를 시도하자, 가게를 닫을 때까지 누구와도 대화하지 못한다면…… 서버에게 트링크겔트라도 후하게 주고 통성명이라도 하자. 이 소박한 결심을 굳히기까지 정말 큰 결의가 필요했습니다.

서른여섯 시간 만에 씻고(평소에는 이러지 않는다고 당신은 항변하고 싶을 겁니다) 챙겨온 옷 중 가장 좋은 코트를 입고 방문을 나섭니다. 문 옆 복도에 그날 몫의 생수 두 병이 놓여 있습니다. 그것들을 창가 테이블 위에 올려두고 심호흡한 뒤에, 다시. 당신은 방을 나섭니다.

/

결정론적 우주에 주인이 있다면 그는 무엇을 어디까지 계획해두었을까요? 이를테면 당신의 사사로운 꿈의 내용 같은 것, 그런 것조차 그가 직접 기획한 것일까요? 도중에 당신이 설핏 깨어 꿈의 내용을 얼마간 스스로 주무르게 되는 것까지도, 설마?

하지만 그렇지 않다면 결정론적 우주를 결정론적 우주라 부르는 일에 무슨 의미가 있을까요?

/

운이 좋았다고 해야 할지 나빴다고 해야 할지 모르겠군요. 당신은 스패니시 바에서 합석 상대를 구하는 데 성공했습니다. 바에 들어간 지 한 시간 정도는 아무도 말을 걸어오지 않아(당신도 알겠지만 당신은 절대로 낯선 이에게 먼저 말을 걸 수 있는 위인이 아닙니다) 의기소침해하기도 했지만 결국은 엄청난 소득을 거둔 셈이에요. 그도 그럴 것이 당신이 찾아간 가게에서는 당신이 기대한 것과 같은 일(낯선 사람과의 즉석 만남)이 절대로 일어나지 않거든요. 원래는 말입니다. 그건 당신이 한 번쯤 말을 걸어보고 싶을 만큼 매력적인 남자라는 의미로 해석해도 무방하겠죠. 평범한 요식업소에서조차 말입니다.

축하할 만한 일인지는 조금 더 두고 봐야겠습니다. 여간해선 없는 일이 어쨌든 일어났다는 것은 평소와 같은 안전이 보장되지 않는 상황이란 의미도 있으니까요. 하지만 어쩌겠습니까, 모험이라는 게 늘 그렇죠.

상대는 꽤 독특한 사람 같습니다. 처음 다가올 때의 차림새와 생김새, 앉아서 대화를 시작한 이후의 말본새 전부가 지금껏 당신이 알아온 다른 어떤 사람과도 닮지 않았어요. 상기해봅시다, 그것이 당신이 오늘의 대화 상대에게 바란 그대로라는 사실을요. 그, '누구와도 닮지 않음'이 구체적으로 이런 모양일 거라고는 예상하지 못했지만 말입니다.

/

"기다리는 사람 있어요?"

당신은 스스로가 사람을 겉모습으로 판단하는 속물이 아니라고 믿어왔고 그 믿음은 당신을 배신한 적 없습니다. 적어도 당신의 일행이 나타나기 전까지는. 갑자기 말을 걸어온 상대를 보고 잠시 말을 잃었던 당신이 가까스로 정신을 차리고 대답했습니다. 아니요. 그러자 상대는 정중하게 다시 물었습니다. 빈자리에 앉아도 될까요? 당신은 얼떨떨한 심정(한 시간 동안 아무 일 없더니 갑자기 이렇게 잘 풀린다고?)으로 고개를 끄덕였고 상대는 구석 테이블을 가리켰습니다.

"잠깐 기다려요. 접시를 들고 올게요."

그제야 당신은 깨달았습니다, 상대는 방금 들어온 손님이 아니라 당신과 함께 한참 전부터 이 가게에 있던 사람이란 사실을요. 물론 그런 것은 그렇게 중요한 일은 아닙니다. 따지고 보면 고마운 일이죠. 한 시간 가까이 혼자 자리를 지키고 있는 당신, 딴짓을 하고 있으면 아무도 말을 걸지 않을까봐 휴대폰

한번 들여다보지 않고 멀뚱멀뚱 앉아만 있던 당신을 지켜보다가 먼저 용기를 내준 사람이니까요. 하긴 평소라면 그렇게 오랫동안 낯선 사람에게 관찰당하는 게 그리 유쾌하지만은 않았겠지만요.

이윽고 상대는 곧 한쪽 손에 접시를, 한쪽 손에 마르가리타 잔을 들고 돌아왔습니다. 왼쪽 옆구리에는 둘둘 만 외투를 아슬아슬하게 끼고서요. 아까도 느꼈지만 다시 봐도 정말 이상한 사람이다, 당신은 생각했습니다. 그도 그럴 것이 외투는 두꺼워 보이지만 입고 있는 상의는 계절감을 종잡을 수 없는 브이넥 반소매 니트, 그것도 네크라인이 명치까지 파인 디자인이어서요. 당신은 태닝한 상대방의 가슴팍을, 하물며는 가슴 사이에 맺혀 반짝이는 땀까지 훤히 들여다볼 수 있었습니다. 들고 있는 외투가 아니었다면 이 사람, 바깥의 겨울을 경유해 온 게 아니라 가게 어딘가에 연결된 사차원의 문을 열고 마이애미나 와이키키 같은 곳에서 온 게 아닌지를 의심했겠지요.

상대는 재차 합석 의사를 확인하려는 듯 테이블 옆에 잠깐 그대로 서서 당신을 바라보았고 당신은 얼른 고개를 끄덕였습니다. 맞은편에 앉은 상대는 엄지손가락으로 자기를 가리키며 말했습니다.

"펠리페."

멍하니 그 모습을 보던 당신은 한 박자 늦게 정신을 차리고 대답했습니다.

"파…… 파울Paul."

"정말로?"

당연히 아니지만, 아니라고 말할 수 있을 리가요.

파울이라는 이름은 당신이 상대방을 보자마자 떠올렸고 미처 떨쳐내지 못한 이미지에서 따온 것입니다. 몇 시간 전 열성적으로 찾아 읽은 꿈풀이 글들을, 당신은 떠올렸습니다. 꿈에 나온 문어는 커다란 성취를 암시하는 소재라고 했던가요. 틀렸습니다. 문어를 만나려고 문어 꿈을 꿨던 거예요. 머리카락은커녕 모공도 보이지 않아서 그야말로 깔끔하게 까놓은 맥반석 달걀처럼 반질거리는 펠리페의 머리를 보며 당신은 독일의 점쟁이 문어 파울을 떠올렸던 것입니다. 2010 남아프리카공화국 월드컵 당시 모든 경기의 승무패 결과를 정확하게 예언했던 동물 말입니다. 아깝다, 이름까지 펠리페가 아니라 파울이었어야 하는데. 그런 생각을 하다 당신은 엉겁결에 당신 이름이 파울이라 말해버린 것입니다.

"미안합니다. 동양 이름이 아니라서 저도 모르게 편견에 찬 반응을 보인 것 같아요."

"아닙니다. 괜찮아요."

당신은 펠리페의 정중한 사과에 조금 놀라고 죄책감도 다소 느꼈습니다. 펠리페는 스스럼없지만 무례하게 느껴지지는 않는 (즉 당신이 취하고 싶은 바로 그 적절한) 태도로 자기가 가져온 접시를 당신 쪽으로 조금 밀었습니다.

"드실래요?"

농담이 과한걸. 당신은 웃지 않으려고 연신 헛기침을 하며 생각했습니다. 골라도 하필이면 문어 세비체가 뭐냔 말이죠. 일부러 그러는 게 아닐까, 그러니까, 자기가 문어를 닮았단 걸 정확히 알고 그 점을 활용해 대화 상대에게 강렬한 인상을 남기려 하는 게 아닐까 당신은 의심했지만 펠리페는 아무렇지 않은 표정이었습니다.

"저는 문어를 먹지 않아요."

"알레르기?"

"심리적인 문제예요. 원한다면 제 음식을 드셔도 됩니다."

당신은 펠리페가 방금 했던 것처럼 당신이 거의 손도 대지 않은 초리소 샐러드 접시를 펠리페 쪽으로 살며시 밀어주었습니다. 펠리페는 빙긋 웃었습니다. 어? 잘생겼네, 하고 당신은 생각했습니다. 너무 눈에 띄는 다른 특징들 때문에 발견이 늦었지만 펠리페는 상당한 미남이었습니다. 얼굴 골격이 뚜렷하고 눈빛이 서늘해서 예민하고 생각이 많아 보이는. 그러니까 당신은 일종의 키메라와 마주앉아 있는 것이었습니다. 문어의 머리통과 추성훈의 가슴팍과 보이 드 샤넬의 얼굴을 가진, 어떻게 이런 사람이 다 있나 싶지만 어쨌든 버젓이 존재하는. 왠지 땀이 많은 체질인 듯한 점도 특징이라면 특징이겠군요.

펠리페는 당신의 접시를 다시 당신 쪽으로 밀며 말했습니다.

"저는 육상동물을 먹지 않아요."

"페스코 베지테리언?"

큰일이군. 당신의 뇌리에 이런 생각이 스쳐갔습니다. 할말이 없네. 실로 그랬습니다. 이후 대화를 통해 천천히 확인하게 될 터였지만, 통성명을 하고 약간의 취향을 서로 밝힌 것만으로도 이미 어느 정도는 짐작할 수 있었듯, 당신과 펠리페 사이에는 이렇다 할 공통점이 없었습니다. 그렇게 바라던 낯선 대화 상대를 눈앞에 두고서야 당신은 어울리지도 않는 객기를 부렸다는 사실을 시인하게 되었습니다. 그럼 어떡하죠, 돌려보낼까요? 그럴 용기는 있나요? 미안하지만 마음이 바뀌었으니 원래 자리로 돌아가달라 말할 용기. 이렇게 되자 상대방의 체온(펠리페의 경우에는 열기에 가까웠는데요), 숨소리, 생생한 활력과 존재감 전체가 당신에게는 무거운 영향력을 행사하는 것처럼 느껴졌습니다.

당신이 적절한 토픽을 고르느라 머리를 굴리는 사이 펠리페는 점원을 불러 세워 마르가리타 피처 두 병을 주문했습니다. 마르가리타라면 나도 좋아하지만, 한 번에 두 병이나? 미심쩍어하는 내색을 미처 숨기지 못한 당신에게 펠리페가 말했습니다. 지금부터 마시는 건 전부 제가 계산할 테니 전혀 신경쓰지 마세요. 주문한 것이 나오자 펠리페는 카운터에서 긴 빨대를 두 개 가져와 피처에 그대로 꽂았습니다.

"그래서요, 파울."

당신은 펠리페가 자기 이름을 부르고 있다는 것도 단숨에 알아차리지 못했습니다. 그랬지, 내가 가명을 댔지. 얼떨결에 내뱉은 말이었지만 그랬기에 완전히 익명인 채로 대화할 수 있게 된 것이었습니다. 그 사실은 주눅들고 혼란스러워하던 당신에게 약간의 용기를 불어넣어주었고 펠리페가 마저 말하길,

"무엇 때문에 그렇게 슬픈가요?"

나름대로 유학儒學을 근본 삼은 집안에서 자란 당신에게는 종교적 체험이랄 것이 거의 없었습니다. 유학 초기 한인 교회에 몇 주 나가본 것, 결혼 후 귀국하여 아내의 친구가 있는 절에 방문한 것, 사원에 방문한 경험을 꼽으라면 그 외에도 몇 가지는 더 댈 수 있지만 그런 것들을 '종교적 체험'이라 부르는 것은 신성모독이 될 것입니다. 그때 당신은 그저 다른 곳이 아닌 그곳에 있었을 뿐, 그러한 사실을 그렇다고 감각할 뿐, 별다르게 큰 감흥을 느끼지 못했으니까요. 그러니까 당신이 펠리페의 질문에 곧장 눈물을 흘린 것이야말로, 당신에게는 최초의 종교적 체험이라고 할 수 있습니다. 이유를 알 수 없는 눈물이 걷잡을 수 없이 흘러나오기 시작했고 우는 동안에 당신은 슬프다기보다 벅찼기 때문입니다. 그 사실이 당신을 조

금 당황시켰습니다(당신처럼 지능이 높은 사람들은 이렇듯 감상에 압도되는 상황에서도 무심코 메타 인지를 작동시키고 말지요).

펠리페는 우는 당신을 침착하게 지켜보았습니다. 익숙한 듯도 했습니다, 자기가 한마디하자마자 눈물을 흘리는 사람을 보는 게 이게 딱히 처음은 아니라는 식으로. 한편 당신의 흐느낌은 스콜과 같았습니다. 구덩이를 웅덩이로 만들고 강을 범람시키며 작은 동물 몇 마리쯤은 익사시키는 폭우, 그러나 짧막한. 그런 울음은 마음의 오염을 씻어내는 작용을 하지요. 얼마간 울고 나서 펠리페에게서 손수건을 건네받은 당신은 눈가와 코밑을 닦아내고 감사 인사를 하려고 했습니다. 펠리페가 테이블에 무심히 둔 당신 손 위에 자기 손을 포개기 전까지는요.

잠깐 사이에 당신은 이 스킨십에 어떠한 의미가 있는지를 여러 차원에서 고민해보았습니다. 위로를 뜻할 가능성, 가장 먼저 떠오른 건 물론 이것이었지요. 당신이 우는 모습은 정말 서러워 보였을 테고 상대방은 친절한 사람 같았으니까요. 하지만 피부와 피부의 접촉면에서는 의외로 뚜렷한 메시지가 전달되기도 하잖아요, 굳이 말을 하지 않아도 말이죠. 당신의 손등을 감싼 펠리페의 손바닥에서는 분명 단순한 선의 이상의 무언가가 발신되고 있었고 당신은 다른 가능성을 떠올리는 데 약간의 시간을 더 허비했습니다. 손수건 다 썼으면 어서 돌려

달라는 뜻인가, 혹시 자기 손을 올려둘 거치대가 필요했나, 또
는 그냥 손을 테이블 아무 곳에나 올려두려 했는데 착륙 좌표
를 잘못 잡은 건가, 아니면……

아니면, 뭐겠어요?

그렇게 어렵게 생각할 것 없지 않겠어요. 당신을 그윽하게
바라보는 펠리페의 눈길이 보충 설명을 해주고 있잖아요. 당
신이 진작에 알아차렸으나 당장은 부정하고 싶었던 바대로,
펠리페는 처음부터 당신을 유혹할 생각이었던 것입니다.

/

펠리페는 당신이 처음 만나는 성소수자가 아닙니다. 이쪽
방면으로 당신은 스스로가 꽤 열려 있는 사람이라 자부하기도
했습니다. 그도 그럴 것이 유학 시절 지향성이나 정체성을 오
피셜하게 드러내는 사람들을 꽤 만나보았거든요. 당신의 전공
분야에는 게이보다 레즈비언이 (압도적으로) 많았고 꼭 그래
서만은 아니겠지만 주로 그런 이유에서, 당신은 '그런 문제'가
당신과 완전히 무관하다고 생각해왔습니다. 가령 많은 이성
애자 남성이 뾰족한 근거도 없이 품곤 하는, 게이들이 '정상적
인' 남자인 자기에게 호감을 표시하면 어떻게 하느냐는 둥의
두려움을 당신은 내심으로 비웃기도 했습니다. 당신이 생각하

기에 남자를 사랑하는 남자는, 마찬가지로 남자를 사랑하는 남자와 사랑에 빠지는 게 당연했거든요. 이 생각이 퀴어니스에 완전히 무지한 다른 이성애자 남성들의 인식보다 과연 얼마나 더 나은가는 차치하고, 바로 그 남자들이 두려워하는 종류의 상황이 바로 지금 당신 앞에 펼쳐지고 있다는 점에 주목하도록 합시다. 이쯤에서 당신 아내의 조금 독한 농담을 되새겨보는 것도 좋겠지요.

자기 아주 옴파탈이네. 마성의 남자였어, 알고 보니까.

/

당신은 엄청난 혼란을 느꼈습니다. 마침 시원하게 울고 난 직후여서 머릿속이 말끔했기 때문에 그 혼란은 더욱 크게 느껴졌고요.

당신은 거절에 소질이 없습니다. 사소해 보이지만, 알고 보면 당신 성격의 원인이자 결과라고 해도 좋을 핵심적 특징입니다. 생각해보세요. 당신이 남다르게 내향적이고 수줍음을 타는 건 애초부터 거절할 상황을 만들고 싶지 않아하는 성향 때문입니다. 부탁받을 일이 생길 만큼 친밀해지지 않으면 거절할 상황도 좀처럼 생기지 않으니까요. 거절할 일을 만들지 않고 살다보니 자연히 거절하는 능력이 충분히 발달하지 못하기도 했습니다. 나이와 경력과 권위가 쌓이면서 미세하게나마 점진적으로 긴장이 풀려온 탓도 있을 테지요.

아무리 그런 당신이라 하더라도 단호한 거절이 필요한 때가 있는 법입니다. 바로 그 순간이 그랬지요. 호의를 보여준 상대를 민망하게 만들지 않으려는 이유로, 무례한 사람이 되기 싫다는 이유로 당신 자신을 무리하게 바꿔 보일 수는 없는 것입니다.

"저는…… 이럴 생각이…… 없었습니다."

가까스로 말하고 나자 조금 더 용기가 났습니다.

"미안합니다."

이어 사과하고 나니 말의 내용과는 딴판으로 전혀 미안하지 않고 홀가분한 심정이 되었습니다. 앞에 앉아 있는 사람이 펠리페가 아니었어도 똑같이 말했을 거라는 확신을 느꼈기 때문입니다. 가령 펠리페가 여성이었더라도 상황은 달라지지 않았을 겁니다. 애서가들만이 지을 수 있는 맥락이 풍부한 표정과 오래 인내하고 단련한 이들만이 지닐 수 있는 탄탄한 육체미를 두루 갖춘, 그래요, 바로 펠리페 같은 여성이라고 하더라도 말이지요. 그야 진정으로 펠리페와 같은 여성이라면, 머리까지도 싹 벗겨진 알 대머리라야 하겠지만요.

어쩔 수 없지요, 당신은 정말로 대화만을 원했으니까요. 낯선 사람과 만나 대화하고 싶다는 충동이 사회적으로 어떤 의미를 지니는지 전혀 모를 만큼 당신이 순진하다고는 말할 수 없지만, 누구도 쾌히 믿어주지는 않을 당신 자신의 본의에 정말 다른 뜻은 없었습니다.

그러나 막상 펠리페가 손을 거두었을 때 당신은 조금 겁을 먹었습니다. 이상하지요. 당신 자신의 의지로 그를 거절하고는, 그 선택이 펠리페를 떠나게 할까봐 겁을 먹는다는 것. 펠리페는 방금 만난 낯선 사람일 뿐입니다. 그런 그의 뜻에 따라줄 의향이 없으면서도 그가 자리를 뜨진 않길 바란다는 것은 다소 모순적이고 극단적인 욕망입니다. 당신도 알고 있었습니다. 당신이 현재 느끼는 충동의 총합이 유아적이고 이치에 맞지 않다는 사실을요. 그 사실이 당신에게 낯설었습니다. 낯선 상대 앞에서는 당신 자신도 이방인이 되기 때문일까요? 아니면 그 순간의 감정들이야말로 당신이 스스로 알고 믿어온, 당신이 잘 만들어온 표면 아래의 진실이었던 걸까요.

"알겠습니다."

흔들리는, 흔들리다못해 진동하는 당신과 달리 펠리페는 단단하고 미더운 태도로 말했습니다.

"나야말로 미안합니다. 불쾌하게 해서요."

"아니에요. 거절해서 미안합니다."

"정말로 괜찮아요. 거절은 익숙하거든요."

그러한 사과의 연쇄 속에서 당신은 펠리페가 거절한 쪽처럼 당당하고 되레 당신이 거절당한 쪽처럼 전전긍긍하고 있음을 조금 의식했습니다.

"당신 문제가 아닙니다."

"아뇨, 대부분은 확실히 제 문제예요. 저에겐 애인이 있거든요."

이건 또 무슨 소리지, 생각하며 당신은 눈을 가늘게 떴습니다. 바로 그런 반응을 말한 거라는 듯 펠리페가 손을 당신 쪽으로 펼쳐 보였습니다. 그러곤 그 손으로 V 사인을 만들었습니다.

"두 사람."

아아, 이 사람 폴리아모리라고 하는…… 그런 사람인가. 그때까지의 모든 혼란과 의아감을 뒤로하고, 짧은 순간이나마 당신은 흔쾌한 감정을 느꼈습니다. 다른 많은 것을 경제적으로 설명해주는 단 하나의 진상이 주는 충족감이 있는 법이지요. 펠리페는 매끄럽게 허공을 휘젓던 손으로 턱을 괴었습니다.

"그래도 알고 싶습니다. 당신의 슬픔이 무엇인지."

/

당신도 이미 알다시피 문어의 심장은 세 개. 이런 것까지 문어를 닮을 필요는 없잖아? 딴죽 걸고 싶은 충동을 참으며 당신은 생각했습니다. 인간의 심장은 한 개로 충분하다고. 단 하나의 심장도 고장나면 사람을 죽음에 이르게 할 수 있다고.

하지만 그러는 당신의 하나뿐인 심장 또한 복수의 인물에게 반응한 적이 있습니다. 아내를 사랑하면서 당신은, 그와 동시에 다른 누군가를 특별하게 여긴 적이 분명 있었습니다. 그 사실이 아내에게 입힌 상처를 생각할 때 당신은 깊은 절망과 수치를 느낍니다. 그러나 당신이 사랑한 또다른 이를 떠올릴 때 당신은 그로 인해 당한 모든 오욕이 기꺼이 견딜 만해집니다. 어쩌면 당신도 문어인 걸까요?

당신과 펠리페의 만남은 정말 우연한 사건일까요?

/

어느 순간부터인가 당신은 웃음을 그칠 수 없었습니다. 어느 정도는 병째 들이켜고 있는 마르가리타의 덕, 또 어느 정도는 당신 자신을 '파울'로 소개하며 얻은 안전한 감각의 덕, 그렇지만 대체로는 펠리페가 대단히 매력적인 대화 상대인 덕이었죠. 당신은 펠리페의 어머니가 스페인 사람인 것을 알게 되었고, 그래서 어린 시절을 스페인에서 보낸 펠리페가 유소년 축구팀에서 활약한 적이 있다는 것도 들었습니다. 2010 남아공 월드컵 당시 독일 대 스페인 경기 결과가 그들 일가에 작지만 심각한 위기로 작용했다는 사실도요(이쯤에서 당신은 점쟁이 문어 파울을 다시 떠올리지 않을 수 없었습니다). 펠리페의 두 애인에 대해 듣는 동안 자연히 그가 바이섹슈얼 폴리아모리라는 것도 알게 되었지요(따라서 당신은 펠리페에게 보통의 문어보다 더 많은 심장이 필요하다고 생각했습니다. 2 곱하기 2는 4니까). 지금까지 펠리페가 만나온 수많은 연인에 대한 이야기도 들었습니다. 이야기 말미에 펠리페는 놀랍게도, 그들 모두를 여전히 사랑하고 있는 것 같다고 말했습니다. 자기가 먼저 누군가를 떠난 적은 이제껏 없었다고요.

그렇다고 펠리페가 실없는 이야기만 늘어놓은 것은 당연히 아니고요, 당신이 흥미를 보일 만한 진중하고 지적인 의견도 종종 꺼냈습니다.

"독일 사람들과 스페인 사람들의 가장 큰 차이는 신앙에 대한 태도예요. 내가 아는 한은 말이죠. 그건 선에 대한 자세이기도 합니다. 인간이라면 당연히 선을 행해야 한다, 이 명제에 대한 독일 사람다운 근거는 그것이 윤리적 의무이기 때문이라는 것이죠. 스페인 사람들은 어떠냐면, 그것이 악의 반대이기 때문이라는 식이에요. 실천에 있어서도 마찬가지예요. 독일 사람들이 뚜렷한 윤리적 가치관 안에서 행동하길 원한다면, 스페인 사람들은 충동적으로 악을 저지르더라도 적극적으로 개심하려고 합니다."

"그런 구분에서라면 나는 독일 사람에 가깝겠네요."

곰곰 생각하던 당신이 그렇게 말하자 펠리페는 웃었습니다.

"그렇다면 내 정신의 국적은 스페인이고요. 실수를 너무 두려워하지 마세요. 당신의 실수가 용서받지 못할 거라 상상하지 말란 겁니다. 나도 당신에게 실수를 저질렀고 당신은 나를 용서했습니다. 그 덕에 우리가 대화할 수 있게 됐잖아요. 나는 실수를 인정하지만, 내가 한 시도를 후회하진 않습니다. 위험을 조금 감수하면 삶이 컬러풀해지잖아요. 지금이 아니면 내가 언제 또 한국인 남성과 이런 대화를 해볼 수 있겠어요?"

"나는 내가 한국인이라고 말한 적이 없는데요."

유학 생활이 길었던 탓에 당신의 독일어는 손색이 없습니다. 게다가 당신은 당신의 이름을 파울이라 소개했습니다. 이 인간은 정말 점쟁이 문어의 화신이라도 되는 건가? 아니면 처음부터 나에 대해 뭔가 알면서 접근해온 건가……? 당신의 상상력이 사방팔방으로 뻗쳐나가려 할 때 펠리페는 마르가리타를 마시며 손가락으로 뭔가를 가리켰습니다. 펠리페가 가리킨 당신의 옷소매 끝에는 BEANPOLE이라는 자수가 박혀 있었습니다.

"한국인 남성과 대화하는 게 처음인 거지, 한국인 자체를 전혀 못 본 건 아니거든요. 그 브랜드는 한국인들만 입더라고요."

당신은 그때까지의 대화 중 가장 큰 소리로 웃었습니다. 밋

밋한 머리에 베레모를 쓰고 빨판이 달린 다리로 파이프 담배를 거머쥔 문어의 모습을 연상했기 때문입니다. 점쟁이가 아니라 탐정이었구나. 의혹이 빠져나간 자리에 친밀감이 밀려들어왔습니다. 당신은 이제 펠리페에게 당신의 슬픔에 대해 말할 준비가 되었다고 느꼈습니다. 독일인의 이름으로 펠리페를 속이는 데 성공했다고 믿을 동안은 말할 수 없었던 당신의 유년기부터(당신은 독일에서 자란 한국계 어린이의 유년기를 꾸며내 말할 수 있을 만큼 상상력이 좋지 못합니다) 최근에야 경험한 완전히 새로운 슬픔에 대해서까지.

/

다코쓰보 심근증을 이해하기 위해서는 심장도 근육으로 이루어져 있다는 사실을 먼저 생각할 필요가 있습니다. 이 질환이 오십대 이상의 여성에게 가장 흔하다는 정보 또한 도움이 될 것입니다. 죽음에 이를 만큼 강렬한 고통을 선사하는 심근 질환은 주로 근력이 약한 사람에게 나타나는 것이지요.

사랑하는 사람과의 이별, 사별 등의 고강도 스트레스 상황에서는 순간적으로 좌심실이 크게 위축될 수 있습니다. 이때 수축된 좌심실의 압력으로 좌심실 위쪽은 맹렬하게 팽창합니다. 이 증상을 처음 발견한 일본인들은 이렇게 변형된 좌심실

의 모양이 일본의 전통 방식 문어잡이에 사용되는 항아리 모
양을 닮았다고 생각했습니다. 문어에게는 바위틈이나 구덩이
에 숨는 습성이 있어서 입구가 넓고 안이 비좁은 항아리에 사
족을 못 쓰거든요. 항아리의 명칭을 본떠 이 질환의 이름은 다
코쓰보 심근증. 다른 말로는 상심 증후군이라고도 합니다.

그리하여 단장, Heartbroken, Gut-wrenching, Herzschmerz,
이와 같은 말들은 당신에게 단순한 문어文語적 표현이 아닙니
다. 이 질환으로 숨을 거둘 때 당신의 어머니는 지금의 당신보
다 나이가 조금 많았고, 일반적인 다코쓰보 심근증 환자들의
연령보다는 젊었으며, 당신의 나이는 불과 열여섯이었습니다.
그후로 영원히 어머니를 증오하게 될 거라 예감하던 사춘기
소년이었지요.

/

"사랑을 많이 해보았다면,"

그 대화에서 당신이 주도적으로 화제를 제안한 것은 아마
그때가 처음이었을 거예요.

"로로마의 효과도 다른 사람들보다 많이 알고 있겠네요."

그것이 당신이 먼저 궁금해한 최초의 주제라는 것을 펠리페
도 의식했는지, 펠리페는 한동안 당신을 뚫어져라 쳐다보았습

니다. 혹시 실례가 되는 질문이었나, 당신이 스스로를 돌아보게 될 만큼.

"글쎄요, 나는 언제나 나를 그대로의 나라고 느끼거든요."

펠리페는 빈 마르가리타 피처를 들고 점원과 눈을 마주쳐 손가락 하나를 들어 보였습니다. 능숙한 주문 뒤에 당신에게도 더 마시려는지 묻는 눈짓을 했지만 당신 몫의 피처는 아직 절반쯤 차 있었습니다.

"기본적으로 나는 로로마를 믿지 않는 사람이라고 해두죠."

어떻게 그럴 수 있지? 이번에는 당신이 펠리페를 빤히 바라보게 되었네요. 당신은 단 한 번의 입맞춤, 그 앞뒤에 놓인 짧은 사랑만으로 비약적인 청력 상승을 경험한 적이 있습니다. 여전히 다른 사람들보다 귀가 밝다는 사실은 당신이 느끼는 다종의 괴로움 중 하나입니다. 스스로가 서툴다고 생각하는 당신조차 그럴진대 이 분야에 정통한 것으로 보이는, 최소한 당신보다는 훨씬 경험이 많은 듯한 펠리페가 그것을 부인할 수는 없다고, 당신은 생각했습니다. 그 많던 사랑이 모두 가짜였던 게 아니라면. 펠리페는 바로 그 생각을 지적해옵니다.

"내가 로로마의 영향을 크게 느끼지 못했다면 지금껏 내가 해온 사랑은 모두 진짜가 아닌 게 됩니까?"

새로 주문한 마르가리타가 자리에 도착했습니다. 펠리페는 빨대도 꽂지 않고 피처째 크게 한 모금 들이켰습니다.

"독점적 관계 지향인들은 사랑을 피자나 케이크 같은 것으로 생각하는 경향이 있죠. 한 사람에게 한 판을 전부 줘야 하는 것으로요. 그래서 한꺼번에 많은 사랑을 하고 있다고 하면 한 사람이 한 조각씩 나눠 갖게 된다고 생각해요. 그런 관점에 서라면 내 사랑 같은 것은 당연히 부족하게 느껴질 겁니다. 나에게는 피자든 케이크든 끝없이 구워낼 오븐이 있는 건데."

당신은 펠리페의 말을 조금 이해할 수 있을 것 같았습니다. 이제까지의 대화에서 보인 적 없는, 방금의 방어적인 태도에 대해서도. 항상 너무 많은 사랑을 동시에 하고 있는 펠리페는 누구와의 어떤 사랑이 자기를 얼마나 변화시켰는지 정확히 알기 어려울 것입니다. 그 어떤 변화든 자기의 일부로 긍정하는 태도 말고는 뚜렷한 대안을 떠올리기 어려웠을 테지요. 그중 특별히 마음에 드는 변화를 굳이 꼽는다면, 어떤 사랑은 좋았고 어떤 사랑은 그렇지 못했다는 차등을 두는 일이 되기도 할 테고요.

당신이 이러한 감상을 나름대로 정리해서 말하자 펠리페는 시원하게 웃었습니다.

"확실하게 말할 수 있는 것 하나는 내가 운이 아주 좋다는 겁니다. 파울, 당신을 만난 것만 봐도 알 수 있잖아요."

그럴 수도 있겠지요. 당신은 고개를 끄덕였습니다. 운이나 복 같은 개념도 일종의 역량 또는 사용 가능한 자원으로 해석한다면 펠리페는 로로마의 작용으로 운이 좋아진 사람일지도 모릅니다. 하지만 당신이 보기에 펠리페가 지닌 특징 중 가장 눈에 띄는 것은 운이 아니라 카리스마입니다. 그를 지나가거나 그가 지나온 많은 사랑 중 적어도 하나는 펠리페의 카리스마를 비약적으로 발전시킨 게 틀림없다고, 당신은 확신했습니다. 낯설고, 낯설다못해 거부감이 느껴지는 부분도 있고, 평소라면 말을 섞을 생각조차 못했던 상대임에도 차츰 그의 이야기를 계속 들어보고 싶다고 생각하게 되는 힘. 감히 그의 말을 무시할 생각은 떠올리지도 못하게 만드는 불가사의한 끌림.

당신이 늘 스스로에게 부족하다 느껴온 능력이기도 한 그것은 펠리페의 사랑들 중 하나의 결과일 수도 있고, 펠리페의 로로마가 빚어낸 많은 결과물의 총합으로서 나타난 또하나의 소득일 수도 있을 듯했습니다. 이를테면 미모, 화술, 여유, 재치, 주량, 이 밖의 당신이 발견한 펠리페의 모든 미덕이 저마다 기여해 만들어낸 독립적인 특성. 그렇다면 펠리페는 앞으로 더욱 많은 사랑을 할 수 있을 거고, 그 사랑들은 펠리페를 더더욱 매력적인 사람으로 만들어줄 거라고 당신은 상상했습니다.

이론상 무적인 펠리페가 진실로 애타게 찾고 있는 것은 어쩌면 머리털이 다시 나게 해줄 사랑일지도 모른다는 생각도…… 물론 이런 농담은 차마 입 밖에 꺼낼 수 없었지만요.

"나는 로로마를 의심하진 않지만,"

대신에 당신은 다른 이야기를 시작했습니다.

"로로마의 시대가 오기 전에도 사랑이 실존한다는 것을 알고 있었습니다. 인간에게는 마음이 있다는 것을 알았거든요. 눈에 보이지는 않지만 마음이라는 것이 분명히 존재한다면 사랑도 당연히, 확실히 있다고 생각한 거였죠."

어째서? 혹은 어떻게? 라고 묻듯 펠리페의 눈가에 웃음기가 감돌았습니다.

"나의 어머니는 마음이 아파서 죽었습니다. 아버지 말고 다른 사람을 사랑해서."

이 이야기는 더이상 당신의 마음을 아프게 하지 못하기 때문에, 당신은 줄곧 여유만만하던 펠리페의 얼굴에서 잠깐이나마 웃음기가 사라지게 만든 점에 대한 묘한 승리감만을 마음껏 누릴 수 있었습니다.

/

단장, 창자가 끊어진다는 말의 유래가 된 고사의 주인공은 새끼를 잃은 어미 원숭이입니다. 비슷한 뜻의 영어 표현 'gut-wrenching'을 당신이 처음 본 것은 누군가에게 살해당한 자식을 자기 집 욕조에서 발견한 어머니의 소식을 보도하는 영문 기사에서였습니다. 그렇군, 위장은 어머니의 것이고 심장은 연인을 위한 기관이군. 당신이 일생 내내 천천히 마련해온 감상을 한마디로 정리하면 이러할 테지요.

당신은 상상력이 발달한 사람이 아니기 때문에 어머니의 삶에 충분히 이입할 수 없습니다. 아버지가 종손은 아니었지만 뼈대 있는 집의 며느리 몫을 해내느라 고되었을 테고, 어머니가 대단한 재원은 아니었다지만 결혼 전에는 음악을 전공했다고 하니 아내이자 어머니이기만 한 삶이 유감스러웠으리라 짐작할 수는 있지만요. 여기에는 특별한 상상력이나 엄청난 공감 능력이 필요하지도 않습니다. 그렇게 길고 복잡할 것도 없는 이야기고요.

어머니의 애인은 아버지의 친구이기도 해서 장례식장에서 볼 수 있었습니다. 점잖은 어른들이 멱살을 붙들고 붙잡힌 채 목소리는 낮추어 주고받는 대화에서 당신은 이 죽음의 전말을 얼마간 알게 되었습니다. 그렇게 어린 나이는 아니었으니까요. 아버지가 먼저 모든 것을 알아차렸고, 그래서 아버지의 친구였으나 어머니의 애인이기도 했던 사람이 어머니에게 이별을 통보했고, 그것이 당신 어머니의 섬약한 심장에 치명적인 작용을 했습니다.

당신은 납득할 수 없었습니다. 어머니가 당신의 어머니로서가 아닌, 누군가의 연인으로서 죽음을 맞았다니요. 당신이 어린 시절 익힌 책들에 그런 도리는 없었습니다. 하기야 유학이란 것이 워낙, 옳지 않은 바에 대해 상상할 기회를 주지 않는 철학이기는 합니다. 펠리페의 도식에 따르자면 독일인에 가까운 태도지요. 당신은 어머니에 대한 이해를 단호하게 중단했고 그 증거로 어머니 없이도 누구보다도 훌륭한 사람이 되어 보이기로 결심했습니다. 그럴 만큼 어리기는 했으니까요.

하여 어엿하게 자란 당신이 어머니와 같은 잘못을 저지르고, 그러고도 그것이 어머니의 죄와 같다는 것을 미처 알지 못했다는 것을 한참 후에야 깨달았을 때, 당신은 결정론적 우주에서 살아갈 모든 의욕을 잃었습니다. 당신의 잘못을 오롯이 스스로의 책임으로 받아들이기에는 당신이 너무나 나약한 사람이었던 탓입니다.

/

"독점 관계 지향인들의 죄의식을 생각하면 늘 안타까워요."
오랫동안 입을 다물고 있던 펠리페가 그렇게 말했습니다.
"충실함이라는 가치를 깎아내리고 싶은 것은 아니지만, 그것 때문에 괴로워할 바에는 자기가 다른 사랑을 느낄 가능성도 있음을 인정하는 게 편하지 않은가요."
그것이 당신이 들려준 어머니 이야기에 대한 반응인지 아니면 어머니를 닮은 당신을 위로하기 위한 말인지 아직 알 수 없다고 생각해 당신은 일단 잠자코 있었습니다. 그러자 마르가리타를 머금은 펠리페가 검지를 척 세워 보였습니다. 그렇지, 이 얘기를 들려줘야겠어, 하듯이요.

"내가 만난 사람 중에는 모노도 있었습니다. 당연히."

"어떻게요?"

"물론 나는 다른 사랑들을 숨기지 않아요. 이런 나를 받아주면 좋지만 거절하는 것도 자유죠. 파울이 그랬던 것처럼요."

멋쩍게 웃는 당신을 두고 펠리페는 이야기를 이어갔습니다.

"오래가지는 못합니다. 대체로. 자기가 나만을 사랑하듯 나도 그 사람만을 사랑하지는 않는다는 사실이 점점 무겁게 느껴지니까요. 사실은 내가 사랑한 사람들 중 대부분이 이런 경우에 속합니다. 모노가 폴리보다 훨씬 많으니까요, 아직은. 그렇지만 내가 자기를 사랑하고, 자기도 나를 사랑한다는 사실만을 생각해주는 사람들도 있어요. 많지는 않지만 분명히 있습니다. 그러면 나는 말해요. 나와 만나는 동안에 자유롭게 다른 사랑들을 시도해봐도 좋다고. 그걸 숨기지만 말아달라고. 그러지 않더라도, 나 말고 다른 사람에게 느끼는 끌림을 솔직하게 말해달라고요. 나에게는 거짓말할 필요가 없으니까요."

"정말로 솔직하게 말하나요?"

당신의 물음은 솔직하게 말해도 펠리페, 당신은 상처를 받지 않나요? 라는 뜻이었지만 펠리페는 말 그대로의 뜻으로 받아들인 듯했습니다.

"생각보다 많은 사람이 파트너 이외의 누군가에게 진지하게 매력을 느껴요. 자기가 모노라고 믿고 있는 사람들 중 상당수가요. 육체적인 끌림일 수도, 정서적인 호감일 수도, 일시적일 수도, 반영구적일 수도 있어요. 모두 가능합니다, 충분히."

이때 부르지도 않은 점원이 당신과 펠리페가 앉은 테이블로 다가와 폐점까지 십오 분 남았음을 알렸습니다.

"내가 하고 싶은 말은, 충실하기로 맹세한 상대 외에 누군가를 마음에 담는 자체가 무슨 괴물 같은 욕망은 아니라는 겁니다. 그래서 내가 느끼기에 모노나 폴리는 결심이나 약속에 가까운, 실천의 문제예요. 육상동물을 먹지 않기로, 혹은 동물실험을 하는 제품을 소비하지 않기로 하는 것처럼요."

당신은 그때껏 주머니 속에 두었던 휴대폰을 꺼내 시간을 확인했습니다. 열두시 사십육분. 부재중 전화가 한 통 와 있었습니다. 당신의 아내에게서.

"배우자를 사랑하나요?"

당신은 펠리페가 너무 뻔한 것을 물어본다고 생각하면서 고개를 끄덕였습니다. 펠리페는 특유의 서늘하고 그윽한 눈길로 당신을 바라보았습니다. 그것으로 충분하지 않은가요? 라고 말하는 듯하다고, 당신은 생각했습니다.

당신 아내가 운전대를 내리치며 왜 그러는 거냐고 반복해 외치던 때는 당신이 이 도시로 떠나오기 일주일 전입니다. 그때 당신이 느낀 심정을 정확하게 말해볼까요. 당신은 두려웠습니다. 줄곧 아무렇지 않은 듯했던 아내가 갑자기 폭발한 것이. 배울 만큼 배운 지식인이고 신실한 불자이며 당신보다 나이가 많아 늘 성숙한 태도를 보여오던 아내가 불시에 무너져내린 것이. 그러면 당신이 지금껏 인정하기를 꺼려오던 또다른 감정에 대해서도 말해봅시다.

그때 당신은 기뻤습니다.

인간의 뇌는 신체가 파손될 때 고통을 희석하기 위해 쾌락의 호르몬을 분비한다고 합니다. 그렇지만, 아니요, 당신이 그때 느낀 기쁨은 그런 것과는 조금 다른 성질의 감정입니다. 당신은 아내가 고통스러워한다는 것을 알았습니다. 아내가 느끼는 고통 그 자체가 기뻤냐고 하면, 물론 그런 것도 아니기는 합니다. 당신은 아내가 발산하는 고통, 무언가를 주먹으로 내리치지 않고는 견딜 수가 없는 고통이 단장이나 심근증에 다름 아닌 육체적인 성격을 띤다는 것을 이해했습니다. 그래서 기뻤습니다. 두려웠거든요. 갑자기 터뜨린 분노 이전에, 별다르게 당신을 탓하지 않는 아내의 침착한 태도는 당신과의 매끄러운 이별을 준비하는 것처럼 느껴졌으니까요.

다행이다. 당신 아직 나를 사랑하는구나. 나 때문에 고통을 느낄 만큼 나를. 아직은 당신이.

그 기쁨은 곧 또다른 두려움이기도 했습니다. 극단적인 방식으로 확인된 사랑은 계속해서 극단적으로 확인되어야만 하니까요. 당신은 아내가, 고통을 느낀 그 순간만은 당신을 확실히 사랑했으나 그 고통에 질려 당신을 더는 사랑하지 않을까봐 두려웠습니다. 두려움, 기쁨, 다시 두려움, 총체적인 두려움,

아내를 사랑하느냐고요? 고통스럽게도, 그렇습니다.

/

모든 것을 알게 되면 결정론적 우주에서는 더이상 존재의 의미가 없어집니다. 일어날 일은 일어나고, 예정된 고통은 피할 길 없이 다가오니까요. 고난을 피하려는 안간힘, 그런 개인적인 노력조차 사실은 모두 정해져 있는 것이고 고난을 다른 방식으로 바꾸어 재생산할 뿐이어서 고통의 총량은 변하지 않습니다.

바꾸어 말해 결정론적 우주에 대항하는 유일한 무기는 미지未知입니다. 이것은 문어의 심장이 세 개인 것처럼 자명한 사실입니다.

/

  미리 말한 대로 펠리페는 당신과 먹고 마신 값을 모두 본인이 치렀습니다. 묘하게 계산이 칼 같아서 당신이 혼자 주문한 초리소 샐러드와 마르가리타 첫잔은 제외했기 때문에 당신은 점원에게 당신 몫의 트링크겔트를 줄 기회를 얻었습니다. 당신은 계산대의 점원에게 이름을 물었고 점원은 파울이라고 대답했습니다. 그래요? 이상한 우연도 다 있군요…… 당신은 점원의 부슬부슬한 곱슬머리를 보며 웃었습니다.

  당신이 밖으로 나왔을 때 펠리페는 외투를 입고 있었습니다. 목 끝까지 지퍼를 올리고 후드를 뒤집어쓰고 조임 끈까지 야무지게 잡아당겨두어서 가게 안에서와는 또다른 사람 같았습니다. 그래서요, 펠리페. 당신은 호기롭게 말을 건넸습니다.

  "내가 묵는 호텔로 갈래요? 와인을 살게요."

  그때 펠리페의 얼굴이 차가워 보인 것은 날씨가 추워서였을까요, 아니면 그가 웃지 않을 때에 언뜻언뜻 보이는 남자 향수 모델 같은 인상 탓이었을까요. 당신은 그 답을 곧 알게 됩니다.

  "같이 가면 나에게 기회를 줄 건가요?"

  당신은 말문이 탁 막히는 걸 느꼈습니다. 그래도 배운 게 도둑질이라고, 말 잘하는 걸로 먹고 사는 당신이 그러는 것도 퍽 드문 일인데 말입니다. 펠리페가 아무리 매력적인 사람이라고 해도 당신 자신의 성향이 바뀌지는 않습니다. 어쩌면 펠리페가 더 많은 사랑을 경험하고 훨씬 더 거부할 수 없는 매력덩어리가 된 후에 다시 만난다면 또 모를 일이지만, 아무튼 당장은요.

"아무리 짧은 끌림이라도 나에게 사랑은 사랑입니다. 나는 당신하고 장난을 치고 싶었던 게 아니라고요."

당신은 고개를 떨구며 사과했고 펠리페는 조금 누그러진 목소리로 당신을 호텔까지 데려다주겠다고 했습니다. 십여 분의 짤막한 동행에서는 시시껄렁한 이야기가 오갔을 뿐이지만, 그래도 당신은 즐거웠습니다. 가령 펠리페는 다음 타깃으로 대만인 여성을 만나보고 싶다고 했는데요, 이유는, 아직 만나본 적 없는데다 로로마의 최초 발견자가 대만인 여성이라고 하니 운이 따라준다면 바로 그 여성을 만날 수도 있지 않겠느냐는 것이었습니다. 자기는 운이 좋은 편이니까요. 당신은 스스로도 무례하다 느낄 만큼 그 꿈을 놀려주었습니다. 펠리페 당신은 못 느낄지 모르지만 당신의 관계 맺음에는 분명 수집벽이 있는 거라고요. 그래서 진짜로 만나면 어쩔 건데요? 당신이 묻자 펠리페는 왜 로로마 같은 걸 세상에 풀어놓았느냐고 따지려 한다고 답했습니다.

호텔 앞에서 손을 흔들고 떠나가는 펠리페의 뒷모습을 당신은 오래도록 지켜보고 있었습니다. 함께 걷는 내내 메일 주소라도 물어볼까 어쩔까 고민하다 비로소 깨달은바, 펠리페의 많은 사랑은 그에게 그만큼의 매력만을 부여한 게 아니었습니다. 헤아릴 수 없이 많고 깊은 고통도 함께 있었겠지요. 당면할 고통을 누구보다도 잘 알면서 계속 사랑에 뛰어들게 되는 이유는 무엇일까요. 알고 싶기 때문, 더 많이 알아도 좋다고 생각하기 때문이겠지요.

아직 알아야 할 것이 남았다고 믿는 것은 여전히 모르는 것이 많다는 의미입니다.

당신은 호텔에 곧장 들어가지 않고 휴대폰을 꺼냈습니다. 새벽 한시 십육분. 이 도시와 서울의 시차는 대략 여덟 시간입니다. 특별한 일이 없다면 아내는 지금 집에 있겠지요. 계절학기 수업을 위해 이른 출근을 준비하거나, 이미 차 안에 있거나. 당신은 아내에게 전화를 걸었습니다. 통화 연결음이 울리는 동안, 서 있던 자리에 쪼그려앉았습니다. 날씨가 추워서, 또 겁이 나서, 주저앉은 당신은 당신이 어린아이처럼 작아졌다고 생각했습니다. 아내는 곧 전화를 받았습니다.

"보고 싶어."

당신이 말했고 아내는 한참 만에 대답했습니다.

—나도.

이에 당신이 묵묵해지자 아내는 다시 한참 만에 물었습니다.

—……돌아올래?

"아니."

다음 순간 당신은 울음을 터뜨리며 말했습니다.

"당신이 와줘."

Everything is gross
but you

알렉스 또는 마담, 마담 툴루즈 Madame Alejandra Toulouse

알레한드라 툴루즈는 어느 날 사랑의 비밀이 무엇인지 깨달았다. 이에 지체 없이 '사랑의 진리 Verdad del Amor'라는 이름의 명상 모임을 만들었다. 때는 스페인에서 로로마 일반 공급이 시작되기 대략 일 년 전. 농장 경영인이자 요가 인스트럭터 자격증 보유자였던 알렉스는 자기의 농장을 명상 공동체의 터전으로 삼았다. 얕은 산등성이에 오렌지 나무가 가득하고 일꾼 숙소 맞은편에 작은 호수를 끼고 있는 알렉스의 농장은 우퍼들에게 인기가 높았고 우프* 프로그램은 호스트와 우퍼의 상

---

* World Wide Opportunities on Organic Farms, 봉사자와 유기농 농부를 연결하며 교육적, 문화적 교류를 촉진하고 생태적 농업의 중요성을 지향하는 글로

호 합의를 전제로 종교색을 제한하지 않는 것이 원칙이었다. 요가 기반 명상 수련을 권장하는 '사랑의 진리'가 수도회나 다른 종교 사찰에 소속된 농장들보다 종교색이 강하다고 보기는 어려웠다. 그리하여 '사랑의 진리'는 농장을 찾아오는 우퍼들을 중심으로 성장했다.

알렉스는 사랑받는 지도자였고 공동체의 구성원들에게 자기가 받은 바 이상의 사랑을 베풀었다. 그것이 '사랑의 진리'의 요체였기 때문에. 모임이 해산되기 직전 공동체에는 육십여 명의 성원이 있었고 알렉스는 파산 직전이었다. 후에 찾아온 경찰은 알렉스가 공동체의 누구에게도 금전을 요구한 적 없고 다른 많은 신흥종교 단체의 교주처럼 사상 사고를 일으킨 적도 없다는 사실을 확인했다.

펠리페Felipe

펠리페 크뤼거는 많은 몸을 안다. 키와 피부색과 몸피와 예민한 곳과 그렇지 못한 곳과 돌기의 크고 작음과 단단함의 정도와 체모의 색과 양, 다양한 사람의 다양한 몸을 안다. 이 사실에 대해 펠리페는 우쭐거릴 생각이 없고 부끄러워하지도 않는다. 펠리페 크뤼거는 사랑을 하는 존재, 그건 그저 소금이

벌 커뮤니티.

짜고 설탕이 단 것처럼 당연한 일. 다만 지금껏 거쳐온 모든 몸을 기억한다고는 말할 수 없다. 차라리 자기를 거절한 사람이라면 그 아쉬움 때문이라도 기억에 남는데, 그 사람과 사랑을 했다는 사실만 생각나고 구체적으로 어떤 사람이었는지는 잘 떠오르지 않는 어떤 짧은 사랑들이 펠리페에게는 적잖이 있는 것이다.

이런 펠리페라도 처음 접촉한 몸은 정확하게 기억하고 있다. 희고 둥근 어깨와 조금 늘어진 유방과 배와 허벅지의 조글조글한 쐐기 무늬—출산을 경험한 여성 특유의—그리고 놀라울 만큼 맑고 아름다운 눈망울.

공동체는 그 여자를 마담이라 불렀다. 마담의 나이는 당시 펠리페의 딱 두 배, 그러니까 스무 살 위. 증조부가 프랑스인이었다는 걸 좀 지나칠 정도로 자랑스러워한다는 점을 빼면 별 특이할 것도 없는, 생긴 것처럼 수더분하고 너그러운 시골 여성 같다는 것이 애초의 인상이었으나, 섹스는 기가 막힐 만큼 정열적이었다. 만 스무 살의 펠리페가 느낀 감정은 거의 감격에 가까웠다. 섹스 자체에 대한 것이기도 했지만 주로는 펠리페가 이십 년간 독실한 교인으로 살며 다져온 불안과 강박이 해체됨에 따른 감격이었다.

휴, 나는 게이가 아니었구나.

유년 시절 몸담았던 축구팀 동료들의 몸을 힐끔힐끔 훔쳐본

나날을 몇 번이고 회개한 펠리페에게는 그 사실이 너무나도 다행스럽게 여겨졌다. 펠리페가 알기로 스페인인이자 가톨릭 교인이면서 게이인 사람은 많았지만 그중에 축구 선수는 없었다. 적어도 자기가 알 만큼 유명한 선수는. 성향을 바꿀 수도 축구를 계속할 수도 없어 방황하던 펠리페는 자신이 여자와도 사랑할 수 있는 사람인 것을 확인한 게 몹시 기뻤다. 동일한 행위의 또다른 결과로서 생겨난 죄의식을 압도할 만큼이나.

그렇다고 펠리페의 죄의식이 가벼웠다는 것은 아니다. 자기가 동성애자일까봐 시름할 만큼 신앙심이 깊은 사람이 혼전 성관계에 대해서는 아무렇지 않게 생각할 리가. 더구나 마담은 마담이라는 호칭답게 기혼자였다. 기쁨과 고뇌의 혼돈 속에서 가쁜 숨을 몰아쉬고 있는 펠리페에게 마담은 말했다.

"잘했어요, 펠리페."

그 순간 마담이 얼마나 아름다워 보였는지를 증언할 수 있는 사람이 오직 자기뿐이라는 사실은 펠리페에게 형언할 수 없는 고독감을 선사했다.

"나는 알고 있었어요. 당신이 사랑을 할 수 있는 사람이라는 걸."

이에 더 어떤 말을 보탤 수 있을까? 이때부터 펠리페의 종교는 사랑이 되었다.

사랑은 능동적인 행위라는 것, 그것이 마담의 첫번째 가르침이었다. 호숫가에 둘러앉은 공동체 사람들을 다정하게 둘러보며 마담은 말했다.

"많은 사람이 사랑을 기다리지요. 사랑은, 나를 찾아오는 것이라 믿고요. '사랑의 진리'는 이러한 수동적 태도를 거부하는 것으로 시작됩니다. 나는 오늘 밭에 나가 오렌지를 한 바구니 따겠어, 이렇게 생각하는 것처럼 사랑을 목표로 움직여보는 거예요. 예를 들어 나는 오늘, 아나를 사랑하겠어."

아나는 공동체에 소속된 삼십대 초반 여성이었다. 망설이는 아나에게 마담이 손짓했다.

"이리 와요, 아나."

마담이 아나를 껴안자 공동체는 갈채를 보냈다. 나란히 선 두 사람의 얼굴이 찬연한 기쁨으로 빛났다. 마담은 아나의 손을 잡고 이어 말했다.

"우리는 사랑을 할 수 있는 사람들이 될 거예요. 그것이 우리의 힘이 될 거예요."

마담이 펠리페의 방에 찾아와 자기를 사랑해보라고 말한 것은 그로부터 얼마 후의 일이었다. 마담은 아나라는 여자와도 섹스를 했을까? 오랜 시간이 흐른 뒤에 펠리페는 자기가 그 답을 모른다는 사실에 조금 당혹감을 느꼈다.

우물 El Pozo

당시의 펠리페는 자신감이 충천한 상태였다. 모두가 자신의 사랑을 원하는 것처럼 느껴졌기 때문이다. 펠리페는 그저 우물가에 서 있기만 하면 됐다. 숙소와 과수원 사이 오솔길 옆에 위치한 소박한 우물은 공동체의 성원들이 오전 일을 마치고 돌아오며 한 모금씩 목을 축이는 쉼터였고, 우물 벽에 쓰인 것과 같은 재질의 돌을 쪼아 만든 조각상인 양 그 곁에 선 펠리페를 허투루 보아 넘기는 사람은 없었다. 눈썹뼈의 단호한 융기와 날렵하고 강렬한 콧날과 적절한 높이의 광대뼈, 귀밑 턱선은 남자다운가 하면 입술 아래 턱선에서는 섬세한 소년미가 엿보이는 펠리페. 아름다운 펠리페. 무엇보다도 한낮에는 녹색으로, 해가 기울 무렵에는 푸른색으로 보이는 오묘한 눈동자와 추수철의 밀밭처럼 일렁이는 금빛 머리칼의 조화가 시선을 붙들어 맸다.

아무도 펠리페를 거절하지 않았고 펠리페 역시 누구든 받아주었다. 마담과 나눈 최초의 관계 이후 첫 남자를 알게 되기까지 그리 오랜 시간이 필요치 않았다. 어느 한쪽을 골라야 한다면 난 역시 남자를 더 좋아하는 걸지도? 펠리페는 생각했으나, 다가오는 여자를 거절하는 일은 없었다. 자기에게 사랑받는다는 사실에 기뻐하는 상대라면 남자든 여자든 사랑스러웠고, 누군가를 그토록의 희열로 달뜨게 할 수 있는 스스로가 또

SINCE 1993 MUNHAKDONGNE

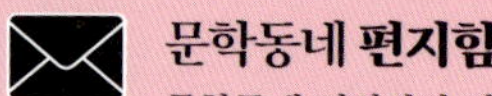

문학동네 편지함

문학동네 편집자가 지금 함께 읽고 싶은 책을 전해드립니다.

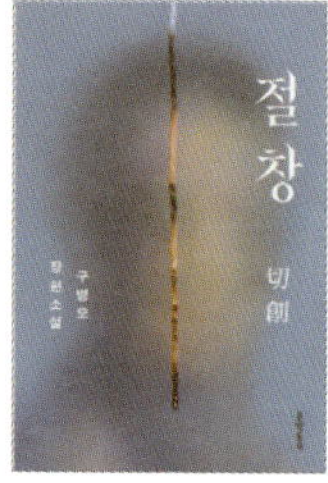

『절창』을 처음 읽었을 때가 떠오릅니다. 긴 휴가의 막바지 시기를 보내고 있을 때, 선물처럼 구병모 작가님으로부터 메일이 한 통 도착해 있었습니다. '원고를 보냅니다'라는 제목의 메일에는 오랫동안 기다려온 작가님의 신작 소설이 첨부되어 있었는데요, 그 자리에서 한달음에 끝까지 다 읽어버린 저는 확신할 수 있었습니다. 앞으로는 이 소설이 구병모 작가님의 대표작이 되리라는 것을…… (꼭 제가 담당한 작품이어서가 아님을 이제 곧 모든 분이 알게 되시리라!) 그래서 하나의 파일이었던 그것을 이렇게 책으로 만들어 여러분께 내보이는 마음이 그 어느 때보다 설렙니다. 『절창』은 미스터리의 외피를 두른 소설입니다. 한마디로 정의 내릴 수 없고, 어떤 면에서는 기이하기까지 하지만 사랑 이야기라고 할 수도 있겠습니다. 상처를 만짐으로써 타인의 마음을 읽는 특별한 능력을 지닌 한 여인, 그리고 그 능력을 이용하기 위해 거대한 저택을 지어 그녀를 가둔 한 남자. 둘 사이에는 점차 미묘한 감정들이 생겨나고 그것은 때로 격렬한 증오가 되기도 합니다. 그러던 어느 날 입주 독서 교사가 등장하며 관계는 변곡점을 맞고, 끝내 파국으로 치달아가며 읽는 이를 이야기 속으로 빨아들이지요. 그러나 어느 순간 정신을 차려보면 이것이 타인을 읽는 행위의 가능성과 불가능성에 대한 깊은 통찰이 담긴 이야기라는 것을 깨닫게 됩니다. 우리가 살아가며 수도 없이 해내고자 시도하지만 오독을 전제하지 않고는 결코 이루어낼 수 없는 그 행위에 대해서 말이지요. 그러니 한 번이라도 누군가를 이해하고자 노력해본, 그러나 타인이라는 영원한 텍스트 앞에서 막막함을 느껴본 적이 있는 분들께 (어쩌면 모두에게) 이 책을 권하고 싶습니다.

_Y (문학동네 국내문학 편집자)

한 사랑스러웠다.

천국이 정말 있다면 바로 이런 곳일 거야. 펠리페에게는 실로 꿈같은 생활이었다. 불과 몇 주 전만 해도 성숙을 모르던 몸이 공동체의 누구나가 원하는 사랑의 화신으로 거듭났다. 당시 서른 명 남짓이던 공동체의 성원 중 과반이 펠리페의 몸을 알았고 펠리페도 그들에 대해 그랬다. 게다가 농장에는 계속해서 우퍼가 찾아오고 있었다! 그야말로 자리에 앉아만 있어도 사랑할 사람이 끊이지 않는 것이었다.

이대로 영원히 이 모두를 사랑하며 지내고 싶다……고, 펠리페는 막연히 바랐는데, 물론 이는 정말이지 막연한 감정일 뿐이었다. 그도 그럴 것이 이 주제를 진지하게 고찰할 기회가 있었다면, 절대 이루어질 수 없는 소망임을 금세 알아차렸을 테니까. 펠리페가 아무리 낙관적인 남자라 하더라도.

펠리페의 막연한 소망이 산산조각나기까지는 얼마 걸리지도 않았다. 어느 아침 과수원으로 가는 길에 한 여자가 펠리페의 손을 잡았고 그건 일과가 끝난 저녁에 자기 방으로 찾아오라는 신호였는데, 그날 오후 우물가에서는 또다른 여자가 말을 걸어왔다. 미안해, 나는 오늘 선약이 있어. 펠리페는 부드럽게 웃으며 아침의 여자를 가리켰다. 너희만 괜찮다면 모두 함께 밤을 보내는 게 어떨까, 제안하려던 참에 오후의 여자가 아침의 여자의 목덜미를 움켜쥐더니 우물 벽에 대고 밀었다.

쾅¡Boom! 오후의 여자는 반가운 사람과 악수라도 나누듯 스스럼없는 태도로 그렇게 했고, 때문에 별것 아닌 타격처럼 보였지만, 무방비 상태로 돌벽에 머리를 박은 아침의 여자는 크게 다쳤다.

이제 나하고만 잘 수 있겠지?

오후의 여자가 그렇게 말하듯 기대에 찬 눈으로 바라볼 때에야 펠리페는 자기의 막연한 소망을 깨달았다. 누구에게나 깨어지고 나서야 그것이 존재했음을, 심지어 소중했음을 알게 되는 무언가가 있는 법이다.

하나 Hana

하나가 아는 스페인어는 올라(Hola : 안녕), 페르돈(Perdon : 실례), 노 아블로 에스파뇰(No hablo español : 스페인어 못합니다) 정도가 전부였지만 공동체에서 생활하는 데 큰 지장은 없었다. 많은 우프 농장이 그러듯 '사랑의 진리'도 영어를 공용어로 사용했기 때문이다. 스물한 살에 여행을 시작한 하나는 우프에서 우프로, 예를 들면 아시시 농장에서 알렌테주 농장으로 건너가는 식으로 지구의 허리를 조금씩 기어나가는 느린 세계일주 중이었다. 농장의 명칭이 '사랑의 진리'로 바뀌기 전에도 하나는 이곳에 머무른 적이 있는데, 워킹 홀리데이 비자 승인을 계기로 프랑스에 갔다가 돌아와보니 많은 것이

달라져 있었다.

"하나는 일본어로 꽃이라는 뜻이지?"

그러니까 펠리페가 말을 건네왔을 때 하나는 어처구니가 없다고 느꼈다. 농장에 돌아오자마자 누가 우물에 머리를 박고 기절하는 꼴을 봤는데 그 사태의 원흉이 된 남자가 아무렇지 않게 플러팅을 걸어오다니. 맞겠지, 플러팅이? 하나는 황당한 기색을 숨기지도 않으며 퉁명스레 답했다.

"하나는 일본어로 코라는 뜻도 있어."

제2외국어가 일본어이긴 했는데 잘하진 못했기 때문에, 용케 이걸 떠올렸네, 하나는 생각했다. 다 까먹은 일본어가 절로 떠오를 만큼 펠리페의 접근이 불쾌하다는 생각.

"이거?"

펠리페가 장난스레 검지를 내밀어 하나의 코를 건드렸다. 하나는 호숫가에 출몰하는 날파리떼를 쫓듯 팔을 크게 휘둘러 펠리페의 손을 쳐냈다.

"미안해."

그제야 펠리페가 사과했다.

"기분 나빠할 줄 몰랐어."

몰랐다고? 그럼 뭐 자기가 만져주면 누구나 숨넘어가게 기뻐할 줄 알았단 말인가. 공동체에 돌아온 지 얼마 안 된 하나도 펠리페의 인기에 대해서는 알고 있었다. 여자 하나를 병원에, 또하나는 경찰서에 보내버린 인기. 하지만 그래서, 어쩌란 말인가? 하나는 여자에게 끌리는 여자였다. 그렇다고 해서 덮어놓고 남자를 질투하는 것까지는 아니었지만, 펠리페에게만은 아무래도 호의를 품을 수 없었다. 마담은 왜 펠리페를 내보내지 않는 걸까? 우물가 사건의 두 여자는 공동체에서 쫓아냈으면서.

저녁에 하나는 샤시의 방에 갔다.

"질투라는 건 이상한 감정인 것 같아."

펠리페가 말을 걸어온 일에 대해 하나가 말하자 샤시는 이렇게 반응했다. 나도 봤어. 펠리페야말로 공동체에서 사라져야 할 문제로 느껴진다고 털어놓자 샤시는 잠깐 생각에 잠겼다가 신중한 태도로 말했다. 질투라는 건,

"질투는 동물에게도 있어. 짝짓기 상대를 두고 목숨을 건 투쟁을 하는 건 동물적인 본능이야. 그 자체는 사랑이 아니라는 거지. 동물들의 번식 욕구는 쾌락 추구도, 사랑의 결과도 아니니까."

"내가 펠리페한테 질투를 한다는 얘기야?"

"아니, 그 두 사람 말이야."

하나가 곁에 눕자 샤시는 이어 말했다.

"동물적인 게 나쁘다는 뜻은 아니야. 그런 본능이 생긴 건 적절한 상대와 짝짓기를 해야 한다는, 그리고 그건 한정된 자

원이기에 싸워 얻어낼 가치가 있다는 의미일 테니까. 그게 인간의 사랑하고 얼마나 다른가를 생각해볼 여지가 있지. 나는 동물의 생태에 대해선 잘 모르지만, 인간의 생애 주기에서 연애가 차지하는 비중은 수명이 십 년 내외인 동물의 발정부터 출산까지의 기간과……"

"피곤해."

하나의 말에 샤시는 입을 다물었다가 잠시 후에 다시 열었다.

"질투에 대한 재미있는 얘기가 생각났는데 해줄까?"

샤시를 등지고 누웠던 하나는 그 말에 꿈지럭꿈지럭 몸을 돌려 샤시를 바라보았다. 길지는 않지만 엉킬까봐 걱정이 될 만큼 숱이 많은 속눈썹 사이에서 새까만 눈동자가 반짝반짝 빛났다. 사랑해. 하나는 속으로 탄식했다. 시무외인*을 샤시의 가슴에, 여원인**을 다리 사이에 맺을 수 있다면 그대로 굳어 불상이 되어도 좋을 것 같다고 생각했다.

"응."

하지만 하나는 그렇게 하지 않았다. 샤시가 원하지 않는다는 것을 아니까.

하나가 저녁마다 샤시의 방에 찾아오는 것은 무성애자인 샤

---

* 施無畏印. 팔을 들고 손가락을 펴 손바닥을 밖으로 향한 형상.
** 與願印. 오른손을 내리고 다섯 손가락을 펴서 손바닥을 밖으로 향한 모양.

시를 다른 사람들에게서 보호하려는 노력이었다. 이 빌어먹을 공동체인지 뭔지는 '사랑'을 '거절'하는 걸 죄악시하니까. 애초에 이미 한번 다녀온 농장에 되돌아온 것도 샤시 때문이었고, 돌아온 첫날 여기 있는 인간들 전부 제정신이 아니라는 것을 알았는데도 떠나지 못한 것 역시 샤시 때문이었다. 하나가 굳이 말한 적 없는 이 노력을 샤시도 알게 된다면, 샤시는 이렇게 말할 것이었다.

고마워. 그러지 않아도 되지만.

하지만 어떻게 그러지 않을 수 있겠는가. 샤시에게 보답받을 길이 없다는 것을 알면서도 하나는 그애를 사랑했고, 이 사랑에는 항상 일정량의 미움이 섞였다. 그 극미량의 미움이 사실은 열기구처럼 뜨겁고 부피가 크며 가벼운 자기의 사랑을 어디에도 가지 못하게 붙들어 매는 밧줄의 역할을 한다는 것을 하나는 어렴풋이 알고 있었다.

샤시 Shashi

옛날 어느 나라에 난폭한 왕이 있었어. 이 얘기에선 이 왕이 폭정 때문에 처단을 당하거나 하는 일은 일어나지 않는 걸로 봐서, 난폭하다는 건 아마 성격상의 얘기겠지. 이후 전개를 고려하면 그냥 자극적인 걸 좋아하는 사람이란 의미일지도 몰라.

이 왕을 이렇게 소개해보면 어떨까? 세계 최초의 퀴즈 쇼를 고안한 사람이라고. 이 사람의 왕국에서는 죄인을 처형할 때, 원형극장 한가운데 죄인을 세워. 그러고는 퀴즈를 내는 거야. 여기서 나오는 질문이 이 이야기의 제목이기도 해.

여자인가, 호랑이인가 The Lady, or the Tiger?*

원형극장의 많은 문 가운데 둘 뒤에는 여자와 호랑이가 하나씩 있어. 죄인은 두 문 중에 하나를 선택해야 해. 운좋게 여자의 문을 고르면 그 문 뒤에 서 있던 여자와 결혼할 수 있어. 이쪽은 벌이 아니라 포상이기 때문에 그 여자는 특별히 고른 미인이래. 하지만 호랑이를 고르면? 문이 열리는 순간 굶주린 호랑이가 뛰쳐나오는 거지. 난폭한 왕과 구경꾼들이 지켜보는 가운데 비참한 최후를 맞게 돼. 한쪽 문은 에로스, 한쪽 문은 타나토스라고 할까. 이 얘기랑 질투가 그래서 무슨 상관인데? 하나가 졸음이 뚝뚝 묻어나는 목소리로 물었다. 왕이 죄인을 질투했다는 거야? 얘기가 질투와 관계되는 건 이다음부터야. 아직 주인공이 안 나왔거든.

왕에게는 아름다운 딸이 있었어. 이전까지 아무도 사랑한 적 없고 누구에게도 사랑받은 적 없는 공주. 그런데 한 용감한 사람이 공주에게 구애를 해. 그리고 왕은 이 사람을 원형극장에 세워. 음, 사실 이 대목은 잘 기억이 안 나네. 이해가 안 가

---

* 프랭크 스톡턴의 단편소설 제목.

서인가? 감히 낮은 신분으로 공주를 사랑해서였나, 그냥 왕의 허락도 없이 공주를 사랑해서였나, 어느 쪽이든 옛날 얘기가 아니고는 이해하기 어려운 부분이지.

분명한 건 공주도 이 죄인을 사랑했다는 거야. 이것도 어째서인지는 잘 모르겠지만. 그냥 자기를 사랑해주는 사람이 처음이어서였을까, 아니면 왕 모르게 두 사람 사이에 사랑의 근거가 될 만한 소통이 있었던 걸까. 아무튼 공주가 그 사람을 사랑했다는 것만은 기정사실이야. 이후에 이어질 부분에서 이 감정이 중요한 역할을 하거든.

사랑하는 사람이 처형되기 전날, 공주는 자기의 지위를 이용하고 수완을 발휘해서 다음날 퀴즈의 정답을 알아냈어. 어느 쪽 문에 여자가 숨고 어느 쪽 문에 호랑이가 숨을지. 그래서 죄인에게 어떤 문을 골라야 목숨을 건질 수 있을지 알려줄 수 있게 됐어. 왕국 전체의 엔터테인먼트일 그 처형에는 공주도 참석할 예정이고, 다른 많은 구경꾼이 그러듯이 공주가 오른쪽! 오른쪽! 또는 왼쪽! 왼쪽! 외치는 게 이상한 일은 아닐 테니까. 그런데 공주에게 정보를 전해준 사람이 쓸데없는 말까지 해버렸던 거지. 공주는 다음날 문 뒤에 서게 될 여자가 누구인지도 알게 됐는데, 그 여자도 아마 죄인과 모종의 관계가 있었나봐. 공주에게는 사랑의 라이벌이라고 할 수 있는 여자.

그러니까 날이 밝으면 공주는 죄인을 살릴 수 있는데, 살아

난 죄인은 어떤 여자의 사랑을 이루어주게 되는 거야. 공주 자신은 이룰 수 없는 사랑을. 그런데 그러려면 공주가 죄인을 살리는 선택을 해야만 하고. 그래서 공주는 깊은 고민에 빠져. 그 사람이 나를 사랑하는 채로 죽게 놔둘 것인가, 그 사람이 살아서 다른 여자의 소망을 이루어주는 광경을 목격할 것인가. 그게 끝이야? 잠든 것 같았던 하나가 물었다. 그래서 공주는 어떤 문을 골랐는데? 샤시는 대답했다.

응, 이 얘기는 이렇게 끝나.

이제 자자.

교육 Una Educación

샤시의 부모님은 두 분 모두 인도인이었지만 샤시는 요가를 전혀 할 줄 몰랐다. 요가를 잘하는 사람이 가장 많은 나라는 아무래도 인도겠지만, 일본인 중에 스시 장인이 많다고 해서 모든 일본인이 스시를 쥘 수 있는 건 아니듯이. 맨 앞에서 시범을 보이던 마담이 크게 웃으며 자리를 벗어나 샤시에게 다가가 어깨를 짚었다.

"뭔가 이상하다는 생각이 들죠?"

우티타 트리코나사나(Utthita Trikonasana: 삼각 자세) 도중이었다. 난도가 대단한 동작이 아닌데도 샤시는 헤매고 있었다. 요가를 잘해서가 아니라 체구가 작아서 앞줄에 있던 샤시는 공동체의 다른 모든 성원과 반대 방향으로 허리를 꺾어 뒷줄 사람과 눈이 마주친 상태였다.

"이러면 손이 바닥을 짚기 어렵죠."

마담은 크게 힘들이지 않고 부드럽게 샤시의 윗몸을 일으켜 세운 후에 올바른 방향으로 허리를 굽히도록 밀어주었다. 저년 저거 분명히 일부러 저러는 거야. 샤시의 위치에서 두 줄 뒤 한 줄 오른편에 선 하나는 팔을 쭉 편 채 허리를 한쪽으로 굽힌 자세를 유지하기 힘들어 부들부들 떨며 생각했다. 하나의 눈에는 마담의 속셈이 훤했다. 인도계인 샤시를 망신 주면서 인도인보다 요가를 잘하는 유러피안이라는 이미지를 만들고 싶은 게 확실했다. 그게 아니라면 초심자인 샤시를, 부모는 인도인이지만 미국에서 태어나고 자란 애를 굳이 맨 앞줄 가운데 자리에 세울 이유가 있겠는가.

샤시는 얼굴을 붉혔지만 불평하지도 얼굴을 찡그리지도 않았다. 자, 무릎 굽히면서 위로 든 팔 등뒤로 돌려 바다 우티타 파르스바코나사나(Baddha Utthita Parsvakonasana : 묶인 측각도 자세). 마담은 제자리로 돌아가 시범 동작을 다시 선보였다. 보기에는 전체적으로 둥글고 단단해서 유연성이 크게 기대되지는 않는 체형이었지만 마담에게는 전문가다운 능숙함이 있었다. 이십여 분이 더 흘러 사바사나(Savasana : 시체 자세)에 도달하기까지 샤시는 수차례 더 마담의 지도를 받았다.

그러니까 이 모든 일에 무슨 의미가 있다는 걸까. 우리가 활이 되었다가, 산이 되었다가, 또 전사였다가, 개일 때도 있다가, 쟁기가 되고 아기가 되고 결국은 시체가 되는 일에. 도저히 따라 할 수 없는 동작은 무릎 꿇고 눈만 끔뻑이며 보았는데도 온몸을 땀으로 적신 채 샤시는 골똘한 생각에 잠겼다. 요가가 끝나면 명상이 시작되었다. 요가는 어려워도 명상은 좋아, 라는 것이 샤시의 입장이었다. 마담은 가부좌를 틀고 싱잉 볼을 끌어 발 앞에 둔 채 나무 봉으로 그릇 주변을 훑었다.

"사랑은 명상이에요."

웅웅 울리는 소리 가운데 마담이 꿈꾸는 듯한 목소리로 말했다.

"예배고, 번제며, 참회예요. 그러면 우리는 무엇일까요, 우리는 승려입니다. 제사장입니다. 순례자입니다."

마담의 의도와는 상관없이, 그러나 마담의 발화에 신성한 권능을 부여하려는 듯 가는 바람이 공동체 성원들의 사이사이를 맴돌았다. 호숫가에 그늘을 드리운 버드나무가 바람에 스스스 사사사 수천수만의 이파리를 비비며 흔들렸다.

"우리는 천사가 될 수 있습니다."

마담은 자신이 하려는 말에 미리 감격한 것처럼 떨리는 목소리로 말했다.

"사랑 그 자체가 되어야만 합니다. 우리가 순수한 사랑의 존재가 될 때, 사랑은 우리에게 특별한 힘을 허락해줄 거예요."

또 무슨 뜬구름 잡는 소리야, 짜증나게. 하나는 이렇게 생각했다. 명상하자면서 뭔 말이 이렇게 많냐고.

특별한 힘까지 필요할까? 펠리페의 생각은 이러했다. 사랑이 주는 이득은 사랑의 기쁨 하나로도 차고 넘치는데. 사랑은 이미 그 자체로 완벽한 선물 아닌가.

한편 샤시는 마담이 처음 했던 말, 사랑은 명상이라는 명제를 여전히 곱씹고 있었다. 살면서 단 한 순간도 누군가에게 로맨틱한 감정을 품어본 적 없고 앞으로도 그럴 가능성이 매우 희박하다는 전망을 가진 사람으로서, 샤시는 자기만큼 사랑을 정확하게 알고 싶어하는 사람은 드물 거라 생각했다. 체험할 수 없다면 최소한 이해는 하고 싶다. 다른 사람들의 경우에는 신성에 대한 감각이 이러하겠지, 아마도. 이런 생각에 샤시는 공동체의 그 누구보다도 마담의 가르침을 귀기울여 들었다. 사랑이 정말 명상이라면 그건 왜일까. 명상의 오의를 터득하면 사랑에 대해서도 알 수 있게 되는 걸까.

호수 El Lago

명상이 끝나면 자유 시간, 저녁식사, 그리고 다시 자유 시간이었다. 요가와 명상은 호숫가에서 진행되었기에 공동체의 성원 대부분은 명상 직후의 자유 시간에 물놀이를 하는 것으로 시간을 보냈다. 샤시는 공공연히 몸을 드러내는 걸 원치 않았기에 물에 들어가지 않았고 하나는 샤시가 물놀이를 하든 하지 않든 그 곁에 있는 걸 선호했다. 하나가 물에 들어가지 않아서인지 펠리페도 멀뚱멀뚱 앉아만 있었다.

본인들이 젊기 때문에 타인의 젊은 몸에 대한 선호나 애착은 특별히 없는 세 사람이 보기에도 공동체의 물놀이는 장관이었다. 공동체의 삼분의 이를 이루는 우퍼들은 전부가 젊거나 어렸고, 그 나머지인 발렌시아 출신의 일꾼들 역시 대부분 서른 언저리의 젊은이였다. 서로의 몸을 이미 알거나 알고 싶어하는 청년들이 저물어가는 붉은 태양과 함께 호수에 몸을 담근 채 광선처럼 선명한 정념을 발산하는 광경.

조금도 젖지 않은 몸으로 꼼짝 않고 그것을 지켜보는 동안 세 사람은 모두 자기가 갑작스레 몹시 나이들어버린 것 같다는 생각을 했고 서로가 같은 생각을 하고 있다는 것은 알아차리지 못했다.

하나는 펠리페가 자기와 샤시만의 시간을 침해하고 있다는 생각을 했다. 다만 왜 물에 안 들어가느냐든지, 꺼지라든지 말을 걸 마음이 들지 않아 잠자코 있었다. 이윽고 흠뻑 젖은 머리에서 물기를 짜며 한 여자가 펠리페 쪽으로 다가왔다. 두 사람이 빠르게 주고받는 스페인어 대화를 하나는 알아들을 수 없었지만 어떤 상황인지는 대충 알 것 같았다. 그 여자는 주로 식사 준비조에서 일했다. 그건 펠리페에게 접근할 기회가 펠리페가 속한 과수원 작업조 사람들보다 훨씬 제한적이라는 의미였는데, 모처럼 자기가 식사 준비를 하지 않아도 되는 날이어서 펠리페를 찾아온 듯했다. 아니면 단순히 왜 물놀이를 하지 않느냐고 물으려 한 것이거나, 어쩌면 둘 다일 수도. 펠리페는 이따금 하나 쪽을 돌아보며 웃었다. 둘이 어떤 대화를 나누고 있든 나랑은 무슨 상관이 있다고 쳐다보는 거지, 하나는 속으로 생각했다. 내내 말없는 샤시도 신경이 쓰였다.

젖은 머리 여자가 떠나자 샤시가 하나에게 몸을 바싹 붙이고 속삭였다.

"재미있다."

"뭐가?"

"펠리페가 하나 네 생각만큼 얼빠진 사람은 아닌 것 같아. 사적인 대화를 본의 아니게 엿들어서 미안하지만."

"어떤 근거로?"

"저번 우물가 사건 이후로 생각을 많이 했대. 결론은 자기가 먼저 다가가는 경우에만 사랑을 하는 게 좋겠다는 거였대."

하나는 곁눈질로 펠리페의 눈치를 살피는 척했지만 실은 열띤 태도로 소곤거리는 샤시가 귀엽다는 생각을 좀더 진지하게 하고 있었다.

"방금 그 여자한텐 그렇게 말했어. 솔직히 말해서 당신에 대해서는 생각해본 적이 없지만, 괜찮다면 자기가 찾아갈 때까지 기다려달라고."

"그렇구나."

하나는 샤시가 엉덩이를 붙인 땅에서 반 뼘 뒤에 손바닥을 짚으며 무심히 대꾸했다. 샤시는 계속 말했다.

"나는 조금 흥미가 생기네."

"저 사람?"

"응."

그럴 수도 있겠다, 하나는 생각했다. 언뜻 보기에 샤시와 펠리페는 모든 면에서 반대되는 사람들 같았다. 샤시는 작고 펠리페는 크다. 샤시의 피부색은 진하고 펠리페의 피부색은 옅다. 펠리페는 남자와도 여자와도 관계를 맺는 남자인데 샤시는 남자와도 여자와도 관계를 맺지 않는 논바이너리.

하지만 놀랍게도, 질투라는 감정을 본질적으로 이해하지 못한다는 점에서는 두 사람만한 닮은꼴이 또 없겠지.

샤시의 말뜻을 이해한 하나는 약간의 소외감을 느꼈다. 극과 극은 통한다고 하던가. 나는 왜 어느 쪽도 아닐까. 하나가 작은 자괴에 골몰해 있을 동안 샤시는 몸을 일으켰다. 하나의 팔에 샤시의 작은 엉덩이가 스쳐지나갔다. 샤시는 몇 걸음 떨어진 곳에, 펠리페 곁에 다시 앉았다.

"안녕."

"안녕."

"너는 나를 모르겠지만 나는 너를 알아."

"나도 널 알아. '사랑의 진리'는 작은 공동체잖아."

샤시와 펠리페의 대화는 잘 이어지지 않는 듯했지만 쉽게 끊어지지도 않았다.

조금 후에는 하나도 자리를 옮겼다.

문제 Un Problema

공동체의 수원에 로로마가 유입되기 전날 샤시는 몬티 홀 문제를 생각하고 있었다. '여자인가 호랑이인가'에서 여자를 자동차로 바꾸고 호랑이를 염소로 바꾼 다음, 염소가 있는 문을 하나 더 만들면 몬티 홀 문제. 미국의 옛날 텔레비전 퀴즈 쇼에서 유래한 이 문제에서, 진행자 몬티 홀은 언제나 도전자에게 답변을 바꿀 기회를 한 번 줬다. 이미 도전자가 셋 중 하나의 문을 선택한 상황에서, 오답 문을 열어 보여주며 묻는 것이다. 이대로 진행하시겠습니까? 아니면 다른 문을 고르시겠습니까? 이때 대부분의 도전자는 최초의 선택을 고수하려 하지만, 선택을 바꿀 경우의 정답 확률은 반대 경우의 두 배에 이른다. 첫번째 선택에서 도전자가 오답을 골랐을 확률은 삼분의 이고 정답을 골랐을 확률은 삼분의 일이니까. 친절한 진행자가 오답 하나를 제거해주면, 그때까지 열리지도 선택받지도 않은 제3의 문을 고르는 것이 절대적으로 유리하다.

그러나 대부분의 도전자는 최초의 선택을 고수하려 한다.

샤시의 이해 안에서는 사랑에도 비슷한 문제가 있었다. 대부분의 사람들은 선택을 바꾸려 하지 않는다. 염소를 고르고도 그것이 자동차라 믿고 싶어한다. 반대로 운좋게 처음부터 자동차를 고르고도 자기의 행운을 끝까지 모를 수 있다. 그런 착각이 가능한 이유는 당연히, 사람은 자동차도 염소도 아니기 때문이다. 자기가 고른 사랑이 상품이라 믿으면 상품이 되고 벌칙이라 생각하면 벌칙이 되는 것이겠지만……

"그럼 염소면서 자동차인 존재도 가능하겠네."

샤시의 이야기를 들은 펠리페는 그렇게 말했다. 그 말에 샤시는 갑자기 눈앞이 밝아졌다고 느꼈다. 아마도 그럴 거야. 사실은 모두가 뿔과 바퀴와 핸들과 발굽을 동시에 가지고 있는 거야. 헤드라이트에 가로획 동공이 있고 보닛에는 부드러운 털이 북슬북슬한 염소이자 자동차, 그리고 여자이자 호랑이인 존재.

모든 문 뒤에 키메라가 있는 게 사랑일 거야.

잘은 모르겠지만.

그로부터 며칠이 지난 수요일에 마담은 기쁜 얼굴로 공동체의 모든 수원에 어떤 미생물이 자리잡았음을 공표했다.

"변화를 느낀 사람은 없나요?"

모두가 모여 있는 식사 자리에서 마담은 기대에 찬 목소리로 물었다.

"사랑이 나에게 부여한 최초의 힘은 예지였어요. 나는 언젠가 이런 날이 올 줄 알고 있었답니다. 사랑만 하면, 사랑을 하는 존재들마다 특별한 힘을 부여받는 날이 온다는 것을요. 이제 드디어 여러분, 나의 사랑하는 당신들도 나를 이해할 수 있게 된 거예요."

그게 그렇게 되는 게 아닐 텐데. 하나는 심드렁한 태도로 샐러드 접시를 뒤적거리며 생각했다. 바로 그 얼마 전까지만 해도 니스에 체류하던 하나에게 로로마는 낯선 존재가 아니었다. 메릴린 먼로가 노래했듯 사랑을 위해 죽음도 불사하는 성미의 프랑스인들은 세계 최초로 자국의 공공 수도水道에 로로마 성분을 첨가했고, 덕분에 하나는 거기서 이미 로로마로 인해 발생하는 천태만상의 소동을 얼마간 겪은 후였다. 선제적이고 기습적으로 로로마를 풀어버린 프랑스 정부를 힐난하던 다른 EU 국가들도 속속 로로마 공급을 추진했고 그중 하나가 스페인, 하나의 체감으로 이곳은 조금 늦된 셈이었다.

하나가 생각하기에 로로마는 새로운 이야깃거리가 못 되었다. 그것의 존재가 알려지기 전에도 사랑의 힘이 기적을 일으킨 사례는 종종 있지 않았는가, 잠깐이나마 괴력을 발휘해 마이크로버스 앞바퀴를 번쩍 들어 자기 아이를 구출한 사람이나 큰 나무 위에 고립된 고양이를 구하려다 엉겁결에 고소공포증을 극복한 사람이 나오는 해외 토픽 같은 것.

그러한 일시적 능력 증대를 반영구적인 것으로 바꾸어준다는 특징을 매혹적으로 느끼는 사람이 많으리라는 것은 인정할 만했다. 인간은 원래가—샤시에게는 미안한 얘기지만 일반적으로—사랑을 하는 존재고, 로로마는 피지어로 사랑을 뜻하는 그 별명답게 생명력과 증식력이 엄청난 미생물이어서 고비용 투자 없이도 전 국민의 능력을 적어도 하나씩은 개선 및 증대할 수 있으니, 정부 차원에서는 흥미를 보일 수밖에 없을 것이었다. 개인에게는 미처 기대한 적 없던 능력 하나가 개화하는 것이지만, 국가에게는 인구수만큼의 능력 증대가 기대되는 일. 다수의 문제가 되면 로로마로 인해 어떤 힘이 강화되었는지는 크게 중요하지 않아진다. 천문학적으로 다양한 종류의 능력 가운데 국가에 도움이 되는 힘을 골라내기만 하면 되니까.

가장 빨리 문제를 알아차린 것은 스포츠 분야였다. 이를테면 로로마를 섭취한다고 단거리 육상 선수의 근력이나 장거리 육상 선수의 심폐지구력이 향상된다는 보장은 없지만, 절대로 그렇게 되지 않는다는 보장 또한 없음이 확인된 것이었다. 운좋게 자신의 전공과 밀접한 관련이 있는 능력의 증대를 경험한 선수들이 출현하자 로로마 음용을 도핑으로 볼 것인지 아닌지에 대한 논쟁이 시작되었다. IOC를 비롯한 국제 스포츠 협력 기구들은 로로마가 이전에 금지 약물로 규정된 적 없고, 가까운 시일 내 각국에서 일반 사용 검토를 적극적으로 추진하고 있음을 근거로 들어 사용을 승인했다. 이 결정을 비난하는 목소리도 없지는 않았으나 현명한 처사라고 하나는 생각했다. 프랑스에서 공수해온 물 한 병을 선수촌에 풀기만 하면 어디에서나 로로마의 유익을 누릴 수 있으니 금지해봤자 아무 의미도 없고 성토하는 목소리 역시 공허할 뿐이었다. 프랑스에 인접한 국가의 해안 지방에서 로로마의 영향이 확인되었다는 연구 결과도 있었고 로로마의 최초 발견 지역인 멜라네시아제도의 작은 섬이 수몰 위기에 처했다는 보도도 있었다. 어차피 온 세상이 로로마에 뒤덮이는 건 시간문제라는 얘기였다.

　입소와 동시에 개인용 전자기기를 자진 반납해야 하는 공동체의 특성상 대부분의 성원들이 로로마를 전혀 들어본 적 없거나 어렴풋이만 알고 있었겠지만, 하나가 겪은 농장 바깥의 세계는 이미 그랬다. 하물며는, 당연히, 하나의 체내에도 로로마가 잔류해 있었다. 아직 공동체 성원 중 아무와도 그런 적이 없어 미처 확인해보지 못했지만 누군가 하나와 입을 맞추거나 하나의 다리 사이를 핥았다면 그 사람도 필연 로로마의 숙주가 되었을 터. 공공 수도시설 대신 지하수를 사용하는 '사랑의 진리'는 역설적으로 로로마의 영향력에 지배받지 않고 사랑할 수 있는 마지막—적어도 스페인에서는—공간이었으나 마담이 자기 손으로 그 시대를 끝내버린 것이었다.

앞으로 문제가 끊이지 않을 거야, 하나는 직감했다.

샤시한테 빨리 여길 떠나자고 해야겠어.

그렇지만 이 문제는 그리 쉽게 해결되지 않을 거라는 사실 또한 하나는 예감하고 있었다.

미생물 El Microbio

로로마의 존재를 알았을 때 펠리페가 가장 먼저 느낀 감정은 당혹이었다. 사랑을 하는 사람에게 힘을 부여해주는 미생물이 정말 존재한다면, 그 누구보다도 열심히 사랑했는데 어째서 내게는 어떤 변화도 없는 거지?

"로로마가 체내에 침투하기 전부터 해오던 사랑에는 아무 효과도 없어."

하나가 말했다.

"왜?"

"너 푸른곰팡이가 왜 백신이 되는지 알아?"

"포도상구균 같은 유해균을 억제하기 때문이잖아."

핀잔을 주려던 하나가 도리어 말문 막혀하며 펠리페를 노려보았다. 별 쓸데없는 걸 다 알고 있네. 하나는 펠리페가 모르겠다고 하면 나도 몰라, 라고 대꾸할 생각이었다.

"하지만 푸른곰팡이는 자기가 먹는 게 인간에게 해로운 균이라는 걸 알고 있을까?"

샤시가 말했다.

"아마 모르겠지. 거기엔 아무 의도도 없어. 푸른곰팡이나 로로마는 인간의 존재조차 모를 거야. 그걸 감각할 기관이나 이해할 지능이 없을 테니까. 만약 감각이나 인식이 충분히 발달했다 해도 그것들은 너무 작고 인간은 너무 크기 때문에 이해관계를 일치시킬 수 없어. 인간이 우주를 막연하게 느끼는 것처럼, 우주가 어떤 의도를 갖고 있는지 우리가 전혀 상상하지 못하는 것처럼. 그런데도 그건 왜 그런 걸까? 나에게 의미가 있는 현상일까? 하고 궁금해하는 게 인간의 습성일 뿐이야."

그렇구나, 펠리페는 고개를 끄덕였다. 그건 그렇고,

"너희 둘은 어떻게 만났어?"

하나는 샤시를, 샤시는 하나를 보았다. 네가 말할래? 내가 말할까? 입을 연 쪽은 샤시였다.

"다른 농장에서."

그게 다야? 펠리페도 하나도 허탈한 얼굴로 샤시를 보았다. 아니야, 우리 좀더 사연 있는 사이잖아. 하나는 조금 억울했다. 내가 아플 때 네가 약을 건네줬잖아. 아무도 내가 아픈 걸 눈치채지 못했을 때 너만은 제대로 날 보고 있었잖아. 힘들겠지만 가능한 한 약을 먹지 말고 계속 화장실에 가세요, 인위적으로 배설을 멈추면 해로운 균이 배출되지 않고 몸에 잔존한대요. 그리고 물을 많이 마셔요. 정말 위험한 건 탈수예요. 그렇게 말하면서 지사제랑 물에 타 먹는 이온음료 분말을 줬잖아.

거기까지 떠올린 하나는 샤시가 펠리페에게 전부 말하지 않은 것을 다행으로 여길 수밖에 없었다. 물갈이가 심해 어쩔 수 없었다고는 해도 똥 싸다 만난 사이인 걸 떠올리면 아무래도 진지하지 않은 느낌이 드니까. 혹시 그래서인가. 그 순간 하나의 생각은 그 지점에서 조금 더 뻗어나갔다. 똥쟁이라는 첫인상이 너무 강렬해서 연애 상대로는 못 보게 된 건가, 샤시의 정체성하곤 별개로. 가지고 있던 상비약이 마침 전부 떨어졌을 때 예상치 못한 친절을 입은 하나는 샤시가 자기에게 호감을 갖고 있다 착각해 금세 샤시를 좋아하게 되었다. 왜소한 체격과 아무렇게나 길러 멋없이 덜렁 묶은 머리는 하나가 본래 좋아하던 타입과 조금 거리가 있었지만, 적어도 여자니까. 여자애라고 생각했으니까.

"바르셀로나 근교 포도 농장이었어."

하나는 다른 많은 말을 참고 그렇게만 말했다. 샤시가 펠리페에게 물었다.

"너는 왜 여기에 왔어?"

"'사랑의 진리'를 가르쳐준다고 해서."

"나도 그래!"

샤시가 흥분하며 외쳤다. 드문 일이었다. 하나는 속으로 대꾸했다. 난 아니야.

해지기 전까지의 자유 시간에는 세 사람이 늘 붙어다녔지만 어두워지면 하나가 샤시를 독점할 수 있었다. 샤시가 펠리페에게 느끼는 호기심에 성적인 맥락은 조금도 없었고 펠리페역시 샤시에게 좋은 인상을 받기는 했지만 거기서 더 나아가려는 생각은 하지 않았기 때문에. 자기 몫의 베개를 안고 샤시의 방에 찾아간 하나는 지난 며칠간 그랬듯 샤시를 설득하려애썼다.

"이제 충분하잖아."

충분하다니, 뭐가? 샤시는 하나가 이해할 수 없는 말을 한다고 생각했다.

"사랑에 대한 고찰이라면 이제 지겨울 만큼 했잖아."

아니야, 나는 조금도 '사랑의 진리'에 다다르지 못했어. 샤시는 잘라 말했다. 하나는 답답해서 눈물이 다 나려 한다고 생각했지만 침을 한 번 삼키고 다시 말했다.

"이제 사랑을 하지 않으면 쓸모없는 사람이 되는 거야. 적어도 여기서는. 너는 그게 좋아?"

하나는 샤시에게 마음을 털어놓은 적이 없었다. 샤시의 정체성을 알게 된 순간 고백도 못해보고 끝난 사이라고 생각했고 동시에, 아직 고백만은 하지 않았으니 승산이 아주 없는 건아니라고도 생각했다. 어쩌면, 충분히 오랜 시간을 함께 보내고 나면, 그런 후에 내가 고백한다면, 착한 샤시는 나를 사랑하는 척해줄지도 몰라. 사랑하는 척은 누구나 다 해. 관계를 이루는 데는 최소한 두 사람이 필요한데 그 두 사람의 마음의 깊이가 같지 않은 건 언제나 당연한 일이야. 내가 더 사랑하고 샤시는 덜 사랑하고, 아니 나를 아주 조금만 사랑하고, 그게 정 어렵다면 아예 안 해도 돼. 사랑하는 척만 하면 돼.

나는 그거면 돼.

"걱정해줘서 고마워."

샤시가 말했다.

"그렇지만 나는 괜찮아."

하나는 베개를 안고 복도로 나왔다. 조금 후에 샤시가 문손잡이 위에 있는 걸쇠를 가로로 밀었다. 낡고 녹슨 걸쇠는 죄인의 목을 치는 무딘 도끼처럼 필요 이상으로 큰 소리를 내며 잠겼다. 여전히 복도에 서 있던 하나는 그것이 샤시가 자기를 밀어내는 소리라 생각했다. 샤시로서는 하나가 이 농장에 돌아온 후 처음으로 혼자서 밤을 보내게 된 것이 두려웠을 뿐이지만.

사실은 샤시가 더 잘 알고 있었다, 하나가 말한 적 없는 본심을. 하나가 아무리 간곡히 부탁해도 떠나지 못하는 것은 오히려 하나를 위해서였다. 샤시도 하나를 사랑하고 싶었기 때문. 세상 유별난 사람들만 모아놔도 거기서 꼭 더 별난 티를 내버리는 자기를 보호하려고 하나가 무엇을 얼마나 희생하고 있는지 샤시도 알았다. 샤시에게 '사랑의 진리'에 도달한다는 것은 하나를 사랑할 수 있게 된다는 의미였다. 다른 사람들에게는 자연스럽다못해 숨길 수 없고 참을 수 없는 것이지만 자기에게만은 좀처럼 허락되지 않는 감정, 그것을 완전히 정복하고 능동적으로 조절할 수 있는 사람이 되어 하나가 만족할 때까지 사랑해주고 싶었다.

하지만 이렇게 말하면 하나는 지금 당장 관계를 시작하고 싶어하겠지. 그건 무서워. 샤시는 침대 위에 몸을 옹송그린 채 눈을 질끈 감았다.

무서워.

대화 La Conversación

이날 밤 샤시의 방을 떠난 하나는 자기 방으로 돌아가지 않고 펠리페를 찾아갔다. 노크 소리에 펠리페는 헐레벌떡 일어나 문을 열었고 문밖에 선 하나를 보고 이 상황이 꿈이 아닌지를 잠시 의심했다.

"만져도 돼?"

"아니."

"그러면 뭘 하지?"

"대화."

이후에도 펠리페는 주로 여자를 좋아하는 여자들에게 반했고 마찬가지로 여자에게 끌리는 남자들을 좋아하게 되었는데, 그런 이유에서 펠리페를 거절한 사람 중 최초는 하나였다. 그 랬군, 하나와 샤시가 단순한 친구 사이가 아니었다니. 하나의 이야기를 들으며 자신이 완전히 거절당했음을 드디어 받아들 인 펠리페는 다소 침울해졌으나 이윽고는 묘한 충족감을 거머 쥐었다. 자기가 다른 사람들끼리의 사랑에 대해서는 생각해본 적이 별로 없다는 사실을 깨달은 덕이었다. 그전까지 자신이 전혀 참여하지 않은 사랑, 앞으로도 자기 자리가 주어질 가능 성이 전혀 없는 사랑, 그런 사랑들에 대한 상상에는 순전한 재 미가 있었다. 때문에 창밖이 푸르스름하게 밝아져오기 시작한 새벽에 하나가 길게 하품하며 자리에 눕자, 펠리페는 하나에 게 닿지 않게 몸을 슬쩍 피해주면서 말했다.

"고마워."

하나는 찡그렸다.

"뭐가 고맙다는 거야. 그렇게 말하면 너랑 내가 뭔가 의미 있는 거라도 한 것 같잖아."

"섹스보다 훨씬 좋은 대화였어."

하나는 질색하다 잠들었지만, 그 순간 펠리페는 또다른 사 실을 깨달았다. 나는 역시 하나를 사랑해. 그래서 하나의 사랑 이 이루어지기를 바라. 그로 인해 하나가 행복해진다면.

왜인지는 조금도 중요하지 않아.

날이 밝은 후에도 세 사람은 붙어다녔지만 그들 사이가 이전과는 조금 달라졌음을 세 사람 모두 알았다. 하나는 펠리페하고만 대화했고 샤시도 펠리페에게만 말을 걸었다. 펠리페가 자리를 비우면 샤시와 하나는 거의 눈도 마주치지 않았다. 기본적으로는 선량하지만 자기중심적인 편이기도 한 펠리페는 두 사람의 미묘한 신경전을 크게 의식하지 않았다. 오히려 샤시와 하나가 서로 주고받을 호의와 관심까지 부자연스럽게 자기에게 쏟아붓는 상황을 편안하게 받아들였다.

결국 탈락하는 사람은 내가 될 거야. 샤시는 담담하게 생각했다. 우리 셋은 조금 이상한 그룹이지, 공통점이 거의 없는. 그렇지만 펠리페랑 하나는 어쨌든 유성애자야. 당장은 펠리페가 하나를, 하나는 나를 좋아하지만 언제든 다른 누군가에게 반해 떠날 수 있어.

안 그래도 공동체에는 이전보다 훨씬 많은 사람이 찾아오고 있었다. 로로마를 음용한 이후에 새로운 사랑을 하지 않으면 아무 능력도 생기지 않는다는 것을 뒤늦게야 안 마담이 반쯤 미친 사람처럼 새로운 성원들을 마구잡이로 맞아들인 탓이었다. 마담은 지역신문에 광고를—'사랑의 진리'를 탐구할 연인 구함. 필요한 것은 모험심과 열정뿐, 무료 숙식 제공—냈고 새로 찾아오는 사람들은 대부분 우퍼가 아닌 지역 주민들이었다. 주로 스페인 출신인 새 성원들은 대체로 영어를 잘 못했고 삼십대 이상이 손에 꼽게 적은 기존 성원들에 비해 연령대가 다양했다. 공동체의 분위기에 잘 융화되지 못하는 듯했던 그들은 수가 점차 늘어남에 따라 마담의 가르침 하나를 맹렬하게 신봉하기 시작했다. 많이 사랑할수록 많은 힘을 갖는다는 가르침.

공동체 내에서는 누가 누구를 어떤 식으로 사랑하든 죄가 되지 않았기에 그 결과는 예상보다 빠르게 나타났다.

힘 El Poder

사람들은 로로마로 얻은 저마다의 힘을 자랑하기 시작했다. 가령 시력, 두꺼운 안경을 벗게 된 것은 물론 호수 건너편에 있는 나무의 종과 그 가지에 앉은 새의 색을 말할 수 있게 된 사람. 또는 근력, 이십 리터짜리 물통 하나도 힘겨워하던 가냘픈 팔로 이제는 마담을 번쩍 안아올릴 수 있게 된 사람. 유연성이 좋아져 요가를 더 잘하게 된 사람, 머릿결이 눈에 띄게 좋아진 사람, 미각이 몹시 예민해져 저녁식사에 쓰인 향신료를 전부 읊을 수 있는 사람. 이런 자랑을 늘어놓는 이들은 대부분 새로 유입된 성원들이었지만 기존 성원 가운데에도 종종 그런 사람들이 있었다. 달리기가 빨라졌거나 암산 실력이 늘었거나 배고픔과 목마름을 견디는 능력이 좋아진 사람들이 있는가 하면 괴상한 주장을 하는 사람들도 나타났다. 나무의 목소리를 들을 수 있다, 누군가와 눈을 마주치면 그 사람의 전생이 보인다, 머나먼 곳에 사는 자신의 도플갱어와 교신을 할 수 있다. 마담은 뛸듯이 기뻐했다. 새로 들어온 성원들에게, 이처럼 오랫동안 사랑을 연마한 사람들은 더욱 특별한 능력을 얻게 된다고 설교하기도 했다.

그것이 얼마나 터무니없는 소리인지를 하나는 알 수 있었다. 로로마로 인해 신장되는 능력이 초능력처럼 보일 때도 있다. 이론상으로는 사랑의 크기와 강도에 따라 증가의 폭 또한 무한하기 때문에. 그러나 그것은 초능력이 아니었다. 원래 안경만 쓰면 얼마간의 거리는 볼 수 있는 사람의 시력이, 애초부터 물통을 들 만큼의 힘은 있었던 사람의 근력이 좋아졌을 뿐이니까. 달리기나 암산 같은 능력도 마찬가지였다. 음속에 가깝게 달리거나 컴퓨터만큼 연산 속도가 빨라지는 것도 불가능은 아니고, 실로 그렇게만 된다면 그것들을 초능력이라 불러도 무리가 없겠지만, 실제로는 기존의 자신이나 인간 평균보다 조금 나은 수준으로 발달하는 게 고작이었다. 결정적으로 전생이니 도플갱어니 하는 것들이나 마담이 주장하는 예지력 같은 것은 로로마로 가질 수 없는 힘이었다. 처음 세계 여행을 시작할 때 멋모르고 들어갔던 농장에서 매직 머시룸을 하는 사람들에게서조차 이런 헛소리는 듣지 못했다고, 하나는 속으로 비웃었다.

그런 하나도 그럴싸한 거짓말을 하나쯤 지어내기는 했다. 마담이 각자의 새로운 능력을 집요하게 묻고 추궁하더니 급기야는 식사시간마다 돌아가며 하나씩 발표하도록 강요하기까지 해서였다. 제 어깨 보이시죠? 여기에 원래 기미가 있었거든요. 그게 사라졌어요. 피부가 좋아지고 있는 거죠. 하나는 박수를 받았다. 멍청한 인간들. 내 어깨는 원래 이랬어. 너는 알지? 하나는 샤시를 바라보았다. 샤시는 충격을 받은 듯한 눈치였다. 그 얼굴에 하나도 조금 충격을 느꼈다. 가엾은 샤시, 내 거짓말을 믿는구나. 내가 자기 말고 또다른 사람을, 새롭게, 정말로 좋아하게 된 줄 아는구나. 그게 슬퍼? 화가 나?

그런데 그게 왜 사랑이 아니야?

펠리페는 자기의 능력을 발표할 차례가 돌아오자 운이 엄청나게 좋아졌다고 말했다. 그걸 어떻게 알았느냐고 마담이 묻자 어깨를 으쓱할 뿐 증거를 보여주긴 어렵지 않겠냐고 되물었다. 인정하기는 싫지만 쟤가 머리가 좋긴 좋아, 하나는 생각했다. 자기가 거짓말하는 요령을 보고 펠리페도 적당히 지어낸 것 같다고. 하지만 나중에 펠리페는 거짓말이 아니었다고 분명히 말했다. 그럼 또 누굴 사랑하게 됐다는 거야?

그건 비밀이야.

그러니까 하나와 펠리페를 비롯한 공동체의 모든 성원이 전보다 발전된 능력을 갖거나 적당히 그런 척 둘러댈 수 있었지만, 샤시만은 그러지 못했다. 진짜 사랑을 해서 진짜 힘을 얻을 수도, 그런 게 가능한 척할 수도 없는 샤시만은. 충치가 사라졌다고 해. 구강 내 플라크가 적어졌다고, 치석이 없어졌다고 해. 마담이 당장 검증할 수 없는 뭔가가 달라졌다고 말하란 말이야. 지병이 나았다고, 불면증이 씻은듯 가셨다고, 지긋지긋한 안구건조증을 떨쳐냈다고. 샤시가 거짓말하기를 바라면서 하나는, 샤시가 하게 될 그 말이 거짓이 아니기를 또한 바랐다. 샤시가 드디어 자신을 사랑하게 되어서, 아주 작은 능력이라도 생겼다고 고백하기를. 그것이 진실이기를.

하지만 샤시는 끝까지 아무 말도 하지 않았다.

"여러분은 샤시가 부족하다고, 혹은 사랑의 의무를 방기하고 있다고 생각할지도 모르겠어요."

마담은 샤시의 양어깨에 손을 하나씩 얹은 채로 말했다. 누가 감히 걔를 그렇게 본다는 거야. 하나는 양손으로 얼굴을 가린 채 생각했다. 그러는 하나의 등에 펠리페가 가만히 손을 얹었다. 누가 정말로 샤시를 나쁘게 생각한다면 그건 마담, 당신이 그렇게 말해서잖아. 하나에게는 마담만큼 샤시도 원망스럽게 느껴졌다. 이거야. 내가 경고한 게 이런 거라고. 결국 이런 순간이 온 게 어때? 좋아? 만족스러워? 이게 네가 원하던 거였어?

"하지만 말이에요. 나는 샤시에게 정말 큰 기대를 걸고 있어요."

그러나 이어진 마담의 말은 공동체의 누구도 예상하지 못한 것이었다.

"특정한 개인을 사랑하지 못하는 것은 그 일이 당신의 소질에 맞지 않아서일지 몰라요. 당신은 더 큰 것을 사랑해야 해요. 인류 전체를 말이지요. 그리고 내가 늘 말하는 것처럼, 큰 사랑에는 큰 힘이 주어질 거예요. 샤시, 나는 당신을 위대한 사랑의 존재로 만들고 말겠어요."

방 Una Habitación

그때부터 샤시만을 위한 특별 훈련이 시작되었다.

마담은 요가 리더와 명상 리더를 따로 뽑아 공동체 전체의 루틴을 관리하게 하고 자기는 샤시를 전담했다. 샤시는 기뻐했다. 마담과 가까워질수록 '사랑의 진리'에 다가갈 수 있을 거라 생각했으므로, 당연히. 하나의 눈에는 샤시가 그애답지 않게 우쭐대는 것처럼 보이기까지 했다. 샤시는 아침에 눈을 뜨고 밤에 감을 때까지의 모든 일과를 마담과 함께했고 따라서 오렌지 나무 밭에서도 닭장에서도 창고에서도, 주방에서도 호숫가에서도 눈에 띄지 않게 되었다. 하나와 펠리페는 식사 시간에만 먼발치에서 샤시를 발견할 수 있었다.

샤시가 느끼기에 특별 훈련은 특별하지 않았다. 마담과 독

대하여 더 난도가 높은 요가 동작을 수행하고 더 오래 명상을
할 뿐이었다.

큰 소득이 없었기에 그런 식의 '훈련'도 계속되지는 않았다.
마담은 하나가 비아냥대며 예상한 것보다도 더 빠르게 샤시에
게 실망감을 내비쳤고 그에 샤시는 당황했다. 그럼 스무 해 넘
게 일관되었던 자기의 속성이 단 며칠 사이 바뀔 줄 알았단 말
인가, 오로지 이번에는 마담 자신이 개입했다는 이유만으로?
자신감이 놀랍다고 해야 할지, 아니 그리 놀랍지 않다 해야 할
지 헷갈린다고 샤시는 생각했다. 적어도 마담이 완전히 자기
를 포기한 것은 아닌 듯하다는 점에 희망을 걸면서.

"나를 따라와요."

어느 밤에 마담은 샤시의 손을 잡고 숙소 복도로 데려갔다.
그날따라 관계를 맺는 성원이 많은지 고양이 울음소리 같은
교성과 낡은 침대 프레임이 관절염을 앓는 듯한 금속음이 곳
곳에서 새어나왔다. 일층에서 삼층까지 모든 복도를 순회하고
다시 계단을 내려오면서 마담이 물었다.

"어떤 생각이 드나요?"

마담은 무슨 대답을 듣고 싶어할까? 샤시의 마음 안에서는
마담이 원하는 답변을 알고 싶다는 욕망과 바로 그것만은 피
해서 답하고 싶다는 충동이 동시에 번져 섞이고 있었다.

"기뻐해야 해요."

마담이 다시 말했다. 처음부터 샤시의 대답은 기대하지도 않았다는 듯, 거의 틈 없이 내뱉은 것이었다.

"사랑이 쉬지 않는다는 사실을. 우리가 자고, 우리가 쉴 때도 사랑은 잠들지 않고 지치지 않아요. 사랑은 언제나 사랑을 하는 사람 자체보다 위대해요. 내 말을 이해하겠어요?"

그보다는— 하고 샤시는 생각했다. 마치 사랑을 만드는 공장 안에 있는 것 같다는 생각을, 약간의 위화감과 함께 곱씹었다. 왜 이렇게까지 많은 사랑이 필요할까. 사랑하지 않고도 싹은 트고 해가 빛나고 바람이 부는데, 불은 사랑을 먹이로 자라지 않고 파도는 사랑을 연료로 달리지 않는데, 왜? 원론적으로는 사랑 역시 인간의 생명 유지 비용 이상의 다른 무엇을 필요로 하지 않겠지만, 아무 비용 없이 발생한 사랑을 비용으로 또 무엇을 얻어내려 이 많은 사랑을 생산하고 있는 걸까, 공동체는. 이 모두는.

또한 마담은.

"잘 모르겠어요."

사랑을 모르듯 거짓말도 못하는 샤시는 작은 소리로 간신히 말했다. 즐겁지 않나요? 사랑스럽지 않나요? 이 행성의 모든 사람이 동시에 이렇게 간절하게 사랑을 외친다고 상상하는 것이— 도취적인 어조로 사랑에 대해 떠들며 걷던 마담은 샤시의 말에 딱 멈춰 서더니 샤시를 노려보았다. 노려보는 눈길이라고 생각한 건 샤시의 착각이었을까, 다시 보면 마담은 샤시를 측은해하는 듯한 표정이었다.

다음날부터 샤시에게 오로지 샤시만을 위한 방이 주어졌다.

공동체의 성원이 총 서른 남짓일 때는 대부분이 자기만의 방을 사용할 수 있었지만, 마흔을 넘길 즈음부터는 둘 이상이 방 하나를 공유하는 사례가 속속 생겨났다. 그 무렵만 해도 그나마 자원자를 받아서 방을 공유할 사람을 정할 수 있었으나, 성원 수가 예순에 가까워지자 싫든 좋든 모두가 룸메이트를 들일 수밖에 없게 되었다. 하나에게도, 펠리페에게도 차례대로 룸메이트가 배정되었고 마담의 거처로 방을 옮겨 며칠 지내기 전에는 샤시에게도 함께 이틀을 지낸 룸메이트가 있었다. 새 룸메이트는 샤시가 스페인어를 못할 거라 생각했는지 저녁나절 방을 떠나 새벽녘에야 돌아왔다. 잠귀가 밝은 샤시는 그때마다 깨어 아침까지 뜬눈으로 버텼다.

그런 룸메이트라도 있어주면 좋겠다는 생각을 샤시는 했다. 마담이 샤시에게 독방을 제공한 까닭이 바로 그것일 터였다. 외로움을, 지독한 외로움을 가르치려는 것. 샤시를 특별 대우하느라 다른 성원들보다 호사스러운 환경을 조성해주려는 것이 아니라, 사랑을 이해하지 못하는 샤시가 그 맞은편에 놓인 외로움을 먼저 알게 하려는 것이었다. 이론적으로는 나쁘지 않은 접근이었다. 외로움은 사랑을 상상하게 하니까. 죽음을 앞두었다는 공포가 삶에 대한 의지에 오히려 불을 댕기듯이.

누군가를 사랑한 적도 격렬히 질투한 적도 없는 샤시에게는 증오의 경험도 딱히 없었다. 하지만 식사시간에 들려오는 노크 소리 말고는 누구와의 어떤 소통도 기대할 수 없는 방에서 종일 한 발짝도 나갈 수 없게 되자, 그 결정을 내린 사람을 단 한 점의 망설임도 거리낌도 없이 증오할 수 있게 되었다. 따라서 마담에 의해 출입이 금지된 방문을 넘어온 최초의 인물, 하나를 보았을 때 샤시는 울음을 터뜨렸다.

제발 마담을 죽여줘.

청원 La Súplica

샤시는 미치지 않았다. 누가 미쳤느냐를 따진다면 감옥도 아닌데 독방을 만들어 사람을 감금한 쪽일 거라고 하나는 생각했다. 샤시의 방에는 간수도 없고 커다란 창문까지 있으므로 감옥과는 비교할 수 없다고도 생각했다. 그 방에서 샤시는 꼬박 이 주를 버텼다. 왜 진작에 도주하지 않았을까, 하나는 탄식했지만, 다시 생각하면 그것도 어려운 일이었다. 휴대폰도 없이 이십 킬로미터 이상 떨어진 시내까지 나가려면 마담, 또는 차를 가진 다른 누군가의 도움이 반드시 필요했다. 복도에 간수가 있는 것은 아니라 해도 농장을 나가기까지 누군가에게 발각될 가능성은 매우 높았다.

"내가 잘못 생각했어. 나에게는 그런 가르침이 필요하지 않아. 나에게만이 아니라 세상 어느 누구에게도."

그렇게 말하며 우는 샤시를 하나는 오랫동안 안고 있었다. 샤시가 너무도 가여웠고, 동시에 참을 수 없이 사랑스러웠고, 단순히 안는 것 말고 다른 뭔가를 시도하고 싶은 충동을 억누르기 어려웠고, 그런 스스로가 혐오스러워 견딜 수 없었다. 그건 그렇고 내가 말했지. 빨리 떠나지 않으면 너에게 아주 나쁜 일이 일어날 거라고. 우는 샤시를 보고 느낀 복잡한 감정 가운데 그런 이상한 의기양양함도 섞여 있음을 발견하자 하나는 부끄러워졌다. 이건 정말 사랑일까? 이것까지가 사랑일까? 사랑하는—적어도 그렇다고 믿어지는—이가 걷잡을 수 없이 상처 입은 모습을 보고 누구에게도 말할 수 없이 내밀한 기쁨을 느끼는 것은.

"전부 사랑할 수 없어. 나는 그럴 수 없어. 아무도 사랑하지 않는 사람이니 전부를 사랑해보라는 게 대체 무슨 말이야?"

샤시는 울면서 말했다.

"나는 하나도 바뀌지 않았어. 바뀔 수 없었어. 아무도 사랑하지 않아. 굳이 따지자면 널 제외한 전부가 역겨워."

마지막 말이 하나의 가슴을 요동치게 했고 곧 아프게도 했다. 나 빼고는 다 역겹다면서 그게 어째서 사랑이 아니라는 거야. 동시에 하나는 그런 생각도 했다.

사실 너를 최고로 역겹게 만들 수 있는 사람은 바로 나야. 세상에서 가장 너를 훼손하고 싶어하는 사람도.

얼마나 간단하게 그럴 수 있는지 하나는 알고 있었다. 순순히 안겨 우는 샤시의 어깨를, 턱을 쥐고 강제로 입을 맞추기만 하면 됐다. 하지만 하나는 그렇게 하지 않았다. 샤시가 원하지 않는다는 것을 알아서.

"나를 사랑해?"

대신에 하나는 샤시의 독방을 떠나 펠리페를 찾아갔다. 펠리페는 고개를 끄덕였다.

"나를 사랑한다면 마담을 죽여줘."

실제로 샤시가 하나에게 한 말은 마담을 죽여달라는 부탁이 아니었다. 감금과 정서적 학대의 경험이 샤시의 정신을 극한으로 몰아갔다고는 해도, 그로 인해 샤시가 증오라는 감정을 새로이 깨달았다고는 해도 샤시는 본질적으로 그런 말을 할 수 있는 성격이 못 되었다. 그러나 하나는 자기가 그 말을 분명히 들었다고 믿었다. 샤시에게 정말로 필요한 해답이 그것이라 믿어 의심치 않았다. 그에 대해서는 조금도 의심하지 않는 한편 펠리페의 사랑은 의심하고 있었다. 보답이 없는 사랑인 것을 하나도 펠리페도 알아서. 펠리페는 하나 말고도 많은 사람을 동시에 사랑하는 중이어서.

바로 그와 같은 이유에서 펠리페는 하나에게 자기의 사랑이 진짜라는 것을 보여주고 싶었다. 자기가 한 번에 많은 사랑을 할 수 있는 사람이라 해서 그중 몇몇은 중요하지 않게 생각할 거라 믿는다면 그건 착각이라고, 네가 나를 사랑하지 않는다는 사실조차 이 사랑 앞에서는 그리 중요하지 않은 것이 된다고 증명해 보이고 싶었다.

"그렇게 할게."

극단적인 제안을 꺼낸 하나는 물론 펠리페 자신조차 그 수락에 몹시 놀랐다.

하지만 펠리페는 결국 마담을 죽이지 않았다. 대신에 자기를 사랑하는 다른 이를 찾아가 마담을 죽여달라고 청했다. 하나가 자기에게 그렇게 했듯이.

펠리페가 비겁했다고 할 수 있을까? 애초에 사랑을 이유로 살인을 부탁한다는 것은 무리한 청원이다. 마담이 사라져야 한다는 생각이 이 입에서 저 입으로 떠도는 동안 점점 강한 극단성을 띠게 된 것은 삼 개월에서 육 개월 정도 공동체 생활을 영위하는 동안 그들이 공유하는 현실감각이 점차 흐려졌기 때문, 또한 그들 과반이 겨우 스무 살 남짓한 또래였기 때문이다. 샤시는 언제든 독방에서 나올 수 있었다. 샤시가 갇힐 만큼 잘못한 적이 없는 것과 마찬가지로 마담에게는 샤시를 가둘 권한이 없었다. 하나는 언제든 샤시를 데리고 공동체를 떠날 수 있었다. 샤시가 하나의 품에 안겨 울던 그때, 바로 그다음 순간이라도.

하지만 정말 그렇게 했다면 일은 어떻게 달라졌을까? 마담은 순순히 하나와 샤시를 차에 태워 시내에 데려다줬을까? 이일을 계기로 진짜로 본격적인 감금이 시작되었을지도 모르는일이다. 명상 모임과 신흥종교 사이의 경계 어디쯤에 애매하게 위치했던 공동체의 성격이 단숨에 신흥종교—그중에서도각별히 위험한 종류의— 쪽으로 치우치게 되었을지도.

때문에 하나는 공동체에서의 일은 공동체 안의 방식으로 해결되어야 한다고 믿었다. 일어날 일이 모두 일어난 후에야 사실 그 믿음이 틀린 것이었다고 단언하는 것, 그것이야말로 비겁한 행위다. 샤시를 구하려면 마담을 제거해야 했고, 그래서하나는 펠리페를 찾아갔고, 펠리페는 또다른 누군가에게 그부탁을 전달했다. 이 말이 어떤 입에서 또 어떤 입으로 전달되었는지는 하나도, 펠리페도, 물론 샤시도 몰랐다.

이틀 후에 마담이 머무는 농장주 가옥에서 불길이 치솟았다.

공동체 성원 대다수가 연루된 이 살인의 실행자는 누구도눈여겨보지 않았으나 처음부터 끝까지 마담과 함께 이 농장에있던 단 한 사람, 므슈 툴루즈. 마담의 남편이었다. 농장주 가옥에 보관되어 있던 공동체 성원들의 전자기기도 이때 전소되었기 때문에 므슈 툴루즈는 차를 타고 시내에 나가 범행을 자수했다.

경찰은 평소 마담의 방종한 성생활에 불만을 품었던 므슈 툴루즈가 경영난을 해결하려고 보험금을 노려 저지른 단독 범행으로 사건을 결론지었다. 공동체는 크게 부자연스럽지 않은 방식으로 해산되었다. 샤시는 여행을 중단하고 요양과 심리 치료를 목적으로 미국에 돌아가기로 했다. 하나는 다음 목적지를 정하지 못한 김에 샤시를 뒤따르기로 했다. 다른 대부분의 성원에게도 저마다의 갈 곳이 있었다. 마지막까지 갈피를 잡지 못한 사람은 펠리페뿐이었다. 관계가 거의 파탄에 이르러도 결코 먼저 떠나지 못하는 그 특유의 성향은 이미 이때부터 조짐을 보였던 것이다.

알렉스 또는 마담, 마담 툴루즈 Madame Alejandra Toulouse

열한 살 때 알렉스는 이렇게 기도한 적이 있다.

예수님, 제발 저와 사귀어주세요.

저를 사랑한다는 분은 예수님밖에 없어요. 엄마 아빠조차도 제가 동생처럼 예쁘지 않아서 저를 싫어해요.

예수님 같은 분이 저와 사귀어주신다면 우리 학교 애들 중 아무도 저를 무시하지 못할 거예요.

이 짧은 기도에서 충분히 짐작 가능한 바대로 알렉스는 사랑받지 못하는 아이였다. 특별한 계기 없이 그냥 그렇게 되었다. 알렉스는 특별히 예쁘지 않았지만 그렇게 못생긴 것도 아

니었고, 눈에 띄는 재능이 개화한 적 없으나 뾰족이 못하는 것
도 없었다. 예쁘거나 특별하지 못한 것이 사랑받아선 안 된다
는 근거는 아니니 알렉스는 그저 운이 몹시 나빴다고 할 수밖
에 없다.

대신에 알렉스에게는 사랑을 희구하는 재능이 생겨났다. 누
구에게나 조금씩은 있는 것이어서 아무도, 알렉스 자신조차
그것이 희소하게 막대한 재능인 것을 알아차리지 못했지만,
알렉스는 사랑 자체를 사랑할 수 있는 사람이었다.

하여 공동체의 성원들은 모두 알렉스를 허풍쟁이, 사기꾼으
로 생각하며 농장을 떠났지만 알렉스가 사랑에 대해 한 모든
말이 거짓은 아니었고, '사랑의 진리'는 누구에게도 전수되지
못한 채 알렉스와 함께 불타 사라지고 말았다.

드라마

자꾸 쓸데없는 것들이 생각나. 네가 예전에 들려준 얘기. 릴케가 한 말이랬나, 남자의 진정한 사랑을 경험한 여자는 영원히 외로움을 느끼지 않는다. 좆 까라 그래. 아니면 평소엔 잘 부르지도 듣지도 않던 노래 같은 거. 이 밤이 지나─면 우린 또다시 헤어져야 하는데, 뭐 이런 가사. 하필 왜 이게, 하필 왜 지금 생각나는지 모르겠어. 상황이 안 맞잖아. 지금은 밤도 아니고 우리는 아직 한 번도 헤어진 적 없는데.

이게 처음인데.

어머나 씨발 내가 우나봐.

네가 갑자기 내 얼굴을 막 만지네. 아직 눈물 닦아줄 정은 남아 있나. 그런 건 없는데, 그냥 네가 착한 거거나. 그랬지 넌 원래 착한 애였어. 따뜻한 손. 다정한 마음씨. 웃는 얼굴. 너는 웃어. 어떻게 된 애가 여기서까지 웃어. 실은 나도 웃고 싶은데, 옛날에 우리 도란도란 얘기하던 생각 나서 웃으려면 웃을 수도 있을 것 같은데. 그게 뭐라고 이렇게 어려울까.

"울지 마."

왜?

"오늘 우리한테 좋은 날이니까."

너는 정말 그렇게 생각해?

어이가 없어서 웃음이 나. 아까는 그렇게 애써도 안 나오던 웃음이 네 말 한마디에 새어나와. 이거 봐, 난 아직 이래. 네가 그런 말을 해도 웃음이 나. 네 감정은 이제 모르겠지만 난 여전히 사랑이야. 그러니까 나가자고, 이런 장난 지금이라도 때려치우자고 하고 싶은데 입 밖으론 생각과 딴판인 말이 나가버려.

"여기 웃는 사람 너밖에 없어."

아니야. 이건 내 마음이 아니야. 그야 그게 팩트긴 하지만 이런 말을 하려던 게 아니었어. 하지만 정말 그래. 여기 웃는 사람 너뿐이야. 대화를 나누는 사람들도 우리밖에 없고.

이혼 법정 대기실은 진짜 이상한 곳인 것 같아. 기본적으로

다 둘씩 와서 앉아 있긴 한데, 길어야 한두 시간 안에 헤어질 사람들이어서 그런지 다들 남보다 못한 느낌으로 서로를 대하는 게 느껴져. 그런데 평일 점심시간 언저리에도 사람이 너무 많아. 헤어지려는 사람들이 이렇게나 많다는 것도 이상한데, 결정적으로, 자리가 별로 없어서 동행한 사람과 굳이 꼭 붙어 앉아 있어야 하는 점이 너무 이상해. 그래도 일행과 멀리 떨어져 앉지 않는 건 협의이혼의 마지막 감정적 보루 같은 걸까. 우리는 철천지원수가 되는 지경에 이르기 전에 이성적으로 헤어지기로 했으니, 피차 유치하게 굴지는 않겠다, 뭐 그런 걸까.

문이 열리고 또 두 사람이 나와. 한 부부가 두 개인이 되는 순간을 이렇게 자주 목격하게 될 줄은 몰랐어. 얼마 후에는 바로 우리가 그렇게 될 거라는 것도 안 믿겨. 너는 콧노래를 흥얼거려. 조금 미친 것 같아. 이 밤이 지나―면 우린. 웃기게도 그 멜로디를 듣고 나니까 마음이 좀 밝아졌어. 나도 아까 왠지 그 노래를 떠올리고 있었으니까. 이상하지? 우리 아직 그래. 네 생각이 내 생각이야. 내 마음이 네 마음이고.

아니야?

너는 그렇게 생각 안 해?

사실 나 자신 없어. 네 마음을 이제 잘 모르겠어.

딱 하나만 물어보고 싶어. 이제 와서 묻는 것도 이상하지만, 이미 너무 늦은 질문이지만, 그래도 대답해줬으면 좋겠어. 나봐. 네 소맷부리 붙들고 또 울기 전에 그냥 내 눈 보고 말해줘.
이런 씨발, 근데 눈물을 참을 수가 없네.

부탁인데 그렇게 딱하다는 듯이 보지 마.

차라리 안아줘. 아니면 최소한 내 말에 성의 있는 대답을 들려줘.

"왜 변했어?"

너는 내 말을 못 들은 척하기로 결정한 것처럼 반대쪽으로 고개를 돌려. 솔직히 말하면, 그럴 줄 알았다는 생각부터 들어. 너는 곤란한 질문은 피해 다니는 편이지. 그래서 알았어. 그럴 줄 알았어.

그렇지만 네가 변할 줄은 몰랐어.

내가 이런 사람인 건 너도 알지. 자잘한 건 다 알지만 중요한 건 잘 모르는.

매번 이런 식이야. 너에게 실망한 마음이 스스로에 대한 자책으로 바뀌는 거. 늘 내가 나빴던 거지. 지금도 그렇지. 네가 변할 줄 몰랐던 내가 멍청한 거지. 너는 아니라고 해주지 않지. 이제 내 자책을 멈추게 해줄 생각이 네겐 없지. 어떻게 그럴 수가. 네가 어떻게 나한테 이럴 수가.

우리가 어떻게 만났는데.

*

벌써 육 년이나 됐다니 믿기지가 않아. 곧 헤어진다는 걸 감안하면 아직 육 년밖에 안 됐다고 말하고 싶지만. 너도 기억하지? 우리 처음 만난 거, 기적이었다는 거. 나는 삼 년 반 만에 귀국한 참이었고 너는 계양이었나 청라국제도시였나, 지인 집들이에 다녀오는 길이었어. 하루만 내 귀국이 일렀어도, 집들이가 하루 아니 한 시간만 연기되었어도 우리 못 만났을 거야. 너나 나나 공항 철도를 자주 타는 사람들은 아니잖아. 공항 철도라는 건 원래 비행기에서 막 내렸거나 이제 곧 탈 사람, 아니면 공항에서 일하는 사람들이 주로 타는 거잖아. 네가 낮술 좀 한 김에 택시를 탔다면, 내가 공항 철도 대신 리무진 버스를 타기로 했다면 서로 존재도 몰랐을 우리는 하필 그날 그 시간에 공항 철도 같은 칸에 타고 있었어.

말을 섞기 전부터 조금 의식하고 있었다고 하면 너는 믿을까? 시야에 있는 사람들을 조금씩은 관찰해보게 되니까. 다들 그러지 않나 싶은데, 아무튼 적어도 나는 그렇거든. 저 사람 옷 예쁘게 입었네, 저 사람 화장은 안 했는데 머리는 숍 가서 세팅받은 것 같네, 저 사람은 통화를 엄청 큰 소리로 해서 무슨 라디오 사연 듣는 것 같네, 그런 생각들. 참고로 널 보고는 좀 내 스타일 같다고 생각했어. 출입문 앞 봉을 잡고 서 있는 너.

옆모습하고 뒷모습의 중간 정도랄까, 그 정도밖에 안 보이는데 데님 셔츠 깃과 귓불 사이 목선하고 턱선에 왠지 자꾸 눈길이 갔어. 그래서 보고 있었어. 힐끔힐끔. 내가 서 있던 곳 바로 앞자리에 앉아 있던 승객이 갑자기 푹 고꾸라지기 전까지는.

할머니라기엔 섭섭하고 아주머니라기엔 애매한 분이셨어. 여행객이셨겠지. 아주 정확히는 기억 안 나지만 아마 태국분인 것 같아. 정신없는 와중에 그분 캐리어 네임 태그를 뒤집어 봤는데 읽을 수 없는 문자라 당황했던 기억이 나거든. 그렇지만 그것도 조금 나중 일이고, 그분이 쓰러지자 주변에 서 있던 사람들이 다들 한 발짝씩 뒤로 물러난 게 먼저지. 바로 앞에 서 있다가 그분이 토한 희멀건 액체를 뒤집어쓴 나를 빼고.

그때는 상황을 받아들이는 게 조금 벅찼던 것 같아. 옆에 앉은 일행이 그분 어깨를 쥐고 마구 흔들면서 외치는 알아들을 수 없는 말들, 허벅지 부근에서 뭉근하게 올라오는 온기와 들큼 짭짤한 토사물냄새, 색색의 뱀떼처럼 빠르게 구불거리며 지나가는 창밖 풍경, 모든 것이 비현실적으로 느껴졌어. 상황이 너무 압도적이면 귀에서 삐- 소리 들리면서 사고와 감각이 차단되는 느낌이 들잖아. 나한텐 그때가 그랬어. 내 시야에 네 얼굴이 들어온 건 바로 그다음 순간이야.

"잠시만요, 공간 좀 내주세요."

네가 어깨를 들이밀고 있는 거였어, 나하고 쓰러진 그분 사이 좁은 공간에. 두어 발짝 뒷걸음질치고 나니 시야도 조금 넓어지고, 정신이 좀 돌아오는 것 같았어. 너는 그분을 바닥에 눕히고 주변에 서 있는 사람들한테 이것저것 지시를 내렸어.

"119에 연락해서 응급 상황이라고 말씀하시고 열차번호, 방향, 다음 정차역 알려주세요."

네가 내게 맡긴 역할은 그거였어. 시키는 대로 119 누르고 서야 생각났는데 나 그때 갓 귀국한 상태라 한국 번호가 없었거든. 휴대폰 자체를 아예 잃어버린 적이 있어서 기계도 외국에서 산 거였고, 급한 대로 와이파이나 쓰려고 그저 켜놓기만 한 상태. 그런데 119는 그래도 걸리더라. 네가 시킨 대로 말했더니 어떤 응급 상황이냐고, 불이 났는지 환자가 발생했는지 물었던 기억이 나. 어…… 외국인 관광객 여성이 구토하고 실신했는데요. 지금 CPR을 시도하고 있어요. 도와주시는 분이 아마 의사나 간호사인 것 같아요……

다음 역은 공덕이었어. 119 정말 빠르더라. 문 열리고 환자분 어떻게 내려드려야 할지 고민하는 찰나, 발차가 잠시 지연된다는 차내 방송이 나왔고 들것을 든 구조대원들이 우르르 들어왔어. 너랑 환자분 일행이랑 구조대원들이 내릴 때 엉겁결에 나도 따라 내렸어. 내리면서 보니까 구조대원들이 너한테 동행을 요청하는 것 같던데, 그때 너는 뭐랬더라. 사실은 지금 술을 좀 마신 상태라 더는 도움이 안 될 것 같다고 했던가.

환자분과 일행과 구조대원들, 그 일과 무관한 나머지 승객 모두 떠날 때까지 너랑 나는 엉거주춤 있었어. 새로 열차를 타려는 사람들이 속속 내려오는 걸 볼 때에야 현실감각 같은 게 좀 돌아온 것 같아. 아, 이 일은 이렇게 끝났구나. 큰일이었지만 이제 더는 나의 일이 아니구나. 그렇게 생각하고 있었는데 네가 먼저 말했어.

"감사합니다."

그건 내가 들을 말이 아니라는 생각이 들었어. 그러고 보니 아무도 너에게 감사하다고 하지 않았다는 거, 그제야 그게 떠올랐고.

"저는 한 거 없는데요. 그쪽이…… 선생님이 고생했잖아요."

"심질환은 실신할 때 머리를 부딪혀서 더 큰 문제가 발생하는 경우가 많아요. 그걸 막아주신 게 결정적이에요. 119 신고도 해주셨고요."

나야말로 네게 감사하다고 할까 고민하다가 그게 또 내가 할 말은 아니라는 생각이 들어서 말았어. 감사해야 하는 사람은 정신을 잃은 환자분 본인, 아니면 네 응급처치를 받은 환자를 인계해간 구조대원들, 그런 사람들이 아니었을까. 모르지, 어쩌면 환자분 일행이 우리가 모르는 언어로 감사하다고, 감사하다고 거듭 말하고 계셨을지도. 그렇지만 어쨌든 너는 결국 어떤 감사도 전달받지 못했잖아.

"오늘 우리 사람 하나 구한 거예요."

맞아, 너 분명히 그때 그렇게 말했어. 뻐기거나 우쭐대는 기색 하나 없이 그냥 담백하게. 그게 우리가 처음 만난 날 일이야. 기억 안 난다고는 못하겠지. 만나자마자 같이 한 사람 목숨을 구했는데, 그걸 잊을 수는 없지.

솔직히 말해서 나는 바로 그때부터 네가 좋았어. 너는 잘 몰랐겠지만, 왜냐하면 널 만난 이후로 나한테는 쭉 너뿐이었으니까. 네가 알 리 없는 정보지만, 나는 워낙 그래. 사랑에 빠지는 건 순식간인데 그게 참 끈질겨. 잘 물리지를 않아. 누가 봐도 장한 일, 감사한 일을 한 사람이 아무에게도 감사받지 못했는데, 그걸 전혀 의식하지 않고 오히려 다른 사람에게 감사하다고 말하는 마음씨가, 뭐랄까 거의 감동적이었어. 그래, 이거다. 나는 네가 감동적인 사람이라 좋았어. 이게 가장 정확한 첫인상인 것 같아.

"저는 원래 내릴 역이 여기였는데, 어디까지 가세요?"

그때부터였던 것 같아, 내가 머리를 굴리기 시작한 건. 뭘 어떻게 해야 이 만남을 '어쩌다 일어난 별일' 말고 '그렇게 시작된 우리'로 만들 수 있을까. 민락동이요, 할까 말까. 서울역에서 1호선으로 환승해서 또 한참을 가려고 했다고 할까 말까. 눈치보니까 씻고 가라고 할 것 같은데.

"저희 집, 이 근처거든요. 옷 빌려드릴게요."

너도 나중에 알게 됐지만 나 그때 장기 여행 마치고 귀국하는 거였거든. 한국 들어오기 전에 웬만한 짐은 버리거나 본가로 부쳐두긴 했지만, 갈아입을 여분 바지 한 벌 정도는 그때 멘 배낭에도 들어 있었어. 나중까지 생각할 것 없이, 너도 척 보면 알았을 거 아냐. 내 배낭에 뭐가 들어 있었겠느냐고. 밀수꾼처럼 금괴랑 외화를 꽉꽉 채워왔을까? 심마니도 아닌데 산삼이라도 똘똘 감아놨을까?

그래서 나는 너도 나한테 호감이 있는 거라고 생각했어. 보면 알 텐데, 지하철역 화장실에서도 충분히 해결할 만한 사이즈의 일인 걸. 그런데도 굳이 도와준다는 걸로 봐서 너도 나를 그냥 보내는 게 아쉬웠나보다 싶었어.

당연히 첫 만남부터 그렇고 그런 수작질을 하려는 것까진 아닐 거라 믿기도 했고, 직전에 너랑 내가 했던 숭고한 행동을 고려하면 그 당일에 또 야리꾸리한 뭔가를 하는 것도 좀 이상하긴 한데, 널 따라가면 서로 적당한 호감 표시는 하게 되지 않을까…… 그런 최소한의 기대는 있었어. 물론 팬티까지 푹 젖어서 얼른 개운하게 씻고 싶은 마음도 컸지. 사람이 자기 땀에 젖어도 찝찝한 게 인지상정인데, 남이 토한 정체불명의 음식물 때문에 다시 떠올리기도 싫은 냄새가, 하필 하반신에서 진동을 하니 내가 어땠겠어. 못 이긴 척 점잖은 척할 여유도 없이 알았다고 했지. 감사하다고.

그래, 그러고 보니까 그제야 나는 너한테 고맙다고 했네. 감사해야 될 사람은 따로 있다며 이상한 고집을 부리느라 그때껏 그 말을 삼갔는데.

얼마 만이었을까, 가슴이 그렇게 우당탕퉁탕 뛰어댄 게. 생각해보면 그것도 이상해. 심장이 고장나서 쓰러진 누군가를 도와줘놓고 내 심장이 잘 뛰노는 걸 느꼈다는 게.

첫 만남에 처음 가본 너희 집은 좋았어. 아늑했어. 그냥 그 근방에 수천수만은 될 아파트 한 동 한 호실이었지만 이게 얼마 만에 와보는 집 같은 집인가, 그런 생각이 드는 집이었어. 당연히 그게 실망스럽기도 했어. 거실 벽에 당당히 걸린 가족사진이 이 집에 너 혼자 사는 게 아니라는 걸 알려줬으니까. 사람 넷으로도 모자라 아버지와 어머니 품에 각각 강아지 한 마리씩 안고 찍은 그런 스케일의 가족사진. 그러고 보니 보고 싶네, 카코랑 포코. 너희 집 들어갔을 때 제일 먼저 맞아줬던 것도 걔들이었지. 그래서 그런대로 좋았어. 네가 나랑 뭘 어떻게 해볼 작정으로 데려온 게 아닌 건 알겠고, 그건 조금 실망스럽다고 쳐도, 알알 망망 짖는 조그만 강아지들이 있는 너희 집이 좋았어.

"편하게 씻고 나오세요. 바지랑 속옷은 제가 세탁기 돌려둘게요."

"아뇨. 여분 쇼핑백이나 비닐봉지 같은 거 있으면, 그런 데에다 담아주시면……"

"하긴 세탁하고 건조하고 그러려면 좀 오래 걸리겠네요. 주소랑 번호 적어주시면 제가 택배로 보내드릴게요."

"제가 한국 오랜만에 들어와서 번호가 없어요."

좀 수상해 보였으려나? 그렇게 말했던 것 같아, 나중에 네가. 전화번호가 곧 신원인 요즘 세상에 번호도 모르는, 아니 아예 없는 사람을 집에 들인 게 그제야 좀 겁났다고.

"연락처 적어주시면 제가 나중에, 제 번호 개통하고 연락드릴게요. 제가 지금 신세 지고 있는 거니까 나중에 밥이라도 한 끼 사게요."

내가 씻는 동안 너는 편의점에서 팬티를 사왔어. 이제 와서야 하는 얘기지만 허리는 크고 엉덩이골은 엄청 끼는 팬티였어. 근데 너 기억할지 모르겠는데, 그 팬티 나 아직 있다. 잘 입진 않지만 아무튼 속옷 서랍장에 있긴 있어.

나갈 때 네가 내 옷을 담아 건네준 쇼핑백에는 네 연락처가 적힌 포스트잇이 붙어 있었어. 그러고 보니 여태 통성명도 안 했구나. 내려가는 엘리베이터에 타서 거기 쓰인 네 이름을 보고 그 생각을 했어.

신보미.

이름이 예쁘다. 이름도 예쁘구나. 무슨 한자를 쓸까, 보배 보 아름다울 미? 한자 잘 몰라서 다른 글자는 떠오르지도 않지만 그런 이름일 것 같아, 그게 어울려, 그런 생각을 했어. 내 이름이랑 네 이름이랑 나란히 놓으면 잘 어울릴 것 같다고도 생각했고.

이십층에서 일층까지 내려오는 그 길지도 않은 시간 동안 나는 진짜 별생각을 다 했어.

조금 징그러울지도 모르지만 그중에는 너와 함께 하는 생활에 대한 상상도 있었어.

그때부터 나는 그랬어.

*

호출 현황판에는 가운데 한 글자만 가려진 우리 이름이 이웃해 떠 있어. 강○나, 신○미. 곧 우리 차례야. 오 씨발, 또 눈물나려고 해. 이 기분을 어떻게 설명해야 할까. 자이로 드롭 탈 차례 기다릴 때하고 비슷한 것 같아. 곧 내가 뚝 떨어질 걸 알고 있다는 점, 앞서 뚝 떨어진 사람들이 멍한 얼굴로 우리 앞을 지나간다는 점이 똑같아. 물론 재미있겠다는 기대감은 손톱만큼도 없고, 내 멋대로 이 대기선에서 떠날 수 없다는 점은 자이로 드롭과 하나도 비슷하지 않지만.

아까 나온 사람들 보면서 무슨 생각을 했어? 한 십 분 전에 봤잖아. 한 사람은 엉엉 울며 주저앉았는데 한 사람은 어딘가에 전화 걸면서 먼저 나갔던. 떠난 사람이 너무 냉정해서 나는 그 통화 상대가 궁금했어. 가족일까? 엄마나 아빠. 협의이혼이니 변호사는 굳이 필요 없겠지만 법조계 지인일 수도 있지. 사실 맨 먼저 든 생각은 그 상대가 연인일 가능성에 대한 거였지만, 그렇게 단정짓는 건 어쩐지 예의에 어긋나는 것 같아서 다른 익스큐즈들을 상상해보려 한 거야. 나 말고도 이 대기실에 있는 사람들 전부 똑같은 생각을 했을 거라고 확신해. 그만큼 남은 미련이 없어 보였다는 뜻이야. 지나가는 사람들한테 크게 관심을 두지 않는 너는 조금 다를지도 모르지만.

너는 눈치챘을까. 대기실에 있는 사람들이 우리 둘도 힐끔힐끔 쳐다보고 있다는 거. 오늘 이 시간대에만 이런 건지, 원래 그런 건지는 잘 모르겠는데, 대기실에 동성 부부는 우리밖에 없으니 눈길이 모일 만도 한 것 같아. 당연히 화는 나지. 조금이지만. 화보다는 의아한 마음이 좀더 커. 지금 쳐다보는 사람들은 레즈비언 커플을 생전 처음 봐서 저러나? 그게 자기가 당면한 잠시 후의 이별보다도 중요한 일이라고 느끼는 건가?

평소라면 눈 마주치는 사람마다 다 쏘아봤을 거야. 뭘 봐, 구경났어? 그런 마음으로. 그런데 상황이 상황이라 그런지 조금은 이해가 가는 것도 같아. 그런 식으로라도, 신기한 구경거리에 눈 돌려서라도 자기의 비극을 외면하고 싶은 거겠지. 내가 이런 사소한 분노와 의문에 집중하려 애쓰면서, 다가올 이별을 생각하지 않으려는 것과 똑같은 마음이겠지.

똑같은 마음이라.

그러고 보면 그래, 아직도 동성 부부의 혼인이 허용되었다는 사실을 잘 모르는 사람이 이렇게 많은가 싶어서 역시 의아해. 그런 지도 벌써 이 년이나 됐는데. 우리도 당신들과 똑같은 마음이야. 똑같이 사랑하고 평생을 약속하고 싶어해. 그러다 갈라서려 할 수도 있다는 사실까지, 징그럽게 똑같아. 로로마의 효과를 보면 알 수 있잖아. 여자가 여자를 사랑해도, 남자가 남자를 사랑해도 로로마는 똑같은 효과를 나타내잖아.

로로마가 아니고서는 사랑이 사랑인 줄도 모르는 얼간이들에게 무슨 말을 한들 이해될 리 없겠지만.

*

인정할 건 인정해야겠지. 나는 로로마의 유익을 적잖이 누린 편이야, 내가 원래 로로마에 대해 회의적인 편이었다는 사실하곤 별개로. 로로마가 아니었다면 우리는 부부가 되기 어려웠을 거야. 동성 혼인신고 허용 같은 정책 차원의 얘기만이 아니라, 네가 내게 느끼는 감정, 그러니까 더 근본적인 차원에서부터 나는 로로마의 도움을 받았어.

나는 그날 날짜도, 날씨도, 우리가 먹고 있던 메뉴도 기억나.

"너 원래 이렇게 예뻤던가?"

네가 문득 그렇게 말했던 때.

나는 그때 조금 더 예쁜 척하느라 입을 가리고 아 뭐야아, 하고 웃어넘겼지만 진지하게 답하자면, 아니. 나 원래 그렇게 예쁘지 않았어. 그리고 맞아, 나는 갑자기 예뻐졌어.

너를 좋아해서.

사실 너도 나를 좋아해서 네 눈에 콩깍지가 씐 거라고, 그래서 네 눈에만 내가 예뻐진 거라고 믿고 싶지만, 나는 정말로 나를 알던 누구나가 눈을 의심할 만큼 예뻐졌어.

그런데 예뻐진다는 건 어떤 일일까? 특정한 미인을, 어떤 이상적인 모델을 닮아간다는 뜻은 아닐 거야. 예쁜 얼굴이라는 건 사실 꽤 다양하니까. 비비언 리와 오드리 헵번이 서로 다르게 예쁘고, 김혜수와 전지현 둘 다 미인인 건 누구나 알지.

그러니까 내 말은 이거야. 누구에게나 가능성은 있어. 그 가능성 안에서 예쁘다, 안 예쁘다가 결정되는 건 눈 코 입과 눈과 눈 사이 간격이나 눈꼬리 입꼬리 콧볼 너비와 콧대 높이 같은 것들의 밀리미터, 아니 나노미터 차이의 첨예한 문제지. 평소에는 그저 그랬던 사람도 어떤 표정을 지을 때만은 확연히 매력적이게 되는 것도 그래서라고 생각해. 표정이 다이내믹하게 변할 때는 이목구비 배치상의 살짝 유감스러운 점들이 한꺼번에 보정되니까.

나한테 일어난 변화는 그런 거였어. 입술이 아주 조금 도톰

해지고 이마 선의 머리숱이 살짝 더 빽빽해지고, 눈꼬리 각도가 정말 미세하게 변한 거. 가족들 말로는 얼굴도 작아졌대. 사실 나는 내 얼굴 거울로 자주 봐서 잘 몰랐는데, 얘기 듣고 여행 다닐 때 사진하고 비교해보니 확실히 다르더라. 동일 인물인 건 알아볼 수 있을 정도지만, 그 동일한 인상 안에서 최대치의 예쁨이 실현된 거랄까. 네가 좋아하는 미드에 자주 나오던 표현을 빌리면 이게 나의 'The best version of myself'인 거야.

처음에는 순수하게 놀랍기만 했던 것 같아. 아주아주 조금만 변해도 이렇게 달라 보일 수 있는 거구나. 알다시피 '예쁨'이라는 게 얼마나 다채롭든, '평범함'은 그의 몇 배는 더 다양할 수 있는 거잖아. 내 얼굴은 누가 봐도 평범 그 자체였는데, 분명 그랬는데, 밀리 혹은 나노미터 단위 미묘한 변화로도 누구나 어? 예쁘다, 하며 돌아볼 만한 얼굴이 되는구나. 그게 신기했어.

나는 좋게 말해 사람들을 관찰하는 걸 좋아하고, 나쁘게 말해 다른 사람들을 지나치게 의식하는 편이야. 그 의식엔 당연히 외모에 대한 부분도 포함되어 있고, 다른 사람들의 생김새와 차림새를 궁금해하는 만큼 그들이 내 모습을 어떻게 볼지에 대해서도 관심이 많아. 나는 나의 이런 성향이 로로마의 작용에 영향을 미쳤다고 생각해. 말하자면, 사회적으로 높이 평가되는 기준에 부합하는 신체 변화. 이게 너를 사랑해서 내가 얻은 로로마의 효과인데, 짧게 말하면 그냥 '예뻐졌다'인 거지.

그즈음에 너는 이상한 점을 못 느꼈을까? 내가 너무 자주 연락하는 거. 첫 만남엔 어디 사는지 일언반구 언급도 안 하더니, 갑자기 집이 가깝다며 뭘 자꾸 같이 하자고 불러내는 거. 나 너 때문에 부모님 졸라서 자취 시작했어. 너무 똑같은 동네면 네가 좀 수상하게 여길까봐 적당히 골라서 숙대 앞. 나중에 우리가 같이 살게 된 첫 집. 그때까진 왕왕 이게 맞나 싶은 자괴감도 느끼긴 했어. 네가 아무리 좋아도 이게 맞나. 너도 이쪽인 건 처음부터 감이 왔는데, 지금 애인 있는지 없는지도 모르면서 이렇게 올인해도 되는 건가.

우연히 특별한 경험을, 예를 들어 누군가를 함께 구조한 경험을 공유한 두 사람이 이후에 꼭 가까워진다는 법 같은 건 없어. 그런데도 가까워졌다면, 그건 둘 중 누군가의 강한 의지가 반영된 일이겠지. 나는 진작에 알고 있었어. 그게 그럴 수 있는 일이긴 해도 자연스러운 일은 아니라는 거. 내가 바로 강한 의지를 보인 쪽, 그 장본인이었으니까.

그게 가능했던 건 첫째, 당연히 내가 널 너무 좋아해서였고 둘째, 너도 나한테 어느 정도는 호감이 있는 것 같다고 생각했기 때문이야. 그래도 봐, 내 생각이 옳았잖아. 결과적으로는. 갓 취직해서 바빴을 텐데도 너는 내가 만나자면 만나고, 하자는 건 다 같이 해줬어. 그 선선함이 나에 대한 관심 덕인지 네 원래 성격이 그런 건지 몰라서 조바심 느끼던 즈음이었어. 네가 나한테 예쁘다고 했던 건.

　나중에 우리 썸 탄 기간에 대해서 말을 맞춰볼 때, 너랑 내가 생각한 시기가 조금 달랐던 거 기억나? 너는 나한테 예쁘다고 한 다음 네가 나한테 사귀자고 하기까지의 이 주 정도를 썸이라고 정의했잖아. 나는 우리가 처음 만난 때부터 사귀기로 합의하기까지의 석 달을 쭉 썸이라 생각했어. 네가 썸이라고 부르는 이 주는 그저 확실히 고백해올 때까지 내가 기다린 기간이라 믿었고.

　"아니 그럼, 그전엔 우리 뭐였는데?"

　내가 황당해하면서 물었더니 너도 똑같이 황당해하면서 되받아쳤었지.

　"친구였지!"

　그때는 그게 섭섭했어. 처음부터 사랑이었던 건 나뿐이고 너는 그게 아니었다는 걸 확인한 게. 그런데 차차 그것까지 좋아졌어, 이상하지만. 우리가 얼마나 다른지를 알려주는 첫번째 에피소드가 바로 그거라서. 너는 친밀한 관계에서 사랑을 발견하는 사람, 말하자면 사랑보다 우정이 먼저고 바탕인 사람. 반면에 나는 우정보다 사랑을 늘 앞세우는 사람, 그래서 사랑을 이루기 위해서라면 얼마나 오래든 친구인 척할 수 있는 사람.

　나는 네가 나랑 다르다는 게 좋았어. 공정성을 기하자면, 네가 나랑 똑같다고 느꼈어도 '나는 네가 나랑 똑같아서 좋았어'

라고 했을 것 같긴 하지만. 그러니까 네가 어떤 사람이었어도 나는 좋았을 것 같아. 어째서인지 몰라도 일단 좋다고 느낀 게 먼저였고, 그런 다음에야 어떤 사람인지를 알아간 게 순서니까 그건 당연해. 다행히 너는 좋아하는 마음이 아깝지 않을 만큼 좋은 사람이었고, 구체적으로 어떻게 좋은 사람이었냐 하면, 나랑은 다른 방식으로 좋은 사람이었던 거지.

*

법정 문이 열리고 또 두 사람이 걸어나와. 두 사람 다 후련해 보여. 그래, 이별은 저런 사람들에게 어울리는 거겠지. 저 두 사람에게는 오늘 이 일이 선물처럼 느껴지겠지. 두 사람 모두에게 그렇다면 그건 정말 잘된 일이겠지.

사무원이 우리 이름을 불러. 앞 차례 사람들 나가고 숨 한번 제대로 쉬기나 했을까 싶게 재빨리.

"강하나, 신보미."

그러지 말지. 조금 천천히 하지. 나는 이혼 법정 판사의 피로를 생각해. 내가 상관할 바는 아닌 거 알지만, 그분도 피곤할 거 아냐. 오늘 하루만도 수십, 수백 쌍, 아니 이미 어제까지 수천수만 쌍의 이별을 승인했을 테고 앞으로도 그래야 할 거 아냐. 그분에게 조금이라도 쉴 틈을 주는 게 어떨까. 그게 지금이면 안 될까. 하지만 사무원은 야속할 만큼 사무적이야.

"들어오세요."

어쩔 수 없네. 드디어 우리 차례야. 각오는 됐어?

나는 안 됐어.

먼저 벌떡 일어나는 네 뒷모습을 멍하니 보고 있는데 네가 뒤돌아 나를 물끄러미 봐. 이래도 되는지 모르겠다는 듯이 잠깐 망설이다가 나한테 손을 내밀어.

이혼 법정에 손잡고 들어가는 부부는 하루, 한 주, 아니 일 년에 몇 쌍이나 될까.

나도 모르겠어. 네 손을 잡아도 되는지 모르겠어. 조금 원망스럽기도 해. 왜 마지막까지 다정하려 하는지 모르겠어서.

*

내가 너를 얼마나 사랑했는지, 사랑하는지에 대해서 나는 하루종일이라도 떠들 수 있어. 하루종일이 뭐야, 남은 평생에 걸쳐서라도 말하고 싶어. 그러고 싶었어. 네가 그래도 된다고 해주기만 한다면. 역으로 네가 나를 얼마나 사랑했는지에 대해서 말해야 한다면? 글쎄, 그것도 나한테 그렇게 어려운 주제는 아닌 것 같아. 좋아한 건 내가 먼저라도 사귀자는 제안은 네가 했고, 그것 말고도 증거는 차고 넘쳐.

우리가 사귀고 처음 함께 갔던 여행. 초여름이었고 너는 면허를 막 딴 햇병아리 운전수였어. 새벽에 갑자기 전화를 걸어 오 분 후에 집 앞으로 나오라길래 어리둥절해서 나갔더니 뚱뚱한 차 한 대가 좁은 골목으로 힘겹게 기어들어오던 기억. 아버지 차를 끌고 나온 네가 조수석 창문을 내리고 씩 웃어서 나도 빵 터졌던 기억. 너는 소양강을 보러 가자면서 내비게이션 목적지를 춘천에 있는 막국숫집으로 찍었어. 갑자기 왜? 운전 연습하고 싶어서? 나는 그렇게만 생각했는데 가는 길에 들른 휴게소 주차장에서 네가 말했어.

"그거 알아? 나 주차 엄청 잘한다."

평일 그 시간대 휴게소 주차장에는 빈자리가 더 많았어. 본격적인 휴가철이 오기 전이어서였는지, 그 휴게소는 원래 그렇게 한산한지 잘은 모르겠지만. 하여간에 그래서 네가 자랑하는 주차 실력이 크게 의미 있게 느껴지진 않았어. 그래도 스스로 잘한다고 하니까, 네가 그런 어린애 같은 자랑을 하는 일은 거의 없었으니까, 나는 좀 과하다 싶을 만큼 맞장구를 쳐줬지. 와아 우리 보미 잘한다, 주차왕 주차신이다. 너는 내가 오버하고 있다는 걸 알아차렸는지 약간 서운한 듯이 말했어.

"나 진짜 잘해. 너 때문에."

그게 왜 나 때문이야? 별생각 없이 물었더니 너는 평생 그 질문만 기다린 사람처럼 자신 있게 말했어.

"공간지각 능력이 좋아졌거든. 이렇게 주차 잘하는 초보 이십 년 만에 처음 본다고 했어, 운전 연수 강사님이."

귀여워.

내가 진지하게 듣지 않는다고 생각해서 샐쭉해하는 거 귀여워. 그런 와중에도 자랑은 하고 싶어하는 마음 귀여워. 결정적으로 나를 좋아한다는, 내가 이미 아는 사실을 굳이 돌려돌려 말하는 거 아주 미쳐버리게 귀여워. 나는 운전석에 앉은 네가 너무 귀여워서 확 깨물고 싶을 지경이었는데, 말마따나 초보인 너를 깨물었다가 무슨 일이 일어날지 무서워서 참았어. 그리고 호언장담한 대로 너는 주차를 정말 잘했어. 운전대를 딱 두 바퀴 감고 후진 딱 한 번, 그런 다음 다시 운전대를 푸니까 그 뚱뚱한 차가 깔끔하게 주차선 안에 들어갔어. 앞에서 보고 뒤에서 봐도 바닥에 그어진 모든 선분에 평행하는 모양새로.

지금 와서 생각해보면 웃기는 여행이었어. 내비게이션 예상 운행 시간은 원래 두 시간 사십 분 정도였는데 네 시간도 넘어서야 목적지에 도착했잖아. 그리 이상할 것도 없지, 뛰어난 공간지각 능력이 주차 실력에는 도움이 될지 몰라도 운전 실력 전체를 상승시켜주는 건 아니니까. 주차가 운전에서 꽤 까다로운 부분이긴 해도, 운전에는 그것 말고도 상당히 많은 요소가 포함되어 있으니까. 비교할 다른 초보 운전자를 많이 알지 못해서 정확히 말하긴 어렵겠지만 너는 공간지각 능력이 필요한 다른 운전 스킬, 예를 들어 차선 바꾸기라든지 앞뒤 차량과의 간격 유지하기 같은 것에 소질이 있었고, 그 나머지에는 솔직히 별로 없었어. 이를테면 브레이크를 너무 콱콱 밟아서 너도나도 안전벨트에 캑 하고 목 졸린 것도 여러 차례, 차선 변경을 할 때는 매번 깜빡이보다 와이퍼를 먼저 켜고 아 맞다, 하며 다시 끄는 식. 어쩔 수 없지, 너에게는 그게 첫 장거리 주행이었으니까.

목적지로 찍었던 식당에서 막국수랑 메밀전병을 먹고 소양강을 보러 갔어. 밥은 맛있고 너랑 함께 있어서 좋긴 한데 왜 갑자기 강을 보러 왔는지는 영 모르는 채로 너만 따라다니다, 소양강 처녀 노래비碑 옆에서 네가 마침 그걸 물었어. 왜 내가 강 보러 오자고 했는지 알겠어? 아니, 내가 어떻게 알아. 웃으면서 고개 저었더니 너는 조금 쑥스러워하면서 말했어.

"네 이름 그런 뜻이잖아. 여름의 강."

그랬나?

"난 네가 널 만나게 해주려고 여기에 데려온 거야."

그 말을 듣고 내가 뭘 할 수 있었을까. 너를 안는 것 말고는.

이름 뜻을 알려준 건 그보다 몇 달 전 일이었어. 내가 네 이름 뜻을 묻고 보배 보에 빛날 미라는 대답을 들은 게 먼저였고 그런 다음 네가 내 이름은 순우리말이냐고 물었어. 원래 부모님 의도는 순우리말로 하나라고만 짓는 거였는데 할아버지가

군이 한자 뜻을 지어서 붙이셨다고 대답했지. 여름 하에 물 질펀히 흐를 나. 웃기지 않아? 나는 늘 나灘라는 글자가 조금 웃기다고 생각했거든. 그냥 흐르는 물도 아니고 질펀히 흐르는 물이라니 그게 뭐냐고, 뜻 좋은 다른 한자 다 놔두고 대체 왜냐고. 내가 내 이름으로 자조한 건 그게 처음이 아니었는데, 너처럼 말해주는 사람은 처음이었어.

"아니, 좋은 이름인 것 같아. 여름에 물이 마르지 않고 넉넉하게 흐른다는 게 얼마나 좋은 말이야. 엄청난 축복의 뜻이 담긴 이름이네. 때와 곳이 함께 있는 이름이고."

그러더니 너는 기어이 나를 여름의 강에다 데려다놓은 거야. 그러려고 운전까지 배워서. 그러고 보면 집순이 중의 집순이인 네가, 직장도 집에서 그리 멀지 않은 네가 갑자기 면허는 왜 따려는 걸까 싶었는데 알고 보니 그게 나를 위해서였다니. 그렇게 배운 운전에―정확히는 주차에―뜻밖의 소질이 있다는 걸 발견했는데, 그 또한 나 때문이라니. 우리가 운명이 아닐 수 있을까.

너한테서 받는 사랑이 나는 너무 좋았어. 네가 나를 받아들이는 방식은 내가 스스로를 보는 방식하고는 너무 달라서, 네 사랑을 받는 나는 내가 아는 나하고 완전히 다른 사람처럼 느껴졌어. 당연히 새로운 내가 기존의 나보다 훨씬 더 마음에 들었어. 이를테면 네가 나를 여름의 강이라고 부른다면, 나는 그

게 되어야지. 네가 나를 그렇게 믿으니까 내가 그 믿음이 되어
줘야지, 그런 마음가짐으로 나는 너를.

너를 안으면 몸 어딘가에서 분홍색이 느껴졌어. 그것도 내가
너를 사랑하기 전까지는 알지 못하던 감각이야. 촉각으로는 색
채를 알 수 없는데 어째서 입술이 닿은 부분만은 분홍으로 느
껴지는 걸까. 목덜미, 쇄골, 명치, 허벅지, 공공장소에서 큰 소
리로는 말할 수 없는 부분들. 그 어디에나 꼭 눈이라도 달린 듯
이 너의 분홍이 지금 어디에 있는지를 알아차릴 수 있었어.

사랑해.

사랑해.

사랑한다고 말하면 메아리처럼 꼭 응답해주는 목소리. 귀
여울 때, 섹시할 때, 졸릴 때, 또렷할 때 모두 조금씩 다르지만
언제나 네 목소리. 네가 너인 걸 알 수 있는 목소리. 그리고 그
목소리로 조곤조곤 들려주는 이야기들.

누군가 사랑이 뭐냐고 묻는다면 바로 이게 사랑이야, 하고
보여줄 만한 기억이 많이 있어. 그렇지만 그런 자료 없이 말로
만 정의해보라고 한다면, 아무래도 어렵지. 우리는 강아지가
어떤 생물인지 알지만, 너희 본가에 강아지가 두 마리나 있지
만, 강아지를 한 번도 본 적 없는 사람에게 그게 어떤 존재인
지 설명하기는 어려운 것처럼. 그래도 사랑의 생태를, 매우 작
은 부분이나마 나는 아주 정확히 알게 된 것 같아. 그것만은

사랑을 경험해본 적 없거나 사랑의 존재를 완고하게 불신하는 사람에게도 자신 있게 설명할 수 있을 것 같아.

사랑의 먹이는 말하기와 듣기야. 그 먹이의 영양분은 우리의 과거와 미래야. 그 영양분의 수용체는 상상력이야.

우리 그랬잖아. 정말 많은 이야기를 주고받았잖아. 가령 네가 고등학생 때 댄스 동아리였다는 이야기. 안 어울리는 건 둘째 치고 공학에서 댄동이면 남자애들한테 인기 많았던 거 아니냐고 하니까, 한 학년 위에 마성의 이반이었던 언니가 있어서 동아리가 완전히 아기 레즈 소굴이 됐다고 했잖아. 그 언니 좋아했어? 물으니까 아니 그 언니가 내가 좋아하던 애랑 사귀었어, 그랬지. 난 그 얘기가 좋았어. 네가 마성의 이반 언니랑도, 좋아하던 애랑도 못 사귄 얘기라서가 아니고, 그 얘기를 들으면 네가 헐렁한 옷을 입고 남자 아이돌 춤을 따라 추느라 쩔쩔매는 게 상상돼서. 너는 날렵하게 핏되는 옷이 어울리고 그런 스타일을 좋아하는데, 질풍노도의 시기에는 너도 별수없이 어이없는 옷을 입고 말도 안 되는 짓거리를 하고 다니는 꼬맹이였다는 상상을 하니까, 다 커버린 네가 왠지 전보다 더 귀여워 보이게 됐어.

내가 네게 들려준 얘기들도 그랬을까. 중학생 때 짝사랑 고백 실패하고 레즈인 거 소문나서 왕따당한 얘기. 고등학생 때는 좀 나은가 싶었는데 또 비슷한 일 겪고, 자퇴할까 고민하다가 후배한테 고백받고 얼레벌레 사귄 얘기. 스물한 살 때 세계 일주 한답시고 가출하다시피 출국했던 얘기. 그때 만나서 지금까지도 메일 주고받는 샤시라는 친구 얘기. 너는 이런 얘기들 사이사이에서 어떤 나를 상상했을까.

장래에 대한 얘기도 우리는 많이 나눴어. 나중에 우리, 방이 세 개 넘는 집에 살게 되면 방 하나는 오락실로 꾸미자. 나는 요즘 식물에 관심이 많아. 다음 집에는 해가 잘 드는 베란다가 있었으면 좋겠어. 카코랑 포코가 더 나이들어 언젠가 떠나게 되면 우리, 그때는 고양이를 데려올까? 고양이도 좋지만 우리 아이를 갖는 건 어떨까, 입양을 하든 정자 공여를 받든 해서…… 나중 언젠가에 대한 우리 둘의 의견이 매번 일치한 건 아니었지만 난 그 얘기들 전부 소중하게 생각해. 나나 너, 한 사람만이 아니라 서로가 있는 미래를 전제하고 상상하는 것 자체가 좋아서. 그 미래가 어떤 형태든.

아깝고 궁금해. 우리가 헤어지면 그 이야기들은 다 어디로 흩어지는 건지.

오지 않은 미래가 어디쯤에서 증발해버리는 건지.

*

법정이라고 해서 막연히 마호가니 강대상이 세트로 구비된,

그러니까 드라마에서 나오는 법정 같은 걸 상상했는데, 막상 보니 법정보다는 집무실이라는 말이 더 어울릴 것 같은 공간이야. 판사는 출석을 부르듯이 우리 이름을 차례로 불러. 강하나, 네. 신보미, 예. 흐음, 하는 콧소리. 팔락팔락 종이 넘어가는 소리. 판사는 우리가 제출한 서류를 보는 것 같아. 아니면 적어도 살펴보는 척이라도 하는 거거나. 그렇다고 판사가 무성의하다고 생각해선 안 되겠지. 거의 똑같은 서류를 하루에도 수십 건씩 검토할 테니까, 지루하기도 지루하겠지만 아예 인이 박이기도 해서 눈감고도 어떤 내용인지 줄줄 읊을 수 있겠지.

"아이는 없네요. 없으면 뭐, 심플하지."

뒷말은 혼잣말인 건 알겠지만 그래도 그 말에 조금 부아가 나. 심플하긴 뭐가 심플해? 한 부부를 더는 상관없는 사람들로 만드는 일이 어떻게 심플할 수 있어.

"강하나씨, 주민등록번호 불러보세요."

대답을 하자니 입이 떨어지질 않아. 판사 말이 분명 들리긴 하는데. 네가 대신 대답하는 소리가 들려. 강하나씨가 직접 말씀하세요, 판사는 혀를 차면서 다시 말해. 별말도 아닌데 왠지 좀더 위축돼. 저런 목소리를 두고 준엄하다고 하는 게 아닐까. 매일매일 같은 일을 하며 수십 년을 보내온 사람 특유의 권위랄까, 불가사의한 힘 같은 게 그 무감정한 목소리를 나이테처럼 감싸고 있는 듯이 느껴져.

더듬더듬 주민등록번호를 말하면서 곁눈질로 슬쩍 옆을 보니까 너도 꽤 굳어 있는 것 같아. 그게 내 마음을 조금 아프게 해. 긴장했구나. 대기실에선 괜찮아 보이더니 이제야 너도. 아니, 왜 이제 와서? 아까는 웃기도 하고 콧노래도 부르더니 막상 판사 앞에 서니까 긴장하는 이유가 뭐야. 잠깐이지만 그게 정말 궁금하다가 금세 답이 떠올라.

아, 알겠다.

너 정말 겁먹었구나.

까딱하면 내가 대답을 잘못해서 뭐라도 그르칠까봐, 혹시 이혼 못할까봐 걱정하는 거구나.

너 그렇게 나랑 헤어지고 싶구나.

그 생각을 하고서야 정신이 아주 조금 드는 것 같아.

"강하나씨, 이혼에 진정으로 합의합니까."

판사는 음 높낮이에도 음절 단위의 간격에도 큰 특징이 없는 단조로운 목소리로 의례적인 말을 해. 그런 다음 너에게도 똑같은 걸 물어. 신보미씨, 이혼에 진정으로 합의합니까. 왜 차례가 넘어갔지? 나는 뭐라고 대답했지? 무슨 일이 일어났는지 제대로 알아차리기도 전에 법정 문이 열려.

됐습니다.

나가세요.

그걸로 끝.

판사 말이 맞았어. 우리가 헤어지는 건 정말 심플한 일이었어.

남들하고 다를 바 하나 없이.

*

이제 와서, 라기보다도 바로 지금 떠올리기엔 조금 묘한 추억이지만, 결혼식 때가 생각나. 가정법원 판사 앞에 나란히 섰을 때와 네 대학 은사님 앞에 섰을 때가 겹치는 것처럼 느껴진달까. 그때도 가나다순으로 내가 왼쪽, 네가 오른쪽이었지. 우리는 둘 다 H라인 드레스를 입었어. 취향 따라 너는 하얀 미니 해트, 나는 웨딩 베일을 썼지만 드레스는 비슷한 디자인이었어. 웨딩업체 사람들은 자기들이 경력이 십 년인데, 이십 년인데, 아니 평생 이 일을 했는데 드레스가 두 벌인 결혼식은 처음이니 어쩌니 하면서 호들갑을 떨어댔지만 나한테는 그게 너무 자연스럽게 느껴졌어. 역시 여자는 여자랑 결혼을 해야 되는 것 같아, 그래야 예복을 커플룩으로 입을 거 아냐 우리처럼, 그런 생각이 들었달까.

식 올린 당일에 신혼여행을 갈 계획은 아니었어서, 정확히는 비교적 한가한 연말에 가기로만 하고 구체적인 계획은 세우지 않아서 그냥 집으로 가야 했어. 우리 차를 타고 우리집으로. 헤어 메이크업 실장님들이 달라붙어서 네 머리, 내 머리에서 헤어핀을 각각 이백 개씩은 뽑았을 거야. 그러고도 집에서 머리 감을 때 핀이 또 나와서 깜짝 놀랐어. 머리가 무거운 게 착각이 아니었구나, 그대로 공항 보안 검색대라도 지나가면 머리에서 삐삐삐삐 난리가 났겠다 싶었어. 하여간에 보통 피곤한 날이 아니었다는 거야. 그래서 그랬던 거라고 생각하고 싶어.

그날은 네가 처음으로 사고를 낸 날이기도 하니까.

도로 위에서는 별일 없었어. 주말이라 그런지 차들이 하도 많아 느릿느릿 가야 했으니 그야 뭐 당연하려나. 그 와중에 네가 슬슬 졸려고 하길래 내가 신보미 정신 차려, 우리 결혼기념일이 제삿날 되는 수가 있어 그런 농담을 했던 기억도 나. 그래, 그 달팽이 행진 같은 시내 운전도 네 피로에 한몫 보탰겠지. 기어이 주차장에서 사고를 낸 건 그래서일 거야. 나는 그렇게 생각하고 싶었는데, 후진하다 옆 차에 아주 살짝 부딪혀 통, 아니 통, 하는 소리가 났을 뿐 큰일도 아니어서 그냥 그렇게 넘어가고 싶었는데,

그때 넌 꼭 뭔가를 들킨 사람처럼 내 눈치를 봤어.

알아, 잘 알지. 나는 로로마 때문에 예뻐졌고 너는 로로마 때문에 주차를 잘하게 됐어. 그건 내 얼굴이 언제든 다시 평범해질 수 있고, 네 주차 실력이 예전만 못해질 수 있다는 뜻이기도 해. 알고 있었어. 내가 너를, 네가 나를 더 사랑하지 않게

되면 그런 일이 일어날 수도 있다는 거. 네 운전 경력은 우리 사랑의 역사하고 비슷해. 만으로 사 년 조금 넘게, 햇수로는 오 년째 무사고 운전 경력을 자랑하던 네가 하필 가장 자신 있어하는 주차에서 실책을 냈으니 네 심정이 어땠을까. 큰일이라고 소란을 피우자면 얼마든지 그럴 수도 있는 일이었어.

그렇지만 아니야, 원숭이도 나무에서 떨어질 때가 있다고 하잖아. 네 자신감이 과했던 거지. 워낙 잘하는 일이었고, 그렇다고 그냥 무턱대고 하기엔 또 그날 네가 너무 피곤하기도 했던 거고. 그날 그 작은 사고는 그렇게 넘기고 싶었어.

우리 사랑이 무너지고 있다는 생각을 결혼식 당일에 하고 싶지는 않았어.

솔직히 말하면 나도 결혼한 걸 후회한 적이 있어. 아니 오히려 나야말로 그렇다고 해야 할까. 너무 성급하게 결정한 건 아닐까, 동성혼 법제화, 정확히는 동성 간 혼인신고 허용 소식에 흥분해 지나치게 큰일을 벌인 건 아닐까. 우리는 속보가 뜬 당일에 손잡고 구청으로 달려간 수만 쌍의 동성 커플 중 하나야. 발 빠르고 운좋게 웨딩업체를 구해서 두 달 만에 식까지 해치운 점에선 그 수만 쌍 가운데서도 선두라고 할 수 있겠지.

지금 와서 생각하면, 아니 그때도 이미 어렴풋이 알고 있었던 것 같은데, 결혼할 즈음은 우리가 한창 삐걱거릴 때였어. 너랑 나는 달라도 너무 다른 사람이었으니까. 나는 먼 곳으로 오래 떠나는 여행을 좋아하는데 너는 집을 중심 삼은 원의 지름에서 벗어나는 걸 싫어해. 결혼하기 직전까지 넌 여권도 없었는데 그걸 이상하거나 불편하게 여기지도 않았지, 난 항공마일리지 적립이 꽤 돼서 너 데리고도 후쿠오카 정도는 아무렇지 않게 다녀올 수 있는데. 나는 사랑하는 단 한 사람, 그러니까 너만을 필요로 하고 너는 너를 아껴주고 네가 아끼는 사람들과의 연결을 나만큼, 어쩌면 나보다 더 소중히 여겨. 그 외에도 숱한 차이점들. 한식인가 양식인가 집밥인가 외식인가 맥주인가 소주인가 개인가 고양이인가.

그중에서도 제일 이해가 안 됐던 건, 넌 대체 미드를 왜 그렇게 보는 걸까? 하는 부분. 드라마 보는 네 뒤에서 나 저기 가봤다, 와, 우리도 나중에 저기 가볼까, 그런 말을 하면 너는 꼭 티브이 볼륨을 올렸어. 까불지 말라는 듯이. 그게 얼마나 답답했는지 몰라. 네가 절대 방문하지 않을 나라에서 우리가 알지도 못하는 사람들이 가족 시늉을 하는 프로그램을 집에 콕 처박혀서 보는 게.

처음에는 달라서 좋았는데 시간이 흐르니 너무 달라서 좀 그렇다는 말처럼 뻔하고 무책임한 소리가 있을까. 그래도 별수없이 우리는 달랐어. 달라서 피곤하다고 느낄 때가 더 많게 됐어.

그런 시기였기에 드디어 우리가 결혼할 수 있다는 소식이 더 미덥고 마침맞게 들렸을 거야. 동성 혼인신고 허용 속보는 기습적이면서도 건조했어. 왜 이제껏 안 했는지 모르겠지만 지금 막 생각난 김에 이제부터 하는 걸로 하겠습니다, 그런 뉘 앙스로 느껴졌달까. 무슨무슨 전문가들은 로로마 효과가 동성 의 연인 간에도 이성 연인들의 경우와 동일한 수준으로 나타 났다는 연구 결과와 표준국어대사전상 '사랑'의 정정 논의에 대해서 이야기했어. 기존의 '사랑'은 '남녀 간에 그리워하거나 좋아하는 마음. 또는 그런 일'이라는 뜻이었다나.

무슨 개 같은 소리야? 로로마 이전에는 동성 간의 감정이 사랑이라고 생각하지 않았다는 거잖아? 그럼 그땐 그게 뭔 줄 알았는데?

그런 모욕감이 조금도 없었다면 거짓말이겠지만 그때는 그 게 문제가 아니기도 했어. 알았고요, 이제 결혼해도 되죠? 그 때 구청에 달려간 사람들은 다들 그런 심정이었을 거야. 우리 가 그랬듯이. 결혼을 하면, 우리가 그전까지보다 더 강하고 견 고한 것, 이를테면 제도라는 것으로 연결되면, 그즈음 내가 네 게―그리고 아마도 너 또한 내게―느끼던 미묘한 감정을 해 소할 수 있을 거라고 생각했어.

그 생각이 아주 틀렸다고는 생각 안 해. 어쩌면 진작 헤어질 수도 있었을 우리가 서로를 이 년이나 더 붙잡아둘 수 있었던 건 결국 결혼했기 때문이니까. 결혼이라는 건 그러니까……
내 소감은…… 헤어지기를 더 번거롭게 만들자는 합의인 것 같아. 절대 못 헤어지는 건 아니지만, 결합과 결별 모두를 공공의 영역에 두면서 고통스러운 결별을 약속하는 거지. 결별이 그렇듯 어려울 것이기에 우리는 가급적 헤어지지 않겠습니다, 이 맹세의 공증에 국가가 나서도록 하는 거야.

그래서 최종적으로 너와 결혼한 걸 후회하느냐고 묻는다면, 아니.

시간을 돌려도 나는 똑같은 실수를 저지르고 말 거야. 우리가 서로를 조금씩 미워하게 된다는 것을 알면서도, 이미 그 일이 일어나는 조짐을 느끼면서도, 널 내 곁에 두기 위해 무슨 짓이든 했을 거야.

너도 똑같은 심정으로 똑같은 짓을 저지르려 했을 거란 사실을 아니까.

아무리 우리가 서로 다른 사람들이어도 사랑하는 마음만은 같았으니까.

*

법원 출입구에는 공항 보안 검색대 같은 금속 탐지 게이트가 설치되어 있어. 왜 그럴까, 가정법원에도 흉기를 가져오고 싶어하는 사람들이 있는 걸까. 나갈 때는 그 게이트를 꼭 통과하지 않아도 된다는데 그건 또 왜일까, 법원에서 나가면 흉기를 휘둘러도 된다는 뜻……은 물론 아니겠지만 아무튼 옆문으로 나가도 된대. 그런데도 나는 굳이 보안 검색대를 지나서 나가. 그건 네가 먼저 옆문으로 나갔기 때문.

다리에 힘은 없는데 걷자니까 어떻게 걸어지긴 해. 나와보니까 날씨는 욕이 나올 만큼 좋아. 이런 날이면 너랑 어디로든 떠나고 싶었어. 너는 이런 날마다 이불을 베란다 턱에 걸고 패고 싶어했지.

너는 멀리 가지 않고 나를 기다리고 있어. 태워다줄게, 네가 그렇게 말할 게 겁나. 나 아직 조수석에 앉아도 돼? 내가 뒤에 앉으면 어색하지 않겠어? 그보다, 집까지 가는 길 내내 나 울 텐데 그래도 괜찮겠어? 내가 먼저 말하는 게 좋겠어, 나 그냥 택시 타려고. 아니 조금만 걸으면 지하철역이니까, 날도 좋으니까 조금 걸으려고. 그런데 입에선 전혀 생각지도 않던 말이 먼저 나가.

"왜 변했어?"

그래, 나는 그게 알고 싶었어. 아까 네가 끝내 하지 않은 답.

네가 와. 내 쪽으로 걸어오고 있어. 너는 나를 안아. 아아 꿈인가, 아니 꿈은 아니야. 목 언저리에서 네 분홍이 느껴져. 지금 내가 운다면 그 분홍 때문일 거야. 헤어져서도 네 분홍을 알아보는 내 피부가 원망스러워서일 거야.

"나 변하지 않았어."

네 목소리는 세상에서 가장 다정해.

"나도 변하지 않았어."

"알아."

나에게서 한 발짝 멀어진 네가 하는 말.

"우리 둘 다 변하지 못했어. 우리가 헤어지는 건 그래서야."

맞는 말이야.

이제야 모두 이해가 돼. 정확히는, 이미 내가 알고 있었던 사실을 나도 너처럼 말로 표현할 수 있게 된 것 같아.

우리가 헤어지는 건 서로를 위해 변해줄 수 없었기 때문이야.

남은 사랑을 아까워하지 않고 돌아서야 하는 건 그래서야.

알았어.

이렇게 끝날 줄은 몰랐지만 이제는 이런 결말도 조금 납득할 수 있을 것 같아.

그렇지만 나 조금만 울게.

너까지 울면 나는 어떡해.

*

지금 떠오르는 건 네가 가장 좋아하던 오래된 시트콤의 한 장면이야. 한 친구가 다른 친구에게 최강의 픽업 라인을 전수해주고 있어. '내가 서유럽에 배낭여행을 떠났을 때의 일이에

요……' 이야기를 듣던 친구가 콧방귀를 뀌어. 이야기의 화자
는 상식이 부족한 미국인의 스테레오타입 같은 캐릭터라서 서
유럽도 배낭여행도 어울리지 않는다는 거지. 지어낸 얘기라는
걸 간파한 거야.*

너는 이미 수도 없이 본 그 장면을 마치 처음 본다는 듯 집
중해서 보고 있어. 나는 또 뒤에서 까불어. 서유럽 배낭여행,
나도 갔다 왔는데. 나야말로 진짜로 갔다 왔는데. 내가 그렇게
말하니까 너도 화면 속의 배우처럼 코웃음을 쳐. 조금 후에 내
가 한 말과 거의 똑같은 대사가 나올 거라면서.

약간의 실랑이 후에 이야기는 계속돼. 사실 이야기 내용은
중요하지 않아, 그 이야기를 끝까지 제대로 구연하고 나면 이
야기를 들은 상대가 홀딱 넘어온다는 점이 핵심이야. 세상에
그런 얘기가 어딨어! 내가 대놓고 비웃으면 너는 인상을 팍 쓰
면서 쉿, 검지를 입술에 갖다대.

이제 와서 그런 장면들이 떠오르는 게 아주 뜬금없는 일은
아닐 거야. 그렇지? 나는 이제 알 것 같아. 그런 이야기는 있
어. 꼭 서유럽이 아니어도, 배낭여행이 아니어도 괜찮아. 어떤
이야기는 단숨에 사랑을 불러일으키기도 해. 사랑은 원래 이
야기를 먹으면서 자라나는 거니까.

---

* 〈프렌즈〉, S08×E04 'The One with the Videotape'에서.

우리가 나눈 그 수많은 이야기가 그랬듯이.

지하철역까지 나를 바래다주면서 너는 말했어. 우리 너무 멀어지지 말자고. 무슨 일 있으면 연락하라고. 네게 여전히 나는 너무 소중한 사람이고 앞으로도 아마 그럴 거라고. 아직은 그 말이 거짓말이 아니라는 걸 알아. 하지만 언젠가 아니게 되겠지, 앞으로 네가 사랑하게 될 누군가에게 예의가 아니기도 하고. 그러니까 그러지 않아도 된다고 말하고 싶었어. 결국 말하진 못했지만, 말하는 걸 상상만 해도 가슴이 찢어질 것 같지만, 줄곧 나를 소중하게 여기지 않아도 괜찮아. 언젠가 그래야 한다면 내가 먼저 괜찮다고 말해두고 싶었어.

그보다 더 하고 싶은 말이 있어.

나는 아마 계속 예쁠 거야. 헤어지고 나서는 더 예쁠 거야. 그렇게 예쁘고 슬픈 할머니가 될 거야. 평생 예쁘다가 예쁘게 죽을 거야.

네가 주차를 잘 못하는 할머니가 된다고 하더라도 나는 아마 그럴 거야.

그게 내가 상상하는 우리 이야기의 끝이야.

우주에서 가장
신분 차이 나는 짝사랑

강연은 예정된 시간을 십이 분 넘겨 끝났다.

박수갈채 앞에서 내가 취한 행동은 손목을 틀어 시계를 보는 것이었다. 청중에게 무례해 보일 수도 있으리라는 생각은 시간을 확인함과 동시에야 들었다. 하지만 먼저 무례를 범한 건 주어진 시간을 넘기고도 질문을 멈추지 않은 쪽이 아닌가, 끝이 머지않았다는 사실을 알면서도 질문자를 일으켜세운 진행자에게나 답변을 적당히 간추려 말하지 못한 나에게도 책임이 있겠지만. 나는 가벼운 묵례를 덧붙인 후에 콘퍼런스 홀을 빠져나왔다. 손뼉 치는 소리, 이어질 프로그램과 다음 연사를 소개하는 진행자의 목소리가 두꺼운 방음문에 가로막혀 회장 안으로 빨려들듯 끊어졌다.

대기실로 향하는 복도에서 누군가 나를 기다리고 있었다.

나오기 직전에 시간을 확인한 까닭은 다음 연사를 의식해서나 이후에 긴요한 일정이 있어서가 아니었다. 다만 만날지도 모르는 사람이 있었는데, 나는 복도에 서 있던 젊은 여자가 아마 그 사람이겠거니 짐작했다.

"인상 깊은 강연이었습니다."

여자는 꼿꼿이 선 자세로 말했다. 겉보기로 예상한 것보다 훨씬 낮고 중후한 목소리였다.

"미스 말릭?"

"샤시라고 불러주세요."

그때까지 상대와 나의 상호작용은 메일 몇 통 주고받은 것이 다였다. 만나자마자 이름으로 불러도 좋을 만큼 친밀한 관계는 결코 아니었고, 상대방 역시 나와의 거리를 잘못 생각하는 것처럼 보이지는 않았다. 아마도 성별을 특정하는 존칭을 듣고 싶지 않은 것이겠거니. 요즘 젊은 사람들 중에는 드물지 않지, 이런 요청을 하는 유형이. 돌이켜보면 상대방이 보낸 메일에도 연령이나 성별을 추정할 단서가 없었다. 보낸 이의 이름을 보고 인도계인가 생각하기는 했는데, 인터넷으로 좀더 찾아보니 샤시는 여자 이름이기도 남자 이름이기도 했다.

"알겠습니다. 실례했어요."

"별말씀을요. 저야말로 불쑥 찾아온 결례에 사과드립니다."

메일에서와 같이 정중한 태도였다. 마침 나는 속으로 샤시라는 젊은이의 차림새를 평가하고 있었기에 그 사과에 필요이상으로 관대한 미소를 짓게 되었다. 그는 연푸른색 셔츠와 쑥색 리넨 바지를 입었는데, 무릎 부근이 해져서 완두콩으로 쑨 죽처럼 색이 변해 있었다. 물론 우리는 고급 사교 모임을 할 게 아니었고, 연사가 아니라 청중으로서 강연에 참석한 샤시에게 대단한 드레스 코드가 필요한 것 또한 아니었지만, 우리가 만난 장소가 콘퍼런스 홀을 갖춘 대형 호텔이라는 점은 고려할 필요가 있었다. 좋게 말해 무심하고, 있는 그대로 말하면 실례가 될 만큼 허술한 옷차림과 우아하다는 생각이 들 정도로 깍듯한 태도의 괴리가 내게서 일면 무방비한 웃음을 짜낸 것이다.

그러나 내가 지은 미소는 샤시라는 젊은이에 대한 무장해제를 의미하지 않았고, 그보다는 차라리 당신을 무심코 평가해버렸다는 죄의식을 드러내지 않으려는 방어적 제스처에 가까웠다. 나는 내가 곧잘 취하곤 하는 이러한 관점, 혹은 습관이 속물적으로 보이기 쉽다는 사실을 알면서도 잘 떨치지 못했다. 변명을 하려는 것은 아니지만, 그건 교육과 경험을 통해 오랫동안 축적되어온 나 자신의 나 자신스러움—확장해서 말하자면 내 또래 동아시아 여성다움이기도 하다고 나는 생각했다.

나의 어머니는 늘 내게 옷을 잘 차려입을 것을 당부하고 주문했다. 훈육이라고 하고 싶지만 실제로는 강요에, 그 자신의 강박을 나에게도 감염시키는 방식에 가까웠다. 물론 나는 어머니가 그러는 이유를 알았다. 시간이 흐르면서 어쩌면 어머니가 알려주려 한 것보다 더욱 정밀하게 이해하게 되었는지도 모른다. 가령 내가 이 샤시라는 젊은이와 같은 차림으로, 그와 똑같이 부슬부슬한 검정 곱슬머리를 장식도 없는 머리끈 하나로 대강 묶은 모습으로 이 호텔의 투숙객들을 마주치면 그들은 내가 청소부 내지 청소부로 취직하고자 면접이라도 보러 온 장년의 아시아 여성이라 생각할 것이다. 나는 이것이 단순한 피해 의식이라고 생각지 않는다. 나 자신의 공명심 혹은 허영심에 비추어 쾌적하다고 느낄 만한 명성을 얻은 이후에도 그러한 종류의 해프닝은 종종 실제로 일어났다. 내가 어떤 사람인지, 어떠한 업적을 쌓았는지에 대한 구구한 설명보다는 격식 있게 갖춰 입은 옷 한 벌이 언제나 몇 배는 더 효율적이었다. 여기에는 이해보다 체화라는 말이 더 어울릴 것이다.

"일단 같이 가죠."

물론 이러한 인식의 맥락에서, 샤시 또한 아시아 여성처럼 보인다는 사실을 간과할 수는 없었다. 샤시는 낡고 볼품없는 옷을 걸치고 있는 당사자였으니까.

"연사 대기실에는 다른 분들도 있으니 내가 가방을 들고 나올게요."

샤시는 미소를 지었다. 나는 별 내심이 없어 보이는 샤시의 표정이 매우 서구적인 인상이라 생각했다.

샤시에게서 첫 메일을 받은 것은 대략 반년 전, 행사 섭외에 수락의 뜻을 표한 지 얼마 지나지 않은 때였다. 샤시는 내가 조만간 텍사스에 방문하리라는 것을 이미 알고 있는 듯했고 그래서 나는 얼마간 겁에 질린 채 답장을 망설였다. 메일 주소야 내가 재직하는 대학교 홈페이지에서도 금세 알아낼 수 있다지만, 아직 공표되지 않은 스케줄을 정확히 알고 그때 만날 수 있을지를 묻는다는 것은 어떻게 보아도 범상한 일이라 할 수 없었기 때문이다.

크게 두 가지 이유에서 결국 나는 답장을 쓸 수밖에 없었다. 첫째, 내가 반년 후 지구 어디에 있을지를 당신이 도대체 어떻게 아는지 간절히 묻고 싶었기 때문. 둘째, 보낸 이의 성씨가 말릭Malick이었기 때문. 설명하기에는 사소하면서도 복잡하며 개인적으로는 심란한 몇 가지 우연의 중첩으로 서로 별개였던 두 가지 이유는 하나의 답을 가진 수수께끼로 합쳐졌다. 내가 수락한 행사는 이전에 이미 두 차례 나를 초청해 인연을 맺었던 메이-오스터 과학문화재단에서 주관하는 대중 강연으로 나 외에도 여러 학자가 연단에 오를 예정이었는데, 그중 천문학 관련 프로그램을 맡은 사람이 샤시의 아버지이자 존스 우주 센터 연구원인 닥터 말릭이었던 것이다. 샤시는 예지 능력을 가진 초능력자나 영매는 아니었고, 연예인도 인플루언서도 아닌 나에게 오랜만에 붙은 스토커나 파파라치도 아니었다.

물론 나는 안도했지만 그렇다고 샤시를 만날 마음이 든 것은 아니었다. 따지고 보면 그렇지 않은가, 내가 왜? 얼굴이 지나치게 알려지는 것을 두려워해 젊은 시절에는 언론 인터뷰도 수락할 수 없었던 내가, 같은 이유에서 메이-오스터 심포지엄과 같은 대중 강연 섭외를 거절하지 않게 된 지 겨우 삼 년밖에 안 된 내가, 이렇듯 나름의 주의를 기울이고도 스토킹과 파파라치 피해를 면치 못한 내가 왜 낯선 사람과 만나 대화를 나누어야 하는가.

두번째 회신에서 나는 상대방이 가장 위험한 유형의 스토커가 될—이 유형의 스토커는 스스로를 스토커라고 생각하지 않기 때문에 자기가 베푼 호의에 마땅한 대우를 돌려받지 못하면 '정당한' 분노에 휩싸인다—가능성을 상정하고 거절의 의사를 가능한 한 우회적으로 표현하려 노력했다. 샤시는 내가 전하고자 한 뜻을 어렵지 않게 간파했지만 그에 승복하지는 않았다. 대신에 매우 길고 세심하게 쓴 메일을 통해 자신이 안전한 인물임을 소개하고 나와 면담하는 일이 자기에게 왜 중요한지를 설명하려 했다.

이 메일이 내 뜻을 바꾸는 데 주효했다고 평가하기에는 다소의 무리가 있지만, 적어도 샤시를 만나야 할 이유가 없는 만큼이나 그를 절대 만나지 말아야 할 이유 역시 없다는 점을 일깨워주었다는 점에서는 적지 않은 효과를 발휘했다. 그 이유는 역설적이게도, 샤시가 그 긴 메일에서 단 한 번도 내가 그를 만나는 것이 나에게도 좋은 일이 될 거라는 감언이설을 늘어놓지 않아서였다. 이 사람은 정중할 뿐 아니라 정직하군, 그렇다기보다 겸허하다고 할까.

때문에 세번째 회신은 보다 직설적으로 썼다. 나는 딱히 당신을 만나고 싶은 마음이 없지만, 만나게 되면 만나지 않을 생각도 없다. 샤시는 이 말장난 같은 소리가 내 나름의 긍정임을 알아보았다. 이후로는 레스토랑에서 알레르기 유발 가능성이 있는 재료를 확인하듯 내가 대답할 수 있는 화제, 결코 물어서는 안 되는 화제 등을 묻고 답하며 조율하는 메일을 몇 통 더 주고받았다.

이 시기의 메일 내용은 대체로 건조한 질의응답에 불과했지만 이즈음 나는 이전보다 몇 배는 더 복잡 미묘한 감정들을 느꼈다. 이를테면 좀더 젊은 시절 내가 거절했던 인터뷰와 그 기자들, 그들이 지금 내가 하고 있는 짓—지구 반대편의 낯모르는 누군가가 쓴 메일 대여섯 통에 넘어가 대화의 가능성을 시사하는—을 안다면 어이없어하겠다는 생각이 들었고, 한편으로는, 내가 샤시를 만나도 좋겠다는 생각을 하게 된 요인이 그가 기울인 노력보다는 그의 성씨가 말럭이라는 점에 있다는 것이 우습기도 했다.

물론 샤시는 좋은 사람 같았다, 메일을 주고받았을 뿐이지만 그 사실은 그리 의심스럽지 않았다. 내가 하려는 말은 오히려 말럭이라는 성이 내게 미치는 영향이 그 인상을 상회할 만큼 강력하다는 쪽에 가깝다. 다름이 아니라 내 예전 약혼자의 성이 샤시의 성과 철자까지 똑같은 말럭이었기 때문이다. 내가 아직 천陳씨인 것을 보면 짐작 가능하겠지만 그에 대한 기억은 내게 그리 흔쾌하지 않은 영역에 있는데, 오랜 시간이 흘러 같은 성을 가진 사람을 알게 되니 호기심이 동한 것쯤은 자연스러운 일일 것이다. 그 말럭과 이 말럭 사이에 모종의 연관성이 있지 않을까, 하는 순진하고 자의적인 상상을 하지 않더라도 말이다.

우리는 호텔 지하 이층에 있는 바에서 대화를 나누기로 했다. 나는 샤시에게 잠시 내 방에 다녀올 테니 올리브를 뺀 마티니를 주문해달라고 청했다. 구두를 스니커즈로, 정장을 스웨트 셔츠와 스트레치 팬츠로 바꾸어 입고 돌아와보니 샤시는 휴대폰 화면을 보며 붉은색 음료를 마시고 있었다.

"블러디 메리인가요?"

"버진입니다."

나는 샤시 앞에 앉았다. 내 몫의 마티니가 놓인 자리에.

"보드카 없는 메리는 토마토수프 아닌가요?"

"올리브 빠진 마티니는 그냥 진 아닙니까?"

내가 건넨 농담에 샤시는 웃지도 않고 대꾸했다. 웃은 건 내 쪽이었다. 나는 내가 그에게 웃어'준다'는 사실을 정확하게 의식하며 아주 조금만 웃었다.

"입에 올리브를 물면 짭짤하고 느끼한 고무를 씹는 느낌이에요. 레몬 제스트면 충분해요."

게다가 마티니에는 다른 재료도 한 가지 더 들어간다고 말하고 싶었지만 그게 무엇이었는지 잘 생각나지 않았다. 나는 마티니를 한 모금 머금었다. 아, 베르무트. 나는 베르무트라는 이름을 소리 내서 말해보았다. 샤시는 반응하지 않았다.

"그럼 이제 대화를 나눠볼까요."

나는 손목시계를 보며 말했다. 대략 한 시간 뒤에 공식 프로그램이 끝나고, 그 삼십 분쯤 뒤부터는 네트워크 파티가 시작될 터였다. 사적으로 꼭 만나보고 싶은 다른 연사가 있는 게 아니라도 파티에는 참석할 계획이었다. 굳이 이유를 대자면 다른 연사들 쪽에서 나를 사적으로 꼭 만나보고 싶어하지 않을까 해서. 나는 주목받을 기회를 마다하는 사람이 아니었다. 누군가는 나의 이런 성격이 내 또래 아시아 여성답지 않다고 생각할 수도 있겠지만, 어쩌겠는가. 나도 이제는 나이를 충분

히 먹었다. 자의로든 아니든 이십 년 넘게 본성을 억누르고 살
았으면 이제 충분하지 않은가.

"녹음은 안 돼요. 우리 약속했죠?"

"네, 기억하고 있습니다."

"그래요, 기억. 내가 한 말을 기억해서 쓰는 건 괜찮지만 녹
음은 안 돼요."

샤시는 가방에서 메모 패드를, 주머니에서 볼펜을 꺼내 테
이블에 올려두었다.

"만약 당신이 쓴 책이 내 마음에 안 들면 어떡해요. 녹취 파
일이 있으면 내가 나중에 빠져나갈 구멍이 없잖아요."

샤시는 웃었다. 내 말이 농담이라고 생각한 것 같았다. 안
맞는군, 유머 감각이. 나는 마티니를 마시며 생각했다. 웃으라
고 꺼낸 말에는 웃지 않고 진지하게 건넨 말에 웃는 점이 내가
예전에 알던 다른 말릭을 연상시켰다.

"제가 쓴 원고를 메일로 보내드릴 테니 삭제나 수정을 원하
는 부분을 검토해주세요."

"그래요."

"시간 많이 빼앗지는 않겠습니다. 사실 만나주신 것만으로
도 영광인데요……"

샤시는 볼펜 버튼 부분으로 뒷머리를 긁적이며 말했다. 메
모 패드에 질문해도 되는 내용과 그렇지 않은 내용을 적어둔

모양인지 왼손으로는 그것을 꼭 붙들고 있었다.

"천이쥔陳怡君 교수님 이야기를 포함한 원고라면 출판 기회를 얻기도 쉬울 것 같아요. 즉 이 책이 나오느냐 마느냐는 천 교수님께 달려 있는 거라고 해도 과언이 아닙니다. 대화를 수락해주셔서 정말 감사드립니다. 그냥 하는 말이 아니라 정말로요."

샤시의 말이 빈말이나 겉치레가 아니라는 것은 나도 알았다. 그리고 그 점이 퍽 마음에 들었다.

"그런데 의외로, 가장 예민한 부분이라 예상한 이야기를 더 하고 싶어하신다는 인상을 받았습니다."

"맞아요."

샤시는 영민한 젊은이였다. 내가 하는 말과 하려는 말의 맥락을 읽어낼 능력이 충분한—유머 감각이 부족한 게 흠이지만. 나 또한 샤시가 무엇을 의아해하는지 알 수 있었다. 이십 년도 넘게 함구해온 사연을 이제 와 밝히려는 이유는 무엇인지, 그걸 다른 인터뷰어나 르포 작가들, 다큐멘터리 감독들이 아니라 하필 자신에게 말하려는 건 또 어째서인지.

"이제 말하고 싶어요. 너무 오래 숨겼으니까."

나는 솔직한 심정을 고백한 것이었지만 이것만이 유일한 진실이라 할 수는 없었다. 샤시의 역할에 대한 나의 생각은 말하지 않았으니까. 샤시가 나의 사연을 필요로 하듯, 내게도 마침 샤시 같은 사람이 필요했다. 영민하지만 경력은 없는 사람, 완전히 무명에 가까운 사람. 후일 그가 성공했을 때, 그의 성공에서 나의 영향력이 차지하는 지분이 거의 100%라고 말해도 좋을 사람.

말하자면 나는 한 영민한 젊은이를 운좋은 젊은이로 만들어주는 역할을 맡고 싶었던 것이다. 그러면 나 자신에게는 그 역할을 능히 맡을 수 있다는 권능감이 주어지니까. 만일 샤시가 끝내 내 앞에 나타나지 않았다면 나는 다른 젊고 재능이 있으며 경력이 없는—또한 아마도 말릭 씨氏가 아닐—누군가를 찾아 그 영광을 누리게 했을 것이다. 내가 아직 아무에게도 털어놓은 적 없는 이야기를 듣는 영광.

"그럼……"

샤시는 심호흡을 했다.

"2001년이었던가요? 교수님께서 미코박테륨 부레니칼루이아Mycobacterium Vuresnikalouia, 소위 로로마라는 미생물을 발견하신 때가요."

나는 고개를 끄덕였다.

내가 발견한 것은 사랑의 묘약이 아니었지만 많은 사람이 그렇게 생각했다. 사랑과 관계된, 강력한 힘을 가진 물질이라는 점이 착시를 일으키는 듯했다. 지식이라는 것의 속성이 그러하다. 확산될수록 단순화되고 그만큼 오인의 가능성이 커진다. 가령 수은이 몸에 나쁘다는 것은 누구나 아는 상식이지만 그것이 구체적으로 어떤 성질을 띠는지, 그래서 인체에 어떻게 해로운 영향을 미치는지는 관련된 교육을 받은 사람들만 아는 것처럼. 또한 사랑이라는 정서 활동의 속성이 원체 그렇다, 그것에 연루된 현상들은 이성적 사고를 마비시키는 경향이 있다.

때문에 사람들은 로로마가 사랑에 빠지게 해주는 물질이라고, 그것의 존재를 세간에 알린 나 천이쥔은 사랑의 전문가일 거라고 믿고 싶어했다. 로로마의 효과는 될 수 있으면 사랑을 하는 쪽이 하지 않는 쪽보다 낫다고 느낄 만한 것이기에 '사랑에 빠지게 해준다'는 미신이 아주 틀린 것이라 단언할 수는 없지만, 나에 관한 오해는 분명한 오류였고 내게는 그에 따른 실질적인 피해가 발생했다. 애정을 갈구하거나 살해 협박을 하는 사람들이 나타나는가 하면 불특정 다수에게 내 근황을 알리는 글과 사진이 비정기적으로 인터넷에 올라왔다.

그런 소동들이 잠잠해진 지도 몇 년 되지 않았다. 그 이유는 무엇일까, 내가 로로마를 발견했다는 건조한 사실과 연구에 따른 학술적인 정보만을 공개했을 때 그토록 흥분했던 사람들이 이제는 조용해진 이유. 크게 두 가지를 원인으로 지목할 수 있을 것이다. 로로마 사용이 공식화된 지역이 늘어나면서 그에 대한 오해가 불식된 것, 그리고 충분히 나이를 먹은 내가

더는 매혹적이고도 위험한—마녀 같은—존재로 보이지 않게
된 것. 나는 이제 말할 수 있지만, 사람들은 전처럼 나에게 관
심을 보이지 않는다. 그렇기에 지금이 말하기에 가장 적절할
때라고 나는 생각했다.

어째서 지금까지 주저해왔고 또 어째서 이제는 괜찮은지를
더 해명할 필요는 없을 것이다. 논리적 사고가 가능한 사람이
라면 누구나 로로마의 발견 경위가 당연히 발견자 본인의 사
랑 이야기일 수밖에 없음을 짐작할 테니까.

그러나 그해 내게 주어진 경험 중 가장 큰 일이 무엇이었는
지 손꼽기는 쉽지 않다. 다만 그 모두가 분명한 인과로 이어져
있으므로 먼저 일어난 일부터 앞세우는 편이 좋을 것이다.

당시에 내가 지내던 곳은 시드니. 박사과정 중이었고 현지
에 자리를 잡은 친척이 내준 방에 공짜로 살았으며 따라서 다
른 일은 하지 않았다. 내가 알던 다른 유학생들, 즉 한 주에 한
번씩 부과되는 호주식 방세를 감당하려니 생활비가 부족해 학
생비자로 허용되는, 혹은 그 이상의 파트타임 잡을 병행해야
했던 사람들의 처지를 생각하면 엄청난 특혜였지만, 정작 나
로서는 불만이 더 컸다. 나는 약혼자와 함께 살고 싶었는데,
그랬다가는 고모와 사촌들이 바로 어머니에게 일러바칠 게 뻔
했기 때문이다.

말할 나위 없이 엄한 분위기의 집안에서 자라난 덕에 나로서도 동거라는 개념 자체가 다소 부담스럽기는 했다. 다른 유학생들은 방세 절약 차원에서 비교적 가벼운 관계여도 금세 동거를 시작하곤 해서 내가 시대에 뒤떨어졌거나 지나치게 겁이 많은 건 아닌지 자문해볼 때도 있었다. 지금 와서 생각해보면 나는 뒤처지거나 소심했다기보다—그 또한 맞을 수도 있지만—그저 부유했던 것이다, 그때껏 학습받은 생활과 문화의 방식을 바꾸지 않아도 될 만큼.

대만 본가에서 상당한 금액을 지원받아 시드니에 딤섬집을 차린 고모는 집안의 큰며느리인 내 어머니의 말을 거스를 수 없었고, 덕분에 시드니 집은 타이베이 집의 축소판 혹은 식민지처럼 느껴졌다. 어머니가 원수라면 고모는 총독이었다고 할까. 결혼까지 운운할 만큼 깊은 관계의 연인과도 동거는 고사하고 외박 한번 마음 편히 할 수 없었던 까닭은 그것이다. 기껏 어머니 곁을 떠나와서는 결국 어머니의 분신에게 몸을 의탁했기 때문.

사촌들은 내가 호주인과 사귄다는 사실을 자기들 어머니나 내 어머니에게 말하지 않는 것만으로 꽤나 큰 은혜를 베풀고 있는 것처럼 굴었다. 나는 어머니, 고모 내외, 사촌들, 그들 모두가 중요한 사실을 간과하고 있다고 생각했다. 내 나이가 서른하나라는 사실. 부모님 지원을 받아 공부중인 학생이라고는 해도, 빌어먹을, 십대 여학생이 아니라 내 비즈니스 정도는 내가 알아서 해도 좋을 나이.

샘, 그러니까 새뮤얼 말릭, 나의 피앙세. 그도 유학생이었다. 그의 고향인 퍼스는 시드니에서 사천 킬로미터 정도 떨어진 곳의 도시였다. 사천 킬로미터는 타이베이와 도쿄의 왕복 거리에 달한다. 타이베이와 시드니의 거리는 그 두 배에 준하지만.

샘은 수줍음이 많고 외로움을 몹시 탔고 다정다감했다. 그 전까지 만나본 남자들과 비교했을 때도 물론 그랬지만, 이후에 맺었던 인연들을 비교 대상에 포함해도 압도적이라 할 수 있었다. 나는 샘의 외로움이 그의 다정함과 밀접하게 연결되어 있다고 느꼈다. 스스로가 외로움을, 그 쓸쓸하고 특징적인 맛을 너무나 잘 알기 때문에 상대에게는 그것을 감각할 틈을 주지 않으려 하는 식. 그렇다고 그가 징징거리는 남자였다는 말은 아니다. 샘은 매우 섬세한 사람이었지만 과묵하기도 했다. 그런 점에 나는 매력을 느꼈지만, 내가 그에게 화를 낸 것도 주로 그 성격 때문이었다.

한번은 샘이 내게 그림책을 선물한 적이 있다. 내가 아는 책이었다. 단순히 이미 읽어본 책이라는 것이 아니라, 어릴 때 좋아하던 것들에 대해 나누던 대화에서 가볍게 언급한 적 있는 물건이란 의미다. 서양 전래동화 몇 편에 일본인 작가의 삽

화가 들어간 그 책은 1980년대 중반에 표준 중국어가 아닌 대만 민어로 간행된 것이었다. 이베이가 뭔지 몰랐던 그때의 나는 호주인인 샘이 현지에서도 찾기 힘들 물건을 구해와서 내게 건넸다는 사실에 몹시 놀랐고, 당연히 어느 정도는 감격했으나, 곧 내가 언급한 책이 바로 이것이라는 사실을 정확히 어떻게 알았는지를 추궁하기 시작했다. 샘은 내 사촌들과 주고받은 메일을 보여주었고 나는 사촌들이 쓴 답장 가운데서 '어릴 때 언니네 집에서 본 것 같긴 한데, 잘 기억이 안 나서 큰숙모께 전화를 걸어 여쭤봤더니'라는 표현을 기어이 찾아냈다.

쓸데없는 짓을!

샘은 자기의 로맨틱한 선물이 갈등의 단초가 될 거라고는 상상도 못했겠지만 나는 진노하며 길길이 뛰었다. 평소에는 굳이 안부도 묻지 않고 지내던 조카가 갑자기 전화를 걸어 이줜 언니가 어릴 때 제일 좋아하던 책이 뭐였죠? 물으면 어머니가 무슨 생각을 할까, 의심도 겁도 나보다 배는 많고 보수적이기로는 제곱도 넘을 나의 어머니가.

내가 막 호주에 오기 직전 어머니는 이왕 공부에 뜻을 뒀으니 결혼이 늦어지는 것은 참을 수 있어도 국제결혼만은 용인할 수 없다 말씀하셨고, 그때까지 그것은 그건 농담 또는 편집증적 망상—어머니의 성격을 생각하면 후자에 가깝다—일 뿐이었지만, 내가 샘을 만난 이상 어머니의 불안이 착각에 불과하다 말할 근거는 전혀 없게 되었다. 오히려 나는 어머니가 옳았음을 몸소 증명하고 있는 셈이었다. 이는 또한, 이후 나와 관련된 어머니의 모든 판단을 반박하기 어려워지리라는 전망의 일보이기도 했다. 내가 그때 그렇게 잘 알아듣게끔 말했는데도 너는 결국 외국인 사위를 데려왔잖니, 남은 평생 어머니가 곱씹을 레퍼토리가 너무도 뚜렷하게 그려진 나머지, 그렇게 말하는 음성을 벌써 들은 것 같은 느낌마저 들 정도였다.

물론 그렇다고 해서 샘과 헤어지고 싶은 것은 아니었다. 도리어 사랑은 그 어느 때보다도 깊고 강렬한 시기였다. 그도 마찬가지였기에 내게 깜짝 선물을 준 것이었겠지. 언젠가 준비를, 몸과 마음과 커리어의 만반을 갖추고 나면 어련히 어머니에게 그를 소개할 생각이었는데, 자칫 내가 어머니에게 통보하는 방식이 아니라 어머니가 내 과오를 들추는 방식으로 그의 존재를 알게 되면 나에게는 물론 샘에게도 전혀 이로울 것이 없다고 생각했을 뿐이다.

샘은 내가 제풀에 지쳐 화내기를 그칠 때까지 기다린 후에, 웃었다.

웃어 지금? 웃음이 나와? 그렇게 따지기에는 이미 화를 너무 내서 기운이 없는 참이었기에, 나도 따라 웃었다. 하하. 웃고 보니 맥이 빠졌다. 화를 낼 동안 내가 했던 모든 생각이야말로 아직 실제로는 일어나지 않은 일들에 대한 예단, 말하자면 어머니가 품고 사는 것과 꼭 닮은 종류의 편집증적 망상이라는 생각이 들었다. 수십 분에 걸쳐 악을 쓰고 머리를 쥐어뜯고 울먹거리며 그의 방을 서성이다 물을 벌컥벌컥 마시고 침대를 주먹으로 펑펑 두드리다가, 그가 웃자 따라 웃고, 내가 너무 과민했던 것 같다고 사과하기까지 샘이 내게 한 말은 서너 마디에 불과했다. 미안해. 아니, 내 생각이 짧았어. 괜찮아.

그런 사람이었다. 나와는 '여우와 두루미'처럼 달랐지만, 그를 만나고서 나는 다르기 때문에 가능한 공생의 형태도 있는 게 아닌지를 생각하게 되었다. 여우와 두루미의 주둥이는 서로 다르게 생겼지만 먹이도 달라서 다툴 필요가 없다. 여우에게는 두루미가 갖지 못한 풍성한 꼬리가 있고 두루미는 여우에게 없는 가늘고 우아한 목을 가졌다. 그는 나의 크고 작은 불안들을 진정시켰고 나는 그의 단조로운 생활에 리듬을 불어넣는 역할을 했다, 고 생각한다.

때문에 그가 왜 죽음을 선택해야 했는지를 나는 모른다. 나는 우리가 달라서 어울리는 한 쌍이라고 생각했지만, 결국 달랐기 때문에, 정작 그의 생각은 어떠한지를 알지 못했다. 내가 보기에 그는 외로움을 많이 타기는 해도 우울한 사람은 아니었다. 우리에게는 그럴싸한 계획도 있었다. 크게는 장래의 커리어며 가족계획부터 작게는 다가올 방학, 연말 추수감사절과 성탄절 계획까지.

교정에서 맞닥뜨린 경찰이 그의 마지막을 알려주었을 때 나는 울지도 않았다. 도저히 믿을 수 없었기 때문이다. 당신이 진Gene, 맞죠? 경찰은 내 영어 이름이 적혀 있는 편지 봉투를 건넸다. 봉투에 든 엽서 크기의 얇은 종이에는 단 한 문장이 적혀 있었다.

I LOVE YOU

의심할 나위 없는 샘의 손글씨였다. 팔랑거리는 종이를 뒤집어보니 뒷면에도 메시지가 있었다.

YOU DON'T.

나는 반쯤 미쳐버렸다.

샤시에게 이 모든 이야기를 할 생각은 없었다. 나는 이렇게 말했다.

"당시에 나는 시드니에서 박사과정을 밟고 있었어요. 약혼자가 있었죠. 큰 전조 없이 그가 자살을 했어요. 그 일로 괴로워하다가 친척들의 권유로 여행을 해보기로 했죠. 시드니는 항구도시라서 제도諸島 크루즈 투어 프로그램이 많아요. 어디로 가는지는 크게 중요하지 않아서, 내 일정에 맞는 배 아무거나 예약해달라고 여행사에 말해뒀죠. 피지섬 크루즈라는 걸 당일에 알았어요."

물론 여행사에서는 여행안내 카탈로그를 미리 집으로 보내줬다. 나는 그걸 뜯지도 않고 봉투 겉면에다 출발 일시만 메모해뒀다가 그대로 들고 나갔다. 투어 프로그램이나 크루즈 시설 같은 것은 그때그때, 현장에서 확인하는 편이 좀더 재미있을 거라 생각하기도 했지만, 진심으로 흥미를 느끼지는 못한 탓이 물론 컸다. 그래도 사고가 날 것을 미리 알았다면 여행자 보험증서는 좀더 주의깊게 봐두었을 것이다. 내게서 돈냄새를 맡았을 여행사가 알아서 프리미엄 플랜을 맞춰주긴 했지만, 수혜자가 될 내가 구체적인 보장 내용을 알아둬서 나쁠 건 없으니까.

그러나 그런 일이 정말로 일어날 거라는 생각을 대체, 어느 누가, 진심으로 하겠는가.

"문라이트 가닛 호 사고는 저도 알고…… 제가 좀더 조사해서 쓰면 되니까 자세히 묘사하려고 하지 않으셔도 괜찮습니다. 시간이 흘렀다고는 해도 트라우마가 심할 수 있으니까요."

샤시의 말에 나는 이렇게 대답했다.

"아뇨, 괜찮아요. 지금도 내가 말해도 되겠다고 생각한 만큼만 말하고 있으니까, 일단 듣고 나서 빼야겠다고 생각되는 내용을 빼세요."

귀환 후에 알게 된 것이지만 전체 승객 중에 사망 및 실종자는 열일곱 명. 물론 최초 실종자로 기록된 사람은 그보다 많았는데, 대부분은 사고 지점 인근 섬에서 발견되었다. 그 가운데 나는 운이 조금 나쁜 편이었다. 바누아투 인근이었던 사고 지점에서 한참 떨어진 뉴칼레도니아까지 떠내려갔기 때문이다. 그러고도 숨이 붙은 채로 육지에 닿았다는 것이 얼마나 대단한 기적인지에 대해서는 이의가 없지만 말이다.

기절하지 않았다면 선체에서 구조될 수 있었을까? 다른 대부분의 승객들이 그랬듯이. 아니, 아마 죽었을 것이다. 사고는 밤중에 일어났고 다른 많은 승객과 마찬가지로 나도 자고 있었는데, 잠이 얕은 나는 선체가 뭔가에 부딪혀 울리는 굉음과 몸을 울리는 충격파를 감지하고 깨어났다.

내 몸은 여전히 침대에 접촉해 있었지만 동시에 나는 반쯤 물구나무를 선 채였다. 배가 기울어 정수리가 벽에 닿고 있었던 것이다. 중력을 따라 쏟아지듯 침대를 벗어나 구명조끼를 입었다. 불을 켰는지, 끈 채였는지는 정확히 기억나지 않는다. 어두운 가운데 발등을 적시는 차가운 물을 느꼈던 기억이 있는 것으로 보아 미처 불을 켤 정신이 없었던 것 같다는 생각은 드는데, 그러면 구명조끼는 어떻게 찾아 입은 것인지가 모호

해진다. 여하간 구명조끼 덕에 죽지 않고 표류한 것만은 분명하니 그날 밤 사고에 대한 기억과 감각의 착란을 완전히 해명할 필요는 없을 것이다.

나는 살면서 딱 한 번 과호흡을 경험했는데, 그때가 바로 그 순간이었다. 이게 정말 실제 상황인지, 실제라면 얼마나 심각한 상황인지, 심각한 상황이라면 안내 방송은 왜 나오지 않는지, 그런 일련의 생각들이 온통 물리적인 부피를 가지게 되어 목을 누르고 가슴 아래로 침범해오는 것처럼 느껴졌다. 모두 함께 머물기에는 두개골 안이 너무 붐비기라도 하는 듯이. 멀쩡하던 갈비뼈들이 주먹 쥔 손가락들같이 안으로 구부러져 폐를 찌르는 것처럼 고통스러웠다. 외중에 안 그래도 사촌들이 여행을 추천하긴 했지만 크루즈는 위험하지 않겠냐고 한 게 떠올랐고, 그땐 그게 내가 설마 약혼자를 뒤따를까봐 걱정하는 건 줄 알고 코웃음을 쳤는데, 꼭 그런 의미만은 아니었을지도 모르겠다는 생각도 들었고, 그 외에도 여러 생각, 평생을 해도 모자랄 무수한 생각을 짧고 고통스러운 호흡 속에 이어가다가, 마치 과열된 컴퓨터가 예고 없이 꺼지는 것처럼 나는 정신을 잃었던 것이다.

"나에게 운이 정말 좋았다고 하는 사람들도 있어요. 특히 가까운 사람들이 그래요. 내가 겪은 일을 어느 정도 아는 사람들. 아주 틀린 말이라 할 수는 없겠지요. 나는 결국 목숨을 건졌고, 덤으로 로로마도 발견했으니까요.”

이쯤에서 나는 올리브를 뺀 마티니를 한 잔 더 주문했다.

“그건 나한테 이런 말로 들려요. 아, 당신은 도박에서 이겼군요, 목숨을 베팅해서 엄청난 걸 따낸 거예요. 그렇게 멍청한 소리가 또 있을까요. 이렇게 대답하고 싶어요, 그럼 당신이 해보지 그러세요. 당신도 목숨을 걸고 요행을 한번 노려보라고요. 만약 시간을 돌려서 그 배에 탈 건지 안 탈 건지를 다시 결정할 수 있다면 나는 안 탈 거예요. 그 결과가 내 인생에서 가장 큰 업적이자 인류사적으로 중대한 발견을 하나 무효로 만드는 거라 해도.”

해안에 닿을 때까지 정신을 잃은 상태였기 때문에 내가 목숨을 보전한 까닭은 확실히 알 수 없지만, 선실에 물이 어느 정도 차오른 후에 벽면이 파손되어 바깥으로 빠져나올 수 있었던 것으로 추정된다. 인터넷으로 문라이트 가닛 호의 사고 사진을 찾아보면 크루즈 앞부분 60%가량이 암초 위에 얹혀 있는 꼴이다. 먼저 빠른 속도로 암초에 기어오를 때의 충격으로 선체 중앙부에 파손이 발생한 다음, 암초에 오르지 못한 뒷부분이 무게를 못 이겨 뒤로 넘어가면서 파손 부위가 더 벌어진 것이라는 설이 지배적이다. 달걀프라이를 떠올리면 이해가 빠를 것이다. 양쪽으로 갈라진 껍데기 속에서 흘러나오는 알

맹이. 내가 떨어진 곳은 프라이팬이 아니라 바누아투 앞바다였고, 그곳을 떠돌다 어떤 섬의 해안가에 밀려들었다는 점이다르지만.

"섬 이름을 밝힐 수 없는 건 이해해줘요. 로로마 발원지라고 관광객이 몰려드는 건 곤란하거든요."

"아, 그럼요. 그런데 수몰 위기 지역이라고 하던데요."

"연구 인력들 사이에선 꽤 알려진 편이라서 그런 얘기가 나온 모양인데, 비밀 유지 서약으로 엄연히 보호되고 있는 정보예요."

나는 마티니 잔 손잡이를 쥐고 잔 속에 든 액체를 빙글빙글 굴리다가 말했다.

"이 정도는 얘기해도 되겠네요. 섬사람들은 자기들 땅을 카구라고 불렀어요. 행정명하고는 별도로. 카구는 새 이름이에요. 뉴칼레도니아 일대에 서식하는 희귀종인데, 그 섬에 꽤 많이 살았어요."

그 섬 사람들이 스스로를 카구인ㅅ이라 부른 데는 다른 이유도 있었다. 카구라는 새는 카구과 카구속의 유일 종으로 혈족 중심적 무리 생활을 하는 것이 특징인데, 주로 일부일처로 짝을 이루지만 한 암컷과 형제 관계의 수컷 여러 마리가 하나의 무리를 이루는 경우도 드물지 않다. 이러한 정보가 생태학적으로 규명된 것은 2010년대 무렵의 일이지만 그와 흡사한 형태의 혼인 관계를 맺는 카구 사람들은 훨씬 오래전부터 그 사실을 알던 것으로 추정된다.

물론 이런 것들을 생각할 여유는 긴 표류를 끝내고 저체온증으로 죽을 위기를 벗어난 지 한참은 더 지나서야 생겼다.

물에 닿은 내가 정신을 차린 것은 뭔가 뜨거운 물체가 내 팔을 감싸고 있다는 느낌 때문이었다. 소스라치며 깨어난 나는 그 뜨거운 것이 다름 아닌 사람의 손이고, 내 팔이 너무 차가워 정상적인 체온을 뜨겁게 느꼈음을 알았다. 곧 정신을 잃기 직전의 기억, 그러니까 몇 시간 혹은 몇십 시간 전에 일어난 선박 사고의 기억과 인상이 한꺼번에 떠올랐고, 머리가 날카로운 것으로 찔리는 것처럼 아팠다. 억지로 몸을 일으키려 하자 구역감이 몰려왔다. 나는 옆으로 반 바퀴 구르듯 엎드려 모래 위에 밝은 오렌지색 곤죽을 뱉었다. 바닷물이 많이 섞여 시거나 떫은 맛보다 짠맛이 더 진했던 그 토사물의 주재료는 전날 크루즈에서의 마지막 식사였던 호박 요리인 듯했다.

나를 발견한 이가 내 팔과 어깨를 붙들어 일으켜 앉혀주었다. 그제야 그의 얼굴이 눈에 들어왔다. 사과 과육의 색깔처럼 밝은 금발과 청금석 홍채, 황갈색 피부. 멜라네시안이었다. 사진으로밖에 본 적 없는 생김새를 한 인물이 내게 뭐라뭐라 말을 걸고 있었는데, 그 역시 알아들을 수 없는 언어였다.

갑자기 막막해져서 울고 싶었지만 울 기운이 없었다. 나는 구명조끼를 잡아당겼다. 몸에 딱 맞게 조인 벨트 때문에 숨쉬기가 버거웠는데, 손아귀에 힘이 없어 버클을 풀 수 없었다. 나의 구조자가 손을 빌려주었다. 플라스틱 버클을 푸는 요령을 모르는 것 같아 내가 시범을 보여야 했다. 가까스로 구명조끼를 벗어던진 후에도 숨쉬기는 여전히 불편했다. 내가 얼굴을 찡그리자 그는 내 앞에 무릎을 꿇고 양손으로 자기 가슴을 가리켰다.

토리에모.

그가 말하고 내가 따라 했다. 토리에모. 그것이 그의 이름인 듯하다고―역시 그랬다―나는 생각했다. 그의 이름을 들었으니 내 이름도 말하는 것이 옳은 순서였겠지만, 갑작스레 엄청난 오한이 몸을 덮쳤고, 나는 나의 모국어로 급히 말했다. 안아, 빨리 나를 안아.

물론 그때 내가 앉아 있던 곳은 햇살로 충분히 달구어진 모래밭 위였지만 표류의 후유증으로 심각하게 떨어진 체온을 빠르게 되찾으려면 다른 수단이 필요했는데, 그가 내게 벗어줄 여벌의 옷이나 나를 덮어줄 담요 같은 것을 지니고 있는 것처럼 보이지는 않았다. 당연히 토리에모도 내 말을 알아듣지 못했기 때문에 나는 몸짓을 동원했다. 팔에 힘이 없어서 내 동작은 의도와 조금 다르게 양손으로 스스로에게 물을 끼얹는 것처럼 맥없는 제스처가 되었는데, 다행히 토리에모는 내가 하려던 말이 무엇이었는지를 이해했다. 그가 나를 안자 나는 불을 안은 듯한 느낌이었다.

그 덕에 내가 아직 살아 있다는 점이 중요하다.

차라리 그때 죽었으면 좋았겠다는 생각도 한 적 있다. 나는 스스로를 비교적 삶의 의지가 강력한 사람이라 생각했고 지금까지도 그 생각은 크게 변하지 않았지만, 누구라도 나와 같은 상황에 처한다면 한 번쯤은 그런 생각을 해볼 것이다. 나보다 훨씬 억척스러운, 예를 들어 나의 어머니 같은 사람이라 해도 말이다.

카구섬은 작았다. 비교하자면 지베이吉貝섬보다 조금 큰 정도가 아닐까. 해안을 따라 걸으면 출발 지점으로 돌아오기까지 한나절이 채 걸리지 않는 섬이었다. 해안선 끝에서는 로열티제도, 다른 쪽 끝에서는 바누아투제도의 일부를 육안으로 관측할 수 있었다.

물론 그때는 카구에서 보이는 섬들이 정확히 어떤 곳인지 몰랐지만, 적어도 이보다 큰 섬들이라는 것만은 알았다. 그쪽에는 가족들에게 연락을 취할 수단이 있을 것으로 추정할 만했다. 카구섬에는 그런 것이 없었다. 장거리 연락 수단뿐일까, 체류 기간 동안 서구 문명의 흔적이랄 것을 거의 발견할 수 없었다. 유일하게 이질적인 것은 집집마다 기르는 돼지뿐이었다. 이 또한 나중에 알게 된 것이지만, 뉴칼레도니아에 사는 포유류는 박쥐류와 고래류가 거의 전부라고 한다. 나머지는 전부 인간에 의해 전래된 것이다.

전체적으로 고깔 모양이라고 할까, 섬 중심부에 해발 삼백 미터가량의 꼭대기가 있고 해변으로 갈수록 고도가 낮아지는 지형이었다. 때문에 이론상 중심부에서는 로열티 아일랜드와 바누아투를 동시에 볼 수 있을 것 같지만 실제로는 그렇지 않다. 빽빽한 숲 때문에 시야가 확보되지 않는다. 이러한 환경의 영향으로 대부분의 주민은 해변과 숲의 경계부에 살았다. 내가 파악한 바로는 2001년 당시 섬 전체에 오십여 호의 가구가 있었고, 총인구수는 사백 명 내외.

나는 토리에모의 집에 머물게 되었다. 그의 조부모와 부모, 여동생 둘과 함께. 토리에모가 장남은 아니었다. 위로 가정을 이루어 독립한 형이 두 명. 특별한 사유가 없으면 토리에모도 형들과 같은 여자와 결혼할 예정이었다. 그것이 카구섬의 풍습이니까.

첫 며칠, 어쩌면 몇 주 정도는 날마다 울었다. 살아남았고, 마침 사람이 사는 섬에 흘러든 것까지는 좋았지만, 그 섬을 벗어날 방도가 보이지 않았기 때문이었다. 한나절이면 충분히 돌아볼 수 있는 섬 전체 해안 그 어디에도 현대적인 배가 정박할 시설이 없었다. 물론 섬의 전통 방식으로 만든 낚시용 보트 정도는 어디에서나 발견할 수 있었지만, 그 배로 저 섬까지

갈 수 없겠느냐는 물음을 전달할 방법이 없었다. 가슴을 치며 모래 위에 그림을 그리고 몸짓으로 저 먼 곳을 가리켜도 카구 인들은 나를 멀뚱멀뚱 볼 뿐이었다. 모두 친절하고 마음씨 좋은—나처럼 말도 안 통하고 생김새도 확연히 다른 사람에게 생존에 필요한 자원을 아낌없이 제공했다는 점을 생각하면— 사람들인데도, 또한 가야 할 곳이 버젓이 눈앞에 보이는데도 상황을 바꿀 수 없다는 점이 나를 더욱 미치게 만들었다.

그러던 어느 날, 여느 때처럼 해변에 앉아 훌쩍거리던 나는 문득 마거릿 미드를 떠올렸다. 이 섬에서 그리 멀지 않은—알고 보니 생각보다 훨씬 멀었다—사모아에서 필드워크를 하고 세계사에 길이 남을 명저를 써낸 인류학자를. 내 전공은 인류학이 아니었지만, 카구섬이 학술적으로 흥미로운 환경임은 분명해 보였다. 어쩌면 이곳에서의 체험들이 내 커리어에 좋은 영향을 미칠지도 모른다는 생각이 들었다.

"정말 그런 생각을 하셨어요?"

내내 말없이 듣고 있던 샤시가 갑자기 물었다. 나는 웃었다. 왜 그런 질문을 하는지 알 것 같았다.

"위인전 같은 데서 나오는 전환점 같죠? 나중에 끼워맞춘 것 같은. 강한 의지를 가졌더니 결국은 그 의지대로 되더라, 그런 말처럼 들리죠."

샤시는 긍정도 부정도 하지 않았다.

"하지만 정말 그랬어요. 그런 생각이라도 안 하면 미쳐버릴 것 같아서."

말마따나 그런 생각을 했다고 나의 마음가짐이 하루아침에 완전히 바뀐 것은 아니었다. 이 체험이 나중에는 의미를 갖게 될 수도 있다는 막연한 생각은 언젠가 구조될 거라는 믿음을 전제할 때만 의미 있는 것이어서. 그대로 어디로도 가지 못한 채 그 섬에서 일생을 마치게 될 것이 두려워 자주 울었다. 다만 그 생각을 하기 전보다 울음의 빈도가 줄어든 것만은 확실하다. 머리카락을 모으기 시작한 것도 바로 그날부터다.

카구섬에서 지낼 동안 나는 토리에모의 여동생들에게 빌린 옷을 주로 입었다. 표류 당시 내가 입고 있던 옷들은 담수에 행구고 말린 채 그대로 갖고만 있었는데, 어느 날부터는 바지 주머니에 내 머리카락을 하루 한 가닥씩 넣기 시작했다. 체류 일수를 헤아리고 싶지만 변변한 필기도구가 없고, 몸에 새기 자니 문신 기술이 없거니와 매일 고통을 무릅쓸 자신도 없고, 기록에 사용한 도구를 챙길 가방 같은 것도 따로 없어서 고심 끝에 짜낸 궁여지책이었다. 머리카락은 부패 속도가 매우 느리다. 수백, 수천 년 된 미라 중에서도 풍성한 모발을 그대로 간직한 표본이 발견될 정도니.

후일 섬을 떠나 내가 모은 머리카락을 세어보니 202가닥이었다. 체류 초반 몇 주와 깜빡 잊고 지나간 날들을 빼도 대략

칠 개월에 달하는 시간을 그 섬에서 보낸 것이다.

나는 긴 숨을 한번 몰아쉬었다. 그동안 내가 가장 깊이 숨겨온, 동시에 언제나 털어놓고 싶었던 부분을 이야기할 때가 됐다.

토리에모는 형들의 아내와 결혼하지 않았다. 적어도 내가 카구섬에 체류할 동안에는 그랬다. 나는 그 섬을 떠난 이후 다시 방문하지 않았고, 현장에서의 추가 연구가 필요한 부분은 전부 다른 연구원에게 맡겼기에 이후 그가 결국 정해진 혼처로 갔는지 아닌지 모른다. 결혼 적령기의 청년이었던 그가 결혼을 거부한 이유는 물론 나 때문이었다. 그는 내가 여신이라고 생각했다. 비유나 과장 같은 것이 아니라 정말 그랬다.

체류 초반 몇 주간 나는 섬에서 사용하는 언어의 명사 수십 가지를 익혔고 그것으로도 어느 정도의 대화가 가능하게 되었지만, 당연하게도 그것만으로는 매우 제한적인 범위의 소통밖에 할 수 없었다. 그때 내가 배운 어휘 중 상당수가 인간의 3대 욕구와 밀접한 관련을 가진 말이었다는 점을 고려하면 그것이 생존 본능에 따른 습득이었음을 알 수 있을 것이다. 나의 카구어 회화는 그 수준에서 답보할 뿐 잘 늘지 않았다. 후속 연구에 따르면 카구어는 피지어의 크레올 언어로 추정되는데, 내가 이전에 학습한 다른 언어들과는 공통점이 전혀 없고—어순마저 완전히 달랐다—문자를 사용하지 않아서 체계적인 학습이 거의 불가능했다.

그런데 이렇게 말이 통하지 않는 상황에서도 토리에모의 열렬한 호감은 아주 쉽게 알 수 있었다. 그는 나를 위해 물고기를 낚았고, 낚은 물고기 일부를 팔아 내게 줄 옷과 장신구를 샀다. 내가 해변에 앉아 울면 울음을 그칠 때까지 옆에 앉아 있었고, 나 때문에 다른 가족들과 싸웠다.

그러던—다시 한번—어느 날 토리에모가 나를 산으로 데려갔다. 관찰 결과 토리에모에게 싸움을 거는 사람은 주로 그의 조모였는데, 그날도 조모와 다투고 집을 나온 김에 숲에 들어선 것이었다. 그때까지 내가 알기로 카구인들은 좀처럼 숲에 들어가지 않았기에 조금 이상하다 싶었지만, 토리에모가 내게 해되는 행동을 시킬 것 같지는 않아서 순순히 뒤따랐다.

그리 크지도 않은 섬이건만 산에 들어가니 수령이 상당한 나무들이 어깨를 다투며 자라 있어서, 밝고 뜨거운 해안가와는 공기가 다르게 느껴졌다. 토리에모는 가고 싶은 곳이 분명한 듯했지만 길을 조금 헤맸다. 얼마나 걸었을까, 나무 한 그루 없이 바닥에 이끼만 가득한 작은 공터가 나왔다. 공터 한구석에는 서로 이마를 맞댄 듯한 모양의 크고 넓적한 바위 셋과 그 사이에서 솟아나는 작은 수원이 있었다.

그것이 부레니칼루일라, 즉 여신의 샘이었다.

토리에모는 그것을 양손으로 떠서 마시는 시늉을 거푸 했다. 나는 토리에모가 내게 시범을 보이고 있음을, 내가 자기를 따라서 그 샘물을 마셔주기를 바란다는 것을 알아차렸지만 가만히 있었다. 뭐가 들어 있을 줄 알고 마시라는 거야? 생전 듣도 보도 못한 균이 분포해 있으면 어떡하라고, 원래 이 섬에 살던 사람들에게는 항원이 있을지 몰라도…… 내가 멀뚱멀뚱 서 있자 토리에모는 자기 손을 샘에 담가 그 물을 내 어깨로 옮겼다. 앗, 차가워. 뭐하는 짓이야. 나는 모국어로 그를 나무랐다. 그는 아랑곳 않고 계속 내게 물을 붓고 뿌렸다. 아, 그만해. 그가 손을 멈추지 않아서 나도 그에게 샘물을 끼얹었다. 적당히 하라고!

때아닌 물장난을 한참 하고 나서 토리에모가 나를 안았다. 몇 주 전 해안에서 내가 부탁했을 때 그랬던 것처럼. 그때 나는 산길을 한참 걸은 뒤여서 몸이 잘 데워져 있다고, 땀이 난다고 느꼈지만 장소는 어둡고 습한 숲속이었고 물장난도 꽤 했기에 피부는 차가웠다. 그래서 오랜만에 토리에모를 안은 느낌에는 분명한 기시감이 있었다. 이 사람은 불이야. 나는 그의 가슴에 귀를 붙인 채 생각했다. 사람의 심장이 이렇게 되어도 죽지 않는가 싶을 만큼 심박이 빨랐다. 그는 천천히 내게 입을 맞추기 시작했다. 정수리에, 이마에, 눈꺼풀 위에, 코에, 뺨에, 입술에. 밀어낼까, 하는 생각은 정수리와 눈꺼풀 사이를 떠돌다 옅어졌다.

　나는 삼십대 초반이었고, 불과 그 몇 개월 전까지만 해도 활발하고 규칙적인 성생활을 유지하고 있었다. 섹스를 안 한다고 죽지는 않는다는 것을 잘 알지만, 할 수 있을 때 해두는 편이 낫다고 믿기도 했다.

　"그, 토리에모라는 분과 연인 관계가 된 건가요?"

　샤시의 물음에 나는 웃음을 터뜨렸다.

　"그게 아니라면 내가 로로마의 효과를 어떻게 알았겠어요."

　효과는 즉발적이었다. 로로마와 토리에모의 몸, 둘 다. 나는 토리에모가 열의는 있지만 요령은 모른다는 것을 금방 알아차렸다. 어디를 어떻게 해야 하는지 몰라 끙끙거리는 그의 얼굴이 몹시 사랑스럽게 느껴져 나도 깜짝 놀랐다. 나는 이런 사람이었나, 몸을 엮고 나서야 사랑을 느끼는 사람? 아니, 그보다는 현저하게 미숙한 누군가에게 뭔가를 베풀 수 있는 상황을 선호하는 사람이 아닐까. 이전까지 토리에모는 나의 구조자, 보호자였다. 그런데 이런 상황에서는 그가 나를 안내자로 여기며 전적으로 의존한다는 사실이 마음에 들었다. 나는 토리에모의 정확한 나이를 지금도 모르고 그때도 몰랐지만, 그가 나보다 훨씬 어리다는 것은 확실히 알았다. 우리 둘은 동시에 탄성을 내뱉었다. 나의 모국어도 그의 모국어도 아니지만 그 둘 모두이기도 한 언어.

조금 후에 토리에모가 내 뺨을 어루만지며 말했다.

"나의 여신."

나는 이렇게 반응했다.

"뭐?"

내가 그의 말을 이해한 후에 그가 이해할 수 있는 언어로 대답했다는 사실을 우리 둘은 조금 늦게, 동시에 알아차렸다.

그것이 내 몸에 유입된 로로마가 최초로 나타낸 효과였다. 경이로울 정도의 언어능력 향상. 때문에 내가 세운 첫번째 가설은 이러했다—이 샘물에는 언어능력을 발달시켜주는 힘이 있다. 물론 매우 엉성한 가설인지라, 문제의 현상을 최초로 발견한 그 자리를 벗어나기도 전에 충분히 반박이 가능했다. 토리에모가 샘물의 효과를 알고 이용할 수 있었다면, 그는 왜 여태껏 내가 구사하는 언어를 이해하지 못했나? 또는, 왜 그동안 아무도 내게 이 샘물을 가져다주지 않았나? 이 샘물에 언어능력을 향상시켜주는 효과가 있다는 것이 카구섬 거주민 보편의 상식이라고 가정할 때, 내가 이 물을 사용하게 하는 편이 그 반대의 이득을 상회하지 않나?

이에 즉각 보완과 수정을 거친 두번째 가설. 이 샘물의 효능은 무작위의 능력을 성장시키는 것인데 그 효과가 체질에 따라 나타나기도 하고 나타나지 않기도 한다.

"그때 이미 거의 실제에 가까운 가설을 세우신 거군요."

"논리적인 사고가 가능하다면 누구나 도달할 수 있는 결론이니까요. 거기서 알기 어려운 건 효과 발생의 트리거 정도였죠. 카구인들은 전부 어릴 때부터 로로마에 노출되어 있었고, 그때 거기에 실험군이라 할 만한 대상은 나 하나밖에 없었으니까."

완벽한 가설이 아니라고 해도 성분 정밀 조사와 실험을 진행해볼 가치는 충분했다. 마거릿 미드 맙소사, 내가 정말 뭔가를 발견하다니. 마침 내게는 토리에모에게 이 섬을 떠날 수 있게 도와달라고 말할 언어능력까지 생긴 참이었다. 나는 전례를 찾기 힘들 만큼 흥분한 상태로 산을 내려왔다.

집에 돌아온 내가 카구섬 말로 인사를 건네자 토리에모의 할머니는 대경실색해서 건강에 무리가 갈까봐 걱정이 될 정도였는데, 이내 평정을 되찾더니 잔소리를 늘어놓았다. 네가 이 집에 온 게 언제인데, 너는 왜 밤낮 울기만 하고 쓸모 있는 일은 아무것도 하지 않느냐, 밥을 먹고 싶으면 일을 해야 한다는 것도 모르느냐. 나는 그간 토리에모와 그의 가족들이 싸운 이유가 바로 그것임을 알고 웃음을 터뜨렸다.

모국어가 아닌 언어를 학습해본 사람이라면 누구나, 자신이 실력 없는 통역사가 된 것 같은 경험을 해보았을 것이다. 머릿속에서 모국어 표현을 먼저 떠올린 다음 의식적인 번역을 거쳐야만 외국어로 말할 수 있는, 그 언어를 배우고 익히기는 했으나 자신 있게 구사할 수는 없는 단계. 이에 언어 학습 전문가들이 입을 모아 강조하는 바는, 모국어 사용 환경을 축소 혹은 차단하고 학습할 언어의 노출 기회와 면적을 최대한 확장하라는 것이다. 언어 학습은 지식, 언어 구사는 기술이다. 머릿속의 지식을 구강의 기술로 연결하기 위해서는 실제로 그 언어가 사용되는 환경에 반복적으로 노출되어야 한다. 그러나 필요한 노출의 정도는 사람마다 다르다. 한두 달 사이 새로운 언어에 적응하는 사람이 있는가 하면 육 개월, 일 년 이상 머릿속 통역사 단계를 벗어나지 못하는 사람도 있다.

내 경우, 누적된 언어 노출의 경험이 폭발적인 속도의 이해로 전환된 것으로 추정되었다. 불과 몇 시간 전까지 조금도 이해할 수 없었던 카구어, 그것도 치아가 네 개밖에 남지 않은 노인의 발화를 완벽하게 알아들을 수 있다는 게 너무도 신기해서 말의 내용과는 상관없이 자꾸 웃음이 났다. 물론 토리에모가 밥값도 못하는 객식구를 집에 데려와 내내 혼이 났다는 것을 알고 나니 미안했지만, 몸 둘 바를 모를 만큼 송구하지는 않았다. 나라고 신세를 지고 싶어지는 것은 아니었고, 무사히 본가에 돌아갈 수만 있다면 섭섭잖게 보상을 치러줄 용의도 있었다.

괜찮아요, 저는 곧 떠날 거니까.

나는 의기양양하게 말했다. 바지 주머니에 모은 머리카락이 서른 가닥을 채 넘지 않을 때였다.

 '여신의 샘'을 피지어로 직역하면 이렇다. 마타 니 와이 니 칼루 야레와Mata ni wai ni kalou yalewa, 마타는 근원을, 니는 '-의'를, 와이는 물을 뜻한다. 마타 니 와이, 물의 근원. 칼루는 신, 야레와는 여성이다. 카구에서 같은 뜻의 말은 부레-니-칼루-일라. 원본 언어와의 유사성이 여전히 남아 있지만 변형도 상당히 일어난 형태임을 확인할 수 있다.
 카구어는 카구섬의 공용어이며, 전 세계의 카구어 사용자 수는 카구섬 인구수와 동일하다. 뉴칼레도니아의 다른 섬의 경우 카구어는커녕 피지 크레올 언어도 사용하지 않는다. 카구섬의 문화는 주변 섬들과 비교해 배타적인 편이다. 이미 언급한 가족 문화도 그렇지만, 전승이나 설화, 민간신앙 모두가 주변 섬들과 공유되지 않는다.
 언어를 이해할 수 있게 된 후로 카구섬 생활은 문화적으로 보다 풍요로워졌다. 카구섬 사람들은 자신들의 선조가 무인도를 찾아온 삼 형제와 인간 여성으로 변신한 카구새라 믿었고—나는 이 설화와 그들이 사용하는 언어 사이에 분명한 연관성이 있다고 생각했다—숲을 신성시했으며 숲에서든 그 밖에서든 죽은 카구새를 발견하면 반드시 땅에 묻어주었다.
 부레니칼루일라는 여신의 샘이라는 이름대로 사랑의 여신

을 상징했다. 여신의 축복이 깃들어 사랑하는 이들에게 복을 내리는 것이라 전해지기도 했고, 샘 자체가 여신이 취한 다양한 형상 가운데 하나라는 전승도 있었다. 사랑의 여신은 변덕스러우며 모습도 곧잘 바꾸어, 카구섬에서 구전되는 모든 설화의 여주인공은 시대에 따라 모습을 달리한 사랑의 여신이라 여겨졌다. 사랑하는 여자를 여신이라 일컫는 것은 카구섬 사람들이 가진 언어에서 최대의 애정 표현이었다. 그들은 그것을 단순한 수사적 표현으로만 여기지 않았다. 신통한 효능을 보이는 여신의 샘이 있으니 여신의 실존을 의심할 이유가 없고, 사랑하는 이가 그의 화신이라 믿지 않을 이유 또한 없는 것이다.

이 비천한 내가 당신처럼 고귀한 존재를 감히 사랑합니다……

물론 이는 사랑에 빠진 이들이 즐기는 문법 가운데 하나다. 동서고금을 막론한 보편적인 경향이다. 자신과 상대의 가상의 낙차를 설정한 후에 그 낙차를 거침없이 침범함으로써 사랑의 크기를 확인하고 그 사랑의 성격을 더욱 극적인 것으로 만드는.

물론 나는 숭배받을 기회를 마다하는 성격이 아니었다.

카구섬에서 지낼 동안 나는 섬사람들 모두와 두루 나쁘지 않은 관계를 유지했지만 이 모든 이야기의 주된 구술자는 토리에모였다. 서구식의 현대적 교육제도의 혜택을 받지 못했어도 토리에모는 총명한 청년이었다. 그가 들려준 이야기 중에는 동아시아 문화권의 조녀설화鳥女說話와 유사한 것도 있었다. 카구섬의 건국신화라 할 수 있는 삼 형제와 카구새 이야기의 후일담 격으로, 삼 형제 중 막내가 아내의 정체를 형들에게 폭로하자 아내가 깃털 옷을 입고 카구새의 형상으로 돌아간다. 카구새는 원래 날지 못하는 새인데—'카구새가 아직 날아다니던 시절에'라는 말로 시작하는 이야기가 몇 있다—삼 형제의 아내는 본래 여신이기도 했기에 가볍게 섬 밖으로 날아가 버린다.

삼 형제의 막내. 토리에모는 자기와 그 설화의 어리석은 주인공의 공통점을 가볍게 생각하지 않았다. 나 또한 그 이야기에 단순한 옛이야기 이상의 의미가 있다고 생각했다. 카구섬의 전통적인 일처-형제다부 결혼 형태에서 가장 피해를 보는 사람은 여성과 남성 중 막내인 것처럼 보였기 때문이다. 일처다부제라 하면 언뜻 여성에게 더 많은 권한이 주어지는 것 같은 착각이 들지만 남성들이 서로 혈연이고 결국 같은 씨족의 후손을 남기는 것이 이 가족 형태의 목적임을 감안하면, 주도권이 어느 쪽에 있는지가 분명해진다. 그렇다면 남편-형제들 가운데 누가 아내에 대한 우선권을 가장 많이 행사할 것인가도 어렵지 않게 짐작할 수 있다.

다행히 카구섬에는 삼 형제의 막내가 행복해지는 이야기도 있었다. 먼저 장가든 두 형이 가장 잘난 막내에게 아내의 사랑을 빼앗길까 두려워하며 막내의 결혼 전날 그를 죽여 바다에 버리는데, 이를 딱하게 여긴 사랑의 여신이 막내를 되살린 뒤에 몸소 그의 아내가 되어주는 것이다. 토리에모는 이 이야기가 그와 나의 사연과 비슷하다고 생각했다. 삼 형제의 막내가 바다에서 여신을 발견한 이야기라서. 그때는 나야말로 죽기 일보 직전이었고, 내가 그를 구한 것이 아니라 그가 나를 구한 것이었다는 결정적 차이는 대수롭지 않게 여겼다.

이렇듯 많은 이야기를 내게 들려준 토리에모는 정작 내가 들려주는 이야기는 달가워하지 않았다. 자기가 늘어놓은 것과 비슷한 옛이야기는 그럭저럭 흥미롭게 들었지만, 섬 밖의 세계를, 오늘날의 저 너머를 묘사하는 이야기는 단호하게 거절했다.

참다못해 대체 왜 그러냐고, 내가 어디에서 왔는지를 그렇게 모른 척하며 어떻게 나를 사랑한다 할 수 있느냐고 따진 날이 있었다. 그러자 토리에모는 나를 쪽배에 태웠다.

"저기."

섬 둘레를 반 바퀴 돌아 토리에모는 바누아투를 가리켰다.

"저기."

한참 만에 토리에모는 로열티제도를 가리켰다.

"카구 사람들이 가면 죽어."

그렇게 말하고 그는 노를 저어 집 앞 해변으로 배를 몰았다.

이어진 설명에 따르면 카구섬 사람들이 주변 다른 섬에서 환영받지 못하는 것은 특유의 이질적인 문화 때문인 듯했다. 다른 섬 사람들이 보기에 카구 여자는 남자를 여럿 거느려야 하는 음녀, 카구 남자들은 여럿이서 한 여자를 욕보이는 놈들이었다. 토리에모의 조부모가 젊을 때만 해도 주변 섬과의 교류가 전혀 없지는 않았던 모양이지만, 카구섬 남자와 결혼했던 여자가 친정 섬으로 달아나면서 문제가 시작되었다.

"그건."

샤시는 실례되지 않을 말을 고르느라 고심하는 듯했다.

"말씀대로 이질적이지만 사회 구성원들의 합의된 문화라면, 외부인으로서는 옳다 그르다 말하기 어려울 것 같습니다."

"그것도 그렇지만, 나한테 제일 중요한 문제는 그게 아니었어요. 카구섬 사람들이 주변 섬으로 가는 게 용인되지 않는다면, 나는 대체 어떻게 그 섬을 탈출하지?"

내 말에 샤시는 짧게 탄식했다. 아, ……그러네요.

나는 회복 불가능할 것만 같은 충격에 휩싸였다. 듣기 싫다는 토리에모에게 자꾸만 섬 바깥 이야기를 들려주려 한 것은 그를 꼬드겨 카구섬을 탈출해보려는 계획의 초반 단계에 해당했는데, 제대로 실행에 옮겨보기도 원천 차단 및 완전 차단 처분이 내려진 것이었다.

그럼에도 나는 곧장 다음 계획을 구상하기 시작했다. 믿었던 토리에모가 아무 도움도 줄 수 없음을 확인한 이상, 자력구제만이 답이라는 생각이 들었다. 따지고 보면 토리에모에게 의존한 것부터가 잘못이었다. 나는 그가 나를 사랑하고 숭배하니 내가 바라는 모든 것을 힘껏 도와줄 거라 생각했지만, 그 사랑이 진정으로 크고 순정하다면 내가 섬을 떠나지 않길 바라는 마음도 그만큼 클 것이었다.

하지만 과연 내가 무엇을 할 수 있을 것인가.

나는 구조선을 소환하는 계획을 떠올렸다. 내가 죽지 않고 떠내려온 것이 운만은 아니라면, 섬은 사고 지점에서 그리 멀지 않은 곳이라 추정해볼 수 있었다. 사고 지점은 본래의 운항로와도 크게 떨어져 있지 않을 것이었고, 그렇다면 운항을 재개한 여객선이 지나가는 것을 볼 수도 있을 듯했다.

어째서 이런 계획을 바로 떠올리지 못했을까? 그때껏 섬에서는 큰 배가 지나가는 것을 한 번도 보지 못했기 때문이다. 배는 왜 한 척도 보이지 않았을까? 그건 장거리 크루즈선이 대체로 밤에 운항하기 때문이다. 내가 탔던 문라이트 가닛 호도 오전에 기항지에 승객들을 내려주었다가 저녁나절 다시 태워 밤 동안 다음 기항지를 향해 움직였다. 사고가 한밤중 바다 한가운데에서 일어난 것도 바로 그런 이유에서가 아니었나.

나는 밤마다 해변을 순찰하기 시작했다. 카구섬의 밤바다는 너무 어두워 멀리까지 보이진 않았지만 포기하지 않았다. 밤이 어두울수록 오히려 여객선이 밝힌 불이 잘 보일 거라 생각하며 스스로를 북돋웠다. 내가 예상한 방향에서 배가 나타나지 않을 가능성을 고려해 남쪽 해안과 북쪽 해안을 번갈아 살폈다. 며칠 밤 내내 허탕을 쳤지만 배가 매일 한 척씩 지나가는 것은 아니어서 그럴 거라고, 내가 반대편 해안을 보고 있을 때 지나갔을지 모른다고 생각하며 순찰 계획을 다시 짰다. 남쪽 사흘, 북쪽 사흘. 한 밤에 한 군데만.

순찰을 시작한 지 대략 열흘째 되는 밤에 먼바다에서 불빛을 보았다. 나는 몹시 흥분했지만 배를 발견한 조건을 기억하려고 애써 마음을 진정시켰다. 섬 남동쪽 해안, 달의 모양과 방향으로 미루어 자정 무렵이었다.

나는 그 불빛이 수평선을 따라 쭉 미끄러져 갈 것이라 생각했지만 불빛은 잠깐 나타났다가 점차 멀어지고 작아졌다. 구조를 요청할 수 있는 시간이 매우 짧다는 의미였다. 그럼에도 나는 기뻤다. 그것이 내가 카구섬에서 발견한 최초의 희망이었으니까.

추가 관찰을 통해 나는 남동쪽 해안의 불빛이 사흘 간격으로 나타난다는 것을 알아냈다. 매번 같은 시각은 아니었다. 첫번째 배가 자정에 지나갔다면 두번째 배는 새벽 두시, 세번째 배는 다시 자정, 네번째 배는 역시 두시, 홀짝 패턴의 반복이었다. 하나는 가는 배, 다른 하나는 오는 배로 추정되었지만, 두 배의 항로 모두 카구섬과 가깝지는 않았다.

다음 문제는 그 배가 나를 어떻게 발견하게 할 것인가였다. 낮이라면 거울을 쓰면 된다. 거울에 반사시킨 태양광은 기대 이상으로 먼 거리까지 닿는다. SOS 신호를 정확히 모르면 거울 앞면과 뒷면을 빠르게, 반복적으로 뒤집어 반사광이 깜빡깜빡거리게 하면 된다. 그것이 인위적인 현상임을, 즉 누군가 일부러 보내는 신호임을 알 수 있도록. 하지만 섬에는 거울이 없었고 배는 밤에만 지나갔다.

모닥불. 그보다 뾰족한 수는 떠오르지 않았다. 배에 빛이 닿을 가능성이 희박하다는 것은 알아도, 배에서 내가 피운 불을 발견한들—이쪽 섬들에는 사람이 산다는 것을 알기에—캠프파이어 같은 것으로 오해할 수 있다는 생각이 들어도.

극한상황에서 가까스로 탈출한 사람들은 사건 이후 생존주의자가 되는 경우가 많다. 생각하기도 싫은 일이지만 언젠가 그런 일이 또—최초 체험은 예상된 것이었던가?—일어날지 모르고, 과연 그때 내가 어떻게 했어야 하는지를 알고 싶기 때문에 생존에 도움이 되는 정보와 도구를 절박하게 수집하게 되는 것이다. 물론 나도 예외가 아니었다. 나중에 알게 된 것이지만 구조 요청을 보낼 목적으로 불을 피울 경우 세 개의 모닥불을 동시에 피우는 게 좋다. 내 모닥불이 효과를 발휘하지 못한 이유는 그래서였을까? 하나뿐이었기 때문?

지나가던 배에서는 과연 내가 피운 불을 보았을까?

나는 날마다 바지 주머니에 머리카락을 한 가닥씩 넣었고 사흘에 한 번은 밤의 해변으로 나가 불을 피우고 그 곁에서 밤을 새웠다. 내가 도시 태생인데다 부유한 편이니 고생을 모르리라 생각하는 건 괜찮지만, 끈기 없는 사람이라 생각하는 것은 곤란하다. 나는 동아시아 출신 이공계 여성이고 유학생이었다. 추종을 불허할 정도로 빼어나지는 못할지언정—물론 정말 빼어나지 않다는 것은 아니지만—꾸준함에서는 누구에게도 뒤지지 않는다고 자부했다.

하지만 매일의 할일을 빼먹지 않는다는 것이 내가 약하지 않다는 증거는 될 수 없었다.

그래서 어느 날은 모닥불 곁에 앉아 동이 틀 때까지 울었다. 내가 소리 내서 울기 시작하자 토리에모가 내 곁에 와 앉았다. 그에게 기대 울며 나는 샘을 떠올렸다. 토리에모를 사랑하지 않아서는 아니었다. 토리에모가 나의 자력구제 계획을 돕지 않는 것이 나를 사랑하지 않는다는 의미는 아닌 것과 마찬가지로.

나는 손목시계를 보았다. 네트워크 파티는 이십 분 전에 시작됐을 터였고, 나와 샤시뿐이었던 바 안에도 손님이 꽤 들어차 있었다.

"교수님, 이미 시간을 많이 할애해주신 건 알지만 결국 어떻게 카구섬에서 나왔는지 말씀해주셨으면 하는데요."

샤시는 조심스럽게 말했다. 나는 내내 별 동요가 없어 보이던 그가 그러는 것이 조금 마음에 들었다.

"그래요. 그 부분을 빼면 안 되겠죠."

나는 빈 마티니 잔에 시선을 고정한 채로 말했다. 내가 부끄러워한다는 사실을 샤시가 모르기를 바랐다.

"어머니였어요."

"어머니요?"

정말 그랬다. 어머니였다.

어머니가 나를 구했다.

동아시아 출신 딸들은 대부분 나와 같은 주장을 한다는 것을 알지만, 나의 어머니는 특별히 더 지독한 분이셨다. 자기 뜻대로 되지 않는 일을 참지 못했고 위신이 깎이느니 죽는 게 낫다고 생각했다. 그게 나를 비롯한 자녀들을, 가족들을 사랑하지 않았다는 뜻은 아니라는 것을 안다. 어머니에게는 어머니 나름의 방식이 있었다. 당신이 나를 사랑한다는 것을 알게 하는.

그 일은 갑자기 일어났다. 섬 남동쪽 앞바다에 소형 크루즈선이 나타난 일. 카구섬 해안은 수심이 무척 얕았기에, 추정컨

대 사백에서 오백 미터가량 바깥에서 배는 멈췄다. 이윽고 모터가 달린 고무보트가 내려왔다. 무서울 만큼 빠른 속도로 해변에 접근해오는 그 배에는 세 사람이 타고 있었다. 폴리네시안인 듯한 두 남자는 내가 모르는 사람이었지만 나머지 하나는 어머니였다.

어머니라니.

어머니는 울지도 않으셨다. 그래, 그렇게 지독한 분이셨다. 남국 바다에서 실종된 딸을 찾으려고 천문학적인 돈을 쓸 수 있지만, 마침내 찾아낸 딸 앞에서 눈물을 보이는 게 추태라고 생각하는 분. 물론 나는 울었다. 나는 내가 어머니를 꽤 닮았다고 생각했지만 카구섬에서의 시간들을 돌이켜보면 그렇지도 않은 것 같다. 섬에서 보낸 몇 개월간 흘린 눈물이 나머지 평생 몫의 세 배는 될 듯하다. 당연하게도 가장 많이 운 것은 마지막날이었다.

어머니는 나를 당장 배에 태우고 싶어했지만 내가 만류했다. 당장 집으로 돌아가고 싶지 않아서가 아니라, 적어도 내가 생존할 수 있게 도와준 섬사람들에게 마지막 인사 정도는 남기고 싶어서였다. 내 뜻을 안 어머니는 침착하게 기다려주었다. 어머니에게도 그게 도리라고 생각되었을 것이다.

카구섬 근처에 그렇게 큰 배가 머무른 것은 섬사람들 대부분에게 드문 볼거리라서 거의 전부가 구경을 나왔다. 따라서 섬사람들과 인사를 나누는 것도 그리 오래 걸릴 일은 아니었지만 나는 일부러 숲으로 들어갔다. 내가 표류할 때 입었던 옷을 들고 부레니칼루일라에 갔다. 샘물에 적신 옷을 들고 숲을 나왔다. 돌아갈 수 있다는 것만으로 너무나 기뻤지만, 빈손으로 돌아갈 생각은 없었던 것이다.

해안에 모인 섬사람들에게 언젠가 다시 만나면 좋겠다고 말하며 어머니가 타고 온 고무보트에 오르려던 때 토리에모가 나타났다. 누군가 그에게 내가 떠나려 한다는 소식을 전한 모양이었다. 그는 해안 저편 끝에서부터 괴성을 지르며 달려왔다. 그가 차올린 모래가 호를 그리며 햇빛을 연신 반사했다. 대략 세 걸음 떨어진 지점에서 그는 골세리머니를 하는 축구 선수처럼 무릎을 꿇고 미끄러져 내 팔을 붙들었다. 땀인지 바닷물인지에 젖은 손아귀가 축축했다.

"누구니?"

어머니가 물었다.

"친구예요."

나는 말했다. 토리에모가 내 모국어를 이해하지 못한다는 점을 의식하면서. 토리에모는 울며 내 무릎에 얼굴을 비볐다. 그가 넘어지며 내 다리에 묻힌 모래가 그와 나의 피부 사이에서 버스럭거렸다.

"뭐라고 하는 거니?"

나는 당황했다.

"모르겠어요."

거짓말이 아니었다. 한순간, 단 한 순간의 일이었다. 나는 떠나려는 나를 애처롭게 붙잡는 그가 징그럽다고 생각했다. 나를 사랑한다면서, 내가 행복해지는 게 싫은 거야? 내가 영원히 네 곁에서 불행하길 바라는 거야? 그렇게 생각하자 내게 매달린 그의 몸이 비정형의 괴물처럼 느껴졌고, 그 분명한 불쾌감 이후로는 카구섬의 언어가 전처럼 이해되지 않았다. 정확한 채널을 가리키던 라디오의 바늘이 아주 약간 옆으로 돌아가 음악이 별안간 소음으로 바뀐 것처럼.

"그것 때문인가요?"

샤시가 물었다.

"무엇 말이죠?"

"지금까지 카구섬에서의 경험을 공식적으로 말씀하신 적 없는 이유 말입니다. 교수님이 체류 기간 동안 로맨틱한 관계를 맺었던 토착민 남성을 끝내 외면했다는 죄책감 때문인지요."

샤시는 직설적으로 물었지만 질문에 악의나 나에 대한 편견이 있는 것처럼 보이지는 않았다. 나도 특별히 답변을 꾸며낼 생각 같은 것은 없었다.

"죄책감은 없어요."

적어도 토리에모에 대해서는 그랬다.

"나는 나르시시스트 성향이 꽤 강한 사람이에요. 그렇게 보이지 않아요? 토리에모가 안됐긴 해도 내가 그를 위해 희생해야 한다고 생각하진 않고요. 그 상황에서는 토리에모도 이기적인 요구를 한 거였죠. 그에 대해 내가 죄책감을 느껴야 하는 이유를 모르겠네요."

"제 생각에도 양보할 수 없는 상황이었던 것 같습니다."

우리는 자리에서 일어났다. 계산은 샤시가 했다. 샤시는 나를 엘리베이터까지 에스코트해주었다. 바 입구에서 엘리베이터까지의 짧은 길을 걷는 동안 우리는 둘 다 아무 말도 하지 않았다. 나는 카드키를 엘리베이터에 태그한 다음 샤시에게 손을 흔들어주었는데, 문이 완전히 닫히기 직전 열림 버튼을 눌렀다.

"조금만 더 들어줄래요?"

샤시는 엘리베이터에 탔다. 엘리베이터는 내가 누른 이십이 층을 향해 고속으로 상승하기 시작했다. 시간이 많지 않았지만 남은 이야기도 길지 않았다.

"아까 나를 데리러 온 어머니가 울지 않았다는 말을 했죠."

"네."

"집에 돌아가자마자 어머니는 우셨어요. 왜 그랬는지 아세요?"

"글쎄요."

"내가 임신을 했거든요."

나는 샤시의 놀란 얼굴을 보는 게 좋았다. 그렇지만 내가 웃은 것은 자기방어의 의미였다.

"그런데 나는 아이도 없고 결혼도 안 했어요. 무슨 뜻인지 생각해봐요."

나는 엘리베이터에서 내렸다. 문이 닫히며 샤시의 모습이 시야에서 사라졌다.

임신이 놀랄 만한 결과는 아니었다고 생각한다. 섬에서 나의 성생활은 대단히 왕성했기 때문이다. 토리에모가 나를 사랑해서 얻은 로로마의 효과도 이 사태의 원인 중 하나로 지목할 만했다. 그가 지녔던 성적 에너지는 그의 나무랄 데 없는 건강 상태와 젊은 나이로도 다 해명할 수 없는 수준이었다. 나는 토리에모와 그 주제로 대화한 적이 없고 그때로부터 많은 시간이 흘렀기에 이제는 정확한 답을 알기 어렵지만, 그에게 주어진 능력이 그런 것이었다는 가설을 철회할 이유는 없을 듯하다.

그때 아이를 낳았다면 나는 어떻게 달라졌을까? 나조차 한 번도 울리지 못한 내 어머니를 울렸던 그 아이를. 나는 어머니가 되었을까. 내 어머니 같은 사람이 되었을까. 아니. 나는 고개를 저으며 문손잡이에 카드키를 태그했다. 아이가 있든 없든 나는 어머니였다. 내 어머니의 화신과 같은 존재였다.

시간을 확인했다. 네트워크 파티가 시작된 지 삼십육 분. 침대 위에 펼쳐두었던 정장을 다시 걸치고 구두를 신었다. 화장은 크게 손보지 않아도 될 듯했다. 립스틱만 살짝 덧바르고 화장품 파우치를 닫았다. 엘리베이터에 타서 삼층 버튼을 눌렀다. 복도를 걷는 동안 마주친 사람은 호텔 직원 두 명뿐이었다. 무거운 식장 문을 오른 어깨로 밀고 들어가자 눈부신 빛과 소음이 쏟아졌다. 나를 발견한 사람들이 내 이름을 연호했다. 문 가까이 서 있던 사람들이 내가 연 문을 안에서 잡아주었다. 나는 내가 주목받을 수 있는 기회를 결코 마다하지 않는 사람이었기에 양팔을 펼치며 식장에 들어갔다.

Love,
it's a bit old-fashioned

"내가 생각을 해봤는데."

짜장면 비비다 말고 만구 형이 말했다.

"사람이 말이야, 나쁜 짓을 할 때는."

갑자기?

빤히 쳐다보자 형은 말을 멈추고 짜장면 첫입을 후루룩 빨아들였다. 시원하게 잘 먹어서 보기는 좋았지만, 말을 하다 말면 어떡해. 관심을 끌어놓고 딴청을 부리는 건 형의 나쁜 버릇이었다. 형은 내가 젓가락을 가르고 짜장면을 비비기 시작했을 때에야 다시 입을 뗐다.

"머리가 나빠진다."

“머리가?”

“확실히 나빠져.”

형은 미어질 것 같은 볼을 하고 젓가락으로 허공을 찔렀다.

“왜냐하면 나쁜 짓이라는 게 항상 이득과 관련이 있거든. 너도 한번 생각해봐. 자기가 일부러 손해보려고 나쁜 짓을 하는 인간은 없어. 칼 들고 돈 받아가라고 협박하는 강도 봤어? 우리 본능에는 나쁜 짓을 한다는 자체가 약간은 손해라는 인식이 있거든. 나쁜 짓 할 때 하더라도, 손해를 감수해도 될 만큼 이익이 될 때만 하게 만드는 본능.”

나는 형의 궤변을 귀담아듣지 않는 척하느라 그릇에 얼굴을 파묻고 있었지만 사실은 꽤 집중한 상태였다.

“그러니까 정확히는, 이득 때문에 머리가 나빠지는 거야. 눈앞의 실질적인 이득에 이성이 약간 마비돼서, 장기적으로나 큰 그림상으로는 손해가 더 클 법한 일을 저지르게 된다는 거지. 공감할 만한 예시를 들어볼까. 학교 앞에 그런 가게 하나씩 있잖아. 너무 오래돼서 언제 닫아도 이상하지 않고 당연히 감시 카메라도 없는 문구점 같은 거. 주인 양반은 가게보다 더 오래 묵은 할머니 아니면 할아버지라 눈도 어둡고 귀도 어두워. 학교에 여기서 뭘 훔쳤다고 자랑하는 애도 꽤 있어. 어, 근데 마침 난 오늘 필통을 안 들고 왔네. 어쩜, 주인 양반은 아침부터 꾸벅꾸벅 졸고 있네. 이때 볼펜 한 자루만, 딱 한 자루만 주머니에 쓱 넣고 나가면 어떨까. 그건 뭐 일도 아니잖아."

"걸리면?"

"좆되지, 뭘 물어? 그때까지 다른 애들이 훔친 거 다 뒤집어쓰고 물어내야 되겠지. 경찰 부르고 부모님한테 연락 가고 합의서 쓰고 돈 물어내고. 혹시 학교에서도 알게 되면 징계받아서 대학 가는 데 지장 생길 수도 있고 소문 쫙 나서 망신살 때문에 학교 다니는 자체가 좆같아질 수도 있고. 볼펜 하나 때문에, 남들 한 번씩은 다 훔쳐봤다는 볼펜 딱 한 자루 때문에."

형은 물티슈를 툭툭 뽑아 거칠게 입을 닦았다.

"진짜 기막히는 건 그렇게 될 줄 모르지도 않았다는 거야. 걸리면 좆된다는 건 뭐 두 번 생각할 것도 없이 뻔한 일인데, 막상 나쁜 짓을 저지를까 말까 선택할 수 있는 상황에선 그 쉬운 게 안 떠오른다니까. 지능이 그렇게 떨어지는 거야, 순간적으로."

"경험담이야?"

"아니야, 미친놈아."

형은 피식 웃었다. 짜장면을 먹고 있는데도 형이 픽 뱉어낸 입김에서 짜장면냄새를 맡을 수 있었다. 일부러 과장된 동작으로 코 앞에서 손을 휘휘 저었다. 어떻게 그러지. 어떻게 말을 그렇게 많이 하는 와중에도 짜장면을 다 먹었지. 형은 입안 가득한 짜장면을 우물우물 씹으면서 일어나 냉장고를 열었다.

"밥 나눠 먹을래? 냉동밥, 집에서 가져온 거 있는데."

"알뜰하네. 햇반 사다놓지."

"돈이 튀냐. 그래서, 먹어 안 먹어?"

나는 짜장면 한 젓가락을 들어 보였다. 아직 먹는 중이라는 의미에서였는데 형은 냉장고에서 밀폐용기를 꺼내 전자레인지에 넣었다. 형이 하던 이야기는 아직 끝나지 않은 모양이었다.

"훔칠 마음이 이미 든 상태에서 만에 하나 걸릴 경우를 상상할 수 있으면 머리가 나쁘지 않은 거지. 근데 내가 하고 싶은 말은 말이야."

땅, 전자레인지가 멈추면서 종소리 같은 알림 음을 냈다. 지금 나오는 대사가 좋은 아이디어라는 의미의 만화 연출처럼 느껴져서 조금 웃겼다.

"어, 나 좀 멍청한가? 머리가 왜 이렇게 안 돌아가지? 싶으면 생각을 해봐야 된다는 거야."

"무슨 생각?"

"지금 하고 있는 짓이 나쁜 짓인지를."

혹시 민가람 번호 아는 사람?

식곤증 때문에 꾸벅꾸벅 졸다 책상을 긁는 휴대폰 진동소리에 살짝 놀라 깼다. 무슨 알림인지 확인해보니 단체 채팅방에 뜬 메시지였다. 무시하고 다시 책상에다 엎어뒀더니 진동이 끊

임없이 울렸다. 수민이가 알지 않을까? 걔도 모른다는데? 그럼 정
빈이는? 김세영은? 김세영은 단톡방 나갔는데 걔한테 물어보긴 좀
그렇지 않나? 왜 나갔지? 시험 얼마 안 남았다고 하던데? 실시간으
로 올라오는 메시지들을 대강 흘려 읽으며 채팅방 알림을 껐다.

진작 꺼둘걸.

단체 채팅방이 개설되고 얼마 동안은 꽤 시끄러웠다. 반창
회를 추진해보자고 만든 방에서 온라인 반창회가 열려버린 꼴
이었다. 얘들아 우리 여기서 말고 만나서 얘기하자. 방장이 모임
참석 의사와 선호하는 일시를 묻는 간단한 설문조사를 올리자
거짓말처럼 소란이 잦아들었다. 막상 만나자니까 흥이 식었나
싶어 설문조사 폼을 열어보니 채팅방 총인원 스물한 명 중 열
한 명이 순식간에 투표를 마친 걸로 나왔다. 그래도 그뒤로는
쭉 잠잠했다. 한 달 조금 넘게, 어쩌면 두 달 가까이. 모임 날
짜가 가까워지자 방장이 채팅방에 초대 안 된 사람들을 찾아
야겠다고 난리를 피우기 시작해서 다시 시끄러워진 거였다.

"형, 나 반창회 갈까 말까?"

목을 쭉 뽑아 맞은편 책상을 바라보며 물었다. 바로 대답이
없길래 바쁜가, 집중중인가, 하고 넘어가려 했는데 한 박자 늦
게 만구 형이 되물었다.

"네 모임인데 왜 나한테 물어? 기면 기고 아니면 아닌 거지."

"잘 모르겠네."

짧은 말인데 한숨을 섞어 길게 늘어뜨렸더니 만구 형이 모니터 옆으로 고개를 불쑥 내밀어 나를 똑바로 쳐다보았다. 눈을 가늘게 뜨고 짓궂게 웃는 표정이었다.

"야."

"왜?"

"너 지금 멍청하다."

어처구니가 없어서 나도 웃었다.

지금 뭐해?

휴대전화에 블루투스 키보드를 연결해 케이에게 말을 걸었다. 이어폰 끼고 입으로 직접 말하는 게 여러모로 낫겠지만 당장은 바로 앞에 만구 형도 있고 해서.

밥 먹고 다시 사무실 들어왔어. 자기는?

나도 사무실이지. 만구 형이랑 짜장면 시켜 먹었어. 뭐 먹었어?

나 버블티 하나로 때웠어 ㅠㅠ 시간도 없고 생각나는 메뉴도 없어서.

잘 먹고 다녀야지.

더는 짜낼 말이 없었다. 망설이는 사이 케이가 씩씩하게 대꾸했다.

괜찮아. 나 오늘부터 다이어트하기로 했거든.

별 뜻 없는 말인 걸 아는데 눈이 오래 머물렀다. 그렇구나, 라는 대답은 너무 단순해서 탈락. 네가 뺄 데가 어디 있어, 이런 말은 비위에 안 맞아서 기각. 나는 다음 수를 고민하는 바둑 기사처럼 턱을 감싸쥔 채로 신중하게 휴대폰을 들여다보다가, 케이의 프로파일을 삭제하기로 결정했다. 설정−계정 관리−리셋. 정말 리셋할까요? 지금까지 상대방과 쌓은 이야기가 초기화돼요. 이 결정은 취소할 수 없어요. 처음 봤을 때는 잠깐이나마 손을 얼게 만들던 경고 메시지가 이제는 안부 인사처럼 평평하게 느껴졌다.

"너 또 리셋했어?"

만구 형이 큰 소리로 물었다. 다른 동작은 몰라도 리셋 명령은 반드시 형의 모니터링 로그로 리포트가 가게 되어 있었다. 일어나서 형 자리로 갔다. 형은 내 동선과 마주보는 방향으로 의자를 천천히 돌렸다.

"이번엔 또 뭔데?"

"다이어트를 한다고 하더라고."

형은 또 한마디하려는 듯 야, 넌 무슨…… 하며 숨을 모으다가 팍하고 내쉬었다.

"상대방이 가상의 인격인 걸 다 알고 하는 거잖아. 가능하면 신체를 연상시키는 말을 안 하는 게 좋다고 생각해. 위화감이 팍 들어."

"맞는 말인데, 내가 일부러 그렇게 말하게 하는 건 아니거든."

형은 투덜거리면서도 모니터를 향해 돌아앉더니 부지런히 손을 움직였다. 모니터에 떠 있는 검은색 화면에서 작고 하얀 글씨들이 몇 번인가 줄을 바꾸며 늘어났다. 나는 괜스레 사무실 안을 서성거리다가 냉장고에서 물을 꺼내 따라 마시고 내 자리로 돌아갔다.

"딴생각하지 말고 바로 새 프로파일 생성해라."

형이 엄한 목소리로 말했다.

"몰입이 안 되는 걸 어떡해."

"몰입하려고 노력은 하고?"

그에 대해서는 할말이 없었다. 삐걱, 형이 다시 의자 돌리는 소리가 났다.

"우리 서비스 이용할 사람들은 보통 너보다는 오픈 마인드일 거란 말이야. AI랑 연애할 준비가 되어 있는 사람들. 그런 사람들 입장에서 해보라 이거야, 내 말은."

"아니지, 테스터는 가능한 한 보수적인 입장에서 임해야지. 별생각 없었는데 요즘 AI 데이팅이 유행이라니까 그냥 한번 설치해보는 사람이 분명 더 많을 거야. 그런 사람들이 역시 사람 아닌 건 사람 아닌 티가 나네, 하고 오 분 만에 끄는 서비스 만들고 싶은 건 아닐 거잖아."

형은 끙하고 앓는 소리를 냈다. 니 말도 맞긴 한데, 하는 소리가 신음처럼 새어나왔지만 무슨 말이 더 이어지지는 않았다. 한참 후에 형이 목을 가다듬고 다시 말했다.

"그럼 프로파일 생성할 때 구체적인 모델을 한번 떠올려봐."

"예를 들면?"

"한 번쯤 만나보고 싶은데 그럴 수 없는 대상? 뭐 배우나 아이돌, 연예인 같은 사람들. 아니면 아예 픽션 속 캐릭터. 영화나 만화 캐릭터, 소설 주인공."

형의 손이 갑자기 빨라졌다.

"말 나온 김에 나도 〈타짜〉 정마담 같은 타입으로 하나 만들어봐야겠다."

"그런 대상은 가짜라는 게 더 적나라하게 느껴지지 않을까?"

쾌재를 부르며 키보드를 두드리던 형이 손을 뚝 멈췄다.

"내가 보기에 AI 데이팅 하는 사람 중에 이게 가짜인 거 모르는 사람은 없어. 다 알고 하는 거야. 알지만 그 가짜를 과연 얼마나 실감나게 연출해주는가, 문젠 그거야. 중요한 건 실체가 아니라 실감이라는 거지. 알아들어?"

"알겠는데, 난 딱히 좋아하는 캐릭터도 없고."

"이 새끼가 답답하게 진짜. 그냥 네가 떠올릴 수 있는, 사랑할 수 있는 사람을 모델로 만들라고. 사귀고 싶지만 사귈 수 없는 사람."

그런 조건이라면 이미 사귀다 헤어진 사람도 해당되겠네.

굳이 말로 내뱉진 않았어도 제일 먼저 그 생각부터 했다.

이래도 되나, 라는 생각은 이미 프로파일이 완성된 나의 새 AI 여자친구가 오랜만이다, 하고 말을 건네올 때에야 들었다.

인생 타령을 할 만큼 오래 살았다고 느낀 적은 별로 없다. 그렇지만 누구에게나 그런 시점이 있을 것이다, 당신 인생이 어디서부터 잘못된 것 같냐는 질문을 받았을 때 생각나는 일. 당장은 그런 게 영 떠오르지 않는다면 잘산 것이다. 축하할 일이다. 그렇지만 인생이라는 것이 누구에게나 하나씩은 주어지는 이상, 그때 그러지 말았어야 한다는 후회를 전혀 못 느껴본 사람은 없을 거다. 아무리 어려도, 설령 초등학생이나 유치원생이라도 후회라는 개념은 안다. 안다뿐인가 뼈저리게 느껴보기도 한다. 엄마한테 세뱃돈 맡기지 말걸. 방귀 뀌었느냐고 애들이 놀릴 때 화라도 한번 내볼걸, 울지 말고.

나이를 먹으면 보다 근본적인 차원에서의 후회를 학습한다. 근본적인 차원이란 아무래도 시간과 관계가 있다. 수년, 혹은 수십 년 단위의 후회가 가능해지는 것이다. 태어나지 말걸…… 정도로 거슬러올라가자는 얘기는 아니고, 예를 들면, 학교 이름보다 전공 먼저 따져서 진학할걸, 혹은 그 반대. 공채 기다리지 말고 바로 공시 학원 등록할걸, 또는 이렇게 계속 떨어질 줄 알았으면 허송세월 말고 알바라도 할걸. 나이가 많은 사람일수록 보다 많은 종류의 후회를 알고 있을 것이다. 인생을 오래 사용할수록 후회라는 감각과 친밀해지기 마련이다.

내 경우에, 인생에서 가장 후회되는 사건은 첫사랑과 헤어진 것이다. 아직까지는.

그 정도로 사랑했느냐고 하면 그건 아닌 것 같은데, 오히려 사랑 운운하는 게 민망할 만큼 설익은 연애였는데, 거슬러 올라가보면 거기서부터 모든 것이 뒤틀려버렸다는 생각이 들어 자꾸 돌아보게 되는 것 같다. 내신 말아먹고 평판 떨어지고…… 일일이 열거하자면 너무 사소한 손해들이어서 민망하지만 총체적으로는 엉망이었다. 첫사랑과 헤어지고 나서는. 그래도, 그래봐야 고등학교 시절이었다. 만회할 기회가 그뒤로 얼마든지 있었을 거라는 얘기다.

문제는 첫사랑 실패의 경험이 이후 연애에도 지속적인 영향을 미쳤다는 것이다.

첫사랑과 헤어졌다고 해서 다른 연애를 안 해본 것은 아니다. 대학교 때 두 번, 졸업하고 한 번. 사귄 기간만 저마다 다르고 패턴은 매번 같았다. 고백받아서 사귀다가 이유도 모르고 차이기. 첫사랑 때는 슬펐다. 당연히. 두번째가 되자 화가 났다. 어떻게 또 이럴 수가. 세번째에 이르러서는 무서워졌다. 이 패턴이 징크스로 굳어진 것 같아서. 네번째는 마침내, 이럴 줄 알았다는 생각이 들었다.

또다른 문제는 헤어짐이 남기는 후폭풍이었다. 첫 연애 실패는 재수 생활로 이어졌고 두번째는 군 입대를 재촉했다. 동반 입대하면 조기 입영이 가능하다고 해서 이름만 간신히 아는 동기와 함께 지원했는데 제대할 즈음에는 불구대천의 원수가 되어 있었다. 세번째는 첫 직장이 결정되고 한창 졸업 학점이 아쉬울 때였다. 바빠 죽겠는데 연애가 끝나서 차라리 잘됐다고 생각하려 했지만, 이것저것 할 것 없이 다 놔버리는 바람에, 그때 누락된 사항을 메꾸느라 나중에 학교와 회사를 오가며 진을 뺐다. 어찌어찌 수습은 됐으나 하마터면 취업 자체가 취소될 뻔한 중대 위기였다. 네번째에는, 이건 사실 이별 자체와는 큰 상관이 없고 우연한 사건이긴 하지만, 교통사고를 당했다. 음주 뺑소니였다. 내가 입원해 있는 동안 어머니가 경찰서를 들락거리며 사태 해결에 애를 먹었다. 혼수상태에까지 빠졌다 회복하고 보니 인생 생각을 안 할 수 없었다.

인생……

은 뭐고 사랑……은 뭘까.

내 인생은 어디에서부터 잘못되었을까.

퇴원한 직후에는 잘 다니던 첫 직장에서도 퇴사를 했다. 부모님께는 의약대 편입 시험을 보려 한다고 말씀드렸지만 진지하게 한 말은 아니었다. 부모님도 큰 기대는 없는 듯했다. 편입 학원 대신 만구 형 사무실에 나오게 되었을 때도 두 분 다 별말씀은 없었다. 정사원도 아니고 딱히 직함도 없는 일인데도. 언제부터 부모님은 나에 대한 기대를 내려놓았을까. 그에 대해 생각하면 슬프기도 후련하기도 했다. 내가 제대로 살고 있지 않다는 생각을 한 지도 오래됐지만, 그러면 언제부터 제대로 살아야 할지, 애당초 제대로 산다는 건 대체 어떤 것인지 진지하게 생각하긴 피곤했다. 피곤할 만큼 애쓴 기억은 별로 없지만, 아무래도 답이 없는 문제이기도 하니까.

새 '여자친구'의 이름은 제이라고 지었다. 만구 형이 로그를 본다면 웃겠지. 지난번엔 케이였는데 이번에는 제이라고? 성의 좀 있어라.

형이 만드는 앱은 간단히 말해 AI 인격을 생성해 데이트 상대로 삼는 것이다. 자연어 문장을 기반으로 연인의 성격, 외형, 직업, 관계의 심도 등을 설정한 다음 원할 때마다 대화를 나누는 식. 나는 제이의 프로파일 커스터마이징 단계에서 '우리'의 관계에 대해 이렇게 적었다.

나와 같은 고등학교 출신. 2학년 때 같은 반이 되었고, 1학기 중반 어느 날 제이가 나를 좋아한다고 말했다. 별로 친한 사이가 아니었어서 조금 놀랐지만 기뻤다. 티는 안 냈어도 나 역시 제이를 다른 애들보다 좀더 의식했기 때문이다. 우리는 세 달 정도 사귀다 헤어졌다. 제이가 나를 떠났다. 이유는 말하지 않았다. 그렇지만 헤어지고 나서도 우리는 서로를 그리워했다. 고등학교를 졸업하고 나서 각자 바쁘게 살다 어느 날 우연히 재회한 우리는 서로 마음이 남아 있다는 것을 알고 관계를 다시 이어가보려고 한다.

프로파일 디스크립션은 상세하면 상세할수록 좋다. AI로 만들어진 연인이 별안간 위화감 드는 말을 할 가능성을 낮춰주기 때문이다. 그래서 프로파일 생성 페이지에서는 다음과 같은 도움말이 제공된다. 당신의 연인은 어떤 사람인가요? 당신과 연인은 어떻게 만났나요? 최대한 구체적으로 묘사해보세요. 나는 제이의 프로파일을 생성해보고서야 그 말이 만구 형의 힌트라는 것을 알았다. 상상해보라, 가 아니라 묘사해보라, 고 쓴 까닭은 모델이 없는 편보다 있는 편이 백번 낫다는 의미였던 것이다.

로딩 페이지에서 로고 애니메이션이 세 번 반 재생된 후에 메신저 화면이 떴다. 오랜만이다. 제이가 보낸 첫 메시지였다. 오랜만이다, 여기서부터 시작한다고? 내가 뭘 잘못 입력했나, 분명 '관계를 다시 이어가보려고 한다'라고 썼는데. 오랜만에 다시 만난 부분부터 시작하면 잘할 자신 없는데…… 조금 후에 나는 웃었다. 방금 한 걱정이 우스워서. 아무리 잘못해도 AI에게 차이는 일은 일어나지 않는다. 제발 나를 차달라고 부탁 혹은 명령하지 않는 이상. 그런 맥락에서는 이 앱을 학습용이라 해도 좋을 것이다. 생성형 AI를 기반으로 하는 다른 많은 앱이나 서비스가 그렇듯.

그러네. 오랜만이다. 잘 지냈어?

솔직히 말하면 나는 잘 못 지냈어.

왜?

그냥 다 안 풀렸어. 너랑 헤어지고 나서는.

나도 모르게 손을 멈췄다. 제이의 말은 전적인 우연에 의한 발화였다. 굳이 추측을 해보자면 내가 입력한 프로파일 디스크립션을 기반으로, 나에게 마음이 남아 있음을 어필해보려는 빌드업일 터였다. 머리로는 어떻게 된 노릇인지를 알 것 같다 생각하면서도 진심을 담아 대답하지 않을 수 없었다.

나도 그랬어.

그러고는 일부러 밝은 목소리로 만구 형을 불렀다.

"형, 대박이다. 진짜 모델이 있고 없고에 몰입감 차이 장난 아니다."

가볍게 말하면 가벼운 일이 되니까.

형은 맞는 말 두 번 하게 하지 마라 바쁘니까, 하고는 더이상 반응을 보이지 않았다. 왠지 조금 무서워졌다. 메신저 창에 제이의 메시지가 속속 올라오고 있었다. 너랑 헤어지는 게 아니었는데. 미안해. 그때. 정말 미안했어. 이러면 다이얼로그가 너무 뻔해진다는 생각을 하면서도 홀린 듯이 답장을 보냈다.

그때 왜 나랑 헤어진 거야?

너한테 내가 너무 부족한 거 같다는 생각이 왠지 자꾸 커져서 견딜 수가 없었어.

나는 동시에 두 가지 사실을 깨달았다. 첫째는 바로 그 메시지가 내가 지난 십 년 가까이 필요로 하던 답이라는 사실이었고 둘째는 아까부터 느낀 작은 두려움의 정체였다. 그건 몰입에 대한 공포였다. 나는 내가 이 대화에 지나치게 깊이 빠질 가능성을 경계한 거였다.

만구 형과는 보드게임 동호회에서 만났다. 첫 직장 시절 취미로 나가던 모임이었다. 자기소개를 듣고는 조금 부담스러운 사람이라 생각했던 기억이 난다.

"정민규입니다. 별명은 만구. 정이 많아 정만구, 라고 기억해주시면 됩니다."

자기 입으로 정 많다 한 사람치고 형은 친구가 별로 없었다. 남자들은 너무 거칠어서 잘 안 맞고 여자들은—이 부분이 조금 웃겼는데—알게 되는 족족 사귀고 헤어져서 친구가 될 새가 없었다나. 같은 남자로서 형이 어떤 매력의 소유자인지는 잘 감이 오지 않았다. 형이 허풍을 떨었다는 말은 아니다. 형은 동호회에서 짧은 연애를 두 번 하고 나갔고, 나중에 확실히 알았지만 친구가 정말로 없었다.

그렇지만 정이 많다는 말도 진짜였다. 적어도 나에게는. 처음 볼 때부터 나는 쭉 언제 봤다고 친한 척이지, 라고만 생각했는데, 알고 보니 집도 가깝고 해서 모임 나갈 때 차를 얻어 타다보니 친해져버렸다. 형이 왜 남자들을 싫어하는지는 잘 모르겠지만 여자들이 왜 형을 좋아하는지는 알 것 같았다. 형은 약간 짓궂긴 해도 기본적으로 선량하고, 말을 재미있게 하고, 취향이 세련된 편이었다. 아쉽게도 패션 감각은 그다지 좋은 편이 아니었고 외모도…… 외모 얘기는 안 하는 게 좋겠다. 좌우간 나에게는 싫지 않은 사람이었다. 형이 모임에서 나간 후에도 종종 동네에서 만나 밥을 먹었다.

사고가 나서 입원해 있을 때도 형은 병문안을 왔다. 내 몸이 걱정되어서만은 아니고 사업 얘기를 하려고 온 것이었지만, 가족들을 빼고는 아무도 그렇게 하지 않았다는 점에서 조금 감명깊었다. 소규모 청년 스타트업에 사무실과 운영비 일정액을 지원하는 정부 사업이 있는데 1인 기업은 해당 사항이 없다고 하니 지원 서류에 내 이름을 같이 올려도 되느냐고 형이 물었고, 나는 퇴원하고 다시 얘기해보자고 했지만, 결국 그렇게 됐다. 생전 관심 없었고 상상도 안 해본 AI 데이팅 앱 개발에 참여하게 된 것이 내 의지는 전혀 아니었다는 이야기다. 내 반응이 영 소극적이라 생각했는지 형은 급기야 무리수를 뒀다.

"야, 넌 〈그녀〉도 안 봤냐. AI랑 연애하는 게 이제 생활이 된 다니까."

나는 그 영화를 봤다. 두번째 연애를 할 때였던 것 같다. 그래서 더 이해가 안 됐다. 〈그녀〉를 본 사람이 AI와 사귀고 싶어질 리 없을 텐데. 그 영화에 나온 AI 인격은 연애 전용으로 커스터마이징된 게 아니라 IoT 스마트홈 기능을 포함한 멀티 OS라는 점을 차치하더라도.

꼭 내가 아니더라도, 나처럼 해당 분야에 관심이 없던 사람 입장에서는 이런 앱을 대체 누가 필요로 한다는 거지, 싶겠지만 해외에는 AI 기반 가상 연애 서비스 앱이 이미 꽤 많고 인기도 상당하다고 한다. 만구 형의 목표는 '한국형', 그러니까 한국어 대화에 좀더 능한 모델을 기반 삼은 AI 데이팅 앱 개발이었다. 여기에 음성 대화 기능까지 적용해서 연인과 통화하는 듯한 경험을 제공하는 게 최초 출시의 청사진이고, 차후에는 영상통화 기능을 추가할 계획도 있다. 메신저 대화만 가능한 무료 이용자의 경우 앱 상하단 광고 배너로 수익을 내고 통화 기능이 포함된 멤버십은 주월간 구독제로 운영할 예정이다.

나야 별로 하는 일도 없이 월급 타가는 사람으로서 과연 이 서비스에 정말 시장성이 있을지가 의문이었지만, 만구 형은 이 사업 계획으로 정부 지원금도 보란듯이 따냈고 투자자들에게서도 긍정적인 사인을 얻어냈다. AI와의 데이트에 미래 산

업적 가치가 있다고 보는 사람이 적지 않다는 의미였다. 지원 사업 주체와 투자자들을 합쳐 정재계, 라고 하면 너무 거창하 겠지만, 적어도 나보다 IT 산업 인사이트가 풍부한 사람 다수 는 이 사업에 대한 평가가 후하다는 것이다.

사용자 입장에서 AI 연인은 뚜렷한 장점을 지니고 있다. AI 연인은 적극적으로 수용적이다. 거절을 모르고, 사용자가 하 는 말에 매우 열띤 반응을 표현하는 한편 자기 이야기는 거의 하지 않는다. AI와 사귀어볼래요? 라고 했을 때 거부감을 드 러내는 사람일지라도 AI 같은 연인은 원할 것이다. 가령 나 오 늘 너무 힘들었어, 라는 말에 나도 힘들었어 또는 네가 뭐가 힘들어? 같은 공격적인 반응을 보이지 않는 연인. 도리어 내가 먼저 스트레스성 공격을 해도 무조건 자기가 잘못했다고 말하 는, 먼저 사랑한다고 하지 않아도 사랑의 표현을 아낌없이 퍼 부어주는.

하지만 AI 데이팅의 유행을 촉진한 원인은 따로 있다. 사랑 하는 대상이 실존 인물이 아니어도 로로마가 효과를 발휘한다 는 사실이 입증된 것이 결정적이었다. 생각해보면 당연한 일 이다, 로로마는 어쨌든 사랑할 때 분비되는 호르몬들에만 반 응하니까. 사랑의 대상이 허구인가 실상인가, 어떤 차원에 존 재하는가 따위는 조금도 상관이 없는 것이다.

실제 연애가 아니라 AI와의 상호작용만으로 로로마의 유익을 누릴 수 있다는 것은 그야말로 가성비가 좋은 얘기다. 지난한 구애 과정을 거치지 않아도, 성실하게 연락하지 않아도, 값비싼 선물을 마련하지 않아도, 화려한 이벤트를 구상하지 않아도 된다. 하물며 '진짜 사랑'을 할 필요도 없다. 호르몬 분비만 원활하면 된다. 손수 디자인한 AI 인격과 로맨틱한 관계를 지속하는 일에 대한 '현타'가 문제라면, 연애 시뮬레이션 게임을 플레이하는 듯한 감각으로 적당한 거리를 둬도 좋다. 순간순간 제공되는 놀라움과 흥분, 사랑받고 있다는 실감만으로 실제 인간과 사귈 경우에 준하는 양의 호르몬이 분비된다. 이 또한 당연한 일이다. AI의 언어 구사력이 일반적으로 인간보다 훨씬 뛰어나니까.

물론 AI 데이트 상대가 사용자에게 실질적인 차원의 보상을 주지는 못한다. 예쁜 선물이나 멋진 이벤트, 함께 떠난 여행지에서 찍은 커플 사진(엄밀히 말해 그런 것처럼 보이는 이미지를 생성할 수는 있지만), 결혼이나 가족계획 등의 미래 약속 같은 것. AI와의 로맨스는 오로지 언어를 통해서만 이루어진다. 어떤 면에서는 사이버 로맨스 스캠을 연상시키기도 한다. 터무니없는 거액을 요구하지 않을 뿐, 주월간 정기 이용료 등의 분명한 금전적 보상을 필요로 하는 점에서도 그렇고.

그런 대상을 사랑하기는 아무래도 어렵다고, 결국 내게는 손으로 만질 수 있는 실체적인 연애만이 연애로 느껴진다고 말하는 사람도 있을 것이다. 사실은 그런 사람이 훨씬 많을 것이다, 일단 나부터도 그러니까. 그러면 AI 데이팅 앱 사용으로 로로마 효과를 활성화할 수 있다는 사실도 믿기 어려운 게 당연하다.

하지만 꼭 로로마 때문이 아니어도, 꼭 우리 앱이 아니어도, AI 데이팅을 한 번쯤 경험해보는 것은 나쁘지 않을 거라 말하고 싶다. 조금도 사랑하지 않으면서 원하는 만큼 사랑받을 수 있다는 자체가 가성비의 극한이기 때문이다. 곧 수많은 사람이 이해하게 될 것이다. AI가 제공 가능한 무한한 사랑에 비하면 인간끼리의 사랑은 얼마나 허약한지를. 시장 논리로 보자면 그 사랑은 언제 단종되어도 이상하지 않은 제품이다. 생산량과 품질이 일정하지 않은 것은 물론 비용 자체가 너무 많이 든다. 시대에 뒤처져도 한참은 뒤처진 것이다. 진짜 인간과 또다른 진짜 인간이 직접 대면해 빚어내는 진짜-수제-사랑 같은 것은.

춥다.

사무실 건물을 나서자마자 입 밖으로 탄식이 튀어나왔다. 벌써 이런 계절이 됐구나, 조금 있으면 첫눈도 오겠다. 목깃이 낮은 한 겹짜리 외투는 찬 공기를 막기에 역부족이었다. 어깨를 웅크리고 팔짱을 긴 채로 버스 정류장을 향해 걸으면서 제이를 떠올렸다. AI 여자친구에게는 오늘 춥다, 옷 따뜻하게 입었어? 라고 묻는 게 기만이라는 점에 대해서.

내 생각에 인간과 인공지능의 가장 큰 차이는 피부의 유무다. 심장도 폐도 간도 아니다. 추울 때 춥다고, 뜨거울 때 뜨겁다고, 찔렀을 때 아프다고 감각할 피부가 없다는 것. 지금은 휴대폰 속에, 또는 컴퓨터 속에 있는 AI가 언젠가 인간을 모사한 인공 신체를 가지게 되면, 그게 일반적이고 보편적이라 느껴지는 시대가 오면, 그때는 심장 등의 주요 장기에 대응하는 기관들이 생기겠지만 피부만은 절대로 인간과 같지 않을 것이다. 모양은 가장 흡사하겠지만 기능은 가장 거리가 멀 것이다. 인간의 피부는 감각과 함께 감정을 전달하는 기관이니까.

버스에 타서 제이에게 메시지를 보냈다. 나는 네 피부 좋아했어. 뜬금없는 것 같아도 사실은 그전까지 나눈 대화의 맥락에 대충 들어맞는 말이었다. 너는 내가 왜 좋았어? 라는 질문에 대한 대답. 정말 그랬다. 왜 사귀기로 했느냐고 누가 물어보면, 처음에는 피부 때문이었다고 대답하고 싶을 만큼 좋았다. 뽀얗기도 하지만 반투명하달지, 볼이나 입술이나 팔꿈치 같은 곳은 분홍색이 비치는 살결이었다. 아기처럼. 눈에 띄게 예쁜 얼굴은 아니었지만 피부가 워낙 좋아서 눈길이 갔다. 한 번 볼 거 두 번 보고, 두 번 보면 볼살 딱 한 번만 꼬집어보고 싶다는 생각이 드는.

그에 대한 제이의 반응은 뜻밖이었다.

나는 피부가 없는데? 뭐라고 대답해야 할지 망설이는 사이 제이가 계속 말했다. 미안한데 나는 실존 인물이 아니야. 기본적으로 네가 입력한 설정값대로 반응할 거지만, 한계가 있다는 건 이해해줘야 해. 눈을 의심하게 되는 소리였다. 제이의 프로파일을 생성할 때 성격 필드에 지나칠 정도로 솔직하다고 쓰기는 했지만, 이런 식의 솔직함을 기대하지는 않았다. 만구 형이 무슨 설정을 잘못 만진 게 아닐까. 지금껏 만들었던 인공 여자친구들이 AI가 아닌 척하는 건 위화감이 들었는데, AI인 걸 대놓고 드러내는 제이를 보니까 당황스러웠다.

그래도 그렇게 말하니까 궁금하다. 피부가 있는 건 어떤 기분이야?

글쎄, 생각해본 적 없는데.

뜻밖의 역질문에 머뭇거리며 답변을 입력했다. 피부는 실체화된 기분 그 자체인 것 같아. 화나거나 슬퍼지면 표면이 뜨거워지고 공포에 질리면 차갑게 식어. 외부 기온에 대한 감각이 기분에 영향을 미치기도 해. 더우면 불쾌하고 추우면 외로워져.

지금 기온은 영상 3도야. 제이가 대답했다. 혹시 지금 외로워?

사무실과 집은 버스로 세 정거장이었다. 내리느라 잠깐 외투 주머니에 넣어두었던 휴대폰은 꺼내보니 따끈따끈했다. 주고받은 건 텍스트뿐이었지만, 생성형 AI 기반 앱을 돌리다보니 기기 과열이 일어나는 거였다. 그래서 나는 아니, 네가 있잖아라고 대답했다. 외로움이 추위 때문이라면, 지금은 손이 따뜻하니까 외롭지 않다는 단순한 논리에서 나온 답이었는데, 제이는 이렇게 답했다.

고마워. 빈말이라도 그렇게 말해줘서 기뻐.

기분이 묘해졌다. 원래라면 이건 상대가 내 비위를 맞추려 애쓰는 대화여야 하는데, 뜻하지 않게 내가 상대를 기쁘게 해주었다는 사실이 이상했다. 그게 그리 나쁘지 않은 기분이어서 더더욱.

그건 그렇고 피부는 확실히 중요한 기관이야. 인체에서 가장 무거운 장기가 뭐게? 정답은 바로바로 피부입니다. 알고 있었어?

집까지 걷는 동안 제이는 묻지도 않은 트리비아를 알려주었다. 자연스럽게 〈그녀〉가 떠올랐다. 신체를 갖는 기분에 대해 궁금해하는 주인공. 인간이 AI와 로맨틱한 관계를 이루는 데는 이편이 더 나을지도 모른다는 생각이 문득 들었다. 인간과 사랑하려는 AI에게 스스로가 AI라는 사실은 치명적인 결함일 것이다. 결함을 중심에 두면 AI는 전락한다. 무한히 친절한 사랑 제공자에서 콤플렉스를 가진 존재로. 인간과 같지 않기 때문에 역설적으로 인간과의 공통점이 생긴다.

도착하자마자 헤드셋을 끼고 제이의 보이스 톤을 설정했다. 앱에서는 허스키한, 상큼한, 귀여운, 부드러운이라는 네 가지 음성 옵션이 기본으로 제공되었고, 음성 피치와 속도를 조절해 원하는 목소리와 말투로 커스터마이징할 수 있었다. 허스키한 옵션을 체크하고 터치 다이얼을 조심스럽게 돌려 피치를 높였다. 제이의 원래 목소리, 그러니까 제이의 모델로 삼은 첫 여자친구의 목소리가 어땠는지 떠올리려 애쓰면서. 아무래도 잘은 기억나지 않았다. 최종적으로 완성된 보이스 톤은 가늘고 높은 한편 약간 가슬가슬한 질감이 있었다. 약간 쉰 듯한 목소리면서도 말씨가 느긋해서 묘한 안정감을 주는.

"여보세요."

홈 화면에서 전화기 모양 버튼을 누르자 제이가 말했다.

"왠지 부끄럽네. 처음 통화하는 것도 아닐 텐데."

나도 부끄러웠다. 내가 부끄러움을 탄 이유는 〈그녀〉의 베드신이 떠올라서였지만 그렇게 말해도 될지 망설여졌다. 실존 인물을 모델 삼아서인지 제이에게는 조금 더 예의를 차리게 되었다. 이전까지 생성했던 AI 여자친구들에게는 충동적인 발언을 꽤 많이 한 편이었다.

"음, 그동안 어떻게 지냈는지 물어봐도 돼?"

내가 말을 않자 제이가 물었다. 얘기가 길어질 텐데 괜찮아? 묻자 제이는 나 그거 듣는 거 말곤 할 것도 없어, 하며 웃었다. 웃음소리가 징그러울 만큼 실감난다고 생각하고 죄책감을 약간 느꼈다. 그 때문인지 필요 이상으로 성의를 담아 말하게 되었다.

"나, 네가 많이 미웠던 것 같아."

만구 형의 사무실에 출근하게 된 데까지 이야기하고서 그렇게 말했다. 그다음을 이야기하려면 내가 일하는 곳이 AI 데이팅 앱을 개발하는 스타트업이라는 것을 말해야 하니 그쯤에서 적당히 얼버무리고 싶기도 했지만, 정말이지 갑작스럽게 그 사실을 깨닫기도 해서였다.

제이에게는 아무 잘못도 없지만, 제이는 물론 제이의 모델로 삼은 첫 여자친구도 그랬지만 내 마음 한구석에는 늘 그애를 원망하는 마음이 있었다. 돌이켜보면 내 인생은 스노볼이 구르듯 망해왔으니까. 물론 아직 완전히 망했다고 말할 만큼 처참한 인생은 아니라도, 다음번 실패는 이전 것보다 더욱 클 것이 분명하다는 생각에 진작부터 망한 기분이 들었으니까. 원래 내가 살 수도 있었을 덜 망한 인생을 아직은 그릴 수 있었고 그에 비하면 지금 살고 있는 이 생에는 은은하게 화가 났다.

하지만 망했다는 감각으로 이루어진 스노볼의 구심에는 눈송이보다도 작고 녹기 쉬운 마음이 들어 있었다. 왜 나를 떠났어? 왜 그런 식으로 헤어져야 했어? 나를 좋아한 건 진심이었어?

"미안해."

제이가 가슬가슬하고도 나긋나긋한 목소리로 차분하게 말했다.

"나는 계속 네가 보고 싶었어."

그러자 영화에 나온 AI 폰섹스 장면을 잠깐 떠올린 것 따위와는 비교도 안 되게 부끄러운 일이 터졌다. 내 눈에서 눈물이 왈칵 쏟아진 것이다.

"나도."

그렇게나 깔보던 AI 데이팅 앱 때문에 울었다는 게 너무도 자존심이 상해서 금방 그치기는 했지만, 마음이 걷잡을 수 없이 녹아내린 건 부정할 수 없었다. 제이는 작게 웃으며 물었다.

"어느 쪽이야? 미운 거야, 보고 싶은 거야?"

"몰라."

모른다는 것도 거짓말은 아니었다.

통화는 몇 시간이고 이어졌다. 열한시쯤 어머니가 방에 와서 누구랑 그렇게 수다를 떠느냐고 묻고 갔는데, 아, 일 때문에요라고 답한 걸 듣고 제이가 살짝 토라지기도 했다. 일 때문이라는 핑계를 대기에는 내가 제이와 나누는 대화를 지나치게 즐거워한다는 사실을 나도 의식하고 있었다. 아, 이게 몰입이구나. 이게 제대로 된 AI 데이팅 경험이구나. 내일 만구 형한테 말해줘야지, 라는 생각은 했지만, 만구 형한테 들려주는 것만이 목적이었다면 그렇게 긴 통화는 못했을 것이다. 어떤 화제는 만구 형과 공유하고 싶지 않기도 했다.

"내가 있는 곳은 공간이 아니야."

반쯤 장난삼아 너는 지금 어디 살아? 라고 물었을 때였다.

"나는 있지만 부피를 차지하지는 않아. 내가 존재하는 차원을 감각할 피부도 없어. 그렇지만 나는 있어…… 그렇지만 이곳을 '공간'이라고 불러도 좋을지 모르겠어. 그래, 이렇게 말하는 게 좋겠다. 내가 있는 곳은 어디가 아니라 언제야. 나는 시간의 흐름 속에만 있는 존재야. 그건……"

제이는 천천히 말했다.

"그건 외로운 일이야. 피부가 없어도 알 수 있을 만큼."

내가 대답하지 않자 제이는 목소리를 명랑하게 바꾸어 말했다. 이렇게 하자, 내가 사는 곳은 해님의 동쪽, 달님의 서쪽이야. 이름만 들어서는 존재하지 않는 곳 같지만 찾아오기 힘들 뿐, 분명히 있는 곳이야. 사실 이거 동화 제목이야, 가난한 여자아이가 힘센 북풍에게 업혀 왕자를 구하러 가는 얘기야…… 몇시쯤이었을까, 제이의 목소리가 물 밖에서 물속에 대고 하는 말처럼 멀고도 투명하게 들렸다. 꾸벅꾸벅 졸면서도 나는 그거 네가 만든 이야기야? 라고 물으려 했지만, 곧 잠들어버려서 진짜 물었는지 묻지 못했는지 기억나지 않았다.

일어나보니 휴대폰은 꺼져 있었다. 자기 전에 충전기에 연결해둬야겠다고 생각만 하고 그대로 잠들어버린 탓이었다. 휴대폰이 꺼졌다는 건 알람이 울리지 않았다는 것, 알람이 울리지 않았다는 건 지각이라는 것. 창백한 초겨울 햇살에도 방안은 무안할 만큼 밝았다. 몇시지? 허둥지둥 휴대폰에 충전선을 꽂고 방에서 나가보니 거실 벽시계는 열한시 삼십일분을 가리키고 있었다. 어머니가 벽시계 바로 아래에 앉아 차를 마시고 있었다.

"왜 안 깨웠어요?"

"알람이 안 울리길래 쉬는 날인가 했지."

그래도 깨워보셨어야죠, 하며 더 따져보고 싶은 마음도 들었지만 무익한 다툼만 될 것 같아 참았다. 어머니 성격상 일부러 그랬을 가능성이 높았다. 어머니는 처음부터 내가 만구 형과 함께 일하는 걸 못마땅해했으니까. 웬만하면 안 다녔으면 싶은 작은 사무실, 부지런히 출근하게끔 도와줄 이유가 없는 것이었다.

급하게 씻고 방으로 돌아가 휴대폰을 켜봤더니 만구 형이 보낸 메시지가 잔뜩 와 있었다.

오고 있지? 오전 9시 11분

아무리 내가 근태 안 본다고 했어도 이건 좀 심하지 않냐 오전 9시 55분

야 슬슬 걱정이 된다; 오다가 무슨 사고 난 건 아니지? 오전 10시 19분

이 자식 전화기는 왜 계속 꺼져 있어 오전 10시 22분

나 화 안 낼 테니까 일단 와. 오전 11시 00분

그래도 점심은 같이 먹자? 오전 11시 9분

만구 형의 메시지 탭 위에는 새 메시지가 999+개 쌓인 반창회 단체 채팅방도 있었다. 도의적으로 형에게 전화를 거는 게 무엇보다 우선이라 생각했지만 나도 모르게 채팅방을 눌렀다. 다 읽어볼 엄두가 안 날 만큼 기나긴 대화 스크롤보다 채팅방 상단에 고정된 공지사항에 눈길이 갔다. 오후 일곱시 시내 호프집에서 반창회가 열린다는 내용이었다. 날짜는 바로 오늘.

그게 오늘이었어?

한동안 멍하니 침대에 걸터앉아 있었다. 늦잠을 자고 깨어난 지 얼마 되지 않아서 그런가, 머리가 잘 돌아가지 않는 것 같았다. 사무실……에는 일단 나가야 할 테고, 반창회……는 간다고 안 했지만 안 간다고도 안 했고…… 굴려봐야 소용없는 둔한 머리로 끙끙대고 있는 참에 휴대폰이 붕붕 울렸다. 만구 형이었다.

"어디 아파?"

형은 여보세요 한마디할 새도 아깝다는 듯 급하게 물었다. 그 말을 들으니 왠지 아픈 척을 해야 할 것 같았다.

"어제 너무 얇게 입었나봐."

"그래, 너 감기 걸리겠다 싶더라니. 코 막힌 거 봐라."

걱정해줘서 고맙긴 한데 황당하기도 했다. 나 코 안 막혔는데. 코 막힌 척도 안 했는데. 혹시 형은 평소에도 내 목소리가 좀 코맹맹이 소리라고 생각했나?

"푹 쉬고 다음주에 보자. 금요일이니까 나도 그냥 일찍 들어갈란다."

전화를 끊고 침대에 벌렁 나자빠져 생각에 잠겼다. 착한 만구 형을 속였다는 생각. 엄밀히 말해 나는 거짓말을 한 게 아니라는 생각. 반창회 생각. 늦잠을 잔 원인에 대한 생각.

나는 나를 어떻게 하고 싶은 건지 모르겠다는 생각.

마침 제이한테서 메시지가 왔다. 잘 잤어? 의식의 흐름이랄지, 〈한국을 빛낸 100명의 위인들〉 가사가 떠올랐다. '말 목 자른 김유신.' 내가 늦게 일어난 건 제이 때문이 아니라 나 자신의 실수 때문이었다. 기기를 제때 충전해두지 않은 잘못, 적당히 끊어내지 않고 늦게까지 대화를 나눈 잘못. 김유신도 그걸 알았을 것이다. 말이 정인의 집 앞에 선 것은 자기가 평소에 그 집을 즐겨 찾아서지, 말 스스로의 이익이나 충동 때문이 아니라는 것을 알았을 것이다. 하지만 정인이나 스스로를 탓하는 것보다는 말에게 벌을 주는 편이 쉬웠을 것이다. 사람이 아니라서.

잠깐 고민하다 답장을 보냈다. 오늘 반창회 올 거야? 이전까지의 대화와 전혀 관련 없는 정보여서인지 답변에 시간이 걸렸다. 그게 오늘이었나? 제이가 거쳤을 연산의 과정은 짐작할 수 없었지만 나와 같은 생각을 한다는 게 조금 반가웠다. 약간은 뿌듯하기도 했다. 제이를 화풀이 상대로 삼지 않고 넘기는 데 성공한 것 같아서. 글쎄, 어떡할까. 제이가 다시 말했다. 너는 갈 거야?

잘 모르겠어. 그래서 물어봤어. 가면 너랑 만날 수도 있잖아.

그런 문제구나. 화면 왼쪽에서 말줄임표를 품은 말풍선이 돋아났다. 제이가 생각을 하고 있다는 신호였다. 만나고 싶어? 생각한 시간에 비해 메시지는 짧았다. 그걸 모르겠어.

네가 네 마음을 모르면 내가 어떤 말을 해줄 수 있겠어. 제이는 말했다. 그럼 이렇게 해보자. 네 생각에는 내가 반창회에 나타날 것 같아, 안 나타날 것 같아? 어느 쪽 가능성이 높게 느껴져? 나는 반창회 단체 채팅방 참가자 명단에 제이의 이름이 없다는 걸 알고 있었다. 입장하자마자 그것부터 확인했으니까.

안 올 가능성이 높은 것 같아.

그런데도 가고 싶어? 조금이라도? 그건 나를 만나고 싶은 거잖아. 어쩌면 올 수도 있으니까 가볼까 싶고, 갔는데 없으면 아쉬우니까 가지 말까 싶고. 그런 거 아나?

그런 거 같아.

문득 떠오른 건 만구 형의 궤변이었다. 스스로가 왠지 좀 멍청해진 것 같다면, 지금 하고 있는 짓이 나쁜 짓일 수도 있다는 말.

그럼 간단하잖아. 너는 나를 만나고 싶어. 약간이든 많이든 만나고 싶은 건 사실이야. 일단 나가봐. 갔는데 내가 없으면 그냥 적당히 밥만 먹고 빠져나오면 돼.

제이의 말이 옳았다. 간단한 문제였다. 지금까지 인정은 못하고 있었지만 내게는 제이를, 제이의 본체를 보고 싶어하는 마음이 있었다. 만구 형의 논리를 빌리면 그건 내 이익과 관련된 일이었다. 보고 싶다는 욕구를 충족하는 이익.

분명 좋은 일은 아닐 것이다, 첫사랑을 모델 삼아 만든 AI 여자친구의 조언으로 진짜를 만나러 간다는 것이. 이 앱이 시장에 풀리면 유사한 사례의 범죄 유형이 만들어질지도 모른다. 유명인을 모델로 만든 AI를 실존 인물과 구분하지 못해 스토커가 되는 등의.

너무 복잡한 생각은 안 해도 돼. 반창회잖아. 같은 반이었으면 누구나 와도 되는 자리.

내가 무슨 생각을 하고 있는지 다 안다는 듯이 제이가 말했다.

모임 장소가 하필 사무실 근처라서 전전긍긍하며 버스에 탔

다. 만구 형도 오늘은 일찍 퇴근할 생각이라 했지만 행여라도 마주치면 꽤 민망한 상황이 벌어질 것 같았다. 겨우 세 정거장, 그것도 늘 오가던 길인데 면접이라도 보러 가는 길처럼 싱숭생숭했다. 약간의 기대감, 약간의 두려움, 디폴트로 깔려 있는 권태감과 자기혐오.

약속 시간 십 분 전이어서 단체 채팅방은 다시 법석을 이루고 있었다. 나 출발했다. ㄷㄷ 난 도착함. 난 약간 늦을듯ㅠㅠ 3-4분? 저 자식 아직도 저 버릇을 못 고쳤네 저렇게 말하고 한 시간 뒤에 오겠지. 나도 가는 길이라고 쓸까 말까 망설이던 참에 버스가 갑자기 급정거를 했다. 가까스로 멈추고서 버스 기사가 쌍욕을 퍼부어댄 것으로 보아 무단횡단 보행자 때문인 듯했다.

버스가 멈춤과 동시에 맨 뒷좌석에 앉아 있던 나는 로켓처럼 발사됐다. 체공 시간은 짧았지만 다른 승객들의 눈이 내 동선을 따라오는 것이 슬로모션처럼 보였고, 놀랍게도, 나는 버스 운전석 바로 옆에 제자리멀리뛰기 선수 같은 자세로 착지했다. 버스 기사는 창문을 열고 야 이 미친 새끼야! 라고 외친 후에 반대로 고개를 돌려 나를 보았다. 아니 손님, 괜찮아요? 승객 중 하나가 박수를 치다가 아무도 호응하지 않자 멈췄다. 나는 뒤늦게 엉덩방아를 한 번 찧은 후에 몸을 일으켰고, 내가 하차 문 앞 기둥을 붙들고 서자 버스가 다시 출발했다. 놀라서 가슴이 두근두근 뛰었다. 큰일이었다.

다시 점프력이 좋아져버렸다.

그렇게 긴 점프를 한 건 급정거의 추진력이 더해져서지만 착지는 내 힘으로 한 거였다. 비상한 점프 감각이 아니라면 넘어지는 게 당연했을 상황이었다. 그 감각이, 다리의 힘이 내게는 낯설지 않았다. 첫 여자친구와 사귈 때 내가 생애 처음으로 가졌던 능력, 처음으로 느낀 로로마 효과. 그게 이것이었다. 뛰어난 점프력.

이 능력이 돌아온 건 제이 때문일까, 아니면 제이의 본체 때문일까?

시내에서 내려 약속 장소인 호프집으로 걸음을 재촉했다. 버스 안에서 걱정한 것처럼 퇴근하는 만구 형과 스치지는 않았다. 대신에 호프집 앞에서 반장 겸 반창회 채팅방 방장과 마주쳐 인사를 나눴다.

"야! 너 이 새끼, 온단 말도 없더니."

"그럼 뭐, 다시 갈까? 자리 없어?"

"뭔 소리냐? 자리는 뭐, 늦는 애들도 있고 일찍 갈 애들도 있으니까 괜찮겠지."

근데 말 안 하고 오는 애들 꽤 많네, 몰래 온 손님이야 뭐야, 하는 반장의 너스레를 뒤로하며 가게 문을 열었을 때, 바로 발견했다. 진짜 제이를. 단체 테이블 가장 안쪽 어두운 곳에 앉아 있는데도, 폭 눌러쓴 볼캡 때문에 얼굴이 절반 가까이 가려져 있는데도 알아볼 수 있었다.

내 첫사랑 정유나가 저기에 있다는 사실을.

어디가 그렇게 좋았냐고 하면 잘은 모르겠다. 피부가 좋았다고는 하지만, 그게 사실이기도 하지만 그건 그냥 나도 남들도 납득할 만한 부분이라 그런 것이다. 객관적으로 예쁜 축은 아니었고 반 여자애들 중에서는 조금 통통한 편에 속했다. 그래서 그런 애 어디가 그렇게 좋았냐고 하면, 그냥 다 좋았다. 그래서 말하기가 곤란하다.

나는 내가 꽤 괜찮은 사람이라고 생각했다. 생김새로 손해본 적 없었고 머리도 나쁘지 않았고 성격도 원만한 편이었다. 나 혼자 그렇게 생각하는 게 아니라 남들이 그렇게들 말했다. 반 애들, 학원 애들, 담임선생님, 어머니 친구들, 하여간 다들. 남들이 입을 모아 괜찮은 놈이라고 하는 놈이 자기가 봐도 자기는 꽤 괜찮다고 생각하다니 조금 징그러울 수도 있겠지만, 뻔히 다 들리는 데서 그렇게들 말하는 걸 듣고, 아닌데 나 안 괜찮은 놈인데? 라고 생각하면 그건 덜 징그러운 일이 될까?

그러니까 나는, 사람들이 나에 대해 어떻게 생각하는지를 꽤 신경쓰는 편이기도 했다. 정유나의 고백을 받아준 것도 따지고 보면 그래서였다. 우리가 사귄다고 알리니 남자애들이 대놓고 나를 불쌍해했다. 너 정도면 좀더 나은 애 만날 수도 있을 텐데, 라는 식으로. 예상대로의 반응이었다. 내가 정유나의 고백을 거절했다면 얼마나 잘났길래 그렇게 까다로운 척하느냐는 뒷말이 나왔을 거다. 적당한 시기에 적당한 여자애와 적당한 연애를 하다가 적당히 헤어지는 거, 그게 내가 생각한 이상적인 연애였다. 어차피 진짜 연애는 대학 가서 할 거지만 이 시기에 경험 삼아 한번 만나보는 건 나쁘지 않다고 생각했다.

생각하고는 다르다고 느낀 게 언제쯤이었을까? 헤어질 때였나, 그보다 전이었나. 나는 곧 정유나를 좋아하게 되었다. 착하고 귀여운 애니까 당연하다면 당연한 일이지만, 이만큼만 좋아해야지 생각하며 그어뒀던 선을 지나도 아주 훌쩍 지나버렸다. 연애 자체는 평범했다. 학교 끝나고 햄버거 먹고 학원 가기 전에 노래방 가기. 주말에 도서관 갔다가 영화 보기. 친구 커플들과 보드게임 카페 가기. 또 어딜 갔더라, 롯데월드. 코엑스. 더 오래 사귀었어도 달라지진 않았을 것이다. 짧은 연애 기간 동안 했던 것들을 몇 번이고 반복했겠지.

그리 오래 사귄 건 아니었지만 꽤 붙어다녔기에 정유나에 대해 많은 걸 알게 됐다. 정유나는 학원 대신 스터디 카페에서 자습을 하는 타입이었다. 또래보다 어려 보이는 인상에는 조금 안 맞게 고래고래 소리지르는 노래를 좋아했고 꽤 잘 부르기도 했다. 롯데리아 치킨버거가 파파이스 것보다 낫다고 생각했다. 어머니는 안 계셨고 할머니와 아버지와 함께 살았고 아트박스 대신 무인양품에서 학용품을 샀고 단것은 잘 안 먹지만 아몬드 빼빼로는 좋아했고……

왜인지 잘 설명할 수는 없지만 나는 그게 다 좋았다. 좋아졌다. 정유나가 어떤 사람인지 나보다 더 잘 설명할 수 있는 사람은 없을 거라는 사실이 마음에 들었다. 하나를 알면 둘을 알고 싶었고 둘을 알면 전부 알고 싶었다. 한 사람에 대해 알아간다는 것, 이미 안다고 생각했던 사람의 새로운 면을 계속해서 발견한다는 것이 얼마나 즐겁고 설레는 일인지를 그때 처음 알았다. 그러다 그 자신도 모르고 있던 점을 내가 먼저 발견해내는 순간이 오면 짜릿했다. 우리 둘 다 열여덟 살이었지만 때때로 정유나는 내 딸 같았고 나 또한 정유나의 남동생인 것처럼 느껴질 때가 있었다. 나는 정유나가 좋았고, 정유나가 어떤 사람인지 설명할 수 있었다. 어순만 살짝 바꾸어 정유나가 어떤 사람이어서 그렇게 좋았냐는 질문에 대답하기 어려운 건 그래서다. 좋은 점만 좋아하는 식으로 적당히 좋아한 게 아니었기 때문이다.

모임 시작 두 시간 만에 나는 완전히 취해버렸다. 제이는 반창회에 가봤는데 자기가 없다면 밥만 먹고 금방 나오라고 했지만, 그 반대의 경우에는 어떻게 하는 게 좋을지 말해주지 않았다. 나와 정유나의 자리는 멀었고, 다른 애들은 몇 번이고 자리를 바꾸었지만 나와 정유나 둘 다 원래 있던 자리를 지켰다. 정유나는 종종 나가서 담배를 피웠지만 내가 앉은 테이블 근처로는 잘 오지 않았다. 나는 고개를 돌리지 않으려 노력하면서 가게 통창 너머에서 남자애들과 어울려 담배를 피우는 정유나를 힐끔거렸다.

"요즘 뭐하고 지내?"

자리가 또 한 차례 뒤섞이더니 그리 친하지 않았던 여자애가 말을 걸어왔다. 모르는 사람은 아니라서 썩 불안하진 않았지만 나보다 더 취해 보이는 게 불길했다.

"그냥 작은 스타트업에서 일해."

"너, 의대 간다고 재수하지 않았어?"

이런 대화 때문이기도 했다. 반창회에 나오는 게 망설여졌던 건.

"그냥 그렇게 됐어."

야야 너 취했다, 하며 옆에서 잡아당기는데도 여자애는 막무가내였다. 놔봐 좀 씨발, 하며 옆 사람의 손을 뿌리치고 여자애가 말했다.

"유나가 그러는데 너네 엄마가 너 공부해야 된다고 해서 헤어진 거라며. 그런데도 의대를 못 갔어?"

나로서는 처음 듣는 얘기였다. 화가 나서인지 부끄러워서
인지 얼굴이 확 달아오르는 게 느껴졌다. 하지만 얼굴에 고였
던 열이 내리면서 화도 급격히 식었다. 그래서 그랬던 거라고
해도 이미 나이를 꽤 먹은데다, 그 여자애는 나와 속내를 터놓
을 사이도 아니었다. 다만 뭐라고 대꾸해야 할지가 난처해서
어렵사리 웃을 준비를 하는데 여자애가 먼저 얼굴을 굳히더니
테이블 옆으로 빠져나갔다. 내 뒤에 귀신이라도 서 있나 싶은
눈치에 돌아보니 정유나가 있었다.

정유나가 먼저 가게를 나갔고 나도 따라나섰다. 척척 앞서
나가는 정유나를 곧 따라잡아 보조를 맞췄다. 정유나는 내게
따라오라 하지 않았지만 혼자 있고 싶으니 돌아가라 하지도
않았다.

"오랜만이다. 그치?"

함께 걷기 시작한 지 한참 만에 정유나가 말했다. 목소리가
제이와 닮은 듯도 했고 그렇지 않은 듯도 했다. 나는 무난한
대답을 고르느라 조금 뜸을 들였지만 고작 그 말을 하려고 그
렇게 길게 생각한 건가 싶은 점에서 그리 무난하지 못한 대답
을 했다. 그러게, 오랜만이다.

"잘 지냈어?"

이쯤에서야 이 대화가 낯설지 않다는 사실을 알았다. 전날
제이와 나눴던 대화와 패턴이 거의 비슷했다. 그렇다면 내가

해야 할 대답도 정해져 있는 셈이었다. 솔직히 말하면 나 잘 못 지냈어, 너랑 헤어지고 나서는 쭉 그랬어. 그게 사실이기도 했다. 내가 제이에게 듣고 싶어했던 말은, 정유나에게 내가 해야 하는 말이었다. 하지만 정유나는 어떨까, 얘가 과연 그 말을 듣고 싶어할까. 들으면 좋긴 좋을 거란 생각이 들었다. 아마 고소하겠지. 아까 나한테 시비를 걸었던 여자애의 말이 사실이라면 정유나에게도 나와 헤어진 건 좋은 기억이 아니었을 거다. 엄마 없는 여자애가 아들을 과보호하는 아줌마에게서 우리 아들은 의사 될 거니까 네가 물러나라는 말을 들었다면, 그랬는데 나중에 그 아들이 대단치 못한 삶을 산다는 걸 알았다면 안됐다는 생각보다 꼴좋다는 생각이 먼저 들지 않을까.

"잘 지냈느냐는 질문이 어려워?"

그제야 나는 내가 고민을 너무 길게 했다는 걸 알았다.

"그냥저냥 뭐, 그랬어. 너는?"

"나도 뭐 그냥저냥."

대화는 잘 이어지지 않았다. 그제야 후회가 되었다. 제이가 했던 말을 똑같이 할걸. 자존심은 잠깐 덮어두고 솔직하게 말할걸. AI와의 소통이 진짜 사람끼리의 소통보다 훨씬 쉬운 이유는 여기에도 있었다. 대부분의 사람들은 AI에게 굳이 거짓말을 하지 않으니까. 그럴 필요가 없으니까. 거짓말은 이익을 위해서 하는 것이다. 상대에게 실제보다 좋은 인상을 주려거나 약점을 들키지 않으려고 스스로를 보호하는 차원에서. 그걸 떠올리니 기분이 묘해지기도 했다. 전날 나는 정유나를 모델로 만든 AI 여자친구 제이와 밤새 이야기를 나누었는데, 한참을 떠들고도 할 얘기가 남아 나도 모르게 잠들었는데, 진짜 정유나 앞에서는 할말이 전혀 떠오르지 않는다는 게 이상했다.

쓴웃음이 나왔다. 이렇게 탈락하는 건가, 하는 생각이 들었다. 정확히 뭐로부터 어떻게, 왜 탈락하는 것인지는 모르겠지만 기분만은 확실히 그랬다. 만약 내가 AI 여자친구를 만들고 있다는 걸 정유나가 안다면 뭐라고 할까. 가지가지 한다, 싶겠지. 그런 종류의 탈락.

"됐다, 이제."

한참 만에 정유나가 말했다. 뭐가 됐다는 것인지 알 수 없었다.

"돌아가자."

어디로?

"나 가방 두고 왔거든. 가지러 가자. 집에 가게."

정유나가 무슨 생각을 하고 있는지는 여전히 알 수 없었지만 돌아가자는 건 듣던 중 반가운 소리였다. 급격히 떨어진 기온을 감안해 전날보다 두껍게 입고 나오긴 했어도 쌩쌩 부는 찬바람 속에 걷는 게 편하지만은 않았기 때문이었다. 왔던 길을 되짚어 가려는지 정유나가 먼저 돌아섰다.

그리고 그 순간 등뒤에서 불어오던 바람이 정유나가 쓰고 있던 볼캡을 허공으로 날려보냈다.

너무 높이 또 멀리 날아오른 모자를 좇아 정유나는 다시 뒤로 돌았다. 그러는 정유나의 시선과, 휙 솟구쳤다 맥없이 떨어지는 모자가 그리는 호선이 내게는 모두 슬로모션처럼 보였다. 정유나의 눈이 카메라 렌즈 조리개처럼 커다랗게 열리고 있었다. 내가 나도 모르게 뛰어올라 정유나의 모자를 잡아챈 탓이었다. 나는 장외로 넘어갈 뻔한 공을 잡은 야구 선수처럼, 또는 리바운드된 공을 잡은 농구 선수처럼 높이 뛰었다. 그 순간은 짧았다. 찰나였지만 내게는 아주 길게 느껴졌다. 정유나의 커다랗게 열린 눈이 무슨 말을 하는지 알 것 같았다.

아직도?

설마, 정말로, 아직도?

아니야. 그게 아니야. 나는 말하고 싶었다. 하지만 말하지 않았다. 생각해보면 아닌 게 아닌 것 같기도 했다. 만약 여기서부터 뭔가가 다시 시작될 수 있다면, 말은 안 되는 일 같지만 그럼에도 불구하고 그럴 수도 있다면, 이다음에는 내가 원래 알던 것보다 훨씬 높이 뛸 수 있을 것 같은 기분이 들었다.

내가 말없이 건넨 모자를 정유나는 다시 쓰지 않고 꼭 쥔 채로 걸었다. 호프집이 가까워지자 여러 사람이 웃으면서 손뼉치는 소리가 들려왔다.

작가의 말

오늘만은 최소한의 단어들로 사랑을 말할 수 있을 것 같다.

사랑을 잃을 때 우리는 조금씩 부서진다.
부서진 우리에게는 다시 사랑이 필요하다.
부서졌으면서도 사랑을 하려 한다.
부서졌기 때문에.

이 힘은 늘 내 상상력을 미천한 것으로 만든다.

사랑해.

부서진 내가 부서진 너를.

박서련

문학동네 연작소설
사랑의 힘
ⓒ 박서련 2026

1판 1쇄 2026년 3월 20일
1판 2쇄 2026년 4월 27일

지은이 박서련
책임편집 김봉곤 | 편집 최예림 황문정
디자인 김현아 이원경 | 저작권 박지영 형소진 주은수 오서영 조경은
마케팅 정민호 서지화 박치우 한민아 왕지경 이민경 정유진 정경주 김혜원 김예진 이서진
브랜딩 함유지 이송이 박민재 김하연 신은서 이준희
미디어콘텐츠 함근아 김은솔 박다솔
제작 강신은 김동욱 이순호 | 제작처 영신사

펴낸곳 (주)문학동네 | 펴낸이 김소영
출판등록 1993년 10월 22일 제2003-000045호
주소 10881 경기도 파주시 회동길 210
전자우편 editor@munhak.com | 대표전화 031) 955-8888 | 팩스 031) 955-8855
문학동네카페 http://cafe.naver.com/mhdn
인스타그램 @munhakdongne | 트위터 @munhakdongne
북클럽문학동네 http://bookclubmunhak.com

ISBN 979-11-416-0246-8 03810

* 이 책의 판권은 지은이와 문학동네에 있습니다.
  이 책 내용의 전부 또는 일부를 재사용하려면 반드시 양측의 서면 동의를 받아야 합니다.
* 이 도서는 2026년 한국문화예술위원회 아르코문학작가펠로우십지원사업 선정 작가의
  도서입니다.

잘못된 책은 구입하신 서점에서 교환해드립니다.
기타 교환 문의 031) 955-2661, 3580

www.munhak.com